福建省社会科学研究基地
福建师范大学
中华文学传承发展研究中心

中国当代小说与叙事自觉

徐阿兵◎著

人民出版社

总　序

　　2004 年 10 月,福建师范大学文学院获批建设福建省高校人文社会科学研究基地——人文福建发展研究中心,并于 2011 年评为省高校优秀社科研究基地。在此基础上,学校于 2014 年 4 月成立了中华文学传承发展研究中心,聘任郑家建教授为研究中心主任,以更好地发挥文学院在中华文学传承发展方面的科研优势,为我国社会文化发展以及闽台文化合作交流提供智力支持和决策参考。该研究中心于 2014 年 6 月经过专家评审,成功晋升为福建省首批社会科学研究基地。

　　福建省社科研究基地是人文社会科学研究的高层次学术平台,担负着组织科研创新团队、产出重大研究成果、创新科研管理体制机制、提供社会咨询服务、培养优秀科研骨干、促进学科建设发展的重任。省社科基地实行"机构开放、人员流动、内外联合、竞争创新、产学研一体化"的运行机制,经过几年的建设,力争成为国家或省级高层次智库或教育部人文社科重点研究基地。

　　中华文学传承发展研究中心依托福建师范大学国家重点学科(中国现当代文学)、福建省特色重点学科(中国语言文学)和 3 个福建省重点学科(中国现当代文学、中国古代文学、汉语言文字学),以及中国语言文学一级学科博士学位点和博士后流动站、戏剧与影视学一级学科博士学位点和博士后流动站、艺术学理论一级学科博士学位点和博士后流动站,以学科发展与社会重大问题为导向,结合文学院的既有学术传统,确定中心的重大学术课题,围绕国家提高文化软实力与福建省社会文化发展的重大需求,在全球化语境中传承与创新中华文化。

中国语言文学是中华优秀传统文化的重要载体,具有深远的历史意义和现实意义。它不但成了联结全球华人共同家园的精神血脉,而且对中华文化在世界的流播也产生了积极的影响。中国语言文学在传承中华文明及促进闽台文化的合作交流方面具有其他学科无可替代的作用。福建师范大学中华文学传承发展研究中心的学术宗旨,是以历史和现实为基点,对涵盖古今的中国文学,尤其是闽台语言、文学及海外华文文学的渊源流变进行全方位的梳理,为当前建设繁荣和谐的社会文明提供可资借鉴的历史经验,加深两岸人民共同构建精神家园的情感联络,为促进闽台文化交流与中外文化交流做贡献。

研究中心聘任国内著名专家担任顾问和学术指导,对中心工作提供了强有力的指导。福建师范大学副校长汪文顶教授担任研究中心首席专家,副校长郑家建教授担任中心主任,研究中心的日常事务工作由常务副主任葛桂录教授负责。本中心的特色研究方向有四个:闽台语言文献与文学交流研究方向,负责人为林志强教授、郑家建教授;文体学研究方向,负责人为李小荣教授;中华文学域外传播研究方向,负责人为葛桂录教授;当代文学教育及语文教育研究方向,负责人为赖瑞云研究员。

研究中心将以国家社会文化发展的重大需求为导向,以研究项目为纽带,以研究方向组成的创新团队为载体,以出精品成果为目标,努力强化特色与优势。联系整合省内乃至国内相关高校、科研机构的学术资源,建立健全协同创新机制,造就一支高水平、结构合理和可持续发展的科研创新团队,打造一个在全球化语境中传承与创新中华文化的重点研究基地,成为全国有影响力的专门人才库和人才培养培训基地。

为促进研究中心建设目标的实施,我们在人民出版社的大力支持下,集中出版"福建省社会科学研究基地福建师范大学中华文学传承发展研究中心学术集刊"。该集刊主要收录研究中心同仁高质量的个人学术著作。列入研究中心学术集刊首批出版的十本著作,绝大多数是国家社科基金项目,如

《晋唐佛教文学史》(李小荣著)、《中国英国文学研究史论》(葛桂录著)、《冈仓天心研究:东西方文化冲突下的亚洲言说》(蔡春华著)以及教育部人文社科研究项目,如《建阳刊刻小说研究》(涂秀虹著)、《明代中古诗歌批评文献及诗学研究》(陈斌著)、《台湾诗钟社团及相关组织考略(1865—2014)》(黄乃江著)、《〈说文解字六书疏证〉研究》(李春晓著)、《阿瑟·韦利汉学研究策略考辨》(冀爱莲著)的结项成果。集刊第二批出版的有《西方哲学与中国新诗》(雷文学著)、《文化研究:理论旅行与本土化实践》(颜桂堤著)、《现代散文理论"个性"说研究》(王炳中著)、《中国当代小说与叙事自觉》(徐阿兵著)等。这些成果在课题结项评审专家审定意见的基础上,再次打磨修订,因此保证了较高水准的学术质量。研究中心成员承担的福建省社科研究基地重大项目的结项成果,也拟列入这套学术集刊出版。

中华文学传承发展研究中心
2016 年 8 月

目　录

C O N T E N T S

前言　当代文学的"当下感"与"形式感"

一

近二十年来,我一直在大学校园里阅读、思考和讲授中国当代文学。前六年是在攻读硕士学位和博士学位,随后十几年则是在担任大学教师。但惭愧的是,随着阅读量的增加和思考的持续,我在授课过程中并没有感觉到越来越轻松。更准确地说,即便讲课时偶尔体会到某种轻车熟路的感觉,那也只是教学技能层面上的轻松和熟练。事实上,我日益深切地感受到:谈论当代文学,殊非易事。

"当代文学"概念的出现可追溯到 20 世纪 50 年代中后期。那时,"现代文学"替代了此前常用的"新文学","当代文学"应运而生。从"现代文学"到"当代文学",二者之间的承接或过渡,旨在推动"建立一种新的文学史'时期'划分方式"①。在随后几十年的文学史著述中,"当代文学"逐渐发展为具有明确时间起点的专门概念,诸多论者均用它指称新中国成立以来的文学。但随着时代发展前行,"当代文学"的"终点"逐渐成为一个问题。从学界通行的做法来看,将这终点暂定为 20 世纪 70 年代末、80 年代末、90 年代末的

---

① 洪子诚:《中国当代文学》,洪子诚、孟繁华主编《当代文学关键词》,广西师范大学出版社 2002 年版,第 2 页。

都有。显而易见,这不是一个简单的确定时间起止的小细节,而是牵涉到文学史的时期划分以至价值判断的大问题。"当代文学"这一概念有其特定的出场方式及历史内涵,有共识化的、明确的时间起点却暂时没有作为共识的时间终点,这是我们谈论当代文学的第一个难点所在。

与此同时,"当代文学"的语义结构期待着另一种解读方式。若根据通行词典的解释,"当代"意为"目前这个时代",那么"当代文学"则指的是"目前这个时代的文学"。从这个角度来看,20世纪50年代、80年代以及21世纪初的论者所描述的"当代文学",都是指"目前这个时代的文学",但他们所指的"目前这个时代"并不完全重合。他们所欲谈论的当代文学,其实是他们发言表态时正在行进中的文学。这个作为进行时态的当代文学,与前述具有历史感的当代文学,在近几十年的文学场域中时常携手出现,并对人们谈论当代文学造成了许多干扰。为免除这种干扰,早在80年代就有前辈学者明确表示:"我以为当代文学是不宜写史的。现在出版了许多《当代文学史》,实在是对概念的一种嘲弄。"这里所说的"当代文学"正是行进中的文学。自然而然地,他主张"应当用《当代文学述评》代替《当代文学史》";至于50年代文学,则可考虑作为"比较稳定的部分"归入"现代文学"。① 这些提议无疑体现了审慎求真的可贵态度,但某些问题并未得到根本解决。比如,过去的文学,究竟应距离当下多远,才能以"比较稳定"的形态进入文学史叙述呢? 毫不意外地,尽管其提议不乏支持者,但他们未能阻止更多《当代文学史》出版。21世纪以来,不少文学史著述在修订再版时将当代文学史的时间终点一再往后推移,就是一个突出例证。比如,在莫言于2012年获得诺贝尔文学奖之后,即有文学史教材毫不犹豫地将当代文学的叙述终点往后推移到新世纪。

就我个人体会而言,当代文学之难以把握,不仅仅由于其所指范围不够明确,还要归因于以下两点。第一,无论我们取当代文学概念的何种含义,它所含括的作家作品和文学现象都太多太多。毫不夸张地说,无论多么勤奋刻苦的研究者都无法真正将当代文学读完。第二,与此同时,为了有效地评价和阐释当代文学,人们引进或发明了各种理论。在近半个世纪中,当代文学

---

① 唐弢:《当代文学不宜写史》,《文汇报》1985年10月29日。

研究界活跃着来自哲学的、心理学的、历史学的、社会学的、语言学的各种理论。这些理论进入文学研究之后固然打开了某些研究视野，但也时常使许多待解的问题变得更加繁复。一边是林林总总的文学现象，一边是形形色色的理论方法，这两者混合之后所造成的热闹而又纷乱的情境，才是当代文学令人感到难以把握的根本原因。

在此情境中，每一位当代文学的研究者，唯有兼具开阔的文学视野与坚定的价值立场、明确的研究目标与持续的自我反思，才有可能于热闹中得冷静、于纷乱中见头绪，从而就各种文学现象做出有效评判。

二

本书所论对象主要是正在行进中的文学，有时也回溯至 20 世纪 50 年代甚至更远的作家作品及文学现象。这意味着笔者对"当代文学"的理解是较为宽泛的。笔者自知力不胜任，故无意于对当代文学的概念内涵加以发明，也无意于对这个概念的使用方式加以补充，而是想接着前述"热闹而又纷乱的情境"展开思考：为什么当代文学与诸多理论方法相遇之后，会使研究者感到更难把握？ 在这种情势中，我们是否还需要理论方法，又需要什么样的理论方法？

文学理论在 20 世纪以来的兴起有很多原因。按照伊瑟尔的看法，其中"最主要的推动力量有三个：首先来自人们对艺术本体这一信念越来越怀疑，其次是印象式批评造成的混乱越来越大，最后是对意义的追寻和由此产生的阐释冲突"[①]。概而言之，文学理论是研究者在怀疑中前行、在混乱无序中寻求确定性意义的产物。由于理论是自我建构的，同时又是排他的，理论大规模和深度介入文学之后，所产生的结果往往是："理论既批评常识，又探讨可供选择的概念。它对文学研究中最基本的前提或假设提出质疑，对任何没有结论却可能一直被认为是理所当然的事情提出质疑，比如：意义是什么？ 作

---

① ［德］沃尔夫冈·伊瑟尔：《怎样做理论》，朱刚、谷婷婷、潘玉莎译，南京大学出版社 2019 年版，第 5 页。

者是什么？你读的是什么？'我'，或者写作的主体、解读的主体、行为的主体是什么？文本和产生文本的环境有什么关系？"①不妨说，文学理论是依赖常识却又反对常识、试图澄清混乱却又可能造成更多混乱的一种东西。20世纪以来的文学理论发展史足可为证。从来没有哪一个世纪有这么多的文学理论问世，但也正是在这个世纪中，人们在解说诸多看似熟悉的概念或对象时产生了前所未有的犹疑。关于什么是"形式"，什么是"结构"，什么是"叙述"，等等，可谓众说纷纭，令人莫衷一是。诸家理论学说的交锋与争鸣，既拓宽了理解文学的视野，但也在一定程度上模糊了对文学根本性质的认识。伊格尔顿的《二十世纪西方文学理论》以"文学是什么？"作为导言，卡勒的《文学理论入门》开篇不久就对"文学是什么？这个问题重要吗？"加以专章讨论，这些无不说明，文学存在的方式及性质在20世纪后半期已经成为问题。

　　也许有必要说明：理论本身并无多大过错，它只是试图提供某种关于文学的解释。研究者对理论不假思索的盲从与滥用，才是真正值得反思的问题。情况看起来似乎是这样：各种文学理论之间所形成的相互交叉与冲突、对话与质疑，常常冲击和动摇人们也已成型的某些文学观念，甚至使人们可能在基本概念的认知方面都难以达成共识。而研究者借助某些理论资源去研究文学，往往也就意味着带着某种排他性的预设去梳理、筛选和评说既有文学现象。尤其在近些年来，创作群体日趋庞大、作品类型日渐丰富，并且与日益发达的文学传媒之间形成复杂关联，从而形成了丰富的文学现象。当研究者带着各种理论资源入场，其研究工作几乎从一开始就意味着以各种方式筛选和简化当代文学现象；最终的结果则是，研究者在许多各自为战的理论方法引导之下得出了不少或许难以相容的结论，读者由此获得的是关于当代文学的简化的、支零破碎的印象。正是在这个意义上，当代文学与诸多理论方法的相遇，给后来的研究者造成了不必要的混乱和困难。

　　那么，当下的我们是否需要一种相对较少偏见、较为稳妥的文学理论？或者说，有没有哪一种文学理论相对更有兼容并包的美学气度？这样的理论目前尚未出现，估计将来也不会有。艾布拉姆斯曾从艺术活动的基本要素入

① ［美］乔纳森·卡勒：《文学理论入门》，李平译，译林出版社2013年版，第5页。

手,高度概括地提出一个"以艺术家、作品、世界、欣赏者构成的框架",借此考察和评判各种艺术理论。其考察结果是:"尽管任何像样的理论多少都考虑到了所有这四个要素,然而我们将看到,几乎所有的理论都只明显地倾向于一个要素。就是说,批评家往往只是根据其中的一个要素,就生发出他用来界定、划分和剖析艺术作品的主要范畴,生发出借以评判作品价值的主要标准。"①也就是说,几乎所有理论都是有偏向的、有偏颇的。与此相似,中国学者在 20 世纪 80 年代中后期也对文学理论的这种"倾向"有了充分认识。比如,胡经之和张首映用来梳理西方文论史的基本原则就是,"把西方影响较大的十几个文论流派按其主要倾向在逻辑上分成四个系统:作者系统、作品系统、读者系统、社会—文化系统"②。但这种分类方法与艾布拉姆斯还是有细微区别。艾布拉姆斯所列图式,将"世界"置于顶端,使"作品"居中,底端则是"艺术家"和"欣赏者",这样的阐释框架突出了作品的中心位置。他想强调的是,既往各种理论主要有四种阐释模式:除了对作品加以孤立研究的那种模式,还有将作品分别与世界、欣赏者和艺术家加以关联的三种模式。胡、张二位则是以四要素为中心来描述四种不同倾向性的理论流派。

　　不过,无论如何分类,已有的文学理论都足够多了。以笔者之见,这些年来文学研究中许多问题的根源不是理论的匮乏,而是"理论过剩"。研究者过于偏向运用某一类理论,以致其他理论从未受到应有的重视,这可以说是理论过剩;研究者不加分辨地同时运用可能相互矛盾的多种理论,以致各种理论都未在其笔下发挥应有作用,也使自己的论述难以自圆其说或变得支零破碎,这是另一种理论过剩。更有甚者,某些文学研究论著中只见理论而不见文学,以致文学研究变成了理论试炼,这不能不说是本末倒置。时至今日,我们并不缺少文学理论,而是缺少对理论的思考、整合与有效运用。因此,我们并不需要某种综合性的无所不包的理论,而是需要致力于解析特定问题的理论意识。作为当代文学的研究者,我们尤其需要的是,在经受种种新的文学现象的冲击之后,在接受种种新的文学理论的洗礼之后,仍能保持必要的冷

---

① ［美］艾布拉姆斯:《镜与灯:浪漫主义文论及批评传统》,郦稚牛、张照进、童庆生译,北京大学出版社 2004 年版,第 4、5 页。
② 胡经之、张首映:《西方二十世纪文论史》,中国社会科学出版社 1988 年版,第 5 页。

静与自觉,仍敢于提出或回答自认为重要的问题。

三

无论由谁来描述近四十余年的中国当代文学,他恐怕都无法避免使用"变化"这个词。倘若我们承认当代文学从观念到技法、从创作到传播、从阅读到接受等诸多方面都在发生变化,那么也就会同意,文学在整个社会语境中的地位和意义功能也在发生某些变化。但是,无论如何理解上述变化,人们都无法否认:文学仍然是语言的艺术,仍然是情感的产物,仍然是观念的载体。在这个意义上,尽管许多关于文学的定义都已被新出的理论证明是不够周全的或值得怀疑的,伊格尔顿对文学的描述仍然无法令人否认:"它是人们出于某种理由而赋予其高度价值的任何一种作品。"①伊格尔顿的论证方法,不是强行摧毁那些"被视为不可改变的和毫无疑问的文学"②,而是提醒我们,所有关乎文学的陈述,即便只是在陈述事实,也不可避免带有价值判断。问题的关键正在价值判断这里:"给我们的事实陈述提供原则和基础的那个在很大程度上是隐藏着的价值观念结构是所谓'意识形态'的一部分。"所谓的"意识形态",主要是指人们关于文学的"那些感觉、评价、认识和信仰模式,它们与社会权力的维持和再生产有某种关系。"③伊格尔顿提供的启发是,所谓文学都是被人读成文学的,而人的价值观念结构又被特定的社会关系和生存情境所决定。与伊格尔顿小心翼翼维护"价值"相似,卡勒尽管谨慎地避免直接定义何为文学,仍在描述文学的功能时为"意义"安排了核心位置。卡勒认为,文学"它是一种召唤阅读、把读者引入关于意义的问题中去的写作"。但卡勒明确拒绝对文学的功能作单一的、保守的理解,他始终强调文学的功能是矛盾而复杂的。从社会功能来看,"文学既是文化的杂音,又是文化的信息。它既是一种制造混乱的力量,又是一种文化资本。"从自身发展来看,文学创作既"遵循"某些程式,又"藐视"和"超越"程式,"文学是一种为揭

---

① [英]伊格尔顿:《二十世纪西方文学理论》,伍晓明译,北京大学出版社 2018 年版,第 10 页。
② 同上书,第 11 页。
③ 同上书,第 15 页。

露和批评自己的局限性而存在的艺术机制。它不断地试验如果用不同的方式写作会发生什么"。①

文学始终是有其"价值"和"意义"的,笔者以为这也是当代文学研究者所应坚守的观念底线。那么,这价值和意义,是如何获得又如何表现的呢?在这方面,不管是作者系统、作品系统、读者系统还是社会—文化系统的文学理论,都能提供一套属于它们的解释。从作者入手,论者可能会主张文学的价值和意义源自"集体无意识"或"原型经验";注目于作品,"结构""张力"则成为价值和意义的不竭源泉;聚焦于读者,"审美知觉""期待视野"有力塑造了文学的价值和意义;环顾社会—文化系统,文学的"生产机制"及其与"意识形态"的关联则是价值和意义的主要生产者。但从实际情况来看,不同类别文论的发展及其影响并不是均衡的。如果说 20 世纪以前的许多理论都"一味地依赖诗人来解释诗的本质和标准"②,那么 20 世纪以来的理论发展似乎有了某种反转。偏向作者系统的文论虽一度在 20 世纪初引领风骚,但在后来明显被其他类型文论的发展势头所掩盖。就中国文学界的情形来说,我们虽有知人论世的文化传统,但在 20 世纪以来的文学研究中,总体上占据主流地位的可能还是社会—文化系统的理论阐释。作品系统的文论虽迄今仍未完全丧失吸引力,但过于偏向作品的解释是可能被目为形式主义倾向的。读者系统的文论尽管表现出一定的解释力度,但根本上仍无法脱离社会—文化系统的大背景。出于上述认识,本书试图对当代文学的作者及其功能加以更多思考。毫无疑问,只有以作品为中心来探讨文学的价值和意义,才能使我们的分析论述落到实处;这是所有文学研究者始终应持有的基本认识。但作品先要由作者创造出来,然后被读者阅读,最后才是在阅读评价过程中引发关于价值和意义的探讨与交流。

笔者无力从理论上为作者的重要性加以引申发挥,只是试图对作者如何使作品获得价值和意义予以重视。为使表述简明,笔者将作家有意识地赋予作品以价值和意义的行为,称为"叙事自觉"。当前常见的对于当代文学"叙

①　[美]乔纳森·卡勒:《文学理论入门》,李平译,译林出版社 2013 年版,第 43 页。
②　[美]艾布拉姆斯:《镜与灯:浪漫主义文论及批评传统》,郦稚牛、张照进、童庆生译,北京大学出版社 2004 年版,第 6 页。

事"的分析,或聚焦于"事"的题材类型,或聚焦于"叙"的技术手段。本书所讨论的"叙事自觉",更多是指作家叙述行为中所展现出的文学观念和创作意图。

笔者深知,论及作家的创作意图,很容易让人以为是在重弹老调。20世纪的文学理论中,从俄国形式主义到英美新批评,从结构主义到后结构主义,都对研究作者意图表示过反感。新批评对"意图谬见"的指责尤其尖锐:"意图谬见在于将诗和诗的产生过程相混淆,这是哲学家们称为'起源谬见'(the genetic fallacy)的一种特例,其始是从写诗的心理原因中推衍批评标准,其终则是传记式批评和相对主义。"与此同时,他们也对混淆"诗是什么和它所产生的效果"的做法提出了批评,认为"其始是从诗的心理效果推衍出批评标准,其终则是印象主义和相对主义"。在他们看来,"不论是意图谬见还是感受谬见,这种似是而非的理论,结果都会使诗本身作为批评判断的具体对象趋于消失"①。新批评的兴起,与其时文学教育在学院中的发展模式密切相关,也与特定时代的知识分子心态有关。如伊格尔顿所说,"在一个硬科学占统治地位的知识标准的社会里,它的全套批评工具乃是按照硬科学自己提出的条件而与其竞争的一种方法"②;也就是说,新批评因其能够提供似乎简便易操作的"专业化"、知识化的技术路线而在文学的学科化进程中大显身手。与此同时,新批评那种"视诗为种种冲突态度的微妙平衡以及种种对立冲动的公正调和的观点,对于持有怀疑态度的自由主义知识分子具有深刻的吸引力"③。在新批评论者笔下,固然没有出现"诗本身作为批评判断的具体对象趋于消失"的情况,但作品被视为封闭自足的意义系统却是不争的事实。这就难怪乎新批评会在风起云涌的理论新潮中日渐式微。尽管如此,新批评仍能给当代文学的研究者以某些警示:只要我们"有意无意地以作者的宣言(在作品中,或在其他自述中)作为作品意义的准绳,这样的文学批评就不是一种独立的活动,而是'次生文学'(secondary literature)。"④有鉴于此,本书在写

---

① [美]维姆萨特、比尔兹利:《感受谬见》,黄宏熙译,赵毅衡编选《"新批评"文集》,百花文艺出版社2001年版,第257页。
② [英]伊格尔顿:《二十世纪西方文学理论》,伍晓明译,北京大学出版社2018年版,第52页。
③ 同上书,第53页。
④ 赵毅衡:《重访新批评》,四川文艺出版社2013年版,第70页。

作过程中虽然高度重视作家的创作意图,但同样重视作品的表达效果,重视特定时代背景对作家和作品的影响。在这方面,卡勒对互文性的解析为笔者提供了不少理论助力。一部文本的"逼真性",取决于它与"社会造就的文本""一般的文化文本""体裁的文本或程式"等其他文本所形成的关系层次。① 根据这种看法,人们通常所说的社会语境、文化背景及文体惯例等,均可被纳入文本解读的参照系。

所谓的叙事自觉,简而言之,就是作家在创作过程中的明确意识和自觉追求。古往今来,许多论者就此发表过高见。其中有两种表述令我记忆犹新。最简明扼要的说法来自恩格斯。一个半世纪之前,他在与拉萨尔讨论剧本创作时曾提到,"较大的思想深度和意识到的历史内容,同莎士比亚剧作的情节的生动性和丰富性的完美的融合"②,应该成为剧作家的追求和戏剧未来发展的方向。此处所论虽限于戏剧,但人们只要将"剧作的情节的生动性和丰富性"替换为其他文体形式的审美特质,就可以将这种提纲挈领式的描述方法挪用于其他文体形式。不过,替换或许不难,难的是具备革命导师那种高屋建瓴的立论气势。最富于诗意和美感的描述,则是出自 1500 年之前的刘勰之手。他以"神"贯通作家的"思",描绘了作家"神与物游"的美妙过程:"故寂然凝虑,思接千载;悄焉动容,视通万里;吟咏之间,吐纳珠玉之声;眉睫之前,卷舒风云之色……"但他并没有耽溺于某种天人合一的理想境界而不能自拔。他不仅认识到作家有个性不同和文思快慢之分,还敏锐注意到了作家意图与创作效果之间的差距:"方其搦翰,气倍辞前;暨乎篇成,半折心始。"(《文心雕龙·神思第二十六》)刘勰对"半折心始"的判断,深得我心。作家在创作过程中或许图谋甚广,但由于种种原因,最终效果往往不能如愿。本书尝试以"叙事自觉"而重提作家在赋予作品以价值和意义过程中的重要性,目的不在强调作家意图乃是作品意义的唯一来源;而是想说明,即便仅仅从作家意图来考察其叙事效果,两者之间也往往是不对称的。作家所"意识

---

① 参见[美]乔纳森·卡勒:《结构主义诗学》,盛宁译,中国人民大学出版社 2018 年版,第162 页。

② [德]恩格斯:《致斐·拉萨尔》,北京大学中文系文艺理论教研室编《马克思、恩格斯、列宁、斯大林论文艺》,人民文学出版社 1980 年版,第 98 页。

到的"内容,与"暨乎篇成"之间的落差,也是笔者所感兴趣的研究内容。

四

当代文学包含着丰富而复杂的文学现象,再加上当代文学这个概念兼具历史感与进行时的双重内涵,研究者很难对其做出完整描述与恰切判断。但话说回来,我们既然频频使用当代文学这一概念,那么对当代文学的性质总该有某些基本判断。比如,"当代文学"是否具备区别于"现代文学"或"古代文学"的鲜明特质? 如果"当代文学"确实具备某种新质,那么我们可以怎样去把握或阐发这种新质?

如洪子诚所说,"现代文学"这一概念在 20 世纪 50 年代以来的大规模使用,目的是取代"新文学"这一概念,而"新文学"通常指"五四"以来的文学。由此可见,"现代文学"与"新文学"一样,最初主要是用于描述某一时间段的文学。但在 80 年代以来,由于新的文学史观念的盛行,特别是"重写文学史"思潮的涌动,"现代文学"这一概念逐渐获得了时间性质之外的别样内涵。比如,钱理群等人在那本影响广泛的文学史中的描述就极有代表性:所谓"现代文学",就是"用现代文学语言与文学形式,表达现代中国人的思想、感情、心理的文学"。[①] 此处虽然没有直言"现代文学"有何新质,但作为修饰语的"现代"在重复使用后造成了累积叠加的特殊效果:"现代文学"从语言形式到内在情感,都是新的。也就是说,只要人们承认这个时期的文学语言与文学形式有所变化,只要人们承认这个时期的中国人确有不同于以往的精神体验,就应当欣然领会"现代文学"具备某种不言而喻的新质。笔者认为,"现代文学"可能具备某些区别于"古代文学"的新质,但这新质显然不是一个命名或描述就可以解决的,而是有待深入细致的分析论证。由于后来者这一身份便利,几十年后的我们可以看得很清楚:在时间的演进中,文学语言与文学形式可能会发生某些巨大变化(比如白话文取代了文言文,比如新诗取代了格律

---

① 钱理群、温儒敏、吴福辉:《中国现代文学三十年》,北京大学出版社 1998 年版,"前言"第1 页。

诗),但文学内在的质素未必随之革新;正如中国人的思想、感情、心理当然会感应时代而有所波动,但人之为人的常情常理未必会与时俱进。

因此,本书探讨当代文学的基本立场如下:当代是在由古代而现代的时间线上延伸而来的,当代文学也是在从古代文学到现代文学的延长线上累积形成的。当代文学首先主要是一个时间概念,然后才是一个有待阐释的价值概念。在一定程度上,笔者同意将当代文学解释为"用当代文学语言与文学形式,表达当代中国人的思想、感情、心理的文学"。本书上编"当下感"和下编"形式感",大致正与此对应。笔者想表达的是,当代文学的面貌,正是由作家的当下感和形式感所共同塑造的。但笔者并不认为这种当下感和形式感必然都是全新的,而是试图证明:作家的当下感与他们对古代、现代与当代之关系的体认密不可分;正如他们对文学形式的理解与运用,也与古代文学、现代文学的传承密不可分。一言以蔽之,若我们试图阐释当代文学具备某些新质,则可行的做法不是先将当代文学从情感体验与形式体验上与此前文学剥离开来,而是要让它们始终关联起来。若无古代与现代,何来当代? 离开文学传承,谈何文学创造? 笔者在写作过程中始终怀有这般自我设问。

为使分析论述更为集中,本书仅仅论及当代文学中的小说。由于缺乏周密的写作规划,本书无法以整体性构架立足。书中多有个案考察,整体关联很是薄弱,只能说是对当代小说的"散点透视"。因此,这里似有必要对当下感与形式感这两个关键词稍加解说。首先,它们不是对中国当代小说本质特征的抽象概括,而是对当下小说意义与价值之来源的谨慎探访。其次,它们之间并非通常所说的内容与形式的关系,它们都是从不同角度对小说家的叙事自觉的粗略描述。小说家的叙事自觉涉及诸多方面、难以尽数罗列;但笔者以为,小说家对当下的体验、对小说这一形式的理解,其中包含着他们所"意识到的"无可替代的东西。最后,当下感与形式感,二者均是开放性的,都包含诸多内在层次;细究起来,总有某些层次居于相对突出的重要位置。

当下感的首要内涵,是小说家对当下情境的体认。小说家因何写作、写了什么、写得如何,在很大程度上取决于他们体认当下情境的方式。在这方面,过去曾流行的"作家要深入生活""文学来源于生活"等提法,虽说如今少被年轻小说家挂在嘴边,其实仍未过时。真正需要反思的,是"下生活"之类说法。这种说法既设定了小说家高居于生活之上的姿态,又似乎将生活分割成若干或熟悉或陌生的区块。事实上,生活是一本读不完的大书,小说家与读者始终都在生活之中,并且共同阅读这本大书。区别在于,小说家将读后感写成了小说,为读者提供了新的阅读对象。无论个人生活的内容丰富还是单调,小说家都是整个儿地在体验生活。读者之所以能读懂小说,正因为他们也生活之中。若从符号学和接受美学的角度来看,小说从创作到阅读的过程,即是小说家以个人方式对其所体验的当下情境加以编码,而读者则基于个人素养和能力在阅读过程中解码。倘若作家具备足够深切的当下感,则其作品会产生无可替代的特别效果:"文学文本对社会和文化规范进行的重新编码具有双重功能:一方面,它使当时的读者能够看到平淡无奇的日常生活中无法看到的东西;另一方面,它使后来的读者能够领会一个他们未曾经历的社会现实。"①本书的前三章试图说明:不管小说家所写是现实题材还是历史题材,不管其所写内容是否荒诞离奇,他们都是在以自己的方式呈现其当下体验。但小说终究不同于现实。对小说家而言,日复一日的当下体验既提供某种创作来源,又可能构成某种限制。因此,理解小说与日常生活之关系,乃是当代小说家至关重要的课题之一。出于这种认识,笔者在本书第四章至第六章中考察了三个不同个案,试图以此解析当代小说家面对日常生活的不同叙事姿态。

　　当下感当然还包括小说家对新现实的感知,并以小说的方式回应现实变化、呈现自身的现实感受。在这个意义上,"文学反映现实"之类说法永远不会过时。但我们仍然希望,小说家是"以小说的方式"反映现实。什么是小说的方式呢?我们或许一时间很难给出一个精准的答案,但我们知道,所谓小说的方式,它不仅区别于新闻报道和文件纲领的方式,还区别于诗歌与戏剧的方式。优秀的小说家不一定直接从当前现实取材,但他们必定对现实变化十分敏感,对小说在当前现实中的处境十分敏感。惟其如此,小说家才能对现实与小说关系的变化尤为敏感。也就是说,富于当下感的优秀小说,未必

①　[德]沃尔夫冈·伊瑟尔:《怎样做理论》,朱刚、谷婷婷、潘玉莎译,南京大学出版社 2019 年版,第 74 页。

总是表现日新月异的当下现实,但必然会呈现小说家对小说与现实关系的独到思考。当然,从更长时段来看,"一切新的都会变成旧,而预测未来最好的办法毋宁是当下践行以影响未来"①。笔者对当下感的重视与分析,正包含着这样的认识与期待:当下小说中正孕育着小说的未来。因此,解读当代小说,我们与其致力于判定其是否具备进入杰作或经典序列的质素,不如细心探察其是否表现了某些新的创作动向或发展趋势。

不过,预测未来不是笔者的兴趣所在。在当下这个高速发展的时代,预测未来尤为困难。但小说家应当有预测未来的兴趣,——更准确地说,他们至少应该有兴趣思考小说的未来。小说家宗璞在近四十年前曾感慨:"下辈子再下辈子,那时可能争夺读者的不只是电影、电视,还有新发明的想象不出的什么新奇物品。不过我相信总有人爱读小说,也总还是需要有人写小说。"②事实上,不需要等到久远的"下辈子再下辈子"。眼下,作为"新发明的""新奇物品",电脑、互联网、手机已然极大改变了我们的生活,电子阅读也正在有力影响传统阅读。但宗璞的预言终究没有落空:尽管当下的小说创作、阅读都与以往大有不同,的确还有很多人爱读小说,还是需要有人写小说。

在这个泛娱乐化的时代,不只小说,整个文学的处境是非常微妙的。"严肃文学"或"精英文学"的地盘虽日渐紧缩,但仍然有相当多的作家重视小说创作的技法及其传承;"通俗文学"或"大众文学"迅速扩张,一面不断降低小说创作的门槛,一面又不断打造阅读传播的新纪录。两者都主动向蓬勃发展的新媒介技术借力,以证明自己所来有自或未来可期。两者都为造就繁荣的文学景象贡献了自己的力量,但也都潜藏着使文学被"祛魅"的风险。"精英文学"地盘上随处游荡着文学名家、巨匠的幽灵,"通俗文学"阵营则时刻可能催生出新的大神、大咖。名家巨匠随处可见,自然也就不再珍稀;大神大咖随时出现,自然也就不再神秘。在此情境中,有作为的小说家亟须以真切的情感体验和精致的小说技艺,重新恢复小说创作的难度和尊严,重新探讨小

---

① 刘大先:《从后文学到新人文》,上海文艺出版社 2021 年版,第 27 页。
② 宗璞:《小说和我》,《文学评论》1984 年第 3 期。

说的多样性与可能性,重新证明小说与现实之间的密切关联,进而重新为文学"复魅"。这就要说到小说的形式感了。

五

小说家的形式感与当下感一样,也包含多个层次的内涵。如我们所知,形式,应当是始终与丰富的内容相互依存的形式。笔者赞同这种观点:"对于一件真正的艺术作品来说,形式和内容是融为一体的,人们常常分不清是在看形式呢还是在看内容。"①本书所探讨的形式感,主要是指小说家在创作过程中对小说这一特定艺术形式的体认,它可能具体表现为小说家对成规惯例的遵从、对打破形式规范的渴望,也可能表现为处于二者之间的摇摆状态。小说家的形式感,既可见于其创作谈或与他人对谈之中,也可从其作品中得到实证。从作品中考察其形式感,虽不如一般自述或访谈来得直接,却是更为坚实可靠的研究路径。至于小说家径直展开对小说的理论思考,则是展现其形式感的一种特殊方式,理应得到研究者的特别重视。有鉴于此,本书第七、八、九章均注目于小说家的理论自觉。

如同形式涉及诸多难以罗列的要素及其相互关系,形式感同样牵涉许多十分复杂的问题;对这些问题的梳理与解析,远非一本小书所能胜任。仅就小说的一般形式特征而言,近一个多世纪以来,活跃于中国小说界的形式要素或理论话语,至少包括结构、环境、人物、情节、故事、抒情、语言、叙事、主题等等,其中任一形式要素都值得以一本书的规模去探讨。本书在专论理论自觉的三章之外,特别在第十章对抒情的自觉加以个案分析,在第十一章尝试了对语言自觉的专题考察。笔者深知,无论个案分析还是专题考察,都难以代表总体性的论述。但愿今后有兴趣、有机会、有能力将这些粗浅研究推向纵深。

形式感的内在悖论和驱动力都在这里:小说家总要借助已知的小说形式来确认他们所写的是小说,但又希望自己所创造的小说形式具备新质。小说

---

① [匈]阿诺德·豪泽尔:《艺术社会学》,居延安译编,学林出版社 1987 年版,第 67 页。

家形式感的来源,无外乎文学教育、阅读和创作三条途径。文学教育是最初的启蒙,创作是亲身实践,而贯穿始终的则是阅读。三者所构成的复杂关系,乃是孕育和不断激发着作家摹仿与传承、反叛与创新等创作意向的特殊情境。因此,在这个特殊情境中,"传统"就成为至关重要的参照系。文学传统当然不会自动显形,而是有赖于作家对传统的感知、理解与阐发。传统因其影响力而受到当下的重视,当下对传统的阐释也会反过来影响传统的意义价值和存在方式。当代文学作为行进中的文学,其显著特征即是其中活跃着各式各样的、大小不一的文学传统因子。本书的第十二章、第十三章,即是对当代小说家与传统关系的个别考察。但在个案考察之余,还有某些话似未说透,此处多说两句。

毫无疑问,当后来者运用传统这个概念时,他们就已经意识到并承认传统对后来的影响了。因此,传统虽然不是小说形式的显在要素,却是我们在探讨小说家的形式感时最不可忽略的要素。无论是探讨小说或其他文体形式还是所有文学创作,对传统延续的过程、规律等加以整体化的阐释,始终是有令人着迷却又极为困难的课题。比如,有研究者曾对文学传统流变过程中的六种不同形态加以精当概括,其研究方式及结论均颇有启发意义。[1] 但很显然,在这六种形态之外,还有更多的可能性值得探究。由于各种原因,后来作家面对传统的姿态是很丰富复杂的。陈平原在研究近现代小说时发现,尽管"新小说"和"五四"小说的作者都深受"史传"和"诗骚"传统的影响,但他们都只愿意部分地承认自己受何影响。"主要的'新小说'家不大论及他们接受西洋小说的影响,而强调他们跟传统小说的联系;反之,'五四'作家则大都否认他们的创作跟传统小说的联系,而突出外国小说的影响。"[2]这就提醒研究者在考察传统之影响时不要草率做出笼统结论,而更宜以多项扎实深透的个案研究为基础。笔者在考察传统与当下创作之关系时,之所以倾心于个案研究,也有这方面的原因。

关于文学传统与后来者的关系,可资借鉴的理论资源很多,但有待重新

---

① 参见姚文放:《当代性与文学传统的重建》,人民文学出版社 2004 年版,第 248—258 页。
② 陈平原:《中国小说叙事模式的转变》,北京大学出版社 2003 年版,第 139 页。

思考之处也有不少。譬如,艾略特对"传统"之于"个人才能"决定性影响的论述,因见解独到而广为人知;但他对后来者之于传统的反作用力,或许是考虑不足的。尽管他也注意到"真正新的"作品出现后会迫使现有体系"有所修改",但在他看来,旧体系只要做出"微乎其微"的修改就能兼容新作品。当艾略特说"现存的不朽作品联合起来形成一个完美的体系"①的时候,传统与后来者的关系其实是秩序与遵从者的关系;传统作为历史的化身,有着与生俱来的、不容置疑的权威。他既无暇去思考最初的那个"完美的体系"如何建构起来,也没有真正重视后来者对所谓既有体系的挑战力。与此同时,艾略特对个人继承传统的过程描述不无神秘色彩。无怪乎伊格尔顿会对此不无调侃地评价道:"此传统永远不会打盹儿:它总是已经神秘地预见到那些尚未创作出来的重要作品;而且,尽管这些作品一旦创作出来就会引起对于此传统本身的重新评价,它们最终还是会被传统的胃轻而易举地吸收。"②在艾略特的描述中,"此传统有如全能的上帝或一个心血来潮的专制君主",个人对于自己能否进入传统是无能为力的,他只能如信徒般等待神或君主的恩宠。在这个意义上,哈罗德·布鲁姆关于"影响的焦虑"的理论建构,乃是对艾略特观点的神秘或含糊之处的有力回应。但耐人寻味的是,布鲁姆所提出的"误读""逆反"以及六种"修正比",固然从创作心理和文本细节上突出了后来作家的创造性,却也同时从反面证实了传统的权威。从根本上说,艾略特式的强调传统的权威,布鲁姆式的反抗影响的焦虑,其实都是将传统与后来者的关系理解为影响与被影响的施受关系。直到互文性理论出现和发展成熟,这种施受关系或许才真正被改写为不同主体之间的相互关系。萨莫瓦约描绘了诸多文本对话的理想化关系:"作品本身的独立和个性取决于它和整个文学之间可变的联系,在这种变化中,作品描画出自己的位置。这个位置并不是一成不变的,因为它是从不同的角度被确定的:历史上讲,看作品是否从属于一个历史上特定的流派,看作品在它所处那个时代的表征,而且后者也是变化着的;从类型上讲,看作品与它所隶属的类别之间的关系;从知名

---

①　[英]艾略特:《传统与个人才能》,《艾略特文学论文集》,李赋宁译,百花洲文艺出版社 1994 年版,第 3 页。

②　[英]伊格尔顿:《二十世纪西方文学理论》,伍晓明译,北京大学出版社 2018 年版,第 42 页。

度上讲,看该作品是否属于经典,这也是可变的;从话语风格上讲,看一篇文本的话语特点可能发生的变化。"①这样的互文性理论,确实能为解读文学作品提供"不同的角度"。但我们仍须警惕的是:倘若一切都是"可变的",那么文学研究者不仅可能无法评判个体作家的创造性,还有可能将文学创作理解为不同文本间任意发生关联的游戏。在这个意义上,我们的研究工作必须要找准落脚点。具体说来就是,我们对小说家形式感的探究,始终应与对小说家当下感的考察紧密结合起来。立足当下,阐释当下,这是我们研究当代文学时始终应具备的自觉。

---

① ［法］蒂费纳·萨莫瓦约:《互文性研究》,邵炜译,天津人民出版社2003年版,第58页。

上编

当下感

第一章
讲述中国故事的当下自觉

——四部小说与三个话题

　　中国文学批评自改革开放以来取得了长足的进展,借用韦勒克的说法,这是一个"批评的时代":"批评的洪流向我们汹涌袭来",文学批评不仅"获得了新的自我意识","还形成了许多新的方法和新的价值观念"。① 在纷至沓来的批评理论中,蒂博代的《六说文学批评》并不以"新的方法"见长,但其关于三种批评形态的区分与描述一再被称引,对中国当代文学批评形成"新的自我意识"颇有助益。事实上,蒂博代的文学史观也不乏值得重视的"价值观念",比如他对"文学的历史"与"文学的现实"关系之辨析:"为了有历史的回忆,历史也必须曾经是现实,即某些东西从中保存下来"。② 这种由时间检验和存留的东西,与美学家所钟情的"艺术永恒性秘密"不谋而合,但又有不同归趋。当李泽厚说"每个时代都应该有自己时代的新作,诚如车尔尼雪夫斯基所说,尽管是莎士比亚,也不能代替今天的作品"时,其意图在于辩证地把握"继承性、统一性的问题"③;蒂博代更为看重的,则是文学创作与文学批评的当下性。面对眼前"由书组成的滚滚流淌的河流",文学批评该如何取舍? 蒂博代认为,应当有一种鲜活的当下批评,"其作用是感觉现时,理解现时,帮助现时自我表达"。④ 文学批评与文学创作,须以强烈的当下性为接合点,从而形成密切的同构或共存关系;这就是蒂博代留下的启示。

　　21 世纪以来,最具当下性的文学命题,当是"讲述中国故事"。从根本上说,这一命题是中国经济崛起、文化复兴、综合国力提升在文学领域的必然诉求。如果说,20 世纪 80 年代一度盛行的"让中国文学走向世界",可视作"文化焦虑的表意形式"⑤;那么,取而代之的"向世界讲述中国故事",则是洋溢

---

　　① ［美］勒内·韦勒克:《批评的诸种概念》,罗钢、王馨钵、杨德友译,上海人民出版社 2015 年版,第 317 页。
　　② ［法］蒂博代:《六说文学批评》,赵坚译,三联书店 2002 年版,第 61 页。
　　③ 李泽厚:《美的历程》,天津社会科学院出版社 2001 年版,第 349 页。
　　④ ［法］蒂博代:《六说文学批评》,赵坚译,第 61—62 页。
　　⑤ 孟繁华:《从"走向世界"到讲述中国故事——改革开放四十年的中国文学》,《文艺报》2018 年 12 月 5 日。

着文化自信的新时代诉求。不再借助"世界"这个对立面来表述"中国",而是改为以中国来表述"世界",这种对中国主体性的张扬,理当获得文学批评与文学创作的共同认可。这类探讨的拓展深化,还得归功于一批作品集中表现了独特而丰富的中国经验。以地域侧重而言,付秀莹的《陌上》、贾平凹的《古炉》和阎连科的《炸裂志》等,从乡村生态书写中国记忆;从城市体验讲述中国变迁,有金宇澄的《繁花》、徐则臣的《天上人间》和王安忆的《考工记》等;借边地经验扩展中国故事的版图,有范稳的《水乳大地》、王蒙的《这边风景》、次仁罗布的《祭语风中》和彭荆风的《太阳升起》等。以人物塑造而言,格非的"江南三部曲"、宗璞的"野葫芦引"四部曲、李洱的《应物兄》,倾心关注知识分子的命运;关仁山的《金谷银山》,着意刻画新时代的新农民形象;张炜的《艾约堡秘史》试图解剖商业巨人的精神世界;石一枫《借命而生》极力描写富有担当精神的基层警察形象。以作家身份而言,张翎的《余震》《劳燕》、严歌苓的《金陵十三钗》《陆犯焉识》和陈河的《甲骨时光》等对中国历史和文化的持续开掘,代表了海外作家所达到的深度和高度。这些作品使人们看到,作家讲述中国故事可以、也应当有多样化的方式。相应地,批评家也时常以审慎而包容的态度避免本质化的论断。比如,这是讨论何为中国经验:"文学作品的根本面向应当是人心、人性和人情,是文学的语言、作家的个性和创造性,是一种品格和精神、一种情怀和关切、一种坚韧和信念。容纳了这些因素,不管讲述什么样的中国故事,都会是真实而又深刻有力的,都会显现饱满、富有活力的中国经验。"[1] 这是论及如何讲好中国故事:"只有以非常文学的方式讲述中国故事,才会让中国故事行走得很远很远。"[2]

笔者认为,当前语境中要讲好中国故事,应有"当下性"的自觉。这个当下性的内涵,就是要从切实的当下感受出发,书写当下中国人的喜乐与困苦、迷茫与憧憬。当下性的写作,既可着眼于当下中国社会格局、文化生态和经济面貌,也可注目于当代中国人的思想情感、道德伦理和价值观念,但必定要展现中国文学的叙事观念、叙事技艺和叙事伦理。讲好中国故事,有赖于作

---

① 陈晓明语。见张江、陈晓明等:《怎样讲述中国故事与中国经验》,《人民日报》2015 年 11 月 27 日。

② 贺绍俊:《长篇小说:讲出中国故事的世界意义》,《文艺报》2016 年 9 月 14 日。

家深切地"感觉现时,理解现时",艺术地把握历史与现实、中国与世界、地方知识与国族记忆、个人经验与文学传统等关系。讲好中国故事,也有赖于批评家"帮助现时自我表达"。批评家有责任在深刻体察现实的基础上,感知读者精神需求,传承中国文学经验,引导文学发展方向。十九大以来,"讲好中国故事,展现真实、立体、全面的中国"已成为新时代的文学方向,呼唤着作家和批评家的共同参与。本章试以2018年出版的《北上》《山本》《黄冈秘卷》《刻骨铭心》等四部长篇小说为中心,解读作家在叙事观念、叙事技艺、叙事伦理方面的当下自觉。

第一节　叙事观念的自觉

　　讲述中国故事之所以可能,很大程度上是因为日新月异的中国源源不断地生产着丰富的当下事实。但不少学者认为,讲好中国故事之难,恰恰难在把握当下:"讲述中国故事,最难的在于讲述当下正在发生的故事。""中国当代文学在表现当下中国社会深刻变化方面还显得乏力,往往偏向于描摹和罗列社会表象,而对人心人性的发掘缺乏深刻性和独创性。"① 近几年来,余华《第七天》、刘震云《吃瓜时代的儿女们》等反映当下的作品一度引发关注,但"新闻体""杂闻体""新闻剪报式"等评价也说明,紧贴现实的写作方式,结果可能是适得其反。再如张炜的新作《艾约堡秘史》,回溯淳于宝册的过去堪称细致,但对其当下的叙写却相形见绌。面对丰富而复杂的当下,作家要么贴得过紧,要么暂时难以把握。在这个意义上,改从历史入手、"迂回"表现当下,也不失为一个选择。

　　时至今日,尽管历史叙事的"本文"(海登·怀特语)性质已众所周知,小说家和历史学家恐怕还是不会径直将历史视同于小说。这当然不是因为历

---

① 张江、陈晓明等:《怎样讲述中国故事与中国经验》,《人民日报》2015年11月27日。

史学家所讲述的历史与当下无关。如卡尔所说:"当我们尝试回答'历史是什么'这类问题的时候,我们的答案有意无意之间就反映了我们自己在时代中所处的位置,也形成了更广阔问题的一部分答案,即我们以什么样的观点来看待我们生活其中的社会。"① 历史观是由历史感与当下感共同表述的,这一论断同时适用于历史学家和小说家。不同之处在于,小说家的历史叙事有更为丰富生动的细节、故事和人物,因而更加便于带入当下作者的生存体验,也更有可能获得当下读者的阅读兴趣。读者和批评家之乐于品评小说家的历史叙事,实际上就是渴望与同时代人交流当下生活感受以及对历史的看法。如果说,小说家的历史观是一枚硬币,硬币的两面分别是历史感与当下感;那么,当硬币立起,无论哪一面朝外,事实上都是两面同时呈现。区别只在于小说家们的手法不同:他们在转动硬币时,是以哪一面带动另一面。比如《刻骨铭心》第一章讲述了当下的两个小故事,此后六章全部用于叙述已成历史的人事。《山本》则以涡镇为中心,专心致志地讲述 1927—1935 年间的历史。② 但后文将会说明,即便如此,这两部作品也仍有很强的当下感。《北上》叙事的起点和终点都是当下,但有意以章为单位,使叙事视点在历史与当下之间来回切换。《黄冈秘卷》同样以叙述当下作为开篇和终局,而行文中随时将视点切回父辈、祖辈以至曾祖母的事迹。可以说,这些作品共同体现了清醒的认知:回溯历史的出发点和归结点,都应该是当下体验。这也就意味着,不管小说家先转动硬币的哪一面,我们都应重点关注当下感这一面。

值得注意的是,在营造文本的历史感时,作家们不约而同地表现出对史料文献的重视。在《北上》中,废漕令何年颁布,八国联军如何攻进北京,义和拳的兴起及其与朝廷的关系变化,地方百姓与洋教、官府之间的纠葛,运河兴衰的时间节点,等等,都有史可依。《山本》对多种势力及其关系的表现,同样不违基本史实。《刻骨铭心》对南京城统治力量轮换的叙述与史载无差,且多次援引报刊史料。《黄冈秘卷》中苏东坡与黄冈的关系,尤其是林家大塆那位名人的事迹,也都属于信史。采信文史资料,并以之为叙事基础,这种理性平

① [英]E. H. 卡尔:《历史是什么?》,陈恒译,商务印书馆 2007 年版,第 89 页。
② 对《山本》的"本事",方岩考述最为详细,此处采其观点。详见方岩:《传奇如何虚构历史——读贾平凹〈山本〉》,《扬子江评论》2018 年第 3 期。

和的历史观,可称为正视历史。所谓正视,并不必然意味着正面拥抱,也不意味着要直接表现轰轰烈烈的大场面,而是将故事背景托付于已成共识的历史知识。接下来,作家的工作就是在特定历史情境中展开对人事的叙述。且看《山本》对时局的一段叙述:"冯玉祥的队伍和白朗的队伍在一百五十里外的方塌县打了一仗,又在桑木县的高店子打了一仗,冯玉祥的队伍把白朗的队伍打散到西边一带。没想逛山和刀客竟联手了再打冯玉祥。后来69旅不知怎么又和逛山追杀刀客。"① 还有小说中杨钟的看法:"什么国军呀土匪呀刀客逛山游击队呀,还不是一样? 这世道就靠闹哩,看谁能闹大!"② 将事出有因说成"不知怎么",将各种军事力量的此消彼长说成是"闹",这种超然态度看似无知识、无立场,但通观全篇,小说并未提供有别于历史共识的别样图景。再如《刻骨铭心》中的叙述:"过去几十年,城头变幻大王旗,自太平天国开始,南京城没有好好安生过,一会儿这样一会儿那样……老百姓跟着倒霉。"③ 更有如此议论:"历史真相往往会被掩埋,被遮蔽;被掩埋和遮蔽的真实原因,不只是因为后来歪曲,因为加工篡改,还因为当时就没有认真弄清楚。"④ 但自始至终,小说并未对哪一桩被遮蔽或歪曲的历史事件加以真相还原。作家们很清楚小说的本分所在,他们之所以对"闹"的乱世感兴趣,乃是因为对"跟着倒霉"的老百姓情有独钟。作家们似乎在叙事观念上达成了某种默契:他们认可具体的历史情境有其高度复杂性,但无意于对历史共识进行解构或揭秘,而只是借用这些历史情境来展开叙事;他们对由历史到现实的过程了然于胸,但无意于为历史合理性再添一份文学证词,而是自觉地注目于历史情境中的人。

　　借共识化的历史情境来写自己"感兴趣"的人,这与亚里士多德所谓的"诗人的职责不在于描述已经发生的事,而在于描述可能发生的事,即根据可然或必然的原则可能发生的事"⑤ 稍有不同。"可然或必然的原则"强调的是,作为最高准则的现实或真实,始终有待作家对其加以模仿;"感兴趣"之

① 贾平凹:《山本》,作家出版社2018年版,第7页。
② 同上书,第162页。
③ 叶兆言:《刻骨铭心》,人民文学出版社2018年版,第38页。
④ 同上书,第89页。
⑤ [古希腊]亚里士多德:《诗学》,陈中梅译注,商务印书馆1996年版,第81页。

说,则将创作主体的当下意图推到我们面前。根据伊瑟尔的看法,虽然"想像永远不会自动显示出意向性,它只能在不同的激发者的引导下展现其自身"①,但正是通过想象,我们才得以透视作者的意向性。与此相关,虚构本身也不是目的,但作为"现实世界的入侵者",虚构"同时撕裂分散和加倍拓展了这个供它参照的世界"②。正是在这里,伊瑟尔表现出对亚里士多德观点的继承与超越。他建议人们将文本视作现实、虚构与想象的"三元合一"结构,以避免陷入常见的现实/虚构的二元对立。"三元合一"理论对于解读历史叙事的启示是,我们与其执著于辨析何为真实,不如追问作家为何要虚构和想象。由此,"历史是什么"这一终极之问,也就被"历史何以是当代史"或"作家的当下意图是什么"等具体问题所替代。

作家出于何种当下意图、采用何种文学手段,以引领读者重温历史,因人而异。《黄冈秘卷》以"秘卷"命名,显然有写出"秘史"的创作诉求。小说叙述者"我"与刘醒龙本人在作家身份、生活经验和家族记忆方面的诸多重合,无疑透了小说的创作意图:一位当下作家对一种地域文化和家族记忆的溯源。因此,刘醒龙特别需要一个庄重、可信且有条不紊的历史,正如小说中的"我"相信文字可以为世代繁衍写下"一条清晰的脉络"③。小说中还有一种特殊的历史呈现方式,即"辩经"。这本是佛教用语,但被用于评述老十八与祖父对那些无法核实却又生长变异的"传说"之争辩。祖父的从"民国十一年"说起,也是重温历史的方式之一,而这一年之所以重要,不过是因为他开始了在林老大家织布的漫长生涯,外部世界从此向其个人敞开。庄重的陈述,辩经式的呈现,生活化的个人追忆,这是刘醒龙所发现的由当下回溯历史的三种可能:或为探明历史真相,或为增进日常的辩才,或为表达个人生活体验。《黄冈秘卷》的意义在于,它既以较为开放的姿态给想象历史的不同方式留下空间,又始终将庄重感设为叙述历史的主调。

《刻骨铭心》第一章写当代"烈女"游娜将丈夫去势,讲作家努尔扎克的

① ［德］沃尔夫冈·伊瑟尔:《虚构与想像:文学人类学疆界》,陈定家、汪正龙等译,吉林人民出版社 2003 年版,第 10 页。

② 同上书,第 8 页。

③ 刘醒龙:《黄冈秘卷》,湖南文艺出版社 2018 年版,第 467 页。

母语焦虑,二者似无必然关联;此后六章专写现代史上的南京人事,又险些与第一章失去关联。对于如此另类的开篇,叶兆言本人的说法是:"可能有一个信念在支撑着我,那就是读者无论怎么喜欢历史,恐怕都会与现实有关……因此,我希望在一开始,更多的是切近现实。换句话说,我更希望大家是从现实生活出发,以现代阅读的方式,进入这部小说。"还说:"为写历史而写历史,为编故事而编故事,那并不是小说,起码不是好小说。"① 基于上述观念,叶兆言试图弱化自己想象历史的意向性,以充分调动读者的主体性和参与度。与此相映成趣,小说的后记也溢出了常规,它不仅继续交代小说中人物的命运,还将叶兆言另一部小说中的人物拉来作证。由此,叶兆言的创作意图,可谓既晦涩又明朗:一方面,他致力于以看似别扭的篇章结构,向读者敞开文学的虚构和想象特质;另一方面,他又恳请读者带着刻骨铭心的当下体验,去理解历史中的人。与其说叶兆言是在虚构和想象历史,不如说他是在想象一种新的历史叙事方式。先不论其实际效果如何,这种探索创新的努力都值得肯定。

《刻骨铭心》别具一格的后记,实际上是将"副文本"也写成正文。热奈特指出,一部作品总是被标题、副标题、前言、后记、插图、插页等"副文本"伴随和强化,"它们包围并延长文本,精确说来是为了呈示文本……保证文本以书的形式(至少当下)在世界上在场、'接受'和消费"② 据此,副文本可视为作者"呈示"自我并期待被理想读者"接受"的载体。比如,我们可从标题、题记以及后记中窥知作者的当下意图。"刻骨铭心",吁请读者调动刻骨铭心的体验回望历史;"黄冈秘卷"有意关联巴尔扎克关于小说与"秘史"的经典表述。"北上"预示着沿河北上、回溯历史的叙事意图。小说题记先引龚自珍饱含深情的诗,又引加莱亚诺的诗句"过去的时光仍持续在今日的时光内部滴答作响",两者共同强化了徐则臣的叙事意图:以当下的感情和温度去回溯历史、去发掘由昔至今的脉络和传承。小说中谢、孙、邵、周几家人跨越世纪的再度相聚,正是徐则臣的意向性所致——他需要这样的巧合,好让我们都听

① 　叶兆言:《有关〈刻骨铭心〉的一些想法》,《长篇小说选刊》2018 年第 4 期。
② 　[法]热奈特:《副文本:阐释的门槛》,转引自朱桃香《副文本对阐释复杂文本的叙事诗学价值》,《江西社会科学》2009 年第 4 期。

到时光的回响。

《山本》最初有过"秦岭""秦岭志"等标题,后来标题虽改,但题记仍能体现作者为"中国最伟大的山"立言的初衷。秦岭何以伟大,作者何以要写秦岭,可结合另一副文本"后记"来看:"巨大的灾难,一场荒唐,秦岭什么也没有改变,依然山高水长,苍苍莽莽,没改变的还有情感,无论在山头或河畔,即使是在石头缝里和牛粪堆上,爱的花朵仍然在开"①。如果贾平凹创作的本意是使世事的纷乱芜杂与大自然的渊默幽深相互比衬,那么小说是较为成功的。但要说到采摘"爱的花朵",我们只能看到目不能视的陈先生和口不能言的宽展师父。前者是仁心妙手的智者善人,后者有如安抚灵魂的人间菩萨,这两个人物的某些理念化色彩,已使贾平凹遭到某些批评。但我认为,并非贾平凹的价值观"虚无"导致了人物形象的理念化,而是其作家身份和普通人的体验之碰撞所致。"过去了的历史,有的如纸被糨糊死死贴在墙上,无法扒下,扒下就连墙皮一块全碎了;有的如古墓前的石碑,上边爬满了虫子和苔藓,搞不清哪是碑上的文字哪是虫子和苔藓……秦岭的山川沟壑大起大落,以我的能力来写那个年代只着眼于林中一花、河中一沙,何况大的战争从来只有记载没有故事,小的争斗却往往细节丰富、人物生动、趣味横生。"② 糊在墙上的纸无法扒下,这个比喻说明历史共识是我们安身立命的根基,不容破坏;虫子、苔藓与碑文同在,这喻示着某些叙述是对历史真相的遮蔽或涂抹。贾平凹自有小说家的自觉,明白自己的职责是写好大历史中的细节,而不是重建或颠覆历史共识。在我看来,《山本》乃是久居平和安逸、安享文明秩序的当下小说家,对充斥着贪欲、迷误和暴力的历史之虚构、想象与拒绝。作为小说家的贾平凹可以从容自如地探察历史暴力,但作为普通人的贾平凹却为此感到惶恐不安,所以他不仅让涡镇毁于连天炮火,还由衷感慨自己需要书中的铜镜、陈先生和地藏菩萨。

《北上》有一个"楔子",讲述京杭大运河的某次考古发现。运河考古实有其事,而在介绍出土文物时,偏要向读者展示一封子虚乌有的信,并由这封

① 贾平凹:《山本》,作家出版社 2018 年版,第 523 页。
② 同上书,第 525 页。

信引出迪马克兄弟以及与他们有极深关联的几家人,这正是小说家出入虚实之间的惯用招法。但作者并不试图混淆虚实,而是开篇就表明了历史观:"在看不见的历史里,很多东西沉入了运河支流。水退去,时间和土掩上来,它们被长埋在地下。2014年6月,大运河申遗成功前夕,埋下去的终被发掘出来。"① 小说临近尾声,谢望和生出强烈冲动:"我要把所有人的故事都串起来。纪实的是这条大河,虚构的也是这条大河;为什么就不能大撒把来干他一场呢?"在这一刻,虚构、想象历史的激情,几乎使人物与作者的"知情权"等同。更有意味的是,谢望和的冲动虽一再被情人孙宴临明确反对,却得到了考古学家胡念之的支持。"'强劲的虚构可以催生出真实',他说,'这是我考古多年的经验之一。'他还有另一条关于虚构的心得:虚构往往是进入历史最有效的路径;既然我们的历史通常源于虚构,那么只有虚构本身才能解开虚构的密码。"② 考古学家本当以出土实物和历史知识为依据,而他不仅重视虚构,竟然还积累了以虚构解开虚构的经验。他就像是徐则臣特意请来为自己的叙事观念作证的。初看上去,小说的首尾之间存在着某种历史观的矛盾,但细想来,这恰恰证明了徐则臣自有坚实的叙事观念。他不仅明白,在考古学家无能为力的时候就该小说家出场,还深知考古学家与小说家的工作都需要一个"进入历史的'场'"③。所不同者,考古学家凭借的是出土实物和发掘现场,小说家则凭借虚构和想象。

"一切历史都是当代史",克罗齐的这句名言向来不乏阐释者。本章所论的四部作品,恰好以小说的方式做出了呼应。追问当下的我们从何而来,这是《北上》的意图所在;容许多元化的历史讲述方式,但坚持以正史为主调,这是《黄冈秘卷》;以想象的方式告别充满虚妄和暴力的历史,这是《山本》;以当下的真切体验去理解大历史中的普通人,这是《刻骨铭心》。践行理性平和的历史观及人本主义的文学观,不仅是这些作品成功的原因,也为当前语境下讲述中国故事提供了有益启示。

---

① 徐则臣:《北上》,北京十月文艺出版社2018年版,第1页。
② 同上书,第464页。
③ 同上书,第434页。

第二节　叙事技艺的自觉

　　无论虚构和想象如何展开,作家的叙事观念最终都要落实到技艺层面。如伊瑟尔所言:"毫无疑问,任何想象都源于认知困惑。而认知能力通过变成相互关联又相互区别的文本而得到加强,文本依靠相互联系而得以不断拓展。"① 考察这些相互关联又相互区别的文本时,既可注目作家个体,也可环顾作家群体;而使众多文本联系在一起的,始终是叙事技艺。叙事技艺的精进,有赖于作家的深刻自觉。"漫长的写作从来都是一种修行和觉悟的过程"②,这个论断适用于所有胸怀抱负的作家。写作一旦职业化,可持续性就成了关键。写什么、为何而写、怎样写,对这些常见问题的应对方式,既能见出作家个性,又包含着文学创作的共性。若要从本章所论四位作家的创作经验中找出最大可能的共性,我以为是"地方性书写"。

　　"地方性"并非不言自明的概念。在中国现代文学中,"地方性是一个极为复杂的事物,它可以是某种文学创作风格,也可以是特定的表达方式,抑或是某种独特的题材类型",但也正因关涉较广而被多种理论征用,以致"成了一个被各种价值标准撕扯、争夺的场域,因而多少显得有些暧昧不清"③。至吉登斯所思考的"高度现代性"语境中,"地方性"的内涵与外延均已扩张,甚至与"全球性"构成"辩证法的两极"。④ 笔者所理解的地方性书写,包含两个不同的层次:首先是指作家在叙事资源上偏爱表现某一地方的文化历史、语

　　① ［德］沃尔夫冈·伊瑟尔:《虚构与想像:文学人类学疆界》,陈定家、汪正龙等译,吉林人民出版社 2003 年版,第 6—7 页。
　　② 贾平凹:《山本》,作家出版社 2018 年版,第 524 页。
　　③ 李松睿:《书写"我乡我土"——地方性与 20 世纪 40 年代中国小说》,上海人民出版社 2016年版,第 84 页。
　　④ ［英］安东尼·吉登斯:《现代性与自我认同》,赵旭东、方文译,三联书店 1997 年版,第40 页。

言习俗和风景名胜等,由此而形成某种"故土情结";其次是指他们惯于从某一地域的人事来表现中国经验的写作模式。第一个层次比较直观、易于把握,比如《黄冈秘卷》中的历史人物苏东坡及其诗句、地方特产巴河莲藕、独特的称父亲为"伯",以及反复出现的以方言"嘿乎"为中心的日常表达,等等;《刻骨铭心》中许多地标、风景、饮食,特别是已经进入现代史的各种事件,都是南京的地域标签。贾平凹经营商州多年,商州的风土人情成全了贾平凹,贾平凹也造就了商州的文学地位;徐则臣与"花街"、叶兆言与南京、刘醒龙与黄冈的关系,大概也是如此。

对第二个层次的理解,则要求我们在作家的创作历程中把握其叙事惯性、发现新的动向。如,贾平凹在新世纪以来的《秦腔》《古炉》《带灯》《老生》《极花》等一系列作品,就延续着某种叙事惯性:"面对文化传统与现实生活,历史传说与当下社会,正在消失的穷乡僻壤与似乎凯歌行进的都市,贾平凹执拗地抓住前者,断然无畏地任由后者遗落在视线之外。"① 这些作品的叙事空间有清风街、古炉村和樱镇等变动,但叙事姿态几乎始终如一:站在乡村的角度,叙述现代进程如何打破传统乡土社会的平衡,并将其裹挟进现代性的洪流。在叶兆言笔下,不管是甄家好(《花影》)的放纵狂欢、丁问渔教授(《一九三七年的爱情》)的浪漫故事,还是"文化大革命"少年的荒芜成长(《没有玻璃的花房》)、知青蔡学民(《我们的心多么顽固》)的情欲体验,均以南京为叙事空间。曾令朱自清和俞平伯心神摇荡的"晃荡着蔷薇色的历史的秦淮河",仍在激发叶兆言虚构和想象的热情。远去的历史,颓废的城市,没落的家族,共同造就了叶兆言叙事风格的浪漫感伤。不过,叙事时间距离当下越近,叶兆言的故事就越有可能变得琐碎无聊;《别人的爱情》就是典型例证。刘醒龙从早期的"大别山之谜"系列到《凤凰琴》都以大别山区为故事背景,后来的《弥天》《圣天门口》《天行者》也是如此。《蟠虺》的故事背景在武汉,但仍不时牵出黄冈地方文化民俗。与此同时,刘醒龙无论叙述20世纪70年代的知青故事还是20世纪前半期的家族衍续和革命历史,或是关注20世纪90年代的民办教师生存处境,都鲜明地体现出对人的精神维度的强烈关注。但要突破

---

① 郜元宝:《"念头"无数生与灭——读〈山本〉》,《小说评论》2018年第4期。

"地域—性格"的人物塑造模式,还有待于更加精微的叙事探索。

由上可见,地方性书写,既伴随着作家叙述技艺的逐步成熟和个性风格的日渐明晰,但也潜伏着成规乃至束缚。笔者之所以重视这几部新作,正因从中感到几位作家不甘自我束缚、有意寻求突破。贾平凹在《山本》中将叙事空间由自己熟稔的商洛扩展至秦岭,不惮于让深情眷顾的乡村毁于战争,就是试图突破自我的证明。涡镇虽小,却不折不扣是世道和人心交集的漩涡,涡镇的故事隐喻了现代中国的部分历史。《刻骨铭心》并不以重新想象南京、虚构历史为目的,且有意远离叶兆言以往的浪漫风格,从而写出大时代中普通人的悲欢离合,而这正是中国经验的一部分。《黄冈秘卷》中的刘声志,不仅是某种地域性格的代表,还是儒家传统文化、中国革命史、尤其是当代中国政治等综合力量塑造而成的特殊人格。贯穿全书的《组织史》《刘氏家志》与教辅资料,则是中国政治、家族和教育等多重经验的缩影。不难看出,自觉追求以地方经验辐射并融通整个中国经验,乃是这些作品蕴涵丰厚的根本原因。当地方传奇变成中国故事,作家也就从地方性书写走向了中国化写作。

笔者所理解的中国化写作,是相对地方性书写而言的。如果说,地方性书写偏好从相对单一的地方经验取材,那么中国化写作则自觉注目于普遍的、共识化的国族经验;地方性书写难以摆脱叙事惯性,甚至可能走向自我重复,而中国化写作则自觉拓展文学资源,谋求更深刻地书写中国经验。必须说明的是,地方性本身没有束缚写作的"原罪"。福克纳的约克纳帕塔法、马尔克斯的马孔多,都是邮票般大小的地方,但都被他们写了几乎一辈子。他们深耕细作的秘诀,除了立足地方性而持续开掘美国经验和拉丁美洲经验,就是对小说叙事技艺的不断探索。因此,地方性本身不是问题,探索创新的意识和能力才是关键所在。在"地"大物博的中国,假如作家们都有探索创新的自觉,讲述中国故事实在是大有可为的。

下面以徐则臣为例,具体分析作家如何打破叙事惯性。在此前的"花街故事"中,他已将"花街少年到世界去"的叙事语法逐步操练纯熟,只是在不同作品中,主人公的行动意愿、达成方式及最终效果有所不同。对大学生陈木年(《夜火车》)来说,到世界去简直是不可克服的本能,为此他不惜"虚拟杀人",以至于葬送顺利毕业、保研并有望继承老师衣钵的大好前景;高中生陈小多(《水边书》)必须两度离家出走,才能回到课堂安心学习;大学教师初平阳(《耶路撒冷》)更是以孤注一掷的辞职考博走向北京,并谋划向遥远的耶路撒冷进发。这些故事有两点值得注意:其一,到世界去,与其说是外界对花街少年的诱惑,不如说是他们与生俱来的心结。其二,故乡与世界之间,始终是紧张的对立关系。对这两个问题的有效解释,必须结合徐则臣的创作意图和叙事自觉。

故乡永远在这头,名叫花街;世界永远在那头,有待探索。这种对立关系的设定,起初或许是源于徐则臣对少年成长过程的想象。从成长小说的角度来看,这种对峙永远有其必要。只有经过世界的磨砺,故乡生活原本平淡无奇的点滴与碎片,才会转化为深切绵长的记忆与念想,从而显得弥足珍贵;只有经过世界的磨砺,少年的躁动不安才有可能炼成平和自信,从而成为终身受用的精神之源。但对徐则臣所属的“70后”作家而言,这一代人的成长环境似乎过于安宁,甚至被不少批评家认为直接影响了他们的文学成长。诸如不曾亲历“重大”事件、沉湎于个人琐碎的日常生活、无法写出大长篇,这些屡见不鲜的批评,无疑都在逼问“70后”创作的意义。徐则臣作为学院派出身的作家,此后一直在文学期刊做编辑工作,耳濡目染,自己的创作也带上对“意义”的刻意追求。到世界去,如同口号声一般在徐则臣的系列作品中扩散并放大,这既体现了徐则臣在更广大的空间中叙写一代人成长的意图,也容纳了他对自己这一代作家创作意义的持续思考。在很大程度上,徐则臣之所以被视为“70后”作家的光荣,正因其思想感悟、技艺探索与“70后”一代人的心路历程保持着同步延伸。尤其在备受关注的《耶路撒冷》中,徐则臣为实现对一代人精神处境的全面考察,不仅让初平阳以开设专栏的形式展开连续深入探讨,还安排初平阳的伙伴们在各种处境中都能读到专栏并有所反思。为提升这一代人的精神境界,徐则臣更为初平阳他们设定了同一个精神原点——景天赐之死,使每一个人都获得某种“负罪感”。与此相应,小说的形式结构也采用了别致的回环形①,即由初平阳、易长安、秦福小、杨杰到景天赐

---

① 徐则臣自称为“对称”结构,并说在写作期间曾反复阅读英国当代作家大卫·米切尔的《云图》,从其结构中获得“信心和勇气”。见徐则臣:《与大卫·米切尔对话》,《文艺报》2012年10月22日。

这里,再由景天赐回到初平阳。应该看到,这种"有意味的形式",的确标示了徐则臣在探索一代人精神境遇方面的技艺高度,但故乡与世界之间的对峙并没有真正破除。长此以往,这样的"世界观"可能会使徐则臣小说的格局和气象被"成长小说"所拘囿。这当然不是说成长小说就不能有大气象,而是说,"为一代人的精神立传""展现一代人成长史"等常见评价一旦标签化,可能会对作家产生某种心理暗示,进而使其叙事景观被局限为一代人的成长故事。① 这也不是说为一代人立传的文学事业不重要,而是说,一代人的成长历程及其表现价值,唯有与其他不同代际人的成长历程关联起来,才能获得更为宽广的意义空间。"一代人"是个极为普通却又极难界定的概念,因为"一代人没有一个明确的开始和结束,他们属于一种连续不断的运动"。② 从这个角度来看,徐则臣亟待完成某种叙事转换,从故乡与世界的紧张对立中走出来,从以往的叙事惯性中跳出来,才有可能使其叙事景观从一代人的故事变成几代人的故事,从成长叙事走向中国故事。

《北上》就是徐则臣摆脱叙事惯性、自觉从地方性书写走向中国化写作的结果。首先,《北上》中当然有许多地方名胜、风物及其他文化标记,但更明显的是打破了一时一地的限制,而代之以历史/现实的双线对照和叙事空间的频繁转换。其次,《北上》中的故乡不再是一个当下性的确凿事实,而是一个历时性的复杂结果。对谢、邵、周、孙几家的后人来说,对"故乡"何处的回答,必须借助百余年来"世界"的巨大变化。最后,《北上》的布局以先辈辗转漂泊开篇、以后人追本溯源收尾,从而以历史维度融合了家族记忆与中国经验、沟通了地方与世界。中国近百余年来的许多大事,从洋务运动到康梁变法,从义和拳的兴起到八国联军的入侵,从"九一八"事变到特殊年代的政治运动,从运河废漕到运河申遗,在小说中都有不同程度的表现。虽然徐则臣很早就曾说过"只要我愿意,只要我有足够的能力,这条街(引者按:指花街)就可以无限扩大,直到变成整个世界"③,但直到《北上》,他才真正将故乡扩大

① 在《水边书》(上海文艺出版社 2010 年版)的扉页,徐则臣引述了斯文特拉的话:"一个作家必要为自己写一本成长的书。"事实上,徐则臣此前的《午夜之门》和《夜火车》,此后的《耶路撒冷》,都可视为有意写作的成长之书。

② [法]蒂博代:《六说文学批评》,赵坚译,三联书店 2002 年版,第 187 页。

③ 徐则臣:《走过花街的今昔》,《把大师挂在嘴上》,上海文艺出版社 2011 年版,第 237 页。

以至变成了整个世界。

　　故乡与世界之间的壁障一旦拆除,"从故乡到世界去"也就被"在世界中讲述中国"所取代。如何在世界中讲述中国? 从叙事视角来说,要把百年间的家国故事及历史流变讲清楚,全知全能的上帝视角当然最为便捷。但徐则臣有意追求多样化:讲述小波罗一路北上,以第三人称全知视角展开,但有意让小波罗与同船的中国人互相观看,以使叙事意味丰富;马福德的心路历程,唯有第一人称的自述才能和盘托出;邵家、孙家、周家后人的现状,均以第三人称全知视角展开;最后由谢望和这个第一人称叙述来绾合全篇。整部小说呈现了丰富多样的故事:不失时机地投身政治,这是谢平遥的故事;颠沛流离中艰难起家,这是孙过程的故事;一息尚存则坚持到底,这是秦如玉的故事;为爱情而将自己彻底中国化,这是费德尔的故事;背离祖训终又无奈回归,这是邵星池的故事。小说中谢望和曾由衷感慨"一个个孤立的故事片段,拼接到一起,竟成了一部完整的叙事长卷"①,这其实正道出了《北上》的叙事奥秘。孤立的故事之所以能拼接成卷,是由于所有故事都以寻找为主题。迪马克兄弟俩,一个来中国寻找传说,一个来寻找兄弟;祖辈四处漂泊以寻找生活出路,后代则借蛛丝马迹以寻找自己的来路。以寻找作为"向心力"聚合诸多故事,使得小说叙事收放自如。通过叙事时空的转换、叙事视角的多变、细节的雕刻和故事的经营,《北上》将地方风物志、家族史与中西交流史熔于一炉,既丰富了中国故事的内涵,也展现了讲好中国故事的技艺高度。

　　从《北上》的成功不难看出,走向中国化的写作,需要作家以不知满足的精神,鼓舞自己投入探索和创新。一是自觉拓展个人经验。作家不仅要有虚构和想象的热情,更要以扎实的田野调查和文献阅读深化对中国经验的认识。徐则臣为写《北上》"这几年有意识地把京杭大运河从南到北断断续续走了一遍","但凡涉及运河的影像、文字、研究乃至道听途说,都要认真地收集和揣摩"②,再经反复思考,才找到要讲的故事和讲述的方式。贾平凹为写《山本》"曾经企图能把秦岭走一遍",奔走数年仍未遂愿,转而围绕人事下足

---

① 徐则臣:《北上》,北京十月文艺出版社 2018 年版,第 464 页。
② 陈梦溪:《徐则臣:这回把大运河当主角》,《北京晚报》2019 年 1 月 4 日。

功夫,带着"饥饿感"埋首相关资料。① 《刻骨铭心》对南京所谓"黄金十年"的呈现,显然来源于叶兆言对文史资料的爬梳和读解。刘醒龙写作《黄冈秘卷》,也着意从《黄州府志》及"五水蛮"相关史料中拓深原有认识。二是自觉用个人才能激活文学传统,从而既提升个人叙事技艺,又接续文学传统。传统与个人才能,这是艾略特为人熟知的命题,但并非任何人都能随时随地关联并激活传统。这不仅要以创新意识为动力,更要以个人才能为基础。当我们认为当下小说创作关联着丰富多元的文学传统时,也就是在说,这个"关联"中包含着择取、融合以及创造等多重意味。

贾平凹的自述,颇可视作代表。"在我磕磕绊绊这几十年写作途中,是曾承接过中国的古典,承接过苏俄的现实主义,承接过欧美的现代派和后现代派,承接过建国十七年的革命现实主义,好的是我并不单一,土豆烧牛肉,面条同蒸馍,咖啡和大蒜,什么都吃过,但我还是中国种。"② 这说的是文学传统的复杂多元。至于从最初的写自己,到"谋图写作对于社会的意义,对于时代的意义",再到以对"意义"的渴求"还原"自己,则明确道出了叙事自觉如何促成技艺增进。从"承接"中国文学传统的角度来看,《北上》承续了古典文学的细节传神以及现代长篇小说的结构意识,《山本》则体现了古代战争小说、世情小说以及志怪传奇等多方源流的汇合。③ 《刻骨铭心》的整体结构呈现为有意为之的散乱,但又不失章法:以几个人关系之"错乱"对应于乱世,不刻意经营完整的情节,而是选取若干片段来写。如果说,叶兆言所图是在20世纪80年代先锋文学的基础上有所延续和改进;那么刘醒龙则是在传统现实主义的根茎上生发多条叙事线索以扩展内容含量,同时取法近现代以来影响甚巨的悬疑叙事,设置多个谜团以使叙事紧凑。《黄冈秘卷》中,"我"与少川的情感隐秘可算一条线,教辅资料的来龙去脉也是一条线,老十哥与老十

---

① 贾平凹:《山本》,作家出版社2018年版,第522—523页。

② 同上书,第524页。

③ 鉴于已有论者对《山本》与《水浒传》和《红楼梦》的关系作过精细分析(参见陈思和《试论贾平凹〈山本〉的民间性、传统性和现代性》,《小说评论》2018年第4期;吴义勤、王金胜《抒情话语的再造——〈山本〉论之二》,《文艺争鸣》2018年第6期),笔者只能补充几点细节:如水般流淌于小说中的神秘细节,体现了搜神志异传统的影响;对井宗秀几员干将的塑造,可能借鉴了《三国演义》中"五虎将"的结构模式。

一的关系变化也可拉成线索,而所有线索的交合点是"我们的父亲"。

如果说中国古典长篇小说更重视细节及其丰富意味,而现代长篇小说则更重情节及其结构变化。两者间的对话与碰撞在所难免,而作家们当下的取舍与融化之道,也颇能体现他们对自己与传统之关系的自觉。《北上》是既有细节出彩,也有情节可说。《山本》的故事情节仅用开头一句和结尾几段就足以概括,而最终能铺展为 50 万字,除了对出场人物的逐个关照,几乎全靠细节来带动叙述。《刻骨铭心》是有意将潜在的情节分解为日常化的细节和场景,而不发展出戏剧化的跌宕起伏,这种点到为止反而令读者多了掩卷深思;《黄冈秘卷》的做法似乎恰恰相反,屡屡以日常化的细节牵连出大小不一的故事,并由诸多故事共同推动叙事到达终点。由上可见,作家只要有创新的渴求,也就有重温传统并从中获益的可能。作家们以中国文学的经验与方法讲述中国的历史和现实,既使个人叙事技艺增进,又使文学传统得以赓续;这既是讲好中国故事的题中应有之义,也是通往中国化写作的理想途径。

第三节　叙事伦理的自觉

如前所述,这几部作品不以重述历史真相或重构历史总体性为追求,而是注目于大历史中的小个体,关怀他们的生存处境和情感体验。这就使叙事的态度和倾向变得至关重要。在中国当代学界,刘小枫最先规划了"叙事伦理学"的研究思路:"讲述个人经历的生命故事,通过个人经历的叙事提出关于生命感觉的问题,营构具体的道德意识和伦理诉求。"① 但其探讨对象不限于小说,重心不在叙事而在伦理。就小说而言,叙事伦理的研究可谓具体而细微,"叙事视点、叙事人称、结构安排、文体风格的选择、词汇的选择、不同的

---

① 刘小枫:《沉重的肉身——现代性伦理的叙事纬语》,华夏出版社 2004 年版,第 7 页。

叙事时间意识等形式因素都会透露出人意表的伦理维度"①。笔者借用叙事伦理的概念，主要是想探究小说叙事如何观察、叙述、评判具体情境中的人，从而表达对人之生命体验的关怀。就讲好中国故事而言，丰富多样的生命体验，理当成为中国故事的重要内涵；体贴入微的伦理关怀，则是讲述者应有的情感温度。

　　所有的观察、叙述和评判，都不可避免地带有倾向性。有欣赏就有调侃，有赞美就有讽刺，这些都在情理之中。值得注意的是以下两种倾向。一是着意塑造理想化的人格。比如《山本》中的陈先生和宽展师父，不仅自己远离贪嗔痴怨，还能以医术救治涡镇人的身体，或以尺八安慰人的灵魂。这两个人物形象的过于理想化，说明作者的倾向性不是"自然而然地流露出来"（恩格斯语），而是强烈地表白。出于对"贤良方正"人格的向往，刘醒龙不仅塑造了刘声志和王朤这两个凡事只为组织考虑、从不计较个人得失的清正官员，更在后记中对"从杜牧到王禹偁再到苏轼，浩然硕贤总是要以某种简单明了的方式流传"② 表示景仰。再有《刻骨铭心》中为庇护难民而奔波操劳的魏特琳女士、因拍摄侵略者罪行而惨遭祸害的阿瑟丹尼尔，也都闪耀着理想主义的光辉。这些人物形象是否实有其人并不重要，写得生动与否也不那么重要，重要的是作者书写他们的当下意图。若伊瑟尔所言不虚（即虚构"同时撕裂分散和加倍拓展了这个供它参照的世界"），我们似乎可以认为：这些理想化的人格，其实隐含着作者对某些非理想化现实的不满。二是对"沉默者"的关怀。《北上》专设一章，题为"沉默者说"，表露了丰富的伦理意味。这个第一人称讲述，当然是以在华的外国人视角呈现八国联军入侵、义和团起事、九一八事变等不该忘却的历史，但重点在于，他的个人经历和生命感受，没有别人能替他说出。他以意大利人费德尔·迪马克的身份来到中国，而以中国人马福德的身份死于侵华日军枪下；与他相依为命的中国妻子秦如玉先他而死；孙女马思意又对身世守口如瓶；即便曾外孙胡念之是考古学家，也不可能获知他的全部经历。因此，唯有让他自己讲述，我们才能看清，一个来中国猎

---

① 伍茂国：《现代小说叙事伦理》，新华出版社 2008 年版，第 2 页。
② 刘醒龙：《黄冈秘卷》，湖南文艺出版社 2018 年版，第 478 页。

奇的外国人,如何在战争中看到人性的残忍与光辉,如何因厌倦战争而追求爱情,如何为生存而隐姓埋名以至从语言、生活习惯到体貌特征都被中国化,如何甘于平凡又因爱妻惨死而奋起复仇……他的自我讲述,也是替美丽而命运凄惨的秦如玉讲述,更是替沉默而坚忍的马思意讲述。在这个意义上,"沉默者说"是对被大历史所掩埋的普通人生命体验的发掘,体现了徐则臣深切的伦理关怀。

《山本》中的井宗秀曾扶摇直上不可一世,似乎算不上沉默者。但在大历史的车轮下,井宗秀最终也是灰飞烟灭,故而也需要叙事者的关怀。小说中有一细节意味深长。事业才起步的井宗秀,在似梦非梦间,看到一群人都在往前走。"那时候他意识到这该是历史吧,那么,里边会不会有他呢……他终于看到了自己,他在队列中个头并不高大,还算体面,有点羞涩。他悬着的心总算放下来,就看着他们走出了南城门口外,走到了涡潭。"① 如果说,所有人都走向黑洞般的涡潭,早已预示了涡镇几乎所有人共同毁灭的结局,那么,对涡镇由盛而衰的不厌其烦的叙述,也就是对被历史暴力所裹挟的芸芸众生的关怀。《刻骨铭心》中也有透示作者伦理关怀的类似细节。剧作家俞鸿的剧本《秦淮河畔》中,某大学生与一女孩相爱,因家庭反对,不能结婚,愤而出走,参加革命。等他北伐归来,女孩已为人妇,但对方不仅仍在外浪荡,还扬言要把她卖到妓院。"电影结尾,两个曾经相爱的恋人,又在秦淮河畔相遇。他们无言面对,默默相看泪眼,沿着河边小道,并肩漫步。杨柳轻拂在她的肩头,秦淮河静静流着,镜头越拉越远,他们的结尾又会怎么样呢,没人知道。"② 这里要紧的不是化用了柳永的"执手相看泪眼,竟无语凝噎"和"杨柳岸晓风残月",而是透露了对"没人知道"的人事之关怀。比如小说中的王可大,在虎踞龙盘的南京城中不过是微末角色,不管时势如何变化,他干的始终都是奉命抓人的苦差事;20 年来兢兢业业,职务不升反降,最后还丢了饭碗。苍天无眼,但作者有情:王可大当初与吴秀兰擦肩而过,后来竟得以与其开始新生活,还有了儿子;虽说生活将更艰难,但毕竟享有微末的幸福。

---

① 贾平凹:《山本》,作家出版社 2018 年版,第 195 页。
② 叶兆言:《刻骨铭心》,人民文学出版社 2018 年版,第 198 页。

《黄冈秘卷》中的刘声志，尽管是《刘氏家志》中的荣耀，并在《组织史》中占据了百余字的篇幅，但他作为生命个体的情感、信念、困惑与挣扎，仍然有待小说叙事来揭开。《组织史》中简略的三个字"擅游泳"，背后是他多次冒着生命危险抗洪排险；一句当过全部八个区的区长，背后是他始终服从组织安排、不计个人职位高低。因此，"我们的父亲"这个贯穿全篇的叙述人称，就包含了"我"全力理解"父亲"的良苦用心。"我们的父亲尊崇组织的铁律，别人没有享用时，自己当然不能享用，别人都享用了，自己也不能享用。这种做法表面上类似古人说的，先天下之忧而忧，后天下之乐而乐，实质上要更加深刻与深远。"① 儒家传统文化、黄冈地域文化以及现代政治文化共同塑造了"贤良方正"的他，但也压抑了情感丰富的他。只有以"我们的父亲"这个视角，带着儿子对父亲的遵从与不解，再投入身为作家的细腻敏感，对父亲反复端详、深入体察，才能将他对组织的信赖、对自我的期许、对初恋感情的牺牲、对妻子的愧疚、对子女的严苛、对孙辈的疼爱等，逐一释放出来。

不问人的贵贱穷达，只重其生命体验，并能设身处地、感同身受，这是叙事伦理的要义所在。毕飞宇在解读《受戒》时，就多次读出汪曾祺的"文学态度"。对"白天，闷在屋里不出来"一句，毕飞宇击节称赏："只有原谅了生活、原谅了人性的作家才能写出这样会心的语言。"对"常来的是一个收鸭毛的，一个打兔子兼偷鸡的，都是正经人"一句，毕飞宇更是"心有戚戚焉"："汪曾祺说那些人是'正经人'，是戏谑，也是原谅，也是认同，否则就是讽刺与挖苦了。在汪曾祺的眼里，他们真的就是'正经人'，是有毛病的正经人。——这就是汪曾祺的文学态度，也是他的人生哲学，他不把任何人看作'敌人'。"② 汪曾祺是贴着人物的生存状态来写，毕飞宇则是贴着作家的生命关怀来读。文学之为人学的奥秘尽在于此：基于人的生命体验，作者、叙述者、人物和理想读者之间，随时可以对话交流。

同样是贴着人物写，还有细微的差异。如《黄冈秘卷》开篇暗示老十一曾有愧于老十哥，读者后来得知，那是几乎让人丧命的陷害。不止于此，老十一

---

① 刘醒龙：《黄冈秘卷》，湖南文艺出版社 2018 年版，第 343 页。

② 毕飞宇：《倾"庙"之恋——读汪曾祺的〈受戒〉》，《小说课》，人民文学出版社 2017 年版，第157—158、161 页。

后来还使出多种手段要让老十哥难堪。然而随着叙事的推进,支持县城建设的善举、膝下无子的凄凉、偶尔闪露的愧疚,又使老十一不再那么可恨。小说尾声处,老十一不仅以70岁高龄实现了传宗接代的夙愿,还不费吹灰之力就获得了老十哥的谅解。这些都只能归因于老十一得到了作者的原谅。因此,毕飞宇所说的原谅生活、原谅人性,我觉得还需要补充。原谅是施与有过错的某人(如老十一),而人性本无所谓过错;原谅人性若改为体谅人性,或许更好。就小说叙事伦理而言,原谅是暂告结束,体谅才是真正的开始。《山本》的开篇不难使人联想到《百年孤独》的句式,其实更要紧的是体谅的意味:"陆菊人怎么能想到啊,十三年前,就是她带来的那三分胭脂地,竟然使涡镇的世事全变了。"① 这是陆菊人13年来目睹涡镇一度兴盛而毁于一旦的感慨,其中有自责、有不甘、有懊悔、有悲哀,还有不可救药的执迷。涡镇的天翻地覆是现代进程的表征,与胭脂地灵验与否毫无关联;但这是我们的"旁观者清",非彼时彼地的陆菊人所能体会。贾平凹要做的,就是体谅陆菊人如何"当局者迷"。她被父亲送往涡镇当童养媳,恨他无情,满心不甘,恰好听赶龙脉的人说这地"能出个官人",就带着这地进了杨家,从此把希望寄托于地。偏巧杨家儿子成年了还是不成器,这地又被不明就里的公公好心送给突然败落的井家,葬了井掌柜。陆菊人有苦难言,但看着井宗秀灵秀机变,就向井宗秀道出了秘密,并期待他能有作为。此后,陆菊人对生活的盼头,就变成了对井宗秀的关切。虽然她与井宗秀并未达到灵肉结合,但她对他的感情,简直是良妻、贤母和红颜知己的综合。她不仅能克服心理障碍,为他挑选漂亮姑娘并言传身教,还敢冲破流言蜚语,出任茶掌柜,为他的事业拓展经济来源……小说细致入微地刻画了陆菊人的心理世界,写出她如何将自己的心有不甘,化作对他的深沉而复杂的爱。小说贴着陆菊人的生命体验来写,写她的希望和迷惘、躁动和自持、聪慧和迷误,从而获得丰厚复杂的伦理意蕴。《刻骨铭心》则几乎是贴着人的缺陷来写,但不作评价,甚至还有意写出人物可能的转变。俞鸿的善于捞取政治资本、贪恋美色,侯希俨的朴实中略带木讷,吴有贵的放浪无赖,都跃然纸上。冯焕庭杀人无数、淫人妻女,最后竟有

---

① 贾平凹:《山本》,作家出版社2018年版,第1页。

面对危险挺身而出的壮举。季绍彭生性风流、深陷情债,后来却成为干练的革命者。关丽君漂亮而虚荣,最后落得憔悴不堪,令人唏嘘。人无完人,加以造化弄人,故而人的生命体验即便刻骨铭心也只能被历史遗忘。借助小说,唤起人对人的感同身受,"痛在别人身上,也痛在我们的心里"[1],这正是叶兆言的伦理自觉。

《北上》的叙事伦理意味丰富。当意大利来客小波罗非常好奇地观看中国的风景时,中国人也在将他当风景看。这种互相观看的视角,体现了徐则臣对叙事伦理的自觉。根据萨义德的看法,东方"是欧洲最深奥、最常出现的他者形象之一","东方曾经呈现出(现在仍然呈现出)诸多不同的面目:语言学的东方,弗洛伊德的东方,斯宾格勒的东方,达尔文的东方,种族主义的东方,等等。然而,却从来不存在一个纯粹的、绝对的东方"[2]。东方的中国,正长期处于被西方"他者化"的焦虑之中。小波罗带着对"马可·波罗的中国"的向往而来,其得名和做派,都明白无误地透露着赏玩中国的意味。只要想象一下他身穿长袍马褂、头戴假辫子却手持拐杖和相机的不中不西、不伦不类的形象,我们就能体会作者对他的调侃。他不只对中国的烧酒和辣椒要拼命尝试,喝茶还爱数茶叶,就连看着茶叶在碗里飘飘悠悠都能生出天荒地老的联想;这些一律被谢平遥视为"矫情"。最要命的是他对中国根深蒂固的"性想象":朦胧雾气中粗壮结实的船娘,在他眼里竟如仙女般风姿绰约;听水浒故事,则对扈三娘和张贞娘的美貌遐想万千;到了传说中的"销金窟"扬州,他念念不忘的自然是美女。因此,小波罗妓院寻欢却在兴头上意外遇刺,其实正在情理之中。如果说,小说开篇曾借用李赞奇之口,对西方人的活泼、热情和冒险精神给予了某些肯定,那么这里则是对满脑子轻佻的中国想象和西方优越感的洋人,给予了致命一击。但是,外来者视角的独特性和重要性依然是无可替代的,比如小波罗以烟民身份对中国所作评价"一个古老的中国,就是这醇厚的老烟袋的味儿。这尼古丁,这老烟油,香是真香,害也真是有害"[3],堪称歪打正着。借助几乎贯穿全篇的中西互相评价,徐则臣摆脱了被

---

①　叶兆言:《有关〈刻骨铭心〉的一些想法》,《长篇小说选刊》2018 年第 4 期。
②　[美]萨义德:《东方学》,王宇根译,三联书店 1999 年版,第 2、30 页。
③　徐则臣:《北上》,北京十月文艺出版社 2018 年版,第 84 页。

西方他者化的焦虑,也摆脱了将西方妖魔化的恐惧,有意将中西文化性格放在同一个世界中,故能从容自如地表达欣赏或嘲讽。小说对中国人性格特点的探究尤为用心:知恩必报,如孙过路为报答谢平遥一饭之恩而释放了谢平遥和小波罗,他不仅搭上自家性命,还嘱咐弟弟一路护送;义气可嘉,如谢平遥一路资助难民和弱者、孙家兄弟一心复仇但不滥杀无辜、孙过程奔逃中顺手牵走人家的驴子但留下远超驴价的赔偿。但也有以民族大义之名行保守僵化之实的,如扬州妓院里的那位就说得冠冕堂皇:"鄙人嫖的不是维新的妓女。鄙人嫖的妓女是小脚,还要三从四德,她们还没把自己给变法了。"① 对盲目自大的天朝心态,小说也给予微妙嘲讽:南阳守备大人以为中国地大物博应有尽有,张嘴就要送小波罗两斤太平猴魁茶,殊不知整个守备府罄其所有也不过几两;承诺务必保证洋大人安全,而小波罗还是遇刺。对妄自菲薄、崇洋媚外者,小说也表现了辛辣的讽刺:沧州那位郑大夫,不过在南洋学了两年西医,却出口就鄙薄中医;他打包票能治好小波罗的伤,结果却使病情愈加恶化。类似细节俯拾皆是,但最精细的是济宁疗伤一节。师徒俩大雨之夜被官府士兵从床上拖起来,从泥水地一路拖到小波罗床前,当然都没好脾气。一看伤者是洋人,徒弟做手术竟不施镇痛药,故意使大力气,还借机打人,让小波罗备受折磨,而老先生一句话制止了徒弟。这个细节进入文本,无疑是作者的精心"选择"。其效果是:"被选择的对象离开原有的体系","同时也在新的结构体系和语义氛围中获得了新的意义"。② 在洋人侵入国土之后,还能说出"洋人也是人",此等同情与博爱,已超出通常意义的医者仁心。在伤痛和苦难面前,人对人的不忍之心,超越了国仇家恨和文化偏见,这种人性之光的闪现,更将文本的叙事伦理推向"共情"的高度。

　　共情与同情不完全等同。"同情属于'人皆有之'的个体共通性……同情固然也可以冲破文化与政治差异的藩篱,施诸于他者,但总是基于个体,而不具备整个社会普遍性情感结构的意义。共情则更多带有集体共通性意味,也即经过理性反思后破除了等级、性别、种族等文化与政治差异的产物,它是

---

① 　徐则臣:《北上》,北京十月文艺出版社 2018 年版,第 59—60 页。

② 　[德]沃尔夫冈·伊瑟尔:《虚构与想像:文学人类学疆界》,陈定家、汪正龙等译,吉林人民出版社 2003 年版,第 18 页。

一种现代社会的情感。"①《北上》对中西共通性的着意刻写,说明作者既有共情的自觉追求,也有相应的叙事能力。小波罗在途中为一对中国兄弟拍照,并希望他们无论过得如何都要定期见面,这其实是触景伤怀,因为他自己就是来找弟弟的。除了手足之情,还有友情:大卫与费德尔的友情,谢平遥与李赞奇的友情,可以互相映衬。再如依恋家人、有仇必报等,都体现了人同此心、心同此理。小说不仅写出中西共通的情感体验,还有意写出中西价值观念的相互影响。比如,小波罗竟使猛汉子孙过程领会了何为无意义的意义,不再凡事较劲,而孙过程一旦真正卸去敌意,也会亲自为小波罗拜庙祈福;费德尔能让中国女人秦如玉逐渐接受有事无事送花和光天化日的肌肤之亲,而秦如玉更是让费德尔从口音到体貌特征都变成中国人马福德。最有意味的是,小波罗临终道出的对运河的体验,与谢平遥的运河感悟形成了某种和鸣:在小波罗那里,运河是动的,是有生命力的,故能让人悟透生死;在谢平遥这里,运河是静的,是有烟火气的,故让人幸福和充实。他们能有内在相通的生命体验,这与其说是运河的恩赐,不如说是作者追求共情的伦理自觉所致。

结语 中国故事的魅力所在

　　这四部作品共同体现了当前语境下的叙事自觉:在叙事观念方面,借共识化的文献史料营构历史感,以形式多样的副文本强化当下感,践行理性平和的历史观及人本主义的文学观;在叙事技艺方面,以创新渴求突破叙事惯性,以个人才能激活文学传统,从"地方性"书写走向"中国化"写作;在叙事伦理方面,让沉默者发声,体贴入微地书写人的生命体验,呈现出"体谅"和"共情"的深度关怀。它们共同说明了当下性自觉的基本内涵:根植于坚实可靠的叙事观念,表现为精益求精的叙事技艺,落实到体贴入微的叙事伦理。

① 刘大先:《缘情、激情与共情——抒情及其现代命运》,《文艺争鸣》2018 年第 10 期。

长篇小说的写作，当有这般自觉，方能成为"宽阔、复杂、本色"的"大"长篇。大长篇之大，不在于篇幅规模或时空跨度之大，而在于"作家注入世道人心之宽阔：宽阔的质疑，宽阔的理解，宽阔的爱恨与悲喜"①。大长篇并非没有缺陷（如《北上》对爱情的表现稍嫌简单，《山本》对神秘物事书写过多，《刻骨铭心》的心理描写有时不够深入，《黄冈秘卷》偶尔发出无关宏旨的议论，等等），但整体而言，瑕不掩瑜。视野开阔、技艺精巧、情感饱满，这不仅是几部作品共同展现的美学气度，也是当前讲好中国故事所应具备的气度。从审美个性来看，它们当然不无差异：《北上》朴实沉稳而不乏幽默，《山本》绵密细致透着阴柔，《黄冈秘卷》时或庄谐并出，《刻骨铭心》则是沉郁低徊。再有，《北上》和《黄冈秘卷》都以人事的圆满而收尾，《山本》和《刻骨铭心》则以相反的悲凉告终。不过，地久天长的悲凉也罢，皆大欢喜的圆满也好，都能从中国文学的审美经验中找到源流，也都是中国式的美学表达。如此这般，悲喜交加，引人沉思，正是中国故事的魅力所在。

---

① 徐则臣：《长篇小说的宽阔、复杂与本色》，《文学报》2015 年 11 月 12 日。

第二章
城市体验与创作个性的生成
——邱华栋和他的 90 年代

邱华栋创作力之旺盛及成果之多,人所皆知。2018 年,江苏凤凰文艺出版社推出的 38 卷、900 万字的《邱华栋文集》,全方位地展现了其文学风姿。如此体量,堪称中国当代文学园林中一棵枝节纵横的大树。长、中、短篇小说众体皆备,如同挺直向上的主干,始终支撑着这棵树的高度;散文、诗歌、电影评论和阅读笔记等,则像旁逸斜出的枝桠,时刻谋求向四周扩展这棵树的领地面积。与同时代的诸多作家一样,扎根民族土壤,呼吸时代气息,沐浴欧风美雨,也是邱华栋快速成长的重要原因。要说邱华栋文学生涯的特殊之处,我想不应忽略其"早熟":他在 20 世纪 80 年代中后期崭露头角,还不到 20 岁;进入 90 年代,发表小说如遍地开花,年龄却迟迟不满 30 岁。当时评论界不无欣喜地将他归入"新生代"或"晚生代"作家之列,殊不知,他已算得上是年轻作家中的"老"资格了。90 年代,实在是邱华栋创作生涯中最关键的时期,其意义值得全盘考量。

第一节　90 年代的"秘密"

重提邱华栋的 20 世纪 90 年代,主要是出于以下几点体会和发现。首先,90 年代文学发展的"先锋"势头或许不如 80 年代,但文学创作的趋新求变已渐成常态。评论界当时对邱华栋作品所作的归类及命名(诸如"新状态小说""新市民小说""新人类小说",等等),着意突出其"新",这在当初或许不失为权宜之计,至今已觉不新鲜。更要紧的是,这种仓促命名所暗含的标签化的偏颇,在文学传播和阅读接受中逐渐放大,留下了无法抹去的痕迹。后来的不少人只知其新,却不知也不问其何以新。当下,我们回到 90 年代去重新认识邱华栋小说创作的新质,或能有所发现。

其次,邱华栋在 20 世纪 90 年代以后一如既往地新作迭出,但我以为,最能体现其个人风格并足以代表其创作实绩的,还是他 90 年代的小说创作。邱华栋对社会现实变化的敏感,文字表达的能力与个性,形式探索的热情,情感宣泄的方式,在他的中短篇小说创作中显露无遗。在长篇小说方面,他出版了自称为"30 岁以前的代表作品"①的"日暑"三部曲:《白昼的消息》(1996)②,《夜晚的诺言》(1998),《正午的供词》(2000)。此外,他还发表了取材于历史上"张汶祥刺马案"的《刺客行》(1997)。从小说的题材或主题面向来看,邱华栋此后的长篇小说系列,在 90 年代已经完成了建基工作:一是注目城市,从《白昼的消息》《正午的供词》到《教授》(2008)③ 和《花儿与黎明》(2015),延续成为"北京时间"系列。《青烟》(2004)与《后视镜》(2013)分别关注造假打假和民工讨薪、环境污染等社会问题,也是以城市为叙事空间。二是感悟成长,以《夜晚的诺言》为发端,后续有《夏天的禁忌》(2003)、《前面有什么》(2004)和《街上的血》(2005)。三是回望历史,《刺客行》写作所偶然激发的对于历史的兴趣,在后来的《长生》(2013)中得到呼应。以中国历史加入域外元素,则催生了由《贾奈达之城》(2007)④、《单筒望远镜》(2007)、《骑飞鱼的人》(2007)和《时间的囚徒》(2016)所组成的"中国屏风"系列。

最后,邱华栋本人对 20 世纪 90 年代的创作也极有感情。他在 2001 年自编三卷本"小说精品集"时,十分"宁静地"回顾了自己"成长的秘密":"这些小说可以说是我在期待着有一天可以理直气壮地声称自己是一个作家的追索过程中写下的,它们洋溢着青春的激动和忧伤,焦虑和游移,怀疑与确信,绚丽与阴沉,泥沙俱下与精雕细琢——10 年间我就是通过写下这些作

---

① 邱华栋:《后记》,《正午的供词》,中国青年出版社 2000 年版,第 465 页。

② 这部小说的"版本"情况有点复杂,值得一说。它最初以中篇小说的规模发表了部分章节,即《白昼的消息》(载《花城》1996 年第 6 期);稍后以"城市战车"为题,由作家出版社于 1997 年出版了单行本。邱华栋在 90 年代末写完"日暑"三部曲时,曾口头将其恢复为最早的标题"白昼的消息",但后来的"消息"是:2003 年,该书由新世界出版社以"白昼的躁动"为题出版;2015 年漓江出版社将其改名为"白昼的喘息"并出版,这个名称此后在江苏凤凰文艺出版社于 2018 年打造的《邱华栋文集》和安徽文艺出版社 2019 年推出的"邱华栋长篇小说精品系列"中被固定下来。

③ 此书最早由长江文艺出版社于 2008 年出版,2015 年由漓江出版社以"教授的黄昏"为题出版。

④ 此书最早由长江文艺出版社于 2004 年出版,题为"戴安娜的猎户星"。2007 年收入"中国屏风"系列,改名为"贾奈达之城"。

品,到今天我终于自信地认为我是一个作家了"①。

　　一个作家就此诞生。不过,邱华栋所描述的创作心理,其实是几乎所有青年作家共同的成长秘密。另一个众所周知的"秘密"是,一个作家的创作迅速产生影响,往往得益于积极回应他所处的时代,或者说,呼应了这个时代的文学需求。那么,20世纪90年代对文学的吁求是什么? 评论家李洁非在90年代末发现,由于市场经济的全面推行,"九十年代有一种叫做'城市文学'的东西应运而生,来势强劲,一下跃升为我们最重要的文学景观。今天,若翻开各文学杂志,上面所载作品,十之六七要归在城市文学范围之内;若统计新生的作家,更是十之八九要归在城市文学作家的队列之内"②。邱华栋脱颖而出的真正秘密,正在这里。他敏锐捕捉到新兴的城市景观,全力聚焦城市空间中新奇的人与事,将它们与年轻人的成长记忆及文学梦想加以糅合,不断地发表新作,从而使自己迅速汇入了"城市文学"的时代潮流。方兴未艾的都市化进程,血气方刚的青年小说家,两者的脉搏在这个时代达成某种意义的合拍共振,这是属于邱华栋的机缘,促成他不仅写出了属于他自己青年时代的作品,也写出了属于这个时代的作品。李洁非当时对年轻作家和城市文学的未来寄予了厚望,认为"尽管他们的写作如同中国的城市化进程本身一样,仍处在初步的阶段,但是,从中国的社会发展趋向来预测,新生的城市文学绝不可能昙花一现,它是一座可以深挖的宝藏;从这里,未来二十年内,将产生出可以代表自己时代的作家"③。如今看来,他的预判基本得到了印证。我们可以补充说,邱华栋正是90年代城市文学最重要的代表作家之一。十几年后,邱华栋深情回顾来路,说自己是"在书写着与我的生命共时空的文字,与北京的变化共时空的文字"④,所言并非虚夸。他那时的绝大多数作品,都是以城市体验为叙述对象,而不仅仅是以城市空间为叙述背景。由此,邱华栋90年代的小说创作,成为我们观察城市与文学相互关系的极佳案例。

---

① 邱华栋:《自序》,《邱华栋小说精品集》,华文出版社2001年版。
② 李洁非:《城市文学之崛起:社会和文学背景》,《当代作家评论》1998年第3期。
③ 同上。
④ 邱华栋:《在那些激情四射的夜晚(自序)》,《白昼的喘息》,漓江出版社2015年版。

第二节　发现新的"北京"

　　将邱华栋 20 世纪 90 年代的创作放入城市文学的整个脉络中来讨论,必然会遇到如何理解"城市文学"的问题。相比于似乎不证自明的"乡土文学","城市文学"概念的内涵与外延始终有待辨析。显然,倘若只是从写"城市生活"这个角度去理解,"城市文学"就可能被简化为单纯的题材概念。90年代以来,不少研究者主张将作家的"城市意识"视作"城市文学"的内核,但何为"城市意识"仍然值得追问;同时,穷究何为"城市意识"暗含着偏离"文学"的潜在风险,可能导致讨论重心转移到"城市"之上。近些年来,或许是由于亲身见证了城市化进程的推进以及文学的多元化发展,学者们对"城市文学"概念的理论焦虑有所缓解。以我之见,"城市文学"概念的理论使命不在于定义城市或文学,而是辟出一个理解城市与文学之关系的角度。更具体地说,是为考察作家的城市想象与其文学表现之关系提供一个窗口。如赵园所说,城市文学不仅生动传达着"对于中国的城市化、城市现代化的文化期待",还总是"给人以新的艺术形式、新的美学原则在母腹中躁动的消息"①。

　　以"城市文学"为视野或方法,我们多半无法获得对于城市或文学的本质化认识,但必定能够从中看见城市变化着的多重面影,以及文学理解城市的方式及其特殊性。如果说,早在 20 世纪 20 年代冰心的《超人》与庐隐的《海滨故人》等作品中,城市还只是以漂泊者的异乡这一冷漠形象隐于故事情节的背后;那么到了 30 年代茅盾的《子夜》和老舍的《骆驼祥子》中,城市作为某种"现代文明病"的产物,其具体形象已经直逼眼前。而同样是写上海,刘呐鸥的《两个时间的不感症者》和穆时英的《上海的狐步舞》中的城市是新奇怪异的,同时容纳了享乐放纵与罪恶羞耻的复杂体验;张爱玲在上海新都会

---

　　① 赵园:《北京:城与人》,北京大学出版社 2014 年版,第 213 页。

里极力探究永不老旧的人情伦理;徐訏则倾心编织新的城市浪漫传奇。"十七年文学"中,城市一度在萧也牧的《我们夫妇之间》和邓友梅的《在悬崖上》中短暂地显露某种富于体验感的日常性,在周而复《上海的早晨》中以被改造者的他者形象出现,之后就被几乎被"铁水奔流"和"百炼成钢"的工业基地形象所取代。80 年代以来,以陆文夫的《美食家》为发端,作为地域文化空间的城市形象逐渐生动起来,并引领着城市向日常生活空间的形象发展,如王安忆、叶兆言、池莉在 90 年代分别对上海、南京、武汉完成了集中深入的艺术表现。另一方面,从刘索拉《你别无选择》、徐星《无主题变奏》到王朔的"顽主"系列中,作为年轻叛逆者精神空间的城市形象,也日益清晰起来。

借助文学史脉络的梳理,我们首先切实感受到,"城市是都市生活加之于文学形式和文学形式加之于都市生活的持续不断的双重建构"① 的产物。城市一旦进入作家的笔下,就告别了自为和自在状态,而成为被想象和塑造的对象;相应地,城市生活的实感体验,也反过来影响着文学表达的情绪和姿态。其次,中国现当代文学对城市形象的表现,集中于上海和北京身上。不止于此,上海和北京的形象对比还构成了饶有意味的"城市文化两极"。上海的文学形象是"支离破碎、无从整合"的,而"北京是一个巨大的古董,早就铸成了一体的","如果这两座城是两部内容互补的近现代史,那么上海这一本里,有更多的关于未来的凶险预言,而北京那一本却储积着有关过去的温馨记忆"②。简而言之,相较于上海形象的驳杂不纯和变动不居,文学北京的面孔是完整的和宁静的。但这并不意味着,北京形象就是单调的。学者张鸿声指出,现代文学 30 年中的北京是同时以"帝都"和"家园"形象存在的,50 年代后则以"首都"身份存在。90 年代以后,伴随着现代化和全球化过程的推进,作为"国际都市"的北京城市概念开始出现:"这种'北京'城市概念,先是由徐星等人对于城市青年反叛文化的叙事开始的,而后由王朔在'消费'意义上的文学中展开,并在邱华栋的北京系列小说中达到高潮。"③ 但有必要指

---

① 理查德·利罕:《文学中的城市:知识与文化的历史》,吴子枫译,上海人民出版社 2009 年版,第 3 页。

② 赵园:《北京:城与人》,北京大学出版社 2014 年版,第 230 页。

③ 张鸿声:《城市现代性的另一种表述——中国当代城市文学研究:1949—1976》,北京大学出版社 2014 年版,第 24—25 页。

出,无论是徐星还是王朔,都不太着力于刻画北京作为"国际都市"的外在形象。王朔偶尔来上一句"走到街上,看到日新月异的城市建设,愈发熙攘的车辆人群"(《空中小姐》),或对某建筑或场所来上几句"环境描写",但并不突出城市景观的标志性或国际性。邱华栋倒是乐此不疲。他的小说中时常不厌其烦地罗列真实存在的、作为北京地标的建筑物,使北京作为国际大都市的物理面貌真切可感、如在目前。比如,《手上的星光》中的这段描写虽多次被人引述,但仍值得重温:

> 有时候我们驱车从长安街向建国门外方向飞驰,那一座座雄伟的大厦,国际饭店、海关大厦、凯莱大酒店、国际大厦、长富宫饭店、贵友商城、赛特购物中心、国际贸易中心、中国大饭店,一一闪过眼帘,汽车旋即又拐入东三环快速路,随即,那幢类似于一个巨大的幽蓝色三面体多棱镜的京城最高的大厦京广中心,以及长城饭店、昆仑饭店、京城大厦、发展大厦、渔阳饭店、亮马河大厦、燕莎购物中心、京信大厦、东方艺术大厦和希尔顿大酒店等再次一一在身边掠过,你会疑心自己在这一刻置身于美国底特律、休斯敦或纽约的某个局部地区,从而在一阵惊叹中暂时忘却了自己。①

如果说,作为现代城市的上海,其物质化、景观化的文学形象,早在20世纪二三十年代就由刘呐鸥、穆时英和茅盾等人摄录完成;那么,作为现代都市的北京,终于在90年代迎来了属于它的摄录者。经由邱华栋的手笔,文学北京的视觉形象,首次被提升至与文学上海几乎同等地位——甚至可以说,邱华栋"发现"了一个新的北京形象。它不再是现代文人的帝都情怀与家园想象的奇妙结合体,也不仅仅是承载着民族自豪感和政治认同的首都形象,而是一个以高端饮食、住宿、购物、办公为突出的功能特征,并朝着国际大都市方向发展的实体化城市。邱华栋在呈现视觉北京时足够耐心又不惜篇幅,时常令人担心他流连光景而不能自拔。其实他还有另一套值得注意的笔墨,比如:

---

① 邱华栋:《手上的星光》,《邱华栋小说精品集》上册,华文出版社2001年版,第2页。

　　　　北京由什么构成？北京有 1 个动物园、2 个游乐场、4 个风景区、108
　　个公园、23 座垃圾台，86 辆扫尘车、92 辆洒水车……641 家歌厅、1854 家
　　杂志……这是中国最伟大的城市，也是亚洲的一个中心城市，其文化地
　　位不亚于东京与孟买。只要你占领了北京，你就占领了文化制高点，你
　　进可走向世界，退可俯瞰全国。你可以鼻孔朝天走路，因为你是天子脚
　　下的人，一在这里出生你就是王八，可以横着走路……北京！北京如同
　　一个梦想的培养基，适合各种梦想像植物和细菌那样的东西在这样的培
　　养基上茂盛地生长。①

这里不仅以数据化的方式剖示城市实体的结构元素，更有对北京城市地位的
多样化评述。评述的语体风格庄谐并出、直白与比喻杂陈，充分反映出叙述
者对于北京的复杂感情。这种感情不是单一的迷恋或拒斥，而是爱恨交加、
欲罢不能；因为，只要你仍有梦想，你就无法真正拒绝作为梦想培养基的城
市。正如《哭泣游戏》中主人公的感慨："我和城市都在互相塑造，说不清谁
是谁的作品，谁的准则要更正确"②。由此可见，邱华栋想要写出的，不再是
人与城市交战的故事，而是人在城中成长、人与城一道变化的过程。自然而
然地，邱华栋的叙述姿态，摆脱了以往常见的对城市先入为主的道德化想象
模式，从而向真切、生动、复杂甚至自相矛盾的城市体验敞开怀抱：

　　　　这座城市几乎能够包容一切，它容纳各种梦境、妄想和激情，最保守
　　的与最激进的，最地方的与最世界的，最传统的与最现代的，最喧嚣的与
　　最沉默的，最物质的与最精神的，最贫穷的与最富有的，最理想的与最现
　　实的，最大众的与最先锋的，仿佛是一切对立的东西都可以在这座城市
　　里存在并和平共处，互相对话、对峙与互相消解，从而构成了这座城市奇
　　特的景观。③

　　我们惊讶地发现，邱华栋用以描述城市体验的语式，竟然与莫言在《红高

<hr>

① 　邱华栋：《城市战车》，作家出版社 1997 年版，第 94—95 页。省略号为笔者所加。
② 　邱华栋：《哭泣游戏》，《邱华栋小说精品集》上册，华文出版社 2001 年版，第 135 页。
③ 　邱华栋：《手上的星光》，《邱华栋小说精品集》上册，第 2 页。

粱》中面对乡村的情感姿态不谋而合："我曾经对高密东北乡极端热爱,曾经对高密东北乡极端仇恨,高密东北乡无疑是地球上最美丽最丑陋、最超脱最世俗、最圣洁最龌龊、最英雄好汉最王八蛋、最能喝酒最能爱的地方。"这种语式的背后,无疑是作者表现复杂生活体验的自觉和自信——不管它是乡村生活体验,还是城市生活体验。不妨推想,即便我们将邱华栋笔下北京"这座城市"的整套地标加以改换,小说中的故事仍然可以在其他新兴大城市发生。故事情节具体如何,或许并不那么重要;重要的是,故事中的人都是城市化进程中的人,都带着这个时代的气息和表情。正是在这个意义上,邱华栋的写作,既属于这个时代的北京,又不仅仅属于北京——从根本上说,它属于这个时代。

第三节　想象城市的方法

　　以文学的方式理解或想象城市,是城市文学的题中应有之义。说到理解城市,从城市的发展变迁入手,或许是本能反应。但是,邱华栋似乎向来无意于此。他只是在《遗忘者之旅》提到,"一座城市,总有它的历史,有它最动人的部分",总会留下一些古建筑和博物馆。但主人公"我"既然连自己的身份、来路和去向都已遗忘,又如何会在意城市的前世?"我"穿梭于各个城市之间,想要寻回自己,重温刻骨铭心的爱恋,却发现城市"正是记忆的遗忘中心"。这让我们意识到,邱华栋所写的城市,其实是没有历史的城市,是无根的城市。

　　以乡村作为参照物来理解城市,是现代文学史所传下来的重要经验。但邱华栋并不倚重乡村经验以反观城市。在他的城市叙事中,乡村形象绝大多数时候是缺席的。仅有那么少数几篇,其中的人物或出身于乡村,或名字(如"麦香""麦青")中透出一丝丝乡村气息,但乡土中国的伦理道德观念并未构成理解当下城市人事的参照系。《环境戏剧人》以"我"导演环境戏剧"回到爱达荷"和寻找消失的龙天米展开双线叙事,"我"在龙天米死后发出哀叹:"只要离开了故乡,生活在改变一切的城市中我就永远也回不去了……我们进入都市就回不去故乡。"这里的城市与故乡(乡村?)似乎形成某种对立关系,但小说并未详细交代"我"和龙天米的故乡及成长背景,更不可能使故乡记忆成为当下城市体验的对立物。邱华栋明确地放弃了以乡村反衬城市的文学传承,从而凸显城市的漂浮状态。

城市既然是无历史的、无根的、漂浮的,对它的理解就不能再依靠想象。邱华栋悬置城市的历史根基和参照物,其用意正在于直面城市本身。因此,邱华栋的小说中时常有"城市是什么"或"城市的要素是什么"之类的设问。前者显示出直抵本质的冲动,后者则相对迂回,试图以结构主义的方式把握城市的特征。例如,在《翻谱小姐》中,叙述者罗列了包括各种身份的人、交通工具、建筑物、通讯工具乃至环境污染和杀虫剂在内的几十种"要素",但并不满意,最终得出了"城市是一头机器兽"① 这一含糊结论。《城市中的马群》开篇就说:"城市是一个盲目自信的大胖子。城市永远都糊里糊涂而且睡眼惺忪。"②《闯入者》中的城市"是闯入者汇入的一个舞台,很多人都在这里表演他们的戏剧与生命经历,一些人走了,又有一些人走上台来,活着,死去……"③ 不难看出,通过自问自答,邱华栋并未提取某种单一化的城市本质。这或许可以说明,他所获得的城市体验日渐复杂,反过来影响了观察城市的方式。于是我们读到:"城市,你观察它一般有几个角度。你可以站在地面上去观察它,你还可以飞到高空中去观察它,这时候它完全是大地之上的地衣,漫无边际地向四周蔓延。此外你还可以从地下看它,如果你有一双透视一切的眼睛,你会透过城市的水泥和沥青地表,从而发现它的秘密。向下看去,城市的地下有着数不清的管道和隧道,有着蛛网一样错杂的地下电缆和地铁系统。站在一座城市中,你向上、平视以及向下看去,将看到完全不同的景观。"④《鼹鼠人》这篇正是从下方来看城市的,虚构了一个躲在城市底

---

① 邱华栋:《翻谱小姐》,《邱华栋小说精品集》下册,华文出版社 2001 年版,第 47 页。
② 邱华栋:《城市中的马群》,《邱华栋小说精品集》上册,华文出版社 2001 年版,第 265 页。
③ 邱华栋:《闯入者》,《邱华栋小说精品集》上册,第 256—257 页。
④ 邱华栋:《鼹鼠人》,《邱华栋小说精品集》中册,华文出版社 2001 年版,第 203 页。

下以对峙城市化进程的"非人"。《蜘蛛人》中的"我"则是喜好攀爬高楼大厦，以获得观察城市的新角度。当然，邱华栋绝大多数小说，都是写从地面上观看城市。

邱华栋固执地以叙述者或主人公的眼睛观看城市，由此造成的阅读效果是：有一种独特的"城市景观"始终在场。这种城市景观，如取景器一般抓取了大量的、物质化的城市要素，同时又弥漫着内在的、情绪化的观者体验。邱华栋的许多作品，都以城市景观开篇，又以城市景观收尾。例如，《夜晚的诺言》开篇是主人公感到自己像"城市上空偶尔飘过的气球"，对城市没有认同感，结尾时则领会了城市"固有的法则和节奏"；《城市战车》始于"肿瘤"般的城市景观，终于发现"这座城市清新、友善和慷慨的一面"；《哭泣游戏》始于对城市的"惊羡与欣悦"，终于对城市"感到恐惧又甜蜜"；《手上的星光》以对城市的恐惧与向往开篇，以认识到城市生活的残酷性而暂告一段落……但我们知道，邱华栋的城市故事还会继续下去。他要写的故事，就是人在城中改变的故事，同时也是人对城市发生改观的故事。

如此这般，人的城市体验不仅深刻影响了小说的结构"形式"，还真正融为"内容"的有机组成部分。邱华栋之所以在城市文学的众多作家中脱颖而出，正因为他深切意识到要使城市体验与文学创作形成实质性的相互作用。小说中铺面而来的城市景观，乃是邱华栋个人风格的首要标记。值得注意的是，在反复铺写城市景观的过程中，那些外在的城市标记被邱华栋多次使用，一定程度上造成了同质化、符号化的后果。一旦"城市俨若由种种现成符号构成，文学也易于构造意义裸露的'城市'"①。这就要求作家反复开掘其"主观"的生活体验。邱华栋以多年写诗的素养，锤炼出一系列多姿多彩的意象，使其城市景观不至于意义过于"裸露"。他熟练运用的意象主要有以下几组，它们被用于比拟城市，从正反两面强化某种特定的城市体验。其一，城市的生长性和变化性。"沙盘"（《沙盘城市》）较为中性、具有可控性，而"巨大的肿瘤"（《城市战车》）则是负面的、不可控的。其二，城市中风险与机遇并存。"剧场""舞台"（《手上的星光》）助人实现梦想，而"祭坛"和"垃圾场"（《平

---

① 赵园：《北京：城与人》，北京大学出版社 2014 年版，第 238 页。

面人》)则是梦想破败的归宿。其三,城市生活的慰藉与压抑。"黑暗中的一艘灯光之船"(《乐队》)象征着希望,"一架极其精密的仪器"则寓含着"人的一切都将被量化、数字化"的恐慌。这些丰富多样的城市意象再次证明,作家们是"借助于想象系统"来"解释城市"① 的。

还应该看到,城市景观的同质化,并不只是邱华栋小说的问题,而是现代城市的某种根本特征。按照德波的看法,"建立在现代工业之上的社会,它不是偶然地或表面上具有景观特征,而是本质上就是景观主义社会"。景观并不是自在的,"景观并非一个图像集合,而是人与人之间的一种社会关系"②。因此,城市景观的出现,同时意味着人与人、人与城之关系的在场。反过来,我们也可以"通过人群看见城市",如利罕所说,"每一类人群都提供一种阅读城市的方式"③。邱华栋曾有一部小说集以"都市新人类"为题,这个名称恰到好处地说明,他有着从城中人身上阅读城市的深刻自觉。

从人与城的关系来看,邱华栋笔下的人大致可以分为六类。一是"闯入者",以《闯入者》中的吕安、赫建以及《城市战车》中的流浪艺术家们为代表。他们的特点是在城市中找不到自己的位置,怀揣梦想但没有融入感,只能游走在城市边缘;他们或许一直在受挫,但并不打算放弃梦想。二是已经熟悉城市并适应交换规则的人。如《保险推销员》中的外省姑娘何佩瑶,迅速适应城市规则,能够按照自己的意愿生活。再如《新美人》中的檀、《手上的星光》中的廖静茹,她们以自己的美貌不断与城市交易,从而走向越来越大的舞台。三是在城市中被生存现实所挤压,逐渐丧失个性和深度的"平面人"。"时装人""公关人""直销人""电话人""钟表人""持证人"也均在此列。四是在城市生活中备受挤压以致人格昼夜分裂的"午夜狂欢者",如《午夜的狂欢》中的秦杰和左岩等人。五是在城市中深感压抑焦虑从而寻求自救的人,如《平面人》中的田畅和何铃,《天使的洁白》中的袁劲松。《鼹鼠人》中的韩非人更为极端,他既要自救也要救人救世,甚至不惜以破坏行为对抗城市化进程。

① ［美］理查德·利罕:《文学中的城市:知识与文化的历史》,吴子枫译,上海人民出版社2009年版,第9页。
② ［法］居伊·德波:《景观社会》,张新木译,南京大学出版社2017年版,第7、4页。
③ ［美］理查德·利罕:《文学中的城市:知识与文化的历史》,吴子枫译,第11页。

第六类可以称为变异人,如《克隆人及其它》中的"橡胶人""综合人""克隆人"以及《化学人》中的"化学人",他们无不体现邱华栋对城市科技化生存方式及其未来的隐忧。

邱华栋从人群阅读城市,借此抓住城市化进程中的现象与问题,同时极大地丰富了城市文学的人物形象谱系。在我看来,他所塑造的"闯入者"和"平面人"意义尤为突出。在闯入者形象系列的背后,站立着一个日益明朗的"隐含作者"形象:他带着自己的梦想和对城市的向往,从外地进入城市。他很容易在陌生环境中陷入孤独,因而他或者在孤独中陷入沉思,或者借以城市化的狂欢方式以对抗孤独。他首先是感性的,敏锐地感受着城市生活对人的无情改变;但他又是理性的,深知城市化的发展趋势不以个人意志为转移,于是逐渐熟悉并接受城市中的交换法则。因此,他虽然屡屡受挫,但始终认定城市才是归宿。① 他相信不是每个人都有自己这般遭遇,正如他相信城市的形象不该只有一种。于是他尝试借助纸笔,讲述不尽相同的人与事,以此显现城市形象的不同侧面。这个隐含作者的形象是等同于还是小于作者本人,其实并不重要;重要的是,他是 20 世纪 90 年代许许多多外来知识青年与城市之关系的抽象与综合。在这个意义上,邱华栋的闯入者,与后来荆永鸣的"外地人"以及很多作家所写的"进城的乡下人"一样,都是一个时代的文学留影。而"平面人"之所以值得重视,并不在于这个名称所蕴含的思想锐度②,而在于邱华栋始终将这类人关联于具体而实在的物。比如电话、钟表和身份证,原本不过是人们日常所用的普通之物,但在日益加快的城市生活节奏中,它们竟然反过来控制了使用者,使他们变成电话人、钟表人和持证人。比如《电话人》中的两人,在电话中无话不谈,相处时却无话可说。两人婚后同床,却要靠当面打电话来酝酿情绪。通过这种"人与物的关系的变化"③,

---

① 在邱华栋众多的小说主人公中,似乎只有《城市战车》中的"我"最终选择离开了城市,但他其实是心怀重新发现城市的喜悦而离开的。

② "平面人"的思想源头,很可能就是马尔库塞的"单向度的人"。与此相关的是,《公关人》中主人公 W 从大学时代到自杀身亡,一直与海德格尔的《存在与时间》相伴;而《午夜的狂欢》中的秦杰试图逃离快节奏的城市生活并付诸行动,主要原因是他与昆德拉的《缓慢》发生了共鸣。

③ ［德］梅内纳·威内斯:《令人着迷的物》,陈静译,见孟悦、罗钢主编《物质文化读本》,北京大学出版社 2008 年版,第 486 页。

邱华栋找准了切入这个时代的极佳路径。这是一个"物的时代","我们根据它们的节奏和不断替代的现实而生活着"①。

余论　通往"广阔和深广"之路

当邱华栋写下"我发现我已被物所包围,周围是一个物的世界,而且这些东西以惊人的速度在变化更新,我觉得我已没有了我的生活,我已事先被规定、被引导、被制约、被追赶"② 的时候,他或许没有料到,自己已然触及了鲍德里亚的哲学命题。这个细节值得我们进一步思考。回顾 20 世纪 90 年代的城市文学,我们会发现一个耐人寻味的现象。那时的"新生代"作家普遍注重在写作中试验各种技法,但评论家多半不会毫无保留地赞赏他们所表现出的技艺自觉,反而更为期待他们的作品具有思想深度。这大概可以视作后先锋时代文学的典型症候之一。在 80 年代"方法热"的浪潮过后,90 年代的评论家们希望文学沙滩上留下的都是贮满思想观念的贝壳,这种心理期待自有其历史逻辑的合理性。但从文学史来看,有分量的思想观念,总是与新异的形式技法相伴相生、相得益彰。这种"有分量的"思想观念,或许会与某某哲学家的思想不谋而合,但从根本上应根源于作家本人真切的生活体验。而"新异的"形式技法,既得益于文学传承,又归功于作家个人的创新渴求。我们当下尤有必要看到:评判一个作家的思想是否有分量,并不比分析其形式技法是否新异来得容易。这并不是说,我们可以将作家的思想和技法分开来考虑;而是说,技法分析能够更直观地显现作家的影响源头以及他本人的艺术个性。比如,邱华栋那些讲述"都市新人类"的短篇小说,之所以使读者觉得新异,首先就在于总是以平静的语调,引出主人公或叙述者的重要"发现"。他所常用的"我发现了"(或"这个

---

① ［法］鲍德里亚:《消费社会》,刘成富、全志钢译,南京大学出版社 2014 年版,第 2 页。
② 邱华栋:《直销人》,《邱华栋小说精品集》下册,华文出版社 2001 年版,第 26 页。

城市出现了")时装人(或新美人、平面人,等等)的句式,无疑来源于卡夫卡《变形记》的著名开头:"一天早晨,格里高尔·萨姆沙从不安的睡梦中醒来,发现自己躺在床上变成了一只巨大的甲虫。"这种不动声色的震惊,蕴含着巨大的社会现实与心理内容。在此基础上,再揉入一些本土化的新奇人事、情绪化的城市体验以及不失时机的反讽和幽默,就成了邱华栋式的叙事风格。

　　说到个人风格,邱华栋始终期待自己在长篇小说创作方面大有作为。迟至 20 世纪 90 年代末,他仍然坚持认为"能够有长篇小说写作能力的作家才是具有写作能力的作家(除去那些只写短篇小说的作家)",并以"我的写作也许会渐渐变得广阔和深广"[1] 而自勉。但以我之见,最能体现邱华栋 90 年代创作个性的,是中短篇小说,而不是长篇小说。他的长篇小说固然能以较为复杂的艺术结构,且如其所愿地包容更多的"信息",但正如他自己后来所意识到的,"文学的想象力和精神的指向都是第一性的,是非常重要的,也是无法用信息替代的。大多数的时候,信息就是垃圾"[2]。从"文学的想象力和精神的指向"来看,他此时的长篇小说除了包含更多的成长记忆之外,并未提供明显胜过中短篇的"发现"。他的中短篇小说,绝大多数能够在宣泄城市体验和经营故事的完整度之间达成较好的平衡,从而获得一种可读性。通过中短篇小说的写作,邱华栋反复磨砺了手中之笔:它所流淌出来的文字,已足以证明一个年轻作家的敏悟、热情、发现和想象力。他的短篇小说,由于写得快,来不及修饰,有时不免给人以"速写"之感。前辈作家孙犁曾将自己的一组作品命名为"农村速写","说明它们虽然都是意图把握农村在伟大的变革历程中的一个面影,一片光辉,一种感人的热和力,但又都是零碎的,片面的"[3]。我们不妨将邱华栋 90 年代的许多短篇小说称为"城市速写"。它们或许难免有零碎和片面之处,但见证了邱华栋试图把握城市在伟大的变革历程中的一个面影,一片光辉,一种感人的热和力。

---

① 邱华栋:《都市中的迷乱与反抗》,《博览群书》1998 年第 7 期。
② 邱华栋:《在那些激情四射的夜晚(自序)》,《白昼的喘息》,漓江出版社 2015 年版。
③ 孙犁:《农村速写·后记》,《孙犁全集》第 2 卷,人民文学出版社 2004 年版,第 229 页。

第三章
世俗年代的浪漫与反讽

——《艾约堡秘史》细读

第一节　"不变的个体激情"、浪漫与反讽

　　在这个充满喧嚣的世界上,在物欲飞扬跋扈的年代里,恰恰也是艺术家最好的时光来临了。不是寻求寂寞吗? 寂寞来了;不是歌颂坚韧吗? 到了考验坚韧的时刻了。艺术、艺术家、读者,一切都在快速分流、归属,有的正在生成,有的已经枯萎,时代催逼了选择,该是个机会了。在世俗的永不满足的、越来越贪婪过分的要求下,总会有一些不低头的知识分子。这也是我们的道德原则。无论在什么时候,他们总是送给世界一个讯息:仍然有人在好好地思想,仅此而已。①

　　张炜对抗世俗的姿态,总让人想起鲁迅。他的敏感和怀疑,尤其是对"一切都在快速分流、归属"的观察,与鲁迅当年描绘"有的高升,有的退隐,有的前进"② 遥相呼应,显示了现代文学的精神传承。但在小说创作中,张炜的激越之声,又与鲁迅式的呐喊不同。鲁迅曾说:"我以为感情正烈的时候,不宜作诗,否则锋铓太露,能将'诗美'杀掉。"③ 鲁迅不是否认文学创作需要激情,而是主张激情有所节制和沉淀,方能无损于艺术表达。但就张炜而言,他几乎始终保持着激情蓬勃的写作状态。正是无可比拟的激情,成就了张炜创作的时间长度以及艺术个性:他从"洼狸镇"出发,一路"融入野地"、寻访"葡萄园"和"我的田园"、穿行于"远河远山",数十年如一日地书写一部总题为"丑行或浪漫"的大书。

　　写完《九月寓言》之后,张炜曾明确谈到"激情"的重要性:"再好的情节

---

　　① 张炜:《关于〈九月寓言〉答记者问》,《当代作家评论》1993 年第 1 期。

　　② 鲁迅:《南腔北调集·〈自选集〉自序》,《鲁迅全集》第 4 卷,人民文学出版社 2005 年版,第 469 页。

　　③ 鲁迅:《两地书·三二》,《鲁迅全集》第 11 卷,人民文学出版社 2005 年版,第 99 页。

没有激情去熔化也是死的"①。激情本身不是"技术性"要素,但它能够"熔化"情节、贯通文气,故被视为所有技术的统帅。《古船》面世十年后,张炜对当初那份"紧绷的心弦、青春的洁净、执拗的勇力、奔涌的热情"仍记忆犹新:"我自认为创作是自然和必然的延长,我并无质的改变,更没有随着世俗的要求而背离什么。昨天是今天的根据,今天也会是昨天的证明。"② 保持激情与延续创作,在张炜这里几乎是自然而然的同构关系。新世纪以来,不少作家的文学观念已随文学整体环境一变再变,而张炜依然坚称:"没有这种激情,作家的写作将是无足轻重的。"③ 他甚至认为:"一个作家如果改变不了世界,至少可以从自己做起,保护属于他个人的自由最大限度地不受侵犯,用不变的个体激情和个人智慧撑起文学的天空。"④

因此,称张炜为激情型作家,不仅符合事实,想必也是他本人所乐意的。激情之于张炜创作的显著影响,是使其美学风格趋向于浪漫主义。这个判断不是我的首创,而是不少论者的"共识"。我的问题是:当人们以"浪漫"或"浪漫主义"谈论张炜时,其实是在谈论什么? 伯林对"浪漫主义的根源"作过深入探究,但他从一开始就明智地避免对浪漫主义作出独断专行的本质界定,而以排比方式描述其相反相成的内涵,倾力揭示"浪漫主义是统一性和多样性"。⑤ 不过,正如霍布斯鲍姆所看到的,虽然浪漫主义的年代起止、定义标准都令学者犯难,"但却没有人会认真地怀疑浪漫主义的存在或者我们分辨它的能力"⑥。几十年来的张炜研究似可证。若将众多论者评价张炜的观点稍作概括,我们会发现,张炜作品有着近乎矛盾的丰富内涵。借用伯林式的对举手法,可表述如下:张炜的浪漫主义,既是外向的,又是内省的;既充满苦难,又饱含诗意;既倾心于流浪体验,又表现出家园情结;既有知识分子

---

① 张炜:《关于〈九月寓言〉答记者问》,《当代作家评论》1993 年第 1 期。
② 张炜:《古船》,作家出版社 1996 年版,第 399、400 页。
③ 张炜:《小说坊八讲》,作家出版社 2014 年版,第 304 页。
④ 张炜:《第三种选择》,《更清新的面孔》,作家出版社 2014 年版,第 269 页。
⑤ [英]以赛亚·伯林:《浪漫主义的根源》,吕梁、洪丽娟、孙易译,译林出版社 2008 年版,第 25 页。
⑥ [英]艾瑞克·霍布斯鲍姆:《革命的年代》,王章辉等译,江苏人民出版社 1999 年版,第 347 页。

立场,又有民间关怀……

这些"近乎矛盾的丰富内涵",固然反衬出论者对浪漫主义的理解之宽泛,但更多地来源于文学本身的特殊性。按照米克的看法,文学几乎与生俱来地包含着矛盾或对立因素:"它作为艺术吸引人们的注意,同时又佯装是生活"。一方面,文学作品"赋予所描述的存在以明晰性、以形式、以意义、以价值";另一方面,"由于它是静态的、有限的,它必然不能充分表现动态事物,不管这种事物属于作者的主观世界,还是属于无限的客观世界"。① 张炜作品中的内在矛盾性,迄今未得到应有的重视。张炜式的激情,始终有一个坚硬的内核,即对抗世俗、坚守自我。当张炜将世俗的内涵指认为"物欲飞扬跋扈"时,他不仅敏锐抓住了近几十年来突出的精神病症之一,也提示了理解其文学品格的线索:在物欲蒙蔽人心的年代,他坚持关注人的心灵;在文学观念和创作手法趋新逐异的年代,他往往有意采用相对保守的写法。由此,张炜式的浪漫主义,总是表现为一种"后撤"式的站位,这使他始终与时代步伐保持"半步"之差,从而获得观察、思考及艺术表现的必要距离。得益于这微妙的距离,张炜时常能如己所愿地表达对世俗风潮的反讽。但长期身处激情裹挟之中,也可能导致这距离越来越大,进而使作家越来越难"充分表现动态事物"。当他自以为把握了"客观世界",其实只是更多地呈现了"主观世界",这时他就可能遭遇意料之外的反讽。在晚近的《艾约堡秘史》中,张炜一如既往地倾注了巨大的激情,同时有意"正面强攻"复杂的当下现实。因此,该著用于分析张炜的浪漫倾向和反讽效果,再合适不过。若依伯林的观点,每一个命题都有至少三个与之"相互矛盾"且都正确的命题,此中意味即是反讽。② 我们不必那么费事,只须从《艾》中提取几组关键词加以分析,就能有所体会。这些关键词互相关联、彼此注解,对理解人物的精神世界以及作家的创作旨趣来说,可谓"意味深长且具指示性"③。

----

① ［英］D. C. 米克:《论反讽》,周发祥译,昆仑出版社 1992 年版,第 113 页。
② ［英］以赛亚·伯林:《浪漫主义的根源》,吕梁、洪丽娟、孙易译,译林出版社 2008 年版,第118 页。
③ ［英］雷蒙·威廉斯:《关键词:文化与社会的词汇》,刘建基译,三联书店 2005 年版,"导言"第 7 页。

第二节　气息、眼神及其他

"艾约堡"得名于当地方言"递了哎哟"："像递上一件东西一样，双手捧上自己痛不欲生的呻吟。那意味着一个人最后的绝望和耻辱，是彻头彻尾的失败，是无路可投的哀求。"① 淳于宝册曾在"流浪大学"饱受磨难，如今以"艾约"为居所名，警示自己永不开口认输。这种铭记屈辱、不忘来路的命名方式，反衬出他对体面和尊严的极端重视。由此也不难理解，他为何在其治下推行令人匪夷所思的"打屁股"。上级动怒后处罚下属的手段不是降级、扣薪或解雇，而是当众脱其裤子打其屁股。打屁股在日常生活中主要见于成人责罚、教育犯错的小孩，在淳于的商业王国中竟得到延续，并用以激发受罚者的尊严感。打屁股的通行，呼应着艾约堡的得名，或许会让读者产生错觉：小说中人物的活动空间，是一个敏感多情的情感领地，而不是冷酷无情的商业王国。

小说大量叙写的气息和眼神说明，只要足够敏感，一切并非错觉。首先，气息是人物感知外部世界的方式。蛹儿年轻时就具备这样的本领，能在属于自己的书店里嗅到"让人兴奋的气味"，入主艾约堡后更是"只用嗅觉就可以掌握堡内运转"。淳于流浪野地时练就凭嗅觉判断安危的本领，如今已臻化境，足以闻香识女人。其次，气息也是人物自身的某种标识。如蛹儿的体息是"麦黄杏的气味"，这种极为早熟又能经受贮藏运输的果实，与她成熟魅惑、青春永驻的体质有绝妙对应关系。淳于通常是"沉闷而又深长的檀香气"，情绪紊乱则在衣物被褥留下"沉滞不化"的老公牛或老熊味儿，可见其优雅与浑朴同样深沉。"老政委"杏梅随时有战马味和烟味，这提示着她从武斗时代保留下来的强悍勇猛。欧驼兰更是超凡脱俗，初见即令人感到"一种不甚明显的菊香从她身上扩散到整间屋子"，回忆起来则如"悄悄泛起的四月天的槐花香气一点点

---

① 张炜：《艾约堡秘史》，湖南文艺出版社 2018 年版，第 10 页。以下凡引自该书，不再另注。

淹没了海风的腥咸";这气息如此高贵而清新,难怪淳于为之辗转反侧。

以貌取人,实不可取,这是儒家古训。张炜改为以气息取人,宣示了作家的浪漫特权。这种浪漫相对于孔夫子时代是新的,但随着文学发展,至今已觉不新鲜。张炜这般浪漫,显系有意为之。尤其在突出蛹儿"巨大无匹的风骚气"时,张炜的倾向表露无遗。文学史的经验表明,对于只可意会的微妙感受,最好勿以言传。但为了表现其"巨大无匹",张炜还是不辞其苦。他不仅正面描述蛹儿的五官、肌肤、身姿和心理,更不厌其烦地运用侧面烘托。与此相关的还有眼神描写。鲁迅近一个世纪之前道出的"画眼睛"经验,在《艾》中得到全面落实。跛子"火烫逼人的眼",长发诗人"双眼像锥子一样扎过来",退休教授"琥珀似的眼睛"里泪水潸潸,无不及时传递着对风骚气的反作用力。但这一切不过是重要角色的陪衬:"艾约堡的主人双目锐利,透过千万重俗障投射过来,然后彻头彻尾地改变了她。"这眼神"无浑浊,无淫邪,甚至还有与年龄极不相称的天真气",令蛹儿认准它独属于正派男人,故而才春风一度,就决意誓死跟随。最特别的还是欧驼兰的眼神:"那双眼睛啊,南北景致全装得下。多么明亮含蓄的眸子,无论有多少双眼睛都遮不过它的光芒,所有的眼睛叠加起来也比不上它的内容。那是对整个世界的问候、抚摸,又像是不远不近的打量,时刻准备拒绝或接受。"既然擦肩而过,被她随便看上两眼,淳于就会"像被电流击打了一下,身子往旁一个趔趄";那么,与她面谈对视,当然要时刻"防止被强光灼伤"。

面对这些不厌其烦的夸张、对比与反衬,读者无法不联想到某些"老旧"的浪漫主义手法。我们不必将其源头追溯至荷马史诗如何写海伦或汉乐府如何写罗敷之美,只须略为回顾张炜个人创作历程,便能发现其来有自。至少在那篇著名的散文《融入野地》中,张炜就已明言:"时至今天,似乎更没有人愿意重视知觉的奥秘。人仿佛除了接受再没有选择。"由于现代技术损伤了"人的感知器官","一个现代人即便大睁双目,还是拨不开无形的眼障。错觉总是缠住你,最终使你臣服。传统的'知'与'见'给予了我们,也蒙蔽了我们。于是我们要寻找新的知觉方式,警惕自己的视听。"①《艾》刻意突出

---

① 张炜:《融入野地(代后记)》,《九月寓言》,上海文艺出版社 1993 年版,第 343 页。

人的嗅觉与视觉,其根源正在此处。这么多年过去了,张炜似乎还是那个张炜。他非但没有找到"新的知觉方式",反而仍在用"传统"的手法,赋予小说人物以知觉能力,也企图吸引读者的注意力。他在香港浸会大学讲课时还专门谈道:"我们当代人很容易被时尚干扰,被浮云罩住。实际上我们人类的标准是经历了漫长的时间才固定下来的,要改变起来很难——因为这些标准是正确的,高尚的,一时很难找到什么替代它们。我们于是不得不靠近那些标准,不得不固执一点耿直一点。所以表现得有点保守的人,往往是比较靠得住的。大家都'现代派'和'后现代派'了,只剩下为数不多的几个老实人,这几个人也很可贵。他们可能并不是落伍者,而是想得更多的人,不那么简单;也许他们要求得更高。"① 如果我们所说的浪漫主义,仅仅是指张炜在尚新崇异的文学潮流中对传统手法情有独钟,他肯定不会认可。他多次强调,浪漫不是一种手法,而应是一种本能:"实利化的社会生活,会把人从物质上异化,让其远离生命中的质朴和本真,渐渐对其变得不能理解。这是人类成长的悲剧。保持这种所谓的'浪漫',其实只是人类对于成长悲剧的本能的反抗。"②越是在人被异化和物化的时代,作家就越有必要保持浪漫、越有必要发掘和张扬的人的知觉能力,如此方能对抗"实利化的社会生活"。这才是张炜的浪漫主义之要义所在。

第三节 "嗜读"与"著述"

如果说气息与眼神体现了张炜对知觉能力的重视,"嗜读"与"著述"则体现他对精神世界的重视。小说中有许多嗜读者,跛子和蛹儿是,吴沙原和欧驼兰也是,主人公淳于更是。似乎是嗜读使所有人物从四面八方汇聚张炜

---

① 张炜:《小说坊八讲》,作家出版社 2014 年版,第 97—98 页。
② 同上书,第 305 页。

笔下,联袂上演了一出戏。叙述者有时称嗜读为"恶习",这不过是变相地肯定人在世俗年代仍有精神追求。身为作家,张炜不可能不知道阅读的重要意义:"阅读对人的成长、对心灵之力的养成是至关重要的。事实上,没有深入而广泛的阅读,就没有深沉有力的人生。但光有阅读可能还嫌简单了一些,追溯起来,一个人的总和还包括了血脉和禀赋、现实经历对人的磨砺等等。"① 嗜读有助于养成内在品性,提升自我气质。不过,嗜读还得配合"现实经历对人的磨砺",才能真正塑造个人。倘若我们继续追问嗜读者各自读些什么,嗜读对于人有何影响效用,就会感受到或隐或显的反讽意味。

先说蛹儿,她最早在跛子那里打开阅读视界,在多年的书店工作中朝夕与书相伴,进入艾约堡之后更得以远离纷扰而专注阅读。阅读几乎是命运对她的安排:以她的风骚气,只有躲在书里才更为安全。但她偏嗜情诗也太过了:深夜难眠,只要情诗在手,她就能迅速"忘记其他,泪花闪闪";早读则"不出所料"地捧读那本情诗,读到"含上了痴情的泪水";淳于最后逃到他们当初相识的书店时,那本情诗也赫然在目。反复出现的"那本情诗",无疑深刻塑造并强化了蛹儿的痴情,同时也使我们感到:由于缺乏"深入而广泛的阅读"、缺乏流浪大学的磨砺,蛹儿的修为显然是有限的。她只满足于阅读淳于这本"看不尽的大书",做一个无怨无悔无名无分的情人。

再看淳于。他既然能随口背出蛹儿手上某本书中的几句话,想来该是涉猎广泛了。但有意味的是,他初次听下属介绍欧驼兰的民俗学家身份和工作内容,竟答以"天下之大无奇不有"。为恶补知识,他如此吩咐秘书:"把那些好词儿最多的书找给我!"当秘书问他要"哪方面的",他的回答更绝:"政治、文化、经济、哲学,所有!"我们有足够理由猜测,淳于的所谓嗜读,其实只是在读,而不在乎读什么。不过,淳于从小就被老师发现有写作天赋,其"血脉和禀赋"中确有亲近阅读的成分。至少,他能为身边人都取上形象贴切的绰号。比如,他的夫人兼军师是"老政委",情人"蛹儿"又叫"人儿",命名堪称贴切。

最令人叫绝的,是秘书处负责人被淳于命名为"老楦子"。这就得说到另

---

① 张炜、王雪瑛:《宝册是当代文学中的"新人类"？——关于长篇小说〈艾约堡秘史〉的对话》,《文艺争鸣》2019年第1期。

一个关键词"著述"。淳于的所谓嗜读,始终伴随着著述的冲动。淳于年少就以描写能力被老师看好,青年时代也在奔波辗转中坚持写作,功成名就之后,当然可能拥有"一大排烫金仿小牛皮的棕色精装书籍"的著作权。这些所谓著述的来源如下:"主人兴之所至大讲一通,旁边的速记员唰唰记下,然后交给秘书处,那里的头儿老楦子就有事情可做了。他们一伙分门别类捋成'理论''纪事''随想',扩充成一大堆文字。"淳于当然不会完全任由秘书处发挥,他偶尔会在"清闲"之际,细读老楦子他们的清样,批改得密密麻麻,使他们真正叹服。淳于真正意义上的著述,是在不眠的深夜向他的引路人、远在天堂的李音老师倾吐心声,但这些文字在小说中仅仅展示了一小段,不足以证明淳于的著述能力。所以,当叙述者借老肚带之口说"伟大的著作家近在眼前"时,我们有必要读出对"著作家"的嘲讽。

事实上,淳于对老楦子等人的"著述"能力心知肚明。"这伙养尊处优的东西只有一个拿手好戏,就是把一小捏文字扩成一大叠,胡编乱造已成习性,最后变得不说人话了。"秘书处曾将集团上报有关部门的年审材料弄成蹩脚的散文诗,把总经理的年终讲话写成骈体文,可谓劣迹斑斑,但淳于无法下定决心整顿。他一直收容和纵容他们,这就为小说讽刺某些"职业病越来越严重"的"大著作家"提供了机会。比如,他指令秘书处呈交一份详细的调查报告,而他们竟能以"令人厌恶的衙役腔"交代渔村的历史现状,又能以不文不白的地摊文学腔对男女情事捕捉风影、绘声绘色,令淳于始而厌恶继而好奇终于怒不可遏。但他们对"皇皇狸金"及其"巨擘"的歌颂,又让淳于"稍有心动"。淳于事后虽曾当面责难老楦子,但并未打其屁股;也就是说,他原谅了对方。

但我们的探究不该到此为止,还应看到张炜对心灵世界的重视。前引张炜对"一个人的总和"的解析,兼顾先天禀赋与后天磨砺,并将阅读置于养成"心灵之力"的突出位置,这让人无可挑剔。但从小说的表达效果来看,外在的现实磨砺,似乎比阅读更为重要。淳于屡次向蛹儿表示,他最看不上所谓的"实业家"和"作家"。其实他是在讽刺那些人,只懂得物质实利和写作技巧,而不关心人们的心灵世界。反讽的是,蛹儿觉得他已将自己视为"这两类当中的顶级高手"。枉费她朝夕相伴,还是没有读懂淳于这本书。淳于念兹在兹的,其实是成为"情种研究者"。

第四节　"情种"与"情种研究者"

　　淳于这个人物形象在当代文学中可谓异类。他无疑属于"先富起来"的人之一,但他既不以财富为豪,也不以物质享受为追求。当老肚带展望获得矶滩角之后,"董事长该有最豪华的一艘游艇了,带上蛹儿她们出海,备最好的葡萄酒,拎上冰桶,那是什么阵势……"立即就被他严厉喝止:"资产阶级的套活儿,土老帽照葫芦画瓢。你小看了我,以为会那么傻。白白拿了这么多学位,还出洋培训,世面白见了。"他时常穿上有机油味儿的工作服,开着外观老旧的吉普车,独自上路寻找诗和远方。身为资本家,却鄙视资产阶级情调,这是淳于的高超之处,也使他比普通资本家显得更为可爱。"天地间有一种阴阳转换的伟大定力,它首先是从男女情事上体现出来的。"他的这种认识,与《红楼梦》中的"开辟鸿蒙,谁为情种"以及《浮士德》中"永恒的女性,引领我们上升"可谓遥相呼应。他多次表示,余生只对情种感兴趣。蛹儿只当这话是开玩笑,我们可不能像她那么单纯。

　　究竟何为"情种"呢?查《现代汉语词典》(第7版)可知,情种可分两种:"对异性的感情特别丰富的人;对异性特别钟情的人。"词典暗含的逻辑是,对异性感情特别丰富与对异性特别钟情,这两种品性很难统一在同一个人身上。从文学史来看,情况更为复杂。《聊斋志异》有《王桂庵》与《寄生》两篇,写父子两人的痴情奇事。"父痴于情,子遂几为情死。所谓情种,其王孙之谓与?"蒲松龄好奇的是,情种不只对异性特别钟情,似乎还有"种"的遗传基因。贾宝玉堪称中国小说中最著名的情种,其典型特征是兼爱美妙女子又专情于林黛玉(几乎完美覆盖词典的两个义项)。从遗传角度看,贾政并未传给贾宝玉情种的基因,可见成为情种得靠天生异秉。不过,贾宝玉若非生在那样的家庭,恐怕还是得为温饱而奔波,难以成为情种。鲁迅在《伤逝》中说得最简明:"人必生活着,爱才有所附丽。"老舍《骆驼祥子》也可为证:祥子与小福子互有好感,但他考虑到小福子上有贪杯的父亲、下有两个弟弟,还是不敢接受小福子的爱。"爱与不爱,穷人只在金钱上决定,'情种'只生在大富之家。"这不只是祥子的悲苦之言,也一并道出了前述王桂庵父子和贾宝玉等人的共同特征,即生而衣食无忧,故有资格成为情种。从"饱暖思淫欲"的角度来看,淳于发达之后不重物质实利、唯独艳羡情种,这不足以说明他藐视世俗,反而证明他仍是集体无意识所塑造的世俗中人。

在《艾》中,跛子滥情无度,可以说是词典所定义的第一类情种;吴沙原老婆被拐,但他并未顺水推舟与欧驼兰打得火热,而是在繁难的村务工作中时常眺望老婆所在的海岛,这可算是词典所定义的第二类情种。至于瘦子和少尉,由于小说对其婚恋情感所述甚少,他们既说不上感情特别丰富,也说不上特别钟情;淳于却言之凿凿,将他们都归入自己所说的情种之列。这是因为他对情种有自己的理解:"他们身上有奇怪的魔力,常常让人无法抵挡。想想看,让一个绝色女子迷上自己,既不靠财富也不靠威权,甚至并不依赖容貌!"他最为钦佩和羡慕的就是这类人,并希望能与他们推杯换盏、推心置腹。我们终于可以明白:淳于所说的情种,只是那种能使异性一见钟情、忠贞不二的人。至于自己是否同样深爱对方,这并不在其考虑范围之内。

除了财富和威权,还有哪些要素能向异性释放巨大引力呢?瓦西列夫在其《情爱论》中谈到个人的"吸引力"时,曾逐一分析身高、体重、肤色和五官等外在生理特征在吸引异性方面的重要性。[1] 当淳于教导老肚带"人的单一器官或部位,比如嘴或眼,甚至是腿,都有可能被另一个迷上,生出难分难解的爱情来"时,我甚至觉得淳于是读过这本《情爱论》的。但更值得重视的是:从个人身份来看,淳于作为一个腰缠万贯的巨贾,不去图谋如何做得更为强大,也不以非常手段强占令他心动的异性,这种选择颇有返璞归真、回归本性的自觉。从时代状况来看,这是科技高度发达、资本的力量几乎无所不能的年代,也是对纯粹而理想化的爱情极为不利的时代。瓦西列夫曾经主张,"人的感情在某种意义上日益贫乏",实可视为"科学技术革命的一个消极后

---

① 参见[保]基·瓦西列夫:《情爱论》,赵永穆、范国恩、陈行慧译,三联书店1984年版,第323—336页。

果"。其文献学根据是:1935 年版的《不列颠百科全书》中,"原子"一条仅占3 页,而"爱情"则占了 11 页;而到了 1966 年版,前者已占据整整 13 页,后者则被挤压成 1 页。因此,瓦西列夫深情怀念那个崇尚爱情力量的时代,并感慨"这真可以称之为浪漫主义的时代!"① 如果他知晓淳于的身份与心志,是否会称赞"这真是一个浪漫主义的资本家"呢?

　　表面看来,淳于的居所萦绕着高贵的檀香,内心则充满情爱的幻想,可谓由里而外远离了世俗的铜臭。但细读则可发现,追求爱情往往是世俗享乐的代名词。他让蛹儿主掌艾约堡,目的是借其姿色气质和管理经验镇住堡内那几个"面容姣好,各有所长"且来路不明、心高气傲的女子,所以他称蛹儿为"大杀器";他占有蛹儿的肉体并享用她毫无保留的依恋和宽慰,所以他又称蛹儿为"人儿"。他一方面对蛹儿说"谁如果有了你还赖唧唧的,那他一定是个贪心不足的家伙",另一方面又为仅有一面之缘的欧驼兰而辗转反侧。他大张声势前往矶滩角时,临行对蛹儿说:"给我管好后方,等战斗结束了,我会给你请功。"其实他并非亲自出马解决矶滩角的兼并难题,而是向欧驼兰发起正面的情感攻势。所谓的战斗,实质是纵容自己去追求毫无可能的爱情,而大后方还有不离不弃的妙人儿在痴心等候。在这个意义上,老肚带的视角显然是作为反讽而存在:当淳于交代"这个渔村我要了",老肚带却随手记成"这个女人我要了"。当淳于说自己和吴沙原一样是老光棍,老肚带心想:"您的老婆跟小儿子在一起,女儿在澳洲,可不能说是'光棍'呀。"当淳于强调"要尊重学者"、不许叫欧驼兰为"娘们儿",他立即悟出淳于是心动了。我们听听老肚带的腹诽:"妈的,这么大年纪了,净费些没用的脑子,又麻烦又耽误正事儿。"借"天生就不是情种"的老肚带之眼光,评价以"情种研究者"自诩的淳于,这真是绝妙的反讽策略。其实,从特别痴情的角度来说,蛹儿才是真正的情种:自从决意跟随,此后再无怨悔。淳于四处"收集情种",却对身边这个情种视而不见,只当她是赏玩对象和心理疏导员。这既是对情种研究者淳于的嘲讽,也是对情种蛹儿的暗讽。我们注视

———————

① [保]基·瓦西列夫:《情爱论》,赵永穆、范国恩、陈行慧译,三联书店 1984 年版,"引言"第2 页。

这些细节,必能觉出小说叙事的精心安排。

第五节　"资本"的力量与文学的可能

　　《艾》既以资本家淳于为主人公,自然无法回避对资本这个潜在主角的叙述。张炜的处理或明或暗。瘦子的傲慢和专断来自资本的力量,而其迅速暴富则有赖于其叔父权倾一方,资本与权力的关系在此呼之欲出。与此相似的是淳于的发家史。狸金集团之风生水起,始终得益于老政委当年冒死救下的老首长。金矿事件中,淳于寸步不让,这固然为己方大壮声色,但若不是老首长照拂,狸金不可能大获全胜。胆战心惊的老肚带渡过难关之后,从此更为佩服淳于的"流浪大学"学历。老肚带白拿了那么多学位,竟然看不到要害所在:在权力的护佑之下,资本有惊无险地度过了血腥的原始积累阶段。狸金一路披荆斩棘,终于发展为"真正的巨无霸":其经营行业如此重要,资本实力无比雄厚,却想方设法隐藏实力,还要将资产转移海外。完成了财富隐藏和转移之后,心无牵挂、百无聊赖的资本家,才有可能心血来潮时从事所谓著述,并将研究情种作为余生志向。

　　淳于在研究和追求所谓爱情时,始终有强大的资本作为底气,故能从容优雅。但纯情的蛹儿不会去想,淳于之所以能在安静的书店阅读区引起她的注意,就因为他能以不费吹灰之力,平息诗人们一度引起的骚乱。蛹儿更不会知道,他以研究爱情所得经验,用足了欲擒故纵的忍功,等到她主动邀约,她才一举成功,占据对方全部身心。对方只说一句"这很简单,我必须你",就足以让她瞬间生出"不可抵御的臣服感"。更有意味的是,即便蛹儿事后了解到狸金的商业规模和财富等级,她所关心的也只是:淳于这个孤单的帝王将如何度过清冷的夜晚?进入艾约堡之后,她为掏空山体建成的别致建筑深感好奇,更不会想到:没有雄厚的资本作为基础,主人的奇思妙想就只能是空谈。蛹儿的目光越是单纯,我们就越有可能从小说中感到资本力量无所不在的渗透。

尽管淳于声称只对不靠财富和权威吸引女人的情种钦佩有加,但他本人满足情爱欲望的思维方式,早已从骨子里被资本所改写。他与一干随从偶过矶滩角,一眼瞥见欧驼兰,怦然心动,回程就自然而然地打起了这个渔村的主意。这与他当年拿下蛹儿所用招法别无二致:注资,合作,占领地盘,然后占据美人芳心。但这次他失算了。一番迂回之后,淳于主动表白心意,但被欧驼兰拒绝;不甘失败的他还有最后一招:企图高薪聘请对方为文化总监。这与老肚带用钱扎成砖头、砸向所有不合作者,并无实质区别。

如同硬币都有两面,资本的力量总是伴随着恶与血腥,但小说叙事不是一味"正面强攻",而是"兵分几路"。一是借老肚带的视角透露。从金矿的事故不断到眼下兼并渔村的威逼利诱,他一直都是主事者和承担罪名的那个人。隐身幕后的淳于则自个儿优哉游哉,动辄以打屁股相威胁。老肚带深知,淳于凡事只问结局不问过程,只管胜利不管手段。因此,以老肚带视角来评价"他是如此地仁厚、善良,有时像个弱不禁风的女人",就体现了反讽的意味:资本家让下属冲锋陷阵、沾满鲜血,自己却愈发心慈面软、多愁善感。二是以吴沙原之口控诉。起初,淳于以迂回和伪装的方式出场,双方还能以礼相待。随着兼并的推进,村头吴沙原按捺不住,淳于也被迫接招。他一方面把罪责推给老肚带他们,一方面又表示自己会尽力帮助朋友,更以资本的力量震慑吴沙原:"你是知道资本的力量的,在这个世界上,它重新显出了无坚不摧的本质。"但吴沙原对狸金的了解越来越多,就越不相信狸金能以"开发"的方式"保住"矶滩角这样的民俗古村。吴沙原所掌握的狸金曾导致水源污染、癌症高发、村民失踪弃逃以及经营声色场所、雇佣武装力量等累累罪行,淳于都无法否认。他只能转而提醒吴沙原"任何事情都得两面看",但吴沙原已经看得很清楚:狸金所获得的财富、所创造的利税,永远无法偿还它所毁坏的水、空气和生命。更大的罪恶在于,狸金大发不义之财,致使"整整一个地区都不再相信正义和正直,也不信公理和劳动,甚至认为善有善报是满嘴胡扯……"吴沙原对资本罪行的控诉有理有据,简直令淳于无地自容。但我们也知道,若非淳于顾忌欧驼兰,吴沙原根本不可能有机会当着资本家的面慷慨陈词。所以，欧驼兰这个人物形象虽然不够生动，但她客观上起到了这样的作用：以至高无上的爱情为掩护，以民俗学家的文化立场为武器，对遭受威胁的弱小村头和渔村施以援手，共同暂时击退了强大无比的资本家。这就是浪漫主义文学的力量。

淳于的退却，是不是由于他本人彻底意识到资本的罪恶，从而生出所谓的忏悔以至自我救赎之心？他不是完全不知狸金之恶，也不是毫不关心。比如，他看见远处有彩色云雾升腾，立即想起六年前狸金下属某化工厂毒气泄漏、致死伤残多人的事故。但我觉得，他只是回顾来路略有迷惘而已，而且这迷惘又被当下求爱未遂的挫折感所强化，使他更有寝食难安以至主动倾诉的可能。淳于的主动倾诉，除了借纸笔向李音老师讲述，就是向蛹儿讲述。值得注意的是，他向李音讲述的是在情爱困惑中不知何去何从，而向蛹儿讲述的才是狸金的过去。他并没有向引路人坦陈所谓过错的意愿，却习惯性地从妙人儿这里获得宽慰。他仅有的几次对蛹儿讲述，其初衷和效果都是迅速获得谅解。比如，他刚讲完狸金出过反叛的故事，蛹儿就忙不迭地安慰他，说他"善良""单纯"，称他不仅是世上最好的人，还将下属都调教得"心慈面软"。淳于即刻"如梦初醒"："你刚才的话虽然有些过誉，但关于狸金的基本事实却毫无歪曲。诚如你所言，集团各公司均依法规行事，不得越雷池一步，自我训诫……"这样的对话，不仅显出蛹儿的纯情和无知，也充分证明淳于并没有坚决彻底的反思立场，更别提忏悔和自我救赎。但他终究有那么一点自省意识，这是其可贵之处。此外，除了荒凉病发作失控时蹂躏过领班锁扣，他从不对女人动粗用强；即便向欧驼兰表白遭绝，他也没有恼羞成怒，而是独自伤怀。他败下阵来，却成全了吴沙原、欧驼兰以及渔村的体面。他最终打算守着书店和蛹儿度过余生，也算是给了她一个交代。但我们知道，一切终究只是暂时的。被市里称为典范并已动工的兼并工程，尽管暂时被淳于强力喝止，终究还是会继续下去。而到那时，淳于想必是无法面对的。小说到此只能结束，也必须结束，正所谓"止于所不可不止"。

但有意味的是，小说还有三章附录，叙述淳于在"流浪大学"所体验的苦难与温情。按张炜的说法，之所以设置附录，一是希望"起着重新加固或探究的作用，把人的思绪引向更深处"；二是不能破坏正文"艺术的均衡性"；三是

"自信的作者"应设法满足那些读完正文"意犹未尽"而"怅然若失"的读者。① 既然如此，这个附录就不是如张炜所说的可读可不读；就理解创作意图和文本效果来说，它都是非读不可的。从内容上看，附录与正文中蛹儿所读到的淳于回忆录，颇有重合交叠，这就是张炜所说的"重新加固或探究"。从叙述的视角来看，附录与回忆录都是以"第三人称内聚焦"展开，旨在"采用故事内人物的眼光来叙事"②，向"理想读者"讲述主人公的喜怒哀乐。如果说，回忆录既是以蛹儿为理想读者，它采用这种叙事视角和语气尚在情理之中；那么，为意犹未尽的读者而写的附录，依然采用同样的叙事方式，就颇能说明张炜的用力过度。附录部分确实"加固"了淳于过去的流浪经历，向我们展现了其天性善良及遭遇坎坷，但我们若只看到淳于过去所受的苦难，就包容了淳于当下应负的罪责，将与单纯的蛹儿无异。更要紧的是，当张炜"自信"地加上附录之后，他在正文中所构设的反讽，最终都面临着被消解的威胁。从这个角度来说，张炜的反讽立场还是不够彻底，尚未达到足够的自觉。张炜无疑已经充分意识到资本的罪恶，并试图将批判重心落在人心之上，这些都值得肯定。然而，他对资本家淳于的当下叙写严重不足，却对流浪者淳于的心灵秘史大肆铺叙。张炜此次"后撤"的幅度之大，不仅使其熟习的"半步之差"所蕴含的表现力消散殆尽，也可能使叙事效果构成对其浪漫"本能"的意外反讽。

结语 "以反讽观物"的自觉

因此，《艾》的意义在于：以自己的得失，形象地显现了浪漫主义在当下的

---

① 张炜、王雪瑛：《宝册是当代文学中的"新人类"？——关于长篇小说〈艾约堡秘史〉的对话》，《文艺争鸣》2019 年第 1 期。
② 参见申丹：《叙述学与小说文体学研究》（第 3 版），北京大学出版社 2004 年版，第 213—214 页。

力量及其限度。在资本大行其道、物欲甚嚣尘上的年代,人的知觉能力、精神世界以及情爱本能愈发显得可贵,也更为迫切地等待作家去发掘与守护。但若缺乏对资本何以大行其道的正面探究,缺乏对现实"动态"及复杂性的精细描画,作家对人的心灵力量的表现就可能失去坚实的参照,从而使文学直面现实的力量减损以至虚飘。在这个意义上,作家既要相信文学的力量,也有必要看到文学的局限:"他觉得有责任对现实做出真实或完美的描述,但又知道这是难以完成的,因为现实如此广阔,如此难以理解,其中充斥着种种矛盾,而且仍在不断地发展变化,即使是如实的描述,一旦脱稿,也会立即变得虚假不实。"如果作家能做到"以反讽观物","站在他的作品之外,同时将他对自己的反讽地位的这种觉识体现在作品之中",那么他所创作的小说,"就不仅是一个故事,而是兼由作者与叙述、读者与阅读、风格与风格选择、虚构及其与事实不即不离的状态一起完成的故事讲述"。① 张炜的《艾》让我们感受到浪漫与反讽的力量,这是他的选择与修为所致。但小说所呈示的难题(文学虚构如何与当下事实保持不即不离,从而展示文学的独特力量),却是我们时代文学处境的写照。

---

① ［英］D. C. 米克:《论反讽》,周发祥译,昆仑出版社 1992 年版,第 29、30 页。

第四章
时间经验及其意义限度

——阿乙小说论

在 21 世纪以来的小说家中，阿乙可谓异军突起。他在 2008 年不无犹疑地出版首部小说集《灰故事》时，已过而立之年。若以凡俗的成功学眼光来看，其起步并无优势可言，但在逐新趋异的文学世界中，所谓的规律和法则往往会被新异的文学事实所击破。接下来的十年，阿乙因其"在叙事上不断开拓新疆域"① 而又"气味纯正"② 的系列作品而被誉为"近年来最优秀的汉语小说家之一"。③ 目前有关阿乙的评述中，前乡村警察、"最有故事的中坚派作家"④ 可能是最有意味的两个标签。前者重视过去对作家成长的意义，后者则试图描画作家当下所处的位置。在我看来，艾国柱的警察生涯只是"无尽时间里的一小段"⑤，并未给小说家阿乙留下什么故事的富矿；相比之下，乡村生活和阅读经验才是其取之不尽、用之不竭的艺术源泉。正是从深切的乡村经验出发、从多方影响源中汲取教益，阿乙终于以自己的方式"发现"了时间，并坚持在"无尽时间"中谛视人的生死爱欲。注目于僻陋之地，却执意由此开掘形而上的创作命题，这既是阿乙脱颖而出以至成长为"中坚派"的根本原因，同时也决定了阿乙创作的特色、难度以及在当前文学环境中的意义。

第一节　从故乡的黄昏"发现"时间

阿乙的文学之旅伴随他在郑州、上海、广州和北京等地闯荡而展开，但城

---

① 格非语。见阿乙：《情史失踪者》腰封，译林出版社 2016 年版。

② 李敬泽语。见阿乙：《春天在哪里》腰封，中国华侨出版社 2013 年版。

③ 北岛语。见阿乙：《鸟，看见我了》封底，文化艺术出版社 2010 年版。

④ 译林出版社自 2016 年以来陆续推出"阿乙作品"4 种，所有腰封上均印有广告语"最有故事的中坚派作家"。

⑤ 这个说法取自阿乙一则随笔的标题。阿乙：《无尽时间里的一小段》，《阳光猛烈，万物显形》（以下简称《显形》），北京十月文艺出版社 2015 年版，第 262—269 页。

市空间却极少成为其"灰故事"的叙事背景。如小说《阿迪达斯》，虽以省会城市某名牌专卖店内离奇的抢夺案开篇，但李小勇的乡村记忆才是叙述的重心。最有意味的莫过于《再味》，叙述者煞有介事地接过"上海是什么"的话题，尚未开讲故事，就先以粗俗诙谐的双关方式下了断语："我还没来上海时，总觉得它是糖果，是乌托邦，现在好了，一日就知道平常了。"① 作为注脚的故事是：乡村出身的三表姐，不惜一切代价，企图在上海站稳脚跟，最终一败涂地；作为上海人后代的孟瑶，从小县城回到大上海，也只落得一脸凄惶。现代化都市的车水马龙及声色光影，无不遵从某种固有的内在秩序而运转，尽管近在眼前，但根本上拒绝外来者融入其中；远在身后的偏僻乡村和小城镇，才是阿乙频频回首和深深眷顾之地。

阿乙的乡镇叙事随处弥漫着浓重的黄昏气息。黄昏首先是作为成长记忆的重要背景而存在："我"在某年儿童节的黄昏不慎掉队，被迫独自面对歧路和危险，从此走进森林和黑夜，再也没有回来（《黑夜》）；"我"在夕阳下倾听郑老师在城堡般的乡村小学里演奏小提琴（《拉小提琴的大人》）；无法言述的乡村美人在夕阳下款款走来，从此侵占了"我"夜晚的幻想（《1988 年和一辆雄狮摩托》）。多少凡人的命运转折发生在黄昏：《1983 年》中，百无聊赖的待业青年江火生，在一个毫无预兆的黄昏陷入八年牢狱之灾；《狐仙》中的荣枯而一度于黄昏时分邂逅狐仙，从此堕入魔怔；《黄昏我们吃红薯》中小两口建成和燕子怄气，终于在某天黄昏闹出人命。即便是强悍蛮横的乡村无赖李水荣（《春天》）、孩子心中魔鬼般的赤脚医生汉友（《下午出现的魔鬼》），也会毫无防备地陷入痛苦无助的黄昏。作为某种叙事惯性，《灰故事》之后的不少故事仍在黄昏发生：《意外杀人事件》中，精神失常的李继锡跳下火车，进入红乌镇并连续杀死六人；《小人》中的冯伯韬杀死了永远无法战胜的棋友兼对手何老二；《火星》中的汤姆-詹姆斯与李爱民相遇，并杀死后者；《杨村的一则咒语》中，寡妇钟永连因失鸡小事与邻居发誓赌咒，而自己的儿子"果然"因化学中毒而身亡……黄昏的故事充满凶险，"每次黄昏都是死亡的排练"②。

① 阿乙：《再味》，《灰故事》，上海三联书店 2008 年版，第 260 页。
② 阿乙：《时刻》，《寡人》（2010 年 9 月 28 日），重庆大学出版社 2011 年版。

黄昏之所以令阿乙情有独钟，是因其天然地携带着审美的历史能量。从"日之夕矣，羊牛下来。君子于役，如之何勿思"到"夕阳西下，断肠人在天涯"，黄昏可谓沉积着文人审美心理的某种集体无意识：凡表乡愁，几乎必写黄昏。黄昏也是阿乙重访故乡时必经的美学栈道。尽管他一再借叙述者之口宣判县城不过是"世界的一段盲肠"①，乡村则是"价值极低的世界尽头"②，但这有意为之的冷酷判词，反而愈发照见其乡愁之深。在理智上，他无疑深刻认识到故乡的僻陋；但在感情上，他又无法摒绝对故乡的牵挂。这种矛盾的日积月累，最终激活了"逃离故乡—寄身城市—反顾故乡"的特殊"机缘"，从而使阿乙笔下的黄昏"经过特殊化而具有定性"③，成为特定的"情境"。在《灰故事》中，黄昏情境的"定性"显然是灰暗、沉闷而令人压抑：如"暮色像黑块，一块块往下掉"④；"光阴一层一层往下灰暗"⑤；村民"一截截走入黄昏，好似一截截走入坟墓"⑥；夕阳下"郑老师的背影一截截被刀砍了，像个渺小的虫子进了城堡"⑦。此后，黄昏更在阿乙持续的凝视中带上黑暗的色调和霉斑的气味：

　　"眼见着夜像黑色的泥土，一层层清楚残忍地浇盖下来……"⑧

　　"光阴黑掉，像腐烂的水果，霉斑若隐若现，让人阴沉得要命。"⑨

　　"时光一把一把漏掉。日既巳西，地热渐散，霉菌般的黑暗正从深远处渗透过来。"⑩

　　"天空有如装了吊索及轴承的顶棚正带着它沉甸甸的黑暗与湖水般的腥臭一级一级降下来……"⑪

---

① 阿乙：《国际影响》，《灰故事》，上海三联书店 2008 年版，第 139 页。
② 阿乙：《对人世的怀念》，《情史失踪者》，译林出版社 2016 年版，第 194 页。
③ 黑格尔：《美学》第 1 卷，朱光潜译，商务印书馆 1997 年版，第 254 页。
④ 阿乙：《狐仙》，《灰故事》，第 98 页。
⑤ 阿乙：《黄昏我们吃红薯》，《灰故事》，第 110 页。
⑥ 阿乙：《敌敌畏》，《灰故事》，第 132 页。
⑦ 阿乙：《拉小提琴的大人》，《灰故事》，第 162 页。
⑧ 阿乙：《两生》，《鸟，看见我了》，文化艺术出版社 2010 年版，第 195 页。
⑨ 阿乙：《正义晚餐》，《春天在哪里》，中国华侨出版社 2013 年版，第 82 页。
⑩ 阿乙：《早上九点叫醒我》，译林出版社 2018 年版，第 48 页。
⑪ 同上书，第 51 页。

诸如此类的黄昏风景，无疑内含着特殊的"认识性的装置"。阿乙所动用的视觉、嗅觉，使人感到有必要重提柄谷行人对风景"起源"的判断："为了风景的出现，必须改变所谓知觉的形态，为此，需要某种反转。"① 风景的出现，有赖于以新的知觉形态，反转业已成型的书写形态。在中国文学史上，"自然景物自古以来就是诗性的栖居地"②，乡村风景尤甚。在"山静似太古，日长如小年"和"日长篱落无人过，惟有蜻蜓蛱蝶飞"等诗句中，乡村生活已被反复提纯。乡村诗性的空间宁静、时间凝滞与农耕文明的封闭自足间的相互依存，显示出中国文人特定的"知觉形态"：借助对"人类文明史上最为恬静、最为深沉，也是最为纯粹的田园"③ 的想象，以追求"物我两忘""天人合一"的境界。鲁迅作为现代乡土文学的开创者的贡献之一，即是对"无思无虑"的"田家乐"想象保持警惕并适时施以"祛魅"。④ 在鲁迅之后，有意祛除乡村魅性的作家不乏其人，但如阿乙一般用力者却极为罕见。小说《春天》甚至借叙述者之口说："我喜欢和人对着干，你说乡村是天堂的，我就说乡村是地狱的。"⑤ 当"我"的女人为韩国片中绿草如茵、邮差响铃的乡村意境而陶醉时，"我"却为读者展开了另一幅画卷：这里也有绿草如茵的乡村，但它曾惨遭蝗虫、鼠疫、军阀、土匪轮番肆虐；这里也有蹬车摇铃的邮差，但他是靠吃人才得以度过艰难时世。与此相似，《下沉村的童话》《狐仙》分别表现出反童话、反桃源幻梦的旨趣。在这类小说中，历来附着于乡村和黄昏的温热诗意，一再被残酷的生存现实"反转"。

希利斯·米勒认为："在一部小说中，两次或更多次提到的东西也许并不真实，但读者完全可以心安理得地假定它是有意义的。"⑥ 照此提示，阿乙对

① 柄谷行人：《日本现代文学的起源》，赵京华译，三联书店 2003 年版，第 14 页。

② 丁帆等：《中国乡土小说史》，北京大学出版社 2007 年版，第 21 页。

③ 李锐：《中国文人的"慢性乡土病"》，《山西文学》1989 年第 4 期。

④ 如小说《风波》以黄昏时分的乡村风景开篇，并引入路过此地的"文豪"视角："无思无虑，这真是田家乐呵！"但文豪的"大发诗兴"立即就被九斤老太满腹牢骚地出场所否定。见鲁迅：《风波》，《鲁迅全集》第 1 卷，人民文学出版社 2005 年版，第 491 页。

⑤ 阿乙：《春天》，《灰故事》，上海三联书店 2008 年版，第 177 页。阿乙一共写过两篇题为《春天》的小说，第一篇收入《灰故事》，第二篇收入《春天在哪里》。笔者将第二篇称作《春天在哪里》，以示区别。

⑥ ［美］希利斯·米勒：《小说与重复》，王宏图译，天津人民出版社 2008 年版，第 3 页。

特定黄昏景象的反复叙写,暗含着追求个性的高度自觉。"灰故事"这一命名,恰如其分地凝结了阿乙的叙事个性:对灰暗色调的偏好,对压抑状态的敏感,对浅薄诗意的怀疑。与此同时,"一块块""一层层"等数量化的语言修辞,不仅将混沌圆融的诗意黄昏肢解得零碎散乱,也使时间涓滴流逝的过程纤毫毕现、如在目前。当诗情画意黯然退场,生存的粗粝形象也就逐步显现,这就是阿乙乡村叙事崭露的特质。尽管在小说中"深刻的角色一般是不出现的"①,我们还是不难发现,"时间"乃是形塑阿乙的叙述特质及魅力的根本要素。乡村固然偏居一隅,但并非远在时间之外;黄昏只是时间流逝中的一小段,并无特别的诗情画意,反而因黑暗将至而令人倍感压抑。阿乙的时间意识之敏锐,仅从《灰故事》中的篇目命名也可见一斑。其中近三分之一刻有明显的时间印记:极端年月,1983 年,黄昏我们吃红薯,春天,黑夜,3 到 10 秒,1988 年和一辆雄狮摩托,明朝和 21 世纪,下午出现的魔鬼。同时,其第一本随笔集《寡人》也显出独特的时间意识:全书不仅以时间颠倒的次序编排而成,还在通常该标页码的位置标上了创作时间。这似乎也意味着,时间竟可被读作阿乙作品的页码。

　　阿乙从特定空间、场景中看出时间的能力,近于巴赫金所说的"时间视觉"。巴赫金对歌德大为欣赏,盛赞他"善于在世界的空间整体中看到时间、读出时间",能够"在一切事物之中,从自然界到人的道德和思想(直至抽象的概念),都善于看出时间前进的征兆"②。正是以歌德的创作为理想的分析标本,巴赫金提出了著名的"时空体"概念。作为"形式兼内容的一个文学范畴",时空体近乎理想化地标志着"空间和时间的不可分割"③。当阿乙从逼仄、封闭的空间中看出时间的缓慢流动及其对人的磨蚀时,他无疑是敏锐的,甚至是深刻的。那种黯淡压抑的时间经验,与僻陋城镇作为"贫瘠之地"④的空间属性,本有可能结成富有意味的时空体。或许它在反映现实的广阔和

①　阿乙:《写作的秘密》,《显形》,北京十月文艺出版社 2015 年版,第 288 页。
②　[苏]巴赫金:《小说理论》,白春仁、晓河译,河北教育出版社 1998 年版,第 234—235 页。
③　同上书,第 274 页。
④　与前文引述过的"世界的一段盲肠"和"价值极低的世界尽头"等说法相呼应,阿乙还曾将自己出生并短期工作过的偏远乡村称为"贫瘠之地",并感慨"我终于从那个可以称之为涵洞、井底或者牢笼的地方逃出来了"。见阿乙:《贫瘠之地》,《显形》,第 178 页。

精深程度方面不能一蹴而就,但它仍有可能成为 20 世纪末中国内地乡镇在现代化进程中的剪影,并因书写者自身的心路历程、故土情怀的融入而获得表现力和感染力。不过,阿乙似乎无心经营时空体。尽管他时常直接取用下沅村、莫家镇、瑞昌县等真实存在的故乡地名,但他并不倚重风俗画和风情画以强化某种地域性。阿乙似乎决意要舍弃浮露在外的细枝末节,而直抵生存状态的内在真实。这些地名以原貌出现,并非源于某种"文学地理学"的图谋,而是出于对"真实"效果的渴求。《意外杀人事件》就是典型的例子。叙述者以随文注释的方式,勾画了六条巷道与一条主街所组成的"非"字图形,但其用意并非使红乌县的空间格局具象化,而是使"六个本地人像是约好,从六条巷子鱼贯进入建设中路,迎接上帝派来的妖怪"① 的行经路线如在目前,从而使随后的叙述显得真实可信。在《虎狼》中,被瞎眼的算命先生一语道破身份后,"我"竟如破案般动用了本县的方言分布图、村落位置、家族派系乃至乡镇班车时刻表等信息去逐一排查鱼先生的根据。但这些"地方知识"的出现,根本上不是为着绘制严谨的空间地形图,而是为了抵抗被宿命感所捕获的恐惧。

　　由于缺乏足够丰富的自然风景、风俗民情和地域色彩,阿乙小说中的"空间"往往趋于抽象化,进而使"时空体"的稳定性被破坏。不难设想,一旦空间被弱化,时间就有可能挣脱束缚,从而呈现为柏格森意义上的无尽"绵延"之流。与此同时,阿乙的"时间"视野中几乎没有"未来"的位置。"未来"是不堪设想的,因为它会使"现在"的意义变成虚无;即便"自以为永恒的人",最终也不可避免要"变成泥土、分子、虚无"。② 而在歌德的时间视觉中,过去、现在和未来始终密切关联,"积极的、有创造力的过去决定着现在,并与现在一起给未来指明了一定的方向,在一定程度上预先决定着未来。对时间的观照由此而变得圆满,而且是明显可见的充分圆满"③。如果说,歌德笔下的时间是发展的、圆满的、可以整体把握的,阿乙笔下的时间则是凝滞的、稠密的、却又无从把握的;歌德无处不在张扬积极进取的主体精神,阿乙则时刻都

---

① 阿乙:《意外杀人事件》,《鸟,看见我了》,文化艺术出版社 2010 年版,第 3 页。
② 阿乙:《致未来》,《显形》,北京十月文艺出版社 2015 年版,第 330 页。
③ [苏]巴赫金:《小说理论》,白春仁、晓河译,河北教育出版社 1998 年版,第 246 页。

在确证孤独无助的个人体验。因此,歌德的时间是"历史时间",阿乙的时间则是"心理时间"。这种心理时间有着强烈的"主观的直感性与绵延性"①,非但无意于强化"空间和时间的不可分割",反而时刻谋求着将个人化的时间体验推向普遍化的空间。

引入歌德的"时空体"作为参照,并非要与阿乙进行优劣比较,而是想指出,每个时代的作家都有属于他们的时间经验,其复杂性远非"优劣"一词所能道尽。巴赫金在论述"歌德具有空间中看出时间的非凡能力"时,曾注意到:"这样的时间观照(其实18世纪的作家都是这样,对他们来说,时间仿佛全是初次揭示出来的)十分新颖而鲜明,令人叹为观止;尽管这种新颖而鲜明性,相对地说尚属简单而肤浅,因而却具有更强烈的感性直观效果。"② 但对后世作家来说,时间的意味早已不是那么"简单而肤浅"。在漫长的20世纪,绝大多数人都曾身受发达工业文明或激进政治实践之伤,其结果是,线性进化的时间观念及其背后的整个价值体系,遭遇了日益严峻的考验。积极进取的主体被彷徨犹疑的自我所取代,令文学深感困惑的,"是人在世界中的异化和陌生感;是人类存在的矛盾性、虚弱性和偶然性;对失去了在永恒之中的立脚点的人来说,是处在中心地位和压倒一切的时间的现实性"③。譬如在卡夫卡那里,"城堡"和"法庭"作为物理空间的属性已被淡化,而以抽象化、符号化的方式成为生存境遇的某种象征;永远无法进入城堡的 K,无故被捕且抗辩无效的 K,竟已无权拥有具体姓名、无权主宰自己命运,只能被"时间的现实性"无情碾压。进入21世纪以来,随着城乡空间在现代化进程中的深刻改观、虚拟空间在互联网技术主导下的快速扩张,快速、高效的时间法则几乎成为无往不胜的社会共识,丰富、复杂的个体经验只能在心灵深处沉积更深。对我们时代的作家而言,从共识性的时间法则之下发掘、辨认和关照个别化的时间体验,乃是当务之急。阿乙虽起步较晚,但得益于敏锐地"发现"时间,自创作伊始便具备不俗的品格和相当的潜力。

---

① [苏]巴赫金:《小说理论》,白春仁、晓河译,河北教育出版社1998年版,第222页。
② 同上书,第241页。
③ [美]威廉·巴雷特:《非理性的人——存在主义哲学研究》,杨照明、艾平译,商务印书馆1995年版,第64页。

第二节 "无尽时间"的内涵及渊源

时间的存在方式和经验形态,并非不言自明。从社会发展来看,时间无疑是"秩序的核心","即使人类语言中没有单独的时间这个概念,时间也是所有人类社会都不可避免、不可或缺的。"① 时间秩序的稳定性,最简明不过地浓缩于"日常"二字之中:每日如常。但在静若止水的日常生活中,悄然流逝的时间很难被人深刻察觉。因此,伍尔芙《达洛维夫人》中对大本钟以及其他钟数次响起的精心安排,堪称意义非凡:"重要的不是它们同时敲响提醒众人钟点,而是各位主角与这些时间标记建立的关系。"② 福克纳的《喧哗与骚动》让昆廷在最后一天打碎手表盖,更是用心良苦。手表虽已无法显示时间,但仍然滴答作响,这意味着"时间不再是可以计算的延续过程,而是没有穷尽、无法逃避的现在"。由此,巴雷特非常敏锐地指出:"真正的时间,构成我们生活中戏剧性内容的时间,是比手表、时钟和年历更为深刻、更为基本的东西。"③

阿乙也曾感慨,钟表固然宜于表述时间,但秒针的圆周形重复移动不仅导致时间平面化,还使"思维容易凝滞"④。于是,使无形无质的时间彻底显形并获得真切可感的分量,就成了阿乙的工作重心。如《肥鸭》以祖孙亲情的异变勾画时间的阴影;《3 到 10 秒》和《正义晚餐》中,戏剧性的时间差,导致性爱的意义蜕变为肉身的罪与罚;《巴赫》《火星》《阁楼》中,无法坚守的爱情衬出无法承受的时间之重;《春天在哪里》中,春天历尽亲情的残缺、友情的破碎以及爱情的虚妄,最终以生命为代价才衡量出 20 年时间的沉重。如果忠

① [英]芭芭拉·亚当:《时间与社会理论》,金梦兰译,北京师范大学出版社 2009 年版,第9 页。
② [法]保尔·利科:《虚构叙事中时间的塑形》,王文融译,三联书店 2003 年版,第 189 页。
③ [美]威廉·巴雷特:《非理性的人——存在主义哲学研究》,杨照明、艾平译,商务印书馆1995 年版,第 53 页。
④ 阿乙:《时间》,《寡人》(2006 年 8 月 28 日),重庆大学出版社 2011 年版。

诚意味着忠于时间的考验,那么它注定要成为高风险的品质:死守着陈旧不堪的记忆,只能像《隐士》中的范吉祥一般在自欺欺人的幻想中离群索居;忘却时间则是不可饶恕的罪过,即便贵为《忘川》中的太子春卿,也会被父王下令杀死。不止于此,随时可能出现的疾病和死亡,又加剧了生存的压抑和恐慌,这是《敌敌畏》《午后》《虎狼》《永生之城》《对人世的怀念》等作品共同聚焦的命题。阿乙近乎残酷地指明,越是在忠诚变成背叛、热情变成冷漠、记忆变成遗忘、青春变成衰老的地方,时间的显形就越彻底。"时时刻刻活着的我们其实只是单薄的一个现在,我们不能回到过去,也不能跳进未来,我们就像秒针那样喊喊喳喳、孤独地朝前走,每一个没有到来的下一刻都是黑暗,像死亡一样的黑暗。"① "过去"不可逆转,"未来"又无从想象,人们只能寄身于无根的"现在",漫无目的,不知所终。——这就是阿乙式的"无尽时间"的内涵。

在阿乙看来,日常生活正是无尽时间的庇护所:它在许诺安稳和庸常的同时,也埋下了惰性和惯性的种子,从而使人对时间秩序浑然不觉,甚至身受其困而无法逃脱。唯有偶然甚至极端的事件,才足以击碎安稳庸常的生活表象,从而暴露残酷荒谬的内在真实。在《1983 年》《阿迪达斯》《50%》《都是因为下了雨》《小镇之花》等小说中,人物生活固有的稳定性、情节发展的方向性,均被偶然的变故所左右。但在"一切致命之事起于偶然"② 的背后,实有某种深刻的必然。江火生的颟顸自大,何飞的胆大蛮干,均因"商品粮"能给他们底气;李志的心慌意乱,莉丝的委曲求全,则是"农业粮"使然。商品粮和农业粮,已经不是外在的户口类型或身份标签,而是内在于人物命运的根本因素。李小勇的阿迪达斯情结、农霞的垮塌变形、叶森的进退维谷则似乎说明,只需一次偶然的微小冲击,就足以显露命运早已为他们预设好的必然方向。《蝴蝶效应巨著》更是导演了一出以偶然性揭示必然性的大戏:主人公罗芙嘉和瓦西里于地铁偶遇,他们在画框脱落的瞬间萌生爱意,随即又因螺丝松动而陷入灭顶之灾。画框的脱落和螺丝的松动,乃是他们父辈消极怠工的后果;而父辈之所以消极怠工,是因突如其来的改革粉碎了国家工人的未来保障,将他们从稳定

---

① 阿乙:《渺小》,《寡人》(2010 年 4 月 12 日),重庆大学出版社 2011 年版。

② 阿乙:《择选》,《显形》,北京十月文艺出版社 2015 年版,第 322 页。

可靠的时间秩序中抛掷出局,使他们的态度由热情而变为冷漠。在这些故事中,不是人在经历时间,而是人被时间所经历;不是人们的热情或冷漠突然影响了时间秩序,而是时间秩序早已塑造了人们的热情或冷漠。《国际影响》和《意外杀人事件》共同提及的牌局,无疑是那种时间秩序的隐喻:"20 来岁的科员变成 30 来岁的副主任,30 来岁的副主任变成 40 来岁的主任,40 来岁的主任变成 50 来岁的调研员,头发越来越稀,皱纹越来越多,人越来越猥琐。"① 人的体貌神情的变化,与其说是自然而然的生理变化,还不如说是人被时间蚕食的结果。《模范青年》中的周琪源尽管百般努力,却无法脱离父亲为他铺就的生活轨道,只能抑郁成疾以致英年早逝。这就是日常生活:它将诸多"未选择的路"关在门外,而将人裹进既定秩序之中、"只能与时间为伍"②。这就是阿乙审视日常生活的特殊方式:既不求助于诗情和画意,也不着眼于政治和文化变革,而是企望以某种"主观的直感性"逼近存在的本真。

阿乙之所以能置身日常生活"之外"对其严厉审视,是因为他逃离了那样的生活:在偏远的乡村和小城镇,人们听任时间压抑梦想与激情,将自己炼成不温不火,甚或融为时间秩序的一部分。当阿乙逃离故乡时,其行囊中最有分量的物什,莫过于持续八年的苦涩单恋以及为期五年的工作经验。不少人想当然地认为,既往经历必定使阿乙获得了重要素材或经验优势,殊不知阿乙的多数小说都以他人提供的故事为原型。③ 他甚至为自己经历不够丰富感到遗憾:"你并不是巴别尔、陀思妥耶夫斯基,简直只需要从自己大把的经历里择取一点写就可以了。你暂时还不是他们,或者永远不是。"④ 这几乎决定了其日后创作更多地受益于阅读积累,而非阅世经验。伴随着"从加缪出发,

---

① 阿乙:《意外杀人事件》,《鸟,看见我了》,文化艺术出版社 2010 年版,第 25 页。
② 阿乙:《敌意录》,《显形》,北京十月文艺出版社 2015 年版,第 49 页。
③ 如,《敌敌畏》的故事来自火车上医学院学生的讲述,见阿乙:《敌意录》,《显形》,第 45—46 页。《意外杀人事件》取材于老家县城发生的惨案,见阿乙:《偶然》,《寡人》(2007 年 5 月 22 日),重庆大学出版社 2011 年版。《阁楼》的故事来源于外地朋友的讲述,见阿乙:《根底》,《显形》,第 96—97 页。《下面,我该干些什么》的故事来自一则简要报道,见阿乙:《下面,我该干些什么》,浙江文艺出版社 2012 年版,"前言"第 1 页。《杨村的一则咒语》的故事出自记者杨继斌的讲述,见阿乙:《邻人失鸡》,《显形》,第 148 页。《午后》的故事来自朋友在地方报纸看到的报道,见阿乙:《模仿》,《显形》,第 165 页。《肥鸭》的故事来源于故乡长者蔡柏菁,见阿乙、罗皓菱:《庸俗的情感是目前文学的大敌》,《北京青年报》2016 年 8 月 16 日。
④ 阿乙:《小说的合法性》,《显形》,第 281 页。

途经卡夫卡、昆德拉、卡尔维诺和巴里科,远达加西亚·马尔克斯和博尔赫斯"的"狂热的阅读之旅"①,那些作家顺理成章地在阿乙这里留下了他们的印记。在一段时间内,对他们的模仿和借鉴,无疑是阿乙获取写作信心和明确写作方向的重要渠道。比如,小说《巴赫》将主人公命名为巴礼柯,借以铭记对阿乙有过一定影响的作家巴里科;《下面,我该干些什么》标题取自安东尼·伯吉斯《发条橙》的开头;《春天在哪里》几乎通篇"倒过来讲"②,这很可能是从阿加莎·克里斯蒂《东方快车谋杀案》悟得;《忘川》中春卿毫不知晓自己即将被杀死,但其他人都知道,这与马尔克斯《一桩事先张扬的凶杀案》有异曲同工之妙;《早上九点叫醒我》中的亡命鸳鸯飞眼与勾捏的关系,与菲利普·迪昂《早晨 37 度 2》中的索格与贝蒂之关系相仿③;而从《鸟,看见我了》到《早上九点叫醒我》,都能看见福克纳《喧哗与骚动》的多视角叙述的影响。若发现自己的创作恰巧与其他名家在观念或技法上有"重合"之处,则是阿乙最感充实的时刻。④ 通过与经典作品的比照,细心求证并领会文学的可能性,这实在是阿乙创作得以延续的重要动力。

　　逐一清点影响源的印记,既不可能,也无必要。但影响阿乙最深的,无疑是卡夫卡、加缪、陀思妥耶夫斯基和博尔赫斯。在阿乙创作的最初阶段,卡夫卡显然给了他足够的信心和勇气:将片段式的日记体、随笔体写作养成习惯,同时将坚决的自我审视贯彻到底。这也可以解释,何以阿乙随笔中竟会出现 K(这个人物符号几乎是卡夫卡的专属)无法融入黑社会的离奇故事。⑤ 阿乙小说处女作《在流放地》不仅标题与卡夫卡名作相同,叙事上也延续了卡夫卡式的孤独感和隔膜感:民警老王从局里被贬至乡下,"我"则被爱情遗弃,两人的处境均形同流放,但无法相互理解;老王执意要在牌桌上争强赌胜,却不知"我"只是虚与委蛇。与此同时,"我"引述陀氏《死屋手记》中的片断,将自己

---

① 洪鹄:《杀手阿乙》,《南都周刊》2011 年第 6 期。
② 阿乙:《另一种可能》,《显形》,北京十月文艺出版社 2015 年版,第 152 页。
③ 贝蒂潜藏着精神分裂症,男友索格与她一起偷盗、逃脱、纵火,扮演着忠仆兼慈父的角色(见阿乙:《空旷之地》,《显形》,第 136—140 页)。勾捏也患有一定程度的精神疾病,而飞眼陪伴她一起抢劫、杀人、纵火、逃亡。
④ 阿乙:《重合》,《显形》,第 27 页。
⑤ 阿乙:《轮奸》,《寡人》(2007 年 8 月 13 日),重庆大学出版社 2011 年版。

比作被迫接受刑罚的囚犯。可见，卡夫卡与陀氏不谋而合，共同启发了阿乙对被流放感的理解和表达。小说《证件》仍以卡夫卡为"前文本"：于卡拉与那个无形的组织之间的关系，显然类似于 K 与城堡的关系；而老头镇压于卡拉的方式（猛然扔来一只大苹果）也与格里高尔父亲的手法相同。当于卡拉在悬而未决的痛苦中意识到自己是"扛石头的苦刑犯"时，加缪的影响初步显现。也就是说，阿乙在表达生存的压抑和荒诞感时，极力将卡夫卡与加缪的思考融会贯通。卡夫卡既可与陀氏相容，又能与加缪相通，这就决定三者时常联袂现身于阿乙笔下。甚至可以说，卡夫卡的《变形记》、陀氏的《死屋手记》《罪与罚》、加缪的《局外人》《西西弗的神话》等作品，共同形塑了阿乙理解现实的方式以及穿透现实的渴求。

要说博尔赫斯的影响，首先不可忽略阿乙的《五百万汉字》。情报员李治以死为代价，传出"没报"的消息，使敌方潜藏军火的"梅抱村"被炸毁；这与《小径分岔的花园》中俞准巧借人名传递情报的方式相似。阿乙《灰故事》再版时对所收小说进行了分类，其中一类名为"杜撰集"，而这恰与博氏久负盛名的小说集同名。此外，阿乙多次谈及博氏的《永生》，并写有随笔《永生者》以及小说《永生之城》。近作长篇题为"早上九点叫醒我"，来源于博氏曾经设想但未写成小说的一则标题。如果说小说是一门独特而精深的技艺，那么博氏本人简直就是小说的化身，其不可思议的精巧、神乎其技的杜撰从一开始就留给阿乙至深印象。但若对小说抱有更多期待，则博氏也可能使阿乙生出苛刻的挑剔。对博氏的爱恨交加，甚至使阿乙在同一文章中自相矛盾："我从来也改变不了博氏的伟大，但我要抵抗住他在机巧方面对我的诱惑。""然而事隔数年，我又为自己写了这么一篇玷污博尔赫斯的文章而羞愧。"[1] 不过，在博氏与卡夫卡、加缪等人之间，阿乙的取舍一贯态度分明。他一度为自己远离加缪、陀思妥耶夫斯基、卡夫卡等"先师"而不胜愧悔，并告诫自己"重要的不是诺兰、博尔赫斯，而是加缪、陀思妥耶夫斯基"。[2]

---

[1]　阿乙：《邀赏》，《显形》，北京十月文艺出版社 2015 年版，第 294 页。
[2]　阿乙：《自我训诫课》，《显形》，第 339、341 页。

　　卡夫卡等人比博尔赫斯更值得向往,这意味着阿乙对力量的渴求欲压倒了技巧上的满足感。如果说,卡夫卡的力量在于坚持以孤独的写作审视外部现实和内在自我,加缪的力量在于顽强地承受荒诞的命运,那么陀氏则简直就是巨大的力量本身。陀氏不仅以"巨大的力气"使阿乙自愧"小巧有余"①,更以深入灵魂的"难度"照见他人的"思想的挣扎都是隔靴搔痒式的"②。但"难度"同时也意味着距离和差异。阿乙曾坦承,《下面,我该干些什么》"最开始是想模仿《罪与罚》,后来发现能力不够,推倒重来又按《局外人》的路子去写"③。但这并不意味着加缪就更易于"模仿",事实上,加缪的"难度"曾让阿乙感慨自己的"精神瘫痪":"他让巨石从天神的刑具变成西西弗本人的福祉。加缪是有力的,而我早早是一名精神瘫患者。我在想这个隐喻的先决条件,即强制。我完全可以做另外一种假设,即上帝并没有对你做任何强制,他对你置之不理,就像你是一个不值得珍惜的儿子,被排斥在他的心灵与视野之外。我觉得这才是更大的刑罚。"④ 同时,阿乙也以"瘫痪"体验改写了卡夫卡的《变形记》:"一天早上,当我从烦躁不安的睡梦中醒来,发现自己变成了一只瘫痪的肉团。瘫痪是我的隐喻,是我自己瘫痪的,上帝给我的是自由。"⑤ 不难看出,通过对加缪命题的改写,并从卡夫卡的变形故事中寻求印证,再与陀氏的受罚思想会合,阿乙最终获得了属于自己的命题:无尽时间使人的生存荒谬地变为受罚。

　　耐人寻味的是,加缪在写作《局外人》和《西西弗神话》时,也曾在卡夫卡那里寻求印证和融合。加缪非常振奋地发现,"希望一词并非可笑。相反,卡夫卡讲述的状况越是悲惨,这种希望就变得越不易改变、越撩人"⑥。这与加缪所刻画的"荒诞的人"境况何其相似:"他确信他的自由到了尽头,他的反抗没有前途,他的意识可以消亡,然而他在他的生活的时间中继续

---

　　① 吴丹:《阿乙:我看见死神对我的逼近》,《第一财经日报》2015 年 10 月 9 日。

　　② 阿乙、木叶:《有的作家是拿命去经历这个世界》,《上海文学》2015 年第 3 期。

　　③ 阿乙、胡少卿:《好作家的烂作品给我信心》,《西湖》2013 年第 7 期。

　　④ 阿乙:《敌意录》,《显形》,北京十月文艺出版社 2015 年版,第 50 页。

　　⑤ 同上书,第 51 页。

　　⑥ [法]阿尔贝·加缪:《弗朗茨·卡夫卡作品中的希望和荒诞》,《局外人·鼠疫》,郭宏安、顾方济、徐志仁译,漓江出版社 1990 年版,第 106 页。

他的冒险。"① 如果说《西西弗神话》尚未直接赠予西西弗以"希望",而是强调通过抗争成为命运的主人,那么《鼠疫》则明白无误地宣示,唯有抗争才能真正获得希望。阿乙却认为,《鼠疫》是对《局外人》的"背叛","虽然哲学上面是往前面解释了,但是文学方面是一个背叛,是一个跌落"。② 这种审美的"偏至",无疑向读者提示了把握其创作特质的心理路径。阿乙曾在偏远之地承受漫长时间的威胁,为了对抗与日俱增的焦虑,他不计一切地选择逃离。罗洛·梅指出:"面对焦虑的能力不是习得的,但是某人的焦虑量与焦虑形式,则是学习得来的。"③ 如果说阿乙的逃离及提笔写作都是面对焦虑的自然反应,那么他在创作中所表现的"焦虑量与焦虑形式",则取决于"学习"过程。卡夫卡、加缪和陀氏的出现,可谓适逢其时:他们对孤独、荒谬和刑罚感的表达,切合了阿乙宣泄心理焦虑的强烈需求;而他们艺术表现的深刻性和力量感,则裹挟着阿乙将这种"焦虑量"由一己体验而推向芸芸众生。其结果是,作为某种习惯性的"焦虑形式",阿乙将时间对人的刑罚确立为几乎恒定的写作主题。通过这种书写,阿乙极大地纾缓了心理焦虑,并深刻洞察了当代人生存处境的某些侧面。但他如此强烈地想要将主观的、直感的时间经验推向"量"与"形式"的极致,并将之指认为生存的全部真相,以至于丧失了"在他的生活的时间中继续他的冒险"的冲动和热情。这就是阿乙被加缪所呈现的荒谬所打动,却将其希望和抗争视作"背叛"的理由所在,也是笔者将阿乙的时间经验称为"心理时间"的根本原因。

因此,所谓的"精神瘫痪",既隐喻了阿乙在加缪等作家令人震撼的思想力量、难以企及的高度面前的敬畏感和无力感,也表征了阿乙与他们之间的距离和差异——准确地说,是两个时代之间的距离和差异。在当今时代,上帝早已死去,现实更趋复杂,终极关怀无所依附。艰深繁难的思考,仍有可能以巨大力量获得敬畏,但多数时候只是作为经典作家的遗容被瞻仰。当希望

---

① ［法］阿尔贝·加缪:《西绪福斯神话》,《局外人·鼠疫》,郭宏安、顾方济、徐志仁译,漓江出版社1990年版,第54页。

② 《阿乙:我的这条命为文学而准备》,凤凰网《年代访》第67期,2015年9月16日。http://culture.ifeng.com/niandaifang/special/ayi/.

③ ［美］罗洛·梅:《焦虑的意义》,朱侃如译,广西师范大学出版社2010年版,第182页。

和抗争的力量日渐远去，"怀疑"成为普遍的精神标记，写小说似乎就自然而然地成为专门的技艺。比如，麦家曾以长篇小说《风声》屡获大奖，其人其作被评为"为恢复小说的写作难度和专业精神、理解灵魂不可思议的力量敞开了广阔的空间"①，"它探索人的高度，它塑造超凡脱俗的英雄，它以对人类意志的热烈肯定为当代小说开辟了独特的精神向度"②。他本人却宣称自己只是"把小说当作一门手艺活来做"："我很希望自己能够用心来写作，同时我的智力又告诉我，这可能不是一个用心写作的年代。用心写作，必须具备一颗非凡伟大的心，能够博大精深地去感受人类和大地的体温、伤痛、脉动，然后才可能留下名篇佳作……统而言之，我不信任我的心，所以我选择用大脑来写作。"③ 前辈作家"非凡伟大"的心灵、"博大精深"的思想依然令人尊敬，但后世作家并不认为自己也有同样巨大的力量。倘若将此视为某种小说危机并沿波讨源，那么本雅明的预见显然值得重温："小说的诞生地乃是离群索居之人，这个孤独之人已不再会用模范的方式说出他的休戚，他没有忠告，也从不提忠告。所谓写小说，就意味着在表征人类存在时把不可测度的一面推向极端。"④ 小说家的离群索居、存在的不可测度，意味着孤独、怀疑从源头上侵入了作家的精神领地，而"总体性"和"大叙事"的文学时代已成怀想对象。就近年的中国文学而言，一方面，缺乏深刻把握大时代的文学作品，似乎已成观察者的共识；另一方面，有关"小人物，小故事，小感觉，小悲剧，小趣味"的"小叙事"，⑤ 早已占据各类文学期刊。在我看来，大叙事虽未完全偃旗息鼓，但正与当下时代渐行渐远；小叙事则方兴未艾，表现出更强的适应性和活力。如果说小叙事已不只是个别作家的创作趋向，而是时代性的文学症候，那么研究者的重心也有必要从批评而转向理解。

---

① 陈竞：《第六届华语文学传媒奖揭晓》，《文学报》2008 年 4 月 17 日。

② 《2007 年度"茅台杯"人民文学奖揭晓》，《人民文学》2007 年第 12 期。

③ 麦家：《我用大脑写作》，《文学报》2008 年 4 月 17 日。

④ ［德］本雅明：《小说的危机》，李茂增译，李茂增《现代性与小说形式》，东方出版中心 2008 年版，第 252 页。

⑤ 陈晓明：《小叙事与剩余的文学性——对当下文学叙事特征的理解》，《文艺争鸣》2005 年第 1 期。

当文学"不再具有真实的现代性深度和整体性的力量,无法在追究历史正义的宏大叙事中来建构文学想象"①,技巧也就成了小说家不自觉的最后选择。在这个意义上,阿乙对博尔赫斯的始而迷恋、继而反思、终究欲罢不能,堪称"小叙事"时代的文学处境之传神写照:既然思想的高地暂时难以企及,那么技巧就是"文学性"必须自始至终牢牢据守的要塞。由此也就不难理解,阿乙在读《罪与罚》时所汲取的"三点营养"②,几乎都是关乎细节设计的技巧,而不是陀氏的思想力量。当阿乙说"我愿为之哭的是福克纳。这种哭泣不是受到内容的感召,而是受到艺术品本身的刺激"③的时候,"艺术品本身"甚至能够与"内容"分庭抗礼——而能使艺术品成为其"本身"的,无疑还是技巧。尽管阿乙时常告诫自己"重要的是克制,是做减法,去除那些花枝招展的东西"④,但他之所以声名鹊起,相当程度上正是因为展示了技巧的丰富性及可能性。这一不无反讽意味的现象,毋宁是小叙事时代文学境遇的缩影。

第三节　时间焦虑及其叙事意义

在小叙事的文学时代,小说还能有何作为? 昆德拉曾主张,"以小说特有的方式,以小说特有的逻辑,发现了存在的不同方面"⑤,这才是小说存在和发展的理由。若以有所"发现"为评判标准,则阿乙的功绩在于,揭示时间使意义变成虚无。但问题也接踵而至:道破意义的虚无,这本身有何意义? 前人曾称之为"伟大的捕风":"虚空尽由他虚空,知道他是虚空,而又偏去追

① 陈晓明:《小叙事与剩余的文学性——对当下文学叙事特征的理解》,《文艺争鸣》2005年第1期。
② 阿乙:《脱逃术》,《显形》,北京十月文艺出版社2015年版,第249—250页。
③ 阿乙:《写作的秘密》,《显形》,第289页。
④ 阿乙:《自我训诫课》,《显形》,第341页。
⑤ [法]米兰·昆德拉:《小说的艺术》,董强译,上海译文出版社2004年版,第5页。

迹,去察明,那么这是很有意义的,这实在可以当得起说是伟大的捕风。"① 着眼于由"执"而"悟"的过程,将意义寓于过程之中,这种生命哲学的领会,自有普遍的启示价值。若从文学的特性来看,"意义"的生产还有赖于"叙事"的完成,如利科所说:"通过叙事使被讲述时间摆脱无足轻重的状态。叙述者靠节省和压缩把与意义无关的东西引入意义领域;正当叙事力求'描绘'无意义状态时,它使后者与意义解释领域建立起联系。"② 当阿乙悟出"我拥有最宽阔的自由,却极不自由"③ 时,他无疑触及了普遍意义上的"人的本性与命运":"由于人既是自由的又是受限的,既是有限的又是无限的,故人总感焦虑"④。但文学叙事的意义,不仅体现为从普遍认识上表述存在的焦虑,还取决于表述方式的个人化。比如,同是表述存在的焦虑感,卡夫卡创造了行动不便却思考不止的甲壳虫,加缪则假手于外表冷漠而内心清醒的局外人。阿乙小说的几乎全部秘密,就在于如何应对无尽时间所造成的焦虑。在这应对过程中,阿乙多方借鉴文学传统,反复开掘自身经验,执著地探求着叙事的意义及可能性。

阿乙时间经验中的巨大焦虑,不妨概括为三个方面:其一,时间永无休止,使生存沦为刑罚;其二,时间无所不在,使人无从逃离;其三,时间无法挽回,使意义变成虚无。相应地,其应对方式也有三种。

一是"杀死"现实时间。罗洛·梅非常精辟地指出:"焦虑与敌意相互关联;其中一项的出现,往往便会带动另一项的出现。"⑤ 焦虑产生敌意,敌意又使焦虑者更加焦虑。阿乙随笔《敌意录》的命名显然呼应了文中的焦虑:"所有人都是浮尸,寄生于无法结束的时间里。"⑥《下面,我该干些什么》叙写主人公试图以逃亡使自己重获充实和紧张,他最想杀死的,毋宁是时间所造成的焦虑感。这种"杀时间"的冲动,可以在阿乙随笔中找到更远的源头:"我

---

① 周作人:《伟大的捕风》,《知堂文集》,河北教育出版社 2002 年版,第 20 页。

② [法]保尔·利科:《虚构叙事中时间的塑形》,王文融译,三联书店 2003 年版,第 137 页。

③ 阿乙:《敌意录》,《显形》,北京十月文艺出版社 2015 年版,第 50 页。

④ [美]尼布尔:《人的本性与命运》上卷,成穷、王作虹译,贵州人民出版社 2006 年版,第 165 页。

⑤ 罗洛·梅:《焦虑的意义》,朱侃如译,广西师范大学出版社 2010 年版,第 192 页。

⑥ 阿乙:《敌意录》,《显形》,第 48 页。

发现活着便是杀时间"①;"时间一般在下午凝滞/我开始生活在重复的下午里/灰暗的光芒越来越深/我成了先哲/人类的活动是为了杀时间"②。以"先哲"的身份思考"杀时间"的命题,这为后来的小说《先知》埋下了伏笔。主人公朱国爱不畏流俗、殚精竭虑,终于悟出人只有两种应对庞大时间的方式:除了自杀就是杀时间。反讽的是,朱国爱选择了自杀,却留下一份人类未来的"终极作息表",就如何杀时间作出了周密布置。《虫蛀的外乡人》更极端地虚构了村民对死神极尽凌辱并险些将其杀死的故事。毋庸置疑,在物理学或生物学的意义上,杀死时间都是非分之想。但在叙事学的意义上,文学却积累了诸多"捕捉"或"把玩"时间的经验。博尔赫斯之所以令阿乙欲罢不能,很大程度上正是因为他在这方面的突出成就。博氏的小说并不缺少通常意义上的故事,但由于他常在叙事中探讨时间,以致时间成为其多数小说的共同主题。如,《小径分岔的花园》着意构建循环、多元和相对的时间;《永生》探讨无限永恒的时间;《通天塔》想象空间化的、无限循环的时间;《环形废墟》则从人既是创造者又是被创造者的观念出发,推论绵延不尽的时间。总之,博氏将知识兴趣与小说技艺结合,探讨了多元化的、可能性的时间形态,最终在叙事的意义上确认了时间的重要性。阿乙也如博氏一般潜心感悟时间,但他的艺术表现与博氏不尽相同。博氏小说中的时间观念并不完全一致,甚至相互矛盾,而阿乙的时间观则力求前后一致;博氏以对时间的思考而超逸于日常生活,故而整体风格轻逸;阿乙则试图以对时间的思考而勘破日常生活真相,故而风格沉重。至于艺术表现的精巧,则是博尔赫斯的致命诱惑,也是阿乙孜孜以求的目标。

时间的自然形态是单调而沉闷的永恒流逝,如阿乙的《极端年月》就以日记的样式,严格遵循事件先后次序来讲述。但在更多时候,被讲述的时间可以变幻各种形态,从而打破线性延伸的时间次序,并使叙事者获得"操纵"时间的快感。如《黄昏我们吃红薯》借用硬币的两面呈现两种可能的结局,这里探讨的是可分化的时间;《鸟,看见我了》和《早上九点叫醒我》以多人讲述的方式结构

---

① 阿乙:《困兽》,《寡人》(2006年6月3日),重庆大学出版社2011年版。
② 阿乙:《女神》,《寡人》(2007年11月13日)。

文本,这是交叉的时间;《自杀之旅》和《正义晚餐》以连续出现的偶然变故推迟预想中的结局,这是被延宕的时间;《春天在哪里》几乎通篇采用倒叙,这是颠倒的时间;《小镇之花》以对南方黄昏景象的描写开篇和终局,暗示莉丝的命运将在女儿身上重演,这是循环的时间;《拉小提琴的大人》和《对人世的怀念》分别以艺术的名义和对疾病、死亡的焦虑,将散漫无章的叙事凝聚起来,这是碎片化的时间;《意外杀人事件》中的非字型,不只是空间布局,还是时间结构,更是整体隐喻。如果说"杀时间"只是无望的呐喊,那么,在叙事中重组被讲述时间,才真正使阿乙获益良多。打乱事件的自然时序,使作家有可能"在生活变形和裂开的瞬间抓住存在之真相本质"①,从而获取叙事的"文学性"。尤其是"操纵"时间的过程,不仅能在相当程度上缓解源于时间的焦虑,还能持续引发"形式主义"的创作激情。时至今日,强调小说创作中的"形式"感及其意义,难免让人觉得是在温习20世纪80年代先锋文学的"过时"经验;但从更宽广的文学史视野来看,正是形式保障了文学性,甚至可以说"文学的快感来自文学形式的编辑"②。若不过分挑剔"形式/内容"的二分法,我们不妨认为,重组被讲述时间之于阿乙的意义,正在于借用"形式"的快感纾解"内容"的焦虑。形式与内容之间的这种独特关系,乃是阿乙小说叙事的重要张力和特质。

二是超离时间秩序。尽管阿乙在形式创造中获得极大快感,但他仍然焦虑于叙事的"终点":"有很好的老师告诉我小说结尾的开放性,这是一个选择。但是我自始至终不敢放弃终点。"③阿乙时间焦虑的深重程度,由此可见一斑。不难设想,取消了终点,也就取消了相对明确的意义,而阿乙迫切地需要一个暂时的终点,才有望把握"无尽时间里的一小段"。但悖论在于,从起点到终点、再获得意义的完整过程,恰好落入了俗套的时间法则,并进一步凸显了"只能与时间为伍"的焦虑。由此,如何逃脱现世的时间秩序,成为另一难题。阿乙在自述"写作的秘密"时,曾将记录梦境列在首要位置:"梦好像在不可思议与真实间架设了通顺的桥梁,使我们的经验疆域逐步拓宽。"④照此提示,我

---

① 陈晓明:《小叙事与剩余的文学性——对当下文学叙事特征的理解》,《文艺争鸣》2005年第1期。

② 南帆:《文学形式:快感的编码与小叙事》,《文艺研究》2011年第1期。

③ 阿乙:《写作的秘密》,《显形》,北京十月文艺出版社2015年版,第288页。

④ 同上书,第286页。

们能在其两部随笔集中发现近 20 则记梦的篇什。阿乙偶或借用弗洛伊德的方式自我解梦(如《吞食趾甲的人》),但绝大多数时候,他并不试图解梦,而只是倾心描画梦境的怪力乱神。这不能不让人想起曾在《聊斋志异》中大量叙写梦境的蒲松龄。阿乙既然可以在《作品的起源》中引用蒲松龄的《瑞云》反省自己的情爱心理,在《色胆》中借《青凤》以比对现实,在《落榜》中解读《叶生》,那么也就有可能"习得"蒲松龄的方式,在《画仙》《回娘家》《玉皇大帝》等篇中搜集超出经验的奇闻异事。至于《剽窃》《儿子》等篇,虽云随笔,实近于小说,其中妙处仍在"不可思议"。小说《早上九点叫醒我》写全村人共同梦见了宏彬被宏阳吊打凌辱,这一"同梦"的细节,极有可能是受蒲松龄《凤阳士人》的启发。可以说,阿乙从蒲松龄那里接续了中国本土小说的重要传统:"志异"。阿乙最初出版《灰故事》时,尚未对"志异"小说特别关注;到《春天在哪里》出版时,他自认为这九篇小说"都有点志异的色彩"①;此后,阿乙仍有死神落难、全村同梦等离奇之笔。因此,"志异"有理由被认为"代表了阿乙始终坚持的一个写作方向"②。"志异"之所以成为阿乙小说的重要面向,是由于它能以特异的审美形态,纾解时间所造成的压抑和焦虑。《小卖部大侠》里屡遭不幸、满腹委屈的"张大侠"只能靠臆想度日,但那可能正是他需要的,因为"那个世界比我们这个世界快活"③。给人以"快活",正是小说叙事的动力之一。

即便只看标题,阿乙的《狐仙》也无法不令人想起蒲松龄。花妖狐魅能"出于幻域,顿入人间",以致使人"忘为异类"④;可见蒲松龄所谋求的,乃是幻域与人间、异类与人的相通。阿乙所看重的,却是幻域与人间的不同。《狐仙》中的异类并无出入幻域的神奇本领,只能在颓败的戏台上无望地守候。这个没有"终点"的故事,为后来的志异之作留下了发展空间。《黑夜》中的黑夜犹如幻域,包裹了"我"在无尽时间中的成长焦虑;《八千里路云和月》中的武侠世界也是幻域,其意义在于终结苦大仇深的上访者的现实苦难。在

---

① 阿乙:《春天在哪里·前言》,中国华侨出版社 2013 年版。

② 徐兆正:《编选后记》,阿乙《五百万汉字》,人民文学出版社 2017 年版,第 385 页。

③ 阿乙:《小卖部大侠》,《灰故事》,上海三联书店 2008 年版,第 246 页。

④ 鲁迅:《中国小说史略·清之拟晋唐小说及其支流》,《鲁迅全集》第 9 卷,人民文学出版社 2005 年版,第 216 页。

《世界》中,疯狗与恶狗来不及拔刀相向,就已被一只庞大的蜻蜓①所震撼。这个故事提供了一种超离现实的假想:倘若时间极速"快进",则现世所有焦虑和喜乐,都不值一提。《发光的小红》更为特别。小说起源于阿乙在面对几近完美的照片中人时生出的哀伤:她的双臂似乎比人略短。"为了强化(挽留)这稍纵即逝的忧伤,我设想她有过一双光芒万丈的手,最终被毁掉了。"②小说最有意味之处是,小红由风华绝代而丑陋不堪的剧变令人无法接受,唯有借梦境和《木偶奇遇记》式的魔法才能得到勉强解释。《情史失踪者》中无疑交织着关于爱情、婚姻、疾病、死亡、道德、命运的重重焦虑,但因开篇和收尾的刻意经营,故事是发生在现实还是梦境中,竟未可知。总之,阿乙在小说中营构形态不一的幻域,借以超离现世时间法则,这不仅有效勾连了小说的"志异"传统,也证明了幻想在当下文学中仍有可能绽放光彩。

三是寻回既往时间。面对时间的永恒流逝,唯有抓住"现在",才有可能构建"过去"和"未来"。如研究者所说:"过去和未来只能在现在被度过、体验、涉及、说明、寻求、获取、再体验,或者保存。"③普鲁斯特的皇皇巨著《追忆逝水年华》,无疑显示了小说在寻回既往时间方面所达到的高度。阿乙几乎从创作伊始,就对"过去"的价值展开了思考:"如果不创造,此前的生涯就是一堆废塑料、一堆废羽毛或者一片没用的雾。"④通过创作,过去可能重现于现在,庸常可能获得意义,这正是利科所说的"艺术的魅力把无意义的生活升华为有意义的作品"⑤。但困难也如影随形:"人重新进入记忆,状况类似于救火,能记录下来的财物有限。有时烧掉的废墟太难看,还需进行拙劣的重建。无论怎样,从离开事情的那一刻起,你就失去对原貌的掌握。这是做人痛苦的一部分。"⑥基于这种"痛苦",阿乙特别看重叙事的"合法性"。阿

---

① 阿乙后来补充交代,这是"人类的直升机"。见阿乙:《世界》,《灰故事》,译林出版社 2016 年版,第 314 页。

② 阿乙:《作品的起源》,《寡人》(2011 年 2 月 27 日),重庆大学出版社 2011 年版。

③ [英]芭芭拉·亚当:《时间与社会理论》,金梦兰译,北京师范大学出版社 2009 年版,第171 页。

④ 阿乙:《创造》,《寡人》(2008 年 6 月 26 日)。

⑤ [法]保尔·利科:《虚构叙事中时间的塑形》,王文融译,三联书店 2003 年版,第 138 页。

⑥ 阿乙:《记忆》,《显形》,北京十月文艺出版社 2015 年版,第 118 页。

乙的犯罪故事几乎都有生活原型,这是事理意义上的合法性;"写作者在设定叙述人时,一定要让他具有那种在场或参入的条件"①,这是叙述视角的合法性。最让他深感煎熬的,则是小说写作固有的"传奇"冲动与叙事的合情合理之间的矛盾。为缓和这种矛盾,阿乙求助于切身经历。阿乙并非不知自己的"根底",但仍坚持深入其中、反复开掘,这又可见其"偏执"。② 其结果是,阿乙随笔和小说的"互文"关系成了突出现象,某些小说甚至共享同一细节。本雅明曾将经验的"贬值"视为小说危机的重要根源,阿乙的创作却让人不得不感慨,即便是稀薄的经验,也因其无可替代的独特性而有着不可轻忽的价值。

但利科提醒过我们:"时间经验之所以能成为小说的赌注,并非因为小说借用了真实作者的经验,而在于文学虚构有能力创造一位进行自我探寻的主人公兼叙述者。"③这就是说,重要的不是小说借用了真实经验,而是其中所展现的"自我探寻"的自觉。阿乙自我探寻的重要方式之一,是将本名"艾国柱"(按字辈取名则是"艾施坤")置入特定情境并审视其喜怒哀乐,如《在流放地》《模范青年》《意外杀人事件》《火星》即是如此;就连《先知》中忧思成疾的主人公"朱国爱",倒过来还是艾国柱。相对隐蔽却更深刻的自省,可以《作家的敌人》为例。功成名就的陈白驹为落魄年轻人的杰作所震撼,回家后朗读自己的作品,羞愧不堪,竟至放声痛哭;而他所读的那句,正是阿乙《在流放地》的开头。这个细节体现了"阿乙从正反两方面对自己形象的反省:他既将自己看作陈白驹,也将自己比作那个年轻人"④。若将《根底》《偏执》《倔强》等随笔与《在流放地》《隐士》《猎人》等小说对读,即可发现,两种文类的笔法区别无法完全消泯,但坚持从情爱经历中反省自我的态度却始终如一。从叙事的效果来考量,通过不断召回往日时光,阿乙得以持续地反省自己的软弱、阴郁、自怜及偏执,并确立了拒绝敷衍、抵抗遗忘的叙事姿态。某些作品名为随笔,实则无异于小说。如《择选》仍是重温当初的惊鸿一瞥,叙事中却让今天的"我"对过去的"他"加以劝导:不是什么偶然性造成了命运奇遇,

---

① 阿乙:《小说的合法性》,《显形》,北京十月文艺出版社2015年版,第282页。
② "根底"与"偏执"均是阿乙在随笔中用来追溯个人经验的标题。
③ [法]保尔·利科:《虚构叙事中时间的塑形》,王文融译,三联书店2003年版,第241页。
④ 徐兆正:《编选后记》,阿乙《五百万汉字》,人民文学出版社2017年版,第387页。

而是"你"在最春风得意的时刻看到了最忧郁的她,"你对她产生的不是爱,而是怜悯,你终于觉得有资格去占有她了。"① 事隔多年,仍有如此痛切的自剖,这不能不使人读之动容。通过不断召回往日时光,阿乙持续反省自我,确立了拒绝敷衍、抵抗遗忘的叙事姿态。从思考爱情的荒谬出发,进而追问存在的荒谬,这使得阿乙的情爱叙事获得远不止于对抗时间焦虑的意义。"在人世间本身就存在一种荒谬:上帝从没说过,你爱一人,此人就必须爱你。""这世界存在着这种荒谬,这荒谬本身就是合理的一部分。"② 阿乙竭力将自我探寻的意识贯彻到底,终于超离一己之悲欢而直面存在的奥秘。在这个意义上,阿乙的心理时间正在通往"主体的时间",即"以内在时间的深层体验超越外在世界时间的流逝性"③。

结语　时间经验与人的成长

　　在时间呼啸前进的当下,阿乙却致力于从人们熟视无睹的日常生活中揭出时间的致命威胁,同时对人的根本处境给予深切体察。这尽管无法阻挡时间的车轮,却始终都是韧性的抵抗和必要的提醒:我们唯有守住内心的时间经验,方能有望把握日常生活、理解外部世界。阿乙的创作姿态,无疑显示了个体化的时间经验与共识化的时间法则之间的紧张关系。时代越是向前发展,这种紧张关系就越突出。就纾解焦虑的心理需求而言,作家极有必要将个人经验稀释于时代共识之中;从叙事的意义和价值来说,作家却应不计一切地守护和经营其个人经验,甚至有意保持那种紧张关系。利奥塔尔说过:"用科学自身的标准衡量,大部分叙事其实只是寓言。"④ 阿乙的叙事或许也

①　阿乙:《择选》,《显形》,北京十月文艺出版社 2015 年版,第 323 页。
②　阿乙:《根底》,《显形》,第 96 页。
③　史成芳:《诗学中的时间概念》,湖南教育出版社 2001 年版,第 5 页。
④　[法]利奥塔尔:《后现代状态:关于知识的报告》,车槿山译,三联书店 1997 年版,"引言"第1 页。

可读作寓言。正因为我们无法杀死绵延不绝的时间、超离秩序化的时间、寻回业已流失的时间，我们更当倍加珍视自身的时间经验，才能不负文学的使命：对抗焦虑、关怀心灵、直面生存、探询意义。阿乙的创作证明，即便在小叙事时代，文学也从未放弃追问人类存在根本处境的权利，从未丧失重温文学传统的必要以及从中获得有益启示的可能；即便在小叙事时代，对文学"意义"的执着求索，也仍有可能点亮形式主义的激情和幻想的光彩，并引领作家在自我探寻中通往"主体的时间"。倘若作家的自我探寻足够彻底、坚决，视野足够开阔、深远，且有不畏艰难、不合流俗的孤勇，那么他仍有可能获得巨大的思想力量。但在小叙事时代，如何确认"自我"的位置、力量感及可能性，成为更加迫切的问题。利奥塔尔意味深长地指出："'自我'是微不足道的，但它并不孤立，它处在比过去任何时候都更复杂、更多变的关系网中。"① 这毋宁是说，越是在小叙事时代，对自我的定位，就越是要借助更加复杂多变的关系网络。如何找准自我在关系网络中所处的节点，这对阿乙及其所属的"70 后"作家而言，尤为重要。不少评论者认为这一代作家笔下缺乏"集体记忆"，这当然不尽妥当；但作品中成长景观的单调，确是他们共同的问题所在。而近些年来，在徐则臣的《耶路撒冷》、弋舟的《蝌蚪》、路内的"追随"三部曲和石一枫的《心灵外史》等作品中，我们已然感觉到，带有个体化印记的成长经历，正从各个角度汇聚到一代人的心路历程中。甚至可以说，他们正在建构属于自己的"主体的时间"。阿乙新近的长篇《早上九点叫醒我》，在生活细节的繁复方面，也透露出由奉行"减法"向尝试"加法"的转变。倘若阿乙能将自己的时间视觉投向更开阔的地带，能在更复杂的历史与现实中精准定位自我，那么也就有可能促成其心理时间向历史时间转变。当"时间进入人的内部，进入人物形象本身"②，作家也就有可能写出"人在历史中成长"③，从而使其时间经验获得更为丰厚深沉的意义。这也是我们对阿乙抱以期待的理由。

---

① ［法］利奥塔尔：《后现代状态：关于知识的报告》，车槿山译，三联书店 1997 年版，第 32 页。
② ［苏］巴赫金：《小说理论》，白春仁、晓河译，河北教育出版社 1998 年版，第 230 页。
③ 同上书，第 233 页。

第五章
"非日常性"与小说的飞翔

——李浩小说创作论

第一节　白色鸟或飞翔的梦想

　　李浩的文学创作起步于诗歌，后以小说为主。如果说多人合集《温柔的旗语》透露李浩早就萌发了成为诗人的热望，那么多年后出版的个人诗集《果壳里的国王》则证明，李浩骨子里乃是一个抒情诗人。二十余年的时间里，虽然小说为他赢得的声名与日俱增，但李浩依然对写诗念念不忘。因此，我们回到李浩早期诗作中去探寻某些具有起源性质的秘密，想必不是多此一举。

　　一般说来，诗歌与小说的"抒情"方式有所不同。譬如李浩的诗，背后总是伫立着一个静默沉思的抒情主人公，而李浩的不少小说中都有一个十分饶舌的叙述者——借用他评价别人的话，那是一个"话多的男人"①。尽管如此，我仍然试图从李浩的诗歌和小说中发现某些共性和延续性。不同于许多论者热衷于发现作家的不断突破和创新，我总是固执地认为，一位作家无可替代的创作特质，正蕴藏于由前到后的共性和延续性之中。

　　诗人李浩最初以"与花为敌"的面目出现：他的情思常由菊花、向日葵和昙花等激发。与花为敌，这个标题初看有伤风雅，实则以反常的方式，凸显了他在美好事物面前刻意保持冷静省思的习惯。不过，李浩更为钟情的意象其实是"鸟"。他不仅以"布谷"作为笔名，自比为"一只不能高飞也不能高亢的鸟"②，还时常将各种鸟写进诗行。在《九月》中，"孤寂的诗人"深情怀想被自己放飞的那只白色鸟；在《秋天里飞走的鸟》中，"它有白色的羽毛，婉转的歌和红嘴唇"，秋天已至，猎人出现，而鸟兀自歌唱，"我"在心里祈愿它早日飞至南方；在《狩猎》中，独自狩猎的"我"被许多鸟"纤细的叫

---

① 李浩：《话多的男人：有关尤凤伟〈石门夜话〉〈石门呓语〉的絮语》，《时代文学》2010年第9期。

② 李浩的自我介绍及本段所引诗作，均见于雪子等：《温柔的旗语》，花山文艺出版社1993年版。

声"引动对"曾经的爱人"的怀念,颓然丢掉手中的枪。这些自由而灵动的鸟,时常唤起诗人温柔的情愫和美好的期盼。即便表达怅惘和失望,也少不了鸟的在场:在《宁静》中,两只休憩的小鸟,一株老树,一个等待的人,共同诠释了何为"宁静";《秋天之约》中的"瓷鸟",则对应着"我"独自等待时内心易碎的希望……

这样的鸟儿从何而来又将去往何处,很难一语说清。它或许是由千百年来柔弱文人的集体无意识所孕育,也可能根源于李浩的某些阅读经验与审美想象。总之,它一出现,就牢牢占据了诗人的心扉,盘旋不去。数年之后,李浩终于将它正式命名为"白色鸟":

> 一只象征了酸甜苦辣
>
> 象征了纯真和洁净,象征美好,忧郁
>
> 爱情与时光,明媚着的黄昏,以及可望见的疼痛……
>
> 象征了核心和流走
>
> 象征了比曾经、现在、未来更为繁复的
>
> 象征了能够说出和不能说出的
>
> ——象征了一切梦境的白色鸟!
>
> 比所有都白,比所有,也都易逝
>
>
> 一只飞着的和叫着的,一只不飞也不叫的
>
> 一只虚无的,一只真实的
>
> 一只存在过的不存在的,白色鸟
>
> 每一片落叶上都粘有片片的鸟鸣……
>
>
> 那个老人用竹篮打水。那个老人
>
> 他粗糙的十指是一个空鸟笼。①

---

① 李浩:《小小的清晨(外一首)》,原载《诗刊》1995 年第 10 期。后收录于李浩诗集《果壳里的国王》,花山文艺出版社 2015 年版。

白色鸟的意象在当代作家笔下并不少见。比如,在何立伟的《白色鸟》中,两只雪白的水鸟曾以美丽、安详、自由自在的形象出现;它们的意义在于见证或守护了两个纯真少年的成长,使他们浑然不知艰难时世,得以享有一个自由自在的午后甚至整个自由自在的童年。在史铁生的《务虚笔记》中,白色大鸟将一根耀眼的羽毛遗落人间,却不轻易显现整体;唯当年轻恋人们爱欲勃发之时,它才悠然现身于高空,舒展双翅,自在翱翔。这些白色鸟都是文学中的精灵,我们明白无误地感受到它们的象征意蕴,却往往不能也不忍将其说破道明。相比之下,李浩的白色鸟多了些忧郁和疼痛等"负面"体验,多了些象征和诉求,却似乎少了些具象化的描绘,少了些从容和含蓄。这简直是一只抽象的鸟:它无形无相,却又无所不在;它似虚似实,却令诗人李浩如痴如醉。更有意味的是,按诗无达诂之说,李浩本无必要将其象征内涵和盘托出,但他还是毫无顾忌。我们效仿他的毫无顾忌,不妨也问一声:最后的那个老人究竟是谁? 他或许是捕猎者,是时间的化身,甚至是死神本身,这些都不重要。重要的是,他试图捕获白色鸟,结果竹篮打水一场空。他的徒劳无功,却有力暗示了白色鸟的存在方式——它必定善于飞翔,才能免于被捕获。这首诗的妙处正在于此:全篇始终未曾描摹白色鸟飞翔的姿态,却以"留白"的方式,暗示了飞翔这一重要"主题"。

以后的事实说明,小说家李浩的主要工作,正是持续为诗人李浩的"留白"拓展空间,丰富其内涵,深厚其蕴味。最突出的表征是,他先后写出不少有关"飞"和"飞翔"的小说:如《鸽子不会飞翔》《飞翔》《我所想要的飞翔》《飞过上空的天使》《像鸟一样飞翔》《会飞的父亲》,等等。近两年来,他更是连续发表了一系列"飞翔的故事",总数已达几十篇。所有这些飞翔的故事,无疑连缀成一条理解李浩创作奥秘的重要线索。早期作品《我所想要的飞翔》写汉王刘禅战败后被软禁,一直乐不思蜀、无所作为,晚年却突然对根雕产生兴趣。他的作品在别人眼中仍只是树根,但他本人却以为所雕的都是鸟:"我一直想要一种自在的飞翔,我一直都想能像鸟一样飞翔"。刘禅醉心于创作根雕之事,似未见于史载,当是小说家言。李浩这般无中生有,不过假托他人之名,表达自己对创作活动的理解。人总有想象的本能,即便置身于平庸、可悲乃至屈辱的处境,也仍有可能迸发最后的、最可贵的想象力,想象自己能够自由自在地飞翔。根雕创作和文学创作,都是静极思动,都是对飞翔的想象,也都是想象力的飞翔。按李浩创作谈中的说法,两者都是"虚拟的飞翔","是在向下的方向挖掘,做一个艰难的根雕,而这根雕最后的形状是,一只正在飞翔的鸟"①。

从此以后,飞翔就在李浩的小说领地扎下了"根",一有合适的阳光和水分,它就抽枝发芽、拔节生长。飞翔,不仅是李浩小说标题的惯用字眼,也是他的小说题材或主题:有时,他将飞翔重新植入童年幻想之中,让孩子们看见或想象杨傻子(《像鸟一样飞翔》)和父亲(《会飞的父亲》)飞向空中;有时,他借疯狂的发明家夏冈(《飞过上空的天使》)之手,导演一出天使现身人间的喜剧。飞翔,还是他阐发小说诗性和魅力的核心概念。比如,他欣赏范玮"给自己的小说注入了现代性,给了自己轻盈和灵性以足够的天地,给了自己飞翔的翅膀"②,赞许关仁山"给立足现实的小说以诗性,让它生出强烈的叙述魅力和飞翔感"③。从根本上说,飞翔,乃是李浩小说创作的"基本情结",也是理解李浩创作个性以至整个文学观的关键所在。

从此以后,阅读李浩,就意味着与他一道投身于奇妙的飞翔之旅:"我们被一阵奇怪的风吹走,一直飞啊飞,也不知道过了多长时间……"④ 但我们知道,这一切有关飞翔的叙事,均发端于《白色鸟》所暗示的飞翔。那只白色鸟,正是李浩文学梦想的化身。李浩心心念念的"飞翔",与苏珊·朗格所说的"每一件真正的艺术作品都有脱离尘寰的倾向"⑤不谋而合,二者皆寓示着文学创作的缘起或本质。

从此以后,阅读李浩,就意味着与他一起极目远眺,守候那只白色鸟的消息。

---

① 李浩:《文学所承受的重与轻》,杨晓敏、郭昕编《当代小小说名家珍藏》下册,河南文艺出版社 2002 年版,第 259 页。

② 李浩:《化蛹为蝶,或小说的飞翔》,《阅读颂,虚构颂》,花山文艺出版社 2013 年版,第 170 页。

③ 李浩:《河流与土地、现实与追问、想象与飞翔:关仁山小说简论》,《中国作家》2011 年第 11 期。

④ 李浩:《父亲的七十二变》,安徽少年儿童出版社 2017 年版,第 9 页。

⑤ [美]苏珊·朗格:《情感与形式》,刘大基、傅志强、周发祥译,中国社会科学出版社 1986 年版,第 55 页。

从此以后,阅读李浩,就意味着我们确信自己应当且已经拥有一片精神天空,并借此度量白色鸟飞翔的高度,揣摩其飞翔的奥秘,领略其飞翔的乐趣。

第二节 "非日常性"与飞翔的高度

如同鸟的飞翔相对于大地才获得高度,小说的飞翔高度,也需要相应的参照物。没有人会否认,生活乃是小说坚实的大地。值得注意的是,李浩较少单独使用"生活"来表达自己的小说观,而是较常借助"日常"或"日常生活"。日常生活,作为"那些同时使社会再生产成为可能的个体再生产要素的集合"①,是社会学家、经济学家和政治学家们热衷研究的对象,但作家对日常生活的态度更为微妙。社会化的生存须以安定、平稳和秩序感为根基,但人的天性中有极大的趋新、好奇的成分,作为人学的文学更是天然地亲近新鲜感与陌生感。文学的世界中当然不能缺少安稳如常的体验,但它同时更得益于新异体验的刺激。如我们所知,"年年岁岁花相似",接上"岁岁年年人不同",才更值得吟味;"桃花依旧笑春风",只因"人面不知何处去",才更有诗情画意;"去年天气旧亭台",只有配上"一曲新词",方能显出韶光易逝。不妨说,作家的特殊使命正在于,他们唯有不"安于"现状,才可能对自身的处境有更深觉察、对语言的表达有更高追求。对于作家与生活之间的关系,里尔克《安魂曲》中的表述最是精简而又极端:"因为生活和伟大的作品之间/总存在某种古老的敌意"。

李浩当初写下"与花为敌"时,就初步显露了与生活"为敌"的姿态,往后更是态度明确。"一个作家,只有不迷恋书写日常自我的时候才成为真正意

---

① [匈]赫勒:《日常生活》,衣俊卿译,重庆出版社1990年版,第1页。

义的作家"①,这是近于宣示的判断;"我不是那种依靠'经验'写作的作家,我对自己的日常缺乏兴趣,我是那种书斋型作家"②,这是对比式的自我描述;"我得承认'非日常性'是我有意的写作诉求之一"③,这是简洁明快的自我定位。在近期的自述中,他特别重申了那份敌意:"在我以往的诸多文字中,我很少涉及我和我个人的生活,我缺少给自己的生活留什么'信史'的愿望,甚至对此有很强烈的敌意。更多的时候,我愿意剪断自我生活和'创造世界'之间的联线,而让在我的小说中、诗歌中出现的那个世界自己生出意味和意义。"这是一位作家对生活与文学两个世界之界限的坚守。不过,李浩同时也承认:"但自觉不自觉,对自己经历的、故土的、童年意识的书写还是潜在地占有了相当的比重,尽管它被我一次次改头换面,被我有意涂改和模糊,它的存在,却始终那么坚固。"④

李浩的"非日常性"立场,多年来始终如一。但我觉得,相比于这些"小说家言",还是他的作品本身更能说明问题。不少论者受到文学阅读和接受日益标签化的风气影响,只看到李浩本人乐于接受"先锋派"的标签,加上对"先锋派"注重形式试验的先入之见,又有了李浩言论的"误导",再读了几篇充满奇趣的李浩小说,就作出李浩疏离或不善于写日常生活的判断。事实上,李浩的"非日常性"恰恰是建立在对日常生活的深切体察之上的。《无处诉说的生活》写办公室文员肖雨的日常,写她与丈夫隔膜却必须照料瘫床的公公、与同事和朋友相交而无法相知,还要勉为其难应对异性的言语骚扰,深感自己像是困在笼中,逐渐丧失残存的生活热情;《日常的流水》写退休干部老王琐碎的生活内容,写他从流水般的波澜不惊中逐渐滋生"不满";《乡村诗人札记》写梦想成为诗人的父亲"在繁乱和芜杂中,在众多沙砾一样的时间和日常中"遭受日复一日的磨损,均堪称深刻。

由此可见,首先,李浩的"非日常性",不是要疏离日常生活,而是要极力

---

① 李浩:《从侧面的镜子里往外看——答〈作品〉张鸿问》,《广州文艺》2010年第7期。
② 李浩:《作家应当是未知和隐秘的勘探者——与姜广平对话》,《阅读颂,虚构颂》,花山文艺出版社2013年版,第218页。
③ 郭艳、李浩:《对话:难以承受之重——关于历史、现实与选择》,《雨花》2015年第15期。
④ 李浩:《有父亲、母亲存在的"故乡"》,《安徽文学》2017年第2期。

捕捉日常生活中平淡无奇却令人压抑的、零碎琐屑却让人沉闷滞重的体验，对此加以呈现，以期引人深思。有时，为了收到更直观的效果，李浩会让小说叙述者直接发言。如，《邮差》中的"我"开篇就告诉读者："关于我的日常，我的工作，包括我这个人，都没什么好说的，我知道它对你构不成吸引，所有的日常都那么大同小异，缺乏新鲜感。"类似的判断和语调在《使用钝刀子的日常生活》中发展成多次重复："说起我的生活，我的工作……我的生活无非那些，二十四小时，白天和黑夜，上班下班，看看电视玩玩游戏，太阳每天都是旧的，有时它还会完整地藏在雾霾里"。《夜晚的鼹鼠》更是戏剧化地将"日常"与"故事"对立起来，医生安平在解剖一具尸体时感慨："这个人没有什么故事，只有日常的那些琐碎，平庸，无聊，无所事事。唯一构成故事的只有他的死亡。如果不是那种意外的死亡，安平觉得他的生活几乎和自己的一模一样。"此处还必须提到李浩书写"父亲"的一系列作品。大概是从《那支长枪》开始，继之以《蹲在鸡舍里的父亲》和《英雄的挽歌》等，李浩不仅写下了许多以父亲为"主人公"的单篇小说，还让父亲的身影穿梭于其他许多小说之中；直到汇成长篇小说《镜子里的父亲》之后，仍有《那年端午，和父亲的瓷》《会飞的父亲》《父亲的七十二变》等作品问世。对这种持续审父的写作现象，李浩本人及评论者都有过很多阐释，笔者在此仅作一点补充：对儿子而言，父亲形象之所以重要，是因为他处于日常生活各种关系的枢纽位置。因此，将时常言传耳闻的严苛、辛劳、坚韧、伟大的父亲置入平淡无奇的日常生活，放大他的任性、懒惰、庸碌和凡俗，特别有助于获得"非日常性"的叙事效果。

李浩对各种人的日常生活及其处境的精细把捉，显露了"非日常性"的第二层内涵：较少直接书写本人的生活经验，而是设想自己"生活在别处"，写他人"无处诉说的生活"，设身处地，将心比心，代人发声。这是小说家所享有的最舒展的自由，也是文学所负载的最为艰难的使命。这方面最典型的例证是李浩的"外国故事"系列。不管是《告密者札记》所写的西吉斯蒙德·马库斯的传奇经历，《等待莫根斯坦恩的遗产》所刻画的艾蓬小镇居民等待遗产到来的别样心境，还是《夸夸其谈的人》中沙尔·贝洛先生的悲痛记忆，《拉拉国，拉拉布》中那么多拉拉布们的故事，我们只要略过那些外国化的人名和地名，不被那些有意为之的"翻译语体"① 所影响,那些人的面孔很快就能鲜活起来,那些故事中所蕴含的生活与人性真实很快就能显现出跨越文化背景的深度。

我们完全可以想象,在中年女性肖雨、退休老干部老王、父亲以及许多拉拉布等小说人物的生存体验之中,或许都不同程度地投射着李浩本人的生活经验。比如《丁西,和他的死亡》写丁西在某个凌晨"打着鼾进入了死亡",其时43岁,恰与李浩同龄。这个细节或可见出李浩对生命终结的某种忧惧或戏谑,但也仅此而已。对此,我们无须以传记学或发生学的方式进行考证评述,否则就消泯了生活与小说的区别。李浩"非日常性"更为重要的内涵正在于此:唯有坚持小说与生活之间应有距离和界限,方能让小说获得飞翔的可能,进而显出飞翔的高度。小说家不是对日常生活不感兴趣,而是要以小说的方式,重新发现生活,重构一个有别于生活世界的文学世界。这个重构,也就是人们通常所说的虚构。李浩乐于标举自己的"非日常性"主张,其实就是坚持"小说与人生之间不能描画一个等号"②,也就是珍视小说家本应享有的虚构特权。

第三节 轻与重:飞翔的辩证法

李浩在新近的"飞翔的故事"中,一再引述略萨的观点:"如果没有虚构,我们将很难意识到能够让生活得以维持的自由的重要性。"若借此语式解释李浩创作中的飞翔情结,大概可以如此表述:如果没有飞翔之轻盈,我们很难

---

① 李浩曾说,"《等待莫根斯坦恩的遗产》是我对翻译语体的一个致敬"(李浩:《作家应当是未知和隐秘的勘探者——与姜广平对话》,《阅读颂,虚构颂》,花山文艺出版社2013年版,第223页)。他另有不少作品,叙述语言和人物语言也都有意效仿翻译语体,再设置一些"西化"的地名和人名,读来简直就是"翻译小说"。这些作品多半收入李浩小说集《外国故事集》(四川人民出版社2019年版)。

② 汪曾祺:《短篇小说的本质》,《汪曾祺全集》第9卷,人民文学出版社2019年版,第9页。

意识到生活滞重的一面;如果没有向上飞翔的高度,我们很难意识到向下挖掘的深度。轻盈与滞重、向上与向下之间的转换和平衡,是李浩小说创作所奉行的艺术辩证法。据我的阅读感受,这个辩证法在李浩创作中的运行逻辑大致如下:人在生活中处于庸常、卑微境地,感受到劳烦、压抑,而日常生活兀自流水般沉闷、单调、波澜不惊,这些本来都是常态,都是不值得大书特书的"轻"。但经由小说家反复提及、精细描摹,这些"轻"也就转化成"重"。这是第一步,化"轻"为"重"。小说家在叙述过程中动用各种技法,使生活世界变成小说世界,这就是第二步,即举"重"若"轻"。

毋庸讳言,李浩小说中的轻重之辨,其思路和观点都源自卡尔维诺。"当我觉得人类的王国不可避免地要变得沉重时,我总想我是否应该像柏尔修斯那样飞向另一个世界。我不是说要逃避到幻想与非理性的世界中去,而是说我应该改变方法,从另一个角度去观察这个世界,以另外一种逻辑、另外一种认识与检验的方法去看待这个世界。"① 卡尔维诺还认为:"在遭受痛苦与希望减轻痛苦这二者之间的联系,是人类学一个永远不会改变的常数。文学不停寻找的正是人类学的这种常数。"② 李浩早年就在创作谈中坦承,卡尔维诺如同博尔赫斯和昆德拉一样让他着迷。他接受了卡尔维诺对"轻"的提醒,并表示他本人"是想让文学兼具重和轻,而在本质上,却隐藏着对重的侧重"③。从创作实际来看,李浩二十余年的写作中确以轻重兼具为目标,但凡事难以一蹴而就。相对来说,大致前半段偏向于对重的表现,后半段则更多追求轻的表现;一旦意识到自己过于偏向哪一方面,他就会有所调整。正是这种适时调整的可贵自觉,使他写出许多轻重相宜的佳作。

李浩很早就对偶然性与必然性表现出浓厚的兴趣。《闪亮的瓦片》叙写哥哥李恒在瓦片游戏中偶然失手,毁伤了霄红的美丽脸庞,使她成为一意孤行的报复者,也使自己陷入沉落的命运。《监护病房的愿望》写一个 16 岁男孩意外烧成重伤,但也意外变得成熟;然而这种快速成熟的代价是他不堪重

① ［意]卡尔维诺:《美国讲稿》,萧天佑译,译林出版社 2012 年版,第 7 页。
② 同上书,第 29 页。
③ 李浩:《文学所承受的重与轻》,杨晓敏、郭昕编《当代小小说名家珍藏》下册,河南文艺出版社 2002 年版,第 259 页。

负,选择了跳楼自杀。《扑朔迷离》简直可以读作对主人公萧强的教育,小说以他对偶然性的强烈怀疑开篇,而结束于他在卷入一桩案件后体会到超出以往认识的复杂性与偶然性。《刺客列传》与《生存中的死亡》则多了对必然性的关注:三个不同的刺客有着相近的经历,他们都没想过成为刺客,甚至有意反抗成为刺客,但最终还是成为刺客;二叔当年的失踪或许是偶然,但他在生存中逐渐步入死亡却有其必然。这些小说共同体现了李浩对"这个世界总在偶然性和必然性之间摆荡"(《铃铛》)的认知。这类写作暗含着走向哲理玄思的可能,如《一封陌生的来信》中的收信人和写信人无论如何努力都无法弄清当年细节,其叙事旨趣颇有"人不能两次踏进同一条河流"之妙。

　　但对"重"的看重,很快就将李浩从那种"摆荡"状态中拉了回来,并在很长一段时间里将人性之恶和失败的生活处境作为书写的主题。在《失败之书》中,哥哥的失败原因不太清楚,结果却十分明显:一家人在相处中充分展现了压抑不住的恶。《一只叫芭比的狗》以"我"的视角讲述哥哥所表现的恶,结尾处"我"的梦却暴露了自己深藏的恶。这些作品所承载的重,可以用李浩小说《无法承受》的标题来统括。这篇小说写失意的下岗工人杨桥酒后纵火烧伤自己的儿子,却没有交代清楚他到底是有意还是无心为之。若是有意为之,足见人性之恶远超我们的理解;如是无心,则证明杨桥在生活中承受了过重打击,以致难以自控。那个缺省的真相不管究竟如何,都是令人"无法承受"之重。作为对过"重"的调节,李浩写下了一系列偏"轻"的作品,如开篇反复渲染却故意草草收尾的《怯懦的报复》,解构江湖豪侠气概的《他人的江湖》,带有童话冒险气息的《黑森林》,借助离奇之事洞察世态人心的《飞过上空的天使》和《A城捕蝇行动》,效仿说书体的《变形魔术师》,逆转复仇正义的《一把好刀》,等等。

　　"文学是一种生存功能,是寻求轻松,是对生活重负的一种反作用力。"①轻重调和,方成佳作。《父亲树》写一家人生活穷苦,父亲不堪病重折磨而请求提前结束生命,侄子生来眼瞎,好不容易安分下来的弟弟死于工伤,弟妹终于离家,生存之重层层累积,简直要超出一则短篇的负荷限度。然而,《父亲树》并未因负荷过度而碎裂,实得益于小说奇特的开篇:应父亲的要求,兄弟

---

① ［意］卡尔维诺:《美国讲稿》,萧天佑译,译林出版社2012年版,第29页。

俩把活着的父亲像一棵树一样种进土里。面对生存的痛苦和无助,这当然是一种想象性的解决方案;但有了这个置之死地而后生的"技术"前提,接下来所写的艰难的生活也就可以被理解、被接受。因此,这篇小说的叙事内容与生活事实之间有多大距离,已不重要。重要的是它以小说的方式表达了面对生活之重的一种可能:即便再不济,人也仍有可能像树一样活着。生活之重与小说之轻,在这篇小说中达成了一种奇妙的映衬。具备此类"举重若轻"效果的小说,我们可以开列出一串长长的名单,从《一次计划中的月球旅行》《邮差》《丁西,和他的死亡》《消失在镜子后面的妻子》到《使用钝刀子的日常生活》《夸夸其谈的人》到较近的《封在石头里的梦》等,它们的叙述都有不同程度的轻盈感,而作品的分量并不因此更轻。

　　作为一个嗜读小说和相关理论的作家,李浩在创作小说的同时也坚持进行理论思考。他对"好的作家一定是个思想家"深表赞同,但同时也极力伸张"技术"具有无可替代的意义:"没有技术的小说肯定是垃圾,无论它多么思想正确,无论它多么显得深刻。这应当是个常识。"① 源自卡尔维诺的轻与重的辩证法,在李浩这里逐渐获得更为简明的内涵:技术与思想的调和。尽管"思想"之重仍在时刻吸引着他,甚至促使他以"概念先行"的方式"选择我对生活和自我的发现作为支点",但他始终坚持认为,"从'概念'到小说,需要经历一系列复杂而深刻的变动,需要注入魔法让它鲜活丰盈"②。我们要从李浩小说中领略飞翔的乐趣,就得弄清所谓魔法的来龙去脉。

第四节　飞翔的魔法与乐趣

　　飞翔需要持续的动力,以摆脱无所不在的地心引力。不论是鲲鹏的"抟

---

　　① 李浩:《作家应当是未知和隐秘的勘探者——与姜广平对话》,《阅读颂,虚构颂》,花山文艺出版社 2013 年版,第 216 页。

　　② 李浩:《后记:先锋和我们的传统》,《变形魔术师》,安徽文艺出版社 2015 年版,第 279 页。

扶摇而上者九万里",还是蜩与学鸠的"决起而飞"、斥鴳的"腾跃而上",动力均来自双翅。小说的飞翔,则主要得力于叙述所造成的特殊效果。苏珊·朗格称之为"一种离开现实的'他性',这是包罗作品因素如事物、动作、陈述、旋律等的幻象所造成的效果"①。与此相似,纳博科夫认为,一个作家集讲故事的人、教育家和魔法师三重身份于一身,而根本上得益于魔法师身份。李浩对此深以为然,并对作家作为魔法师的本领多有解说:"他创造出语言,人物,行动,曲折和故事,创造出一个能够自成一体的天地"②。不过,或许是顾忌魔法"说破不灵"吧,纳博科夫似乎只是倾心于品评他视为"精华"的风格和结构,而极少正面分析作家所用的具体魔法。那么,何为小说家的魔法?以我之见,小说家的魔法包括技术,以技术为基础,而又不止于技术。魔法可以看成是具体技术、小说观、叙事意图、创造性诉求等诸多因素的结合体。在合成的意义上,它确实难以说破道明。但小说家终究不是舞台上的魔法师,我们若对其技法和意图等存而不论,就只能使创作奥秘归于神秘。尤其是面对李浩这样长期坚持技法试验的小说家,我们若避开他最钟情的魔法,也就不可能真正认识其创作个性。

李浩所惯用的魔法,大致可分为四种层次类型。第一类是直接作用于小说结构的叙述技巧,如叙事空缺、结尾反转、戛然而止等。所谓叙事空缺,是指故意将故事情节中的关键部分省去,从而造成小说结构的紧张和陌生感。比如《碎玻璃》中徐明到底有没有砸碎办公室玻璃,《被噩梦追赶的人》中肖德宇究竟做了什么对不起弟弟的事,《白球鞋》中于非到底有没有偷鞋,小说中都没有明确答案。读者对完整故事的阅读期待落空之后,自然就只能转向对故事之外的更多问题的思考。由此,小说与生活的距离感也得到强化。所谓的结尾反转,也不单纯是技术操作。如《那支长枪》大半部分都在写父亲闹自杀而未遂,但结局是他意外地自杀成功。这个反转的结局,不仅使此前非戏剧化的零碎叙述全部收紧,也使小说生出值得探讨的余味。《夸夸其谈的人》写众人闲听沙尔·贝洛夸夸其谈,最后才抖露真相:他的夸夸其谈,不过

---

① ［美］苏珊·朗格:《情感与形式》,刘大基、傅志强、周发祥译,中国社会科学出版社1986年版,第55页。

② 李浩:《〈变形记〉,和文学问题》,《阅读颂,虚构颂》,花山文艺出版社2013年版,第4页。

是借以舒缓或掩饰内心苦痛。戛然而止则是指那类"没尾巴的故事",如《无处诉说的生活》在肖雨的犹豫不决中结束,而不续写她次日是否赴约、又遇见谁,这就避免小说写成一个通俗情感故事,而是成为对某种特定生存处境的思考。与此相似,《一次计划中的月球旅行》也不交代约瑟夫接下来何去何从。这类戛然而止与叙事空缺一样,都造成了小说的"未完成感",但也正是"未完成使它具有了回味"①。

第二类是具有魔幻性质的"超现实"技法,它主要表现为叙事内容的变形、夸张、亦真亦幻,体现了超出日常的奇特想象。这类技法早在《我们被买走的时间》中就开始酝酿,至《父亲的笼子》已运用较为纯熟:母亲为留住善于奔跑的父亲,不仅凭空画出笼子以关住父亲,还打开父亲的脑壳往里灌入旨在改变头脑的不明液体。再到《跌落到我们村庄的神仙》写神仙从空中跌落,《鬼魂小记》写二爷的鬼魂现身讲述自己的历险记,《邮差》写传说中的马面选中"我"作为死神邮差,都有似真似幻的妙处。它们都将日常中不可能发生之事作为叙事前提,但随后又以充实的细节、合乎逻辑的人情事理,变不可能为可能,展现了李浩强化"非日常性"的自觉。小说的难度,小说特有的逻辑,小说与生活的界限,都在这类作品中得到集中展现。《封在石头里的梦》将当下作家的现实经历与古人存梦的幻想相结合,出入虚实,流畅自如。至于集变形、夸张、混淆虚实等技法于一身的代表者,则是"拉拉布系列"等童话小说。事实上,这些小说未必非读作童话不可(它们几乎都发表在并非儿童读物的严肃文学刊物上),它们不过是借用了童话的形式外壳以及常用技法,试图让叙事"处于不断的重复之中,却又以不断变化的方式解决着人世疑难的问题"②。比如国王拉拉布在每篇小说中都被有意设计成单一而突出的性格特征(如嫉妒成性、好大喜功、刚愎自用等),他行使权力的方式始终如一;由此,"拉拉布"成为表征人世疑难的一个符号。如卡尔维诺所说,这类写法带有"理性的和故意的因素",能满足作者"加强秩序与几何学的需要"。但他同时也严肃提醒道:"童话和想象叙述的那条道路,并不是一条任性与简单

---

① 李浩:《纸上的生活》,《南方文学》2014年第1期。
② [意]卡尔维诺:《意大利童话》上册,文铮等译,译林出版社2012年版,"前言"第10页。

的路途:如果太过偏向纯粹的超现实无理由,可就糟了,如果不得不遵循一种局限于体现狭义道德历史的准则,那也很糟。为了避免成为一场纸做的舞台背景,想像必须要充满了回忆、必要性,总之,充满了现实性。"① 因此,品评李浩的这类小说,关键不是看它们像不像童话小说,而是探究促成它们产生的现实必要性。譬如《拉拉果公主的童话》,就以反童话的旨趣而令我印象深刻。它以童话形式揭示躲在童话中长不大之危险,同时也将思想锋芒指向滥用职权、宠溺无度的国王。李浩认为,儿童文学虽不如成人文学对思想性和思考力的要求那么严苛,但"儿童文学能用更好的方式完成它、表现它,一点都不比成人文学逊色"②。以我之见,包括拉拉布系列在内的当下中国儿童文学,还有很长的路要走。

第三类大概可称为"元叙述"技法。本章开篇提到的"饶舌"式叙述,就在此列。其基本特点是,叙述者不断地现身说法,暴露自己加工故事的方式和用意,使人明了他所讲的不必实有其事、但又可能发生。很显然,饶舌是出于对小说虚构本质的强调。《发现小偷》讲完肖勇可能偷窃了手表的故事,末尾又以游移不定的语气说:"这应当是一个真实的故事,这个故事发生在我的镇上,当时叫人民公社。至于故事后来的结局我没有记忆,那时我还小,好像大人们没有跟我说过,也许说了我就忘却了。我忘却了许多的事,即使前面的这个所谓'手表事件'也包含了想象和虚构的成分。"随后又暗示一番:肖勇后来不知怎么失去了右手,只能靠领取残疾人补贴过日子。这是典型的李浩式的元叙述,时刻暴露虚构痕迹,轻易颠倒真假。《九月的一个晚上》以"我"的视角回忆姥姥之死,一旦感情即将漫溢,叙述者的声音也就及时出现,试图破坏感伤的抒情氛围:"对于九月的那个晚上我能知道的太少,我只了解一些片段,侧面,道听途说,它们是不连贯的……我只能用自己的方式来记录,只能猜测,补充,直到把这些片段和侧面弄得面目全非。我对写作的真实一直没有信心,我现在所做的,依然是面目全非的活儿。"更值得注意的是李浩叙事内容的"自我重复"。他的"父亲系列"和其他涉及乡村记忆的作品之

---

① [意]卡尔维诺:《短篇小说集》上册,马小漠译,译林出版社2012年版,"序言"第5—6页。
② 李浩:《温和的过度与延展——儿童文学到成人文学》,《文艺报》2015年10月16日。

间,共享着许多细节和人与事,但又不完全相同,有时甚至自相矛盾、张冠李戴;这种写法,是对虚构的虚构。但那些人事和细节交织缠绕,已然幻化为魔法师所创造的独立世界——这也是小说家永恒的文学故乡。

第四种技法,是有意借用、重述已有的故事。早期作品《古典爱情》将古时尾生抱柱的典故与当下尾生的故事对照来写,初步体现了某种“知识化”的取材兴趣,以后则“用典”更为自觉,叙事姿态也更多样。《他人的江湖》是对《笑傲江湖》的戏拟和解构;“国王和他的疆土”系列中隐约可见某些国王(如李煜和亚历山大)的身影,但想象虚构的成分大于正史来源;《自我、镜子与图书馆》可以说是以博尔赫斯为题材兼致敬对象。在最近的“飞翔的故事”系列中,既有对卡夫卡《煤桶骑士》《变形记》和马尔克斯《百年孤独》的发挥补充,也有对孙悟空大战二郎神、精卫神话、梁祝传说以至古希腊神话故事的重述改写,还有对知名作家唐纳德·巴塞尔姆和勒萨日其人其作的想象性再现。这类写法的妙处,是走向知识化、游戏性和互文式的写作。知识化,是指对这些作品的理解要借助已经知识化的故事和叙事经验;游戏性,是说它们未必每篇都有微言大义,但确有别样的叙述快感和阅读趣味;互文性,则是指这些作品往往将已有史实、传说、审美经验与当下作家的想象、思考、诉求等结合在一起,最终形成一种开放而驳杂的美学风味。

这种小说写法的著名先驱,当是博尔赫斯。卡尔维诺发现了博尔赫斯写作的“智力”和魅力,而李浩又将卡尔维诺等人连接上去,并加以“智慧之书”的命名:“他和他们让小说这种世俗文体从简单的说书人角色中摆脱出来,成为丰富有趣的智慧之书。”① 李浩所看重的,是智慧之书能够将“思的质地”与“童话般的轻逸”和“游戏的快感”② 结合在一起。我想补充的是,有关智慧之书的脉络梳理,还体现了文学特有的经验与传承:“文学是在它与世界的历史的关系中写成,但更是在它同自己、同自己的历史的关系中写成的。”③因此,我们若在李浩新近的多篇飞翔故事中读到与博尔赫斯《永生》《镜子与

---

① 李浩:《攀援到树上的“那个个人”》,《世界文学》2015 年第 4 期。
② 李浩:《魔法师的事业》,《作家》2015 年第 7 期。
③ [法]蒂费纳·萨莫瓦约:《互文性研究》,邵炜译,天津人民出版社 2003 年版,“引言”第1 页。

面具》等篇相近的叙事风格,完全不必大惊小怪。

从广义的互文性视野来看,文学创作的特殊性突出地表现为"文学织就的、永久的、与它自身的对话关系",这种关系"不是一个简单的现象,而是文学发展的主题。"①在这种对话关系中,后来的作家"借鉴已有的文本可能是偶然或默许的,是来自一段模糊的记忆,是表达一种敬意,或是屈从一种模式,推翻一个经典或心甘情愿地受其启发"②。就李浩而言,他的借鉴鲜明地表现为"表达一种敬意",他尊称那些给予自己影响和启发的作家为"神灵"和"星辰",并愿意在作品中以各种"埋设"向他们致敬。譬如,就人物角色而言,白天当医生、夜晚变成鼹鼠的安平,显然源自卡尔维诺的《分成两半的子爵》;丧失激情、凡事无动于衷的李文敏(《匮乏的生活》)散发着加缪"局外人"的某种精神气质;那个不断发问以逼出真相的唐纳德(《夸夸其谈的人》),与《皇帝的新装》里小孩的角色功能一致。在场景设置方面,《像鸟一样飞翔》开篇写孩子们被大人约束应如何如何,与卡尔维诺《树上的男爵》开篇写"童年中不幸的篇章"异曲同工。所不同者,柯西莫从此毅然决然爬到树上生活,而"我"和树哥哥只能幻想一番看见杨傻子在空中飞翔;国王J出征前检阅队伍,"在每一位军官的面前勒住马",然后询问他们的名字,这与卡尔维诺《不存在的骑士》篇首写皇帝检阅部队的情境和用语都相同;《迷宫中》写国王使用绞刑架时"在每三个犯人之间吊上三四只猫",与卡尔维诺《分成两半的子爵》的"每两个犯人之间吊上十只猫"之间仅有数字区别。从叙事框架来看,《丁西,和他的死亡》中主人公遭遇飞来横祸而申诉无门,与卡夫卡《城堡》暗中相通;正如《等待莫根恩斯坦的遗产》与《等待戈多》一样,被等待者永远不会出现。此外,《可疑的斧子》以夸张的重复写父亲的胆小谨慎,与契诃夫《小公务员之死》手法相近;《父亲树》中"谁让我们是穷人呢"的叹息让人想起胡安·鲁尔福的名篇标题"都是因为我们穷";《一次计划中的月球旅行》对约瑟夫到达月球后的多种想象,令人想起卡尔维诺的《宇宙奇趣》。此类细节不胜枚举,均可视为互文式写作的有力表征。

---

① [法]蒂费纳·萨莫瓦约:《互文性研究》,邵炜译,天津人民出版社2003年版,第1—2页。
② 同上书,"引言"第1页。

　　在《我和我想象的读者》一文中,李浩曾对自己的读者生出多种想象。依我看来,最适合李浩的读者,首先应是跟踪型读者:他得熟知李浩创作的来龙去脉,了解其冲动与追求,方能评判其创作意图和效果。他还应是具有互文性阅读视野和理论自觉的读者。他必须深知,互文性是一个模仿与传承、对话与交流的文学情境,也是一片由各种通途和歧路、细节和景观交织而成的巨大的文学丛林。这样他才能看见,李浩如何在其中寻幽探胜、驻足赏玩;如何在那些曲径通幽、峰回路转、柳暗花明或豁然开朗之处,细心辨认博尔赫斯、卡夫卡、昆德拉、卡尔维诺、马尔克斯等人辟出的路径;又如何每有所得便喜不自胜,并"致力于将他们变成'我自己'"①。

　　各种影响和记忆奔凑笔端,时常引发李浩写出"百科全书"式小说的冲动。他一边尝试,一边犹豫。《告密者札记》就是一个尝试,小说引主人公之诗作、书单,相关的报纸、传记,以注释、问卷调查等方式,试验了各种写作技法。《乡村诗人札记》借叙述者之口表示:"尽管我很想描写一个完整而立体的父亲,甚至描写他所经历的时代并让它显得完整丰厚,成为一本小型的百科全书——这不是我能做的,它也不是小说应该做的。"但这"百科全书"后来还是完成了,那就是《镜子里的父亲》。不过,这本书与其说是关于父亲的百科全书,还不如说是关于小说技法的百科全书。写完此书,李浩本人似乎意犹未尽:"我的梦想是写一部像点样子的长篇,它繁复,指向模糊,'是一部包含众多的百科全书'。"② 以我之见,小说家未必要以写成百科全书式长篇为己任;他可以换别的方式来写长篇,甚至不一定非写长篇不可。更重要的是,既然置身于古往今来的互文性丛林已是作家不可逃脱的宿命,那么,他的当务之急是踏出一条属于自己的路,而不是赏玩或再造一座属于自己的"小径分叉的花园"。

　　互文性视域为我们理解文学传承发展的脉络谱系提供了有效指引,但也对评判作家的创造力提出了考验。评判创造力的基本悖论之一是,一位作家的写作既要以既有的脉络谱系为助力,又要以之为参照系方能凸显自我的个

① 李浩:《从侧面的镜子里往外看——答〈作品〉张鸿问》,《广州文艺》2010 年第 7 期。
② 李浩:《纸上的生活》,《南方文学》2014 年第 1 期。

性。李浩的互文式写作,既使他汇入已有的脉络谱系,也向他的个人化程度提出更高要求。以我之见,有关"父亲"的书写,是李浩最为突出的个人化标志;但这可能还不够。如果我们还记得那只白色鸟,那么我希望它不必"象征了一切梦境",而是始终象征着李浩个人的梦境。巴什拉说过:"当一个梦想者排除了充斥着日常生活的所有'忧虑',摆脱了来自他人的烦恼,当他真正成为他的孤独的构造者,终于能沉思宇宙的某种美丽的面貌而不计算时间时,他会感到在他的身心中展现的一种存在。"① 李浩始终有着"非日常性"的审美自觉,但尚未彻底摆脱来自各种影响源头的"烦恼",或者说他根本不以此为烦恼。而我以为,那些显而易见的、知识化的技法谱系和文学脉络,既是小说飞翔的助力,也是其承负的重量;它还要变得更轻一些,才能让李浩的白色鸟飞得更为自由。

结语 负重的飞翔

李浩创作的意义在于,一方面坚持以思想分量和技术难度为严肃文学正名,另一方面又敢于以童话感和游戏性拓展文学边界。因此,李浩所向往的飞翔,始终是一种负重的飞翔。在当下文坛,李浩的读者或许还不够多,但也惟其如此,才愈发显出李浩的创作姿态和小说品质不可多得。阅读李浩使我确信:写小说远不止于讲一个源自日常生活的故事,而是旨在创造一个非日常性的世界;小说家并不享有挥洒自如的虚构特权,而是举手投足间就带出小说的前世今生。也许,李浩还有必要对小说的本土经验和叙事传统给予更多重视。我们知道,他从不固步自封,而是敢于多方尝试,甚至不惮于自我否定。尤其在最近的"飞翔故事"中,李浩不再将"飞翔"视为一劳永逸的美好终点,而是进一步设想飞翔可能遭到他人怀疑、嘲讽和嫉恨,甚至可能使自己

---

① 〔法〕加斯东·巴什拉:《梦想的诗学》,刘自强译,三联书店 2017 年版,第 224—225 页。

陷入灾难和噩梦。李浩还改写了自己写过的神仙跌落和刘禅创作根雕这两则小故事。这或许意味着,李浩的"飞翔情结"并未随时间流逝而淡化,而是在自我反思中酝酿着革新的契机。

第六章
"此时此刻" 何以意味深长

——王安忆《一把刀，千个字》的一种读法

第一节 "触动"作为一种读法

　　书有很多种读法。中国古代有"读书百遍而义自见"之说，但显而易见的是，只有经典才能尊享被读百遍的殊荣。由此看来，区别对待不同的书确有必要，如培根《论读书》就曾提出浅尝辄止、囫囵吞枣和细嚼慢咽等不同读法。不过，找到适合自己的读法，始终要以亲身阅读为前提。在这一点上，时常语出惊人的纳博科夫竟然说得很实在："奇怪的是我们不能读一本书，只能重读一本书。"是的，我们只有"重读"，才能读出一本书有无味道、"好"或"不好"。但要说到具体的读法，纳博科夫的高远志趣又非常人所能及。尽管他曾就自己的读法做过某些示范，但他真正赞赏和向往的始终是优秀读者与优秀作家的相互发现与彼此塑造："如果这本书永垂不朽，他们就永不分离。"① 在很大程度上，纳博科夫的讲稿之所以有名，不是因为他提供了具有普遍效用的阅读方法，而是因为他兼优秀读者与优秀作家于一身，并借此便利而充分表露了鲜明的个人趣味。

　　相比之下，当代学者托马斯·福斯特在《如何阅读一本小说》中的指引，似乎更为细致而实用。他认为，小说从开篇第一页起，就开启了以诸多"元素"为读者"导读"的过程："所有这些元素，都是为了教会我们，小说想要如何被阅读。"坦率地说，最初读到福斯特逐一列出文体、腔调、情绪等 17 项要素时，我近乎本能地产生了怀疑：一个读者——不管是普通读者还是专业读者——翻开小说扉页时，真的会想到那么多吗？读者需要关顾的点如此之多，精力是否够用？果真照此方法阅读，读书不会变得机械而乏味吗？但福斯特的随后两句使我相信，不厌其烦的罗列法只是出于"教会"学生的需要，

---

　　① ［美］纳博科夫：《优秀读者与优秀作家》，《文学讲稿》，申慧辉等译，上海译文出版社 2018 年版，第 5 页。

其实他本无意于推崇某种万能读法:"当然,是否采用这种方式要根据我们自己的需要。不过,每部小说都希望能以某种方式被阅读。"① 如果说,"当然"一句体现了他对读者阅读习惯和需求的包容,"不过"一句体现了他对文本自身特性和意图的尊重;那么,这两句之间的转折,已经暗含了他对阅读行为及其意义的理解。阅读的方法,既取决于读者,也取决于文本;一种读法,就是读者与文本之间的一种交流和互动。

但是,这般干脆的解释仍有令人无法满意之处。比如,曾以《李尔王》和毕肖普作品为例,逐一演示过形式主义、结构主义、后殖民主义等九种不同读法的迈克尔·莱恩,不仅证明了一部作品可以有多种不分高下的读法,还主张研究者不仅必须而且能够"成为多面手"。与此同时,莱恩隐约其词地提出,只有经过多元化阅读方法的操练,才会使人对"自己是什么"变得不再那么笃定。② 换言之,阅读的方法不拘一格,有助于激发读者产生新的自我认识。

也许有人会说,莱恩的做法和感受都太过"学术化",与普通读者大众相距甚远。但芮塔·菲尔斯基已经在她的《文学之用》中证明:"学术阐释"与"大众阅读"之间,"还是有共同的情感和认知的考量的"。当她提出读者和文本之间的"多层次互动"应包括"认识""着魔""知识""震惊"这四种模式时,当她明确将阅读的效用指向"自我塑造、自我变革的现代历史"③ 时,我们不难感受到,莱恩浅尝辄止的微妙感受,正是她着力阐发的对象。其中,"认识"和"知识"相对较易理解,而"着魔"和"震惊"这一组体验则不太好懂。"震惊是与着魔相关联的欣喜的包裹感和沉溺的愉悦感的对立面……它像一个钝器一样对心灵狠狠一击,破坏了我们组织和理解世界的常规方式。"④ 不难看出,菲尔斯基在此道出了文学世界的魅力以及它区别于"常规"世界的特性。但她所用概念的来源,如"着魔"与马克斯·韦伯"祛魅"以及福柯"癫狂"之间的复杂关联、"震惊"与本雅明概念的一脉相承,同样也是

① [美]托马斯·福斯特:《如何阅读一本小说》,梁笑译,南海出版公司2015年版,第40页。
② 参见[美]迈克尔·莱恩:《文学作品的多重解读》,赵炎秋译,北京大学出版社2006年版,"序言"第2—3页。
③ [美]芮塔·菲尔斯基:《文学之用》,刘洋译,南京大学出版社2019年版,第23页。
④ 同上书,第180页。

不言而喻的。这样的表达方式,固然显示了她重新阐释阅读活动的知识脉络和理论诉求,但并未直接提出具有操作性的阅读方法。

如果说莱恩的九种读法都能让人依样画葫芦,那么菲尔斯基书中暗藏的唯一提示则是,读者务必要珍视阅读过程中的感受。我以为,这一条提示比九种读法更为可贵。作为读者,我们或许不必对何为本雅明的"震惊"刨根问底,但有必要铭记阅读时心有"触动"的瞬间。所谓的触动,仍然未出菲尔斯基的阐释范围,它的来源"既不是文学的固有属性,也不是独立的心理状态"①,而是文本与读者的双向敞开。为使文本与我们的接触更加直接,小说家李浩甚至提议:我们在阅读一部文学作品之前,要尽可能"装作"自己对眼下的作家和作品一无所知。此时此刻,"只有文本自身的呈现。只有文本带给我和我们的。"②

尽管我深知"装作"一无所知是不可能的,但我还是愿意做一次尝试:先标记出自己阅读《一把刀,千个字》时有所触动的若干瞬间,然后记下自己的随想,最后再做些条理化的分析。

第二节　无名化的命名策略

小说从位于纽约法拉盛的"福临门酒家"的一次宴会尾声写起。师出名门的年轻厨师应邀出场,做东的在谈笑间介绍了这位厨师的身份。淮扬菜系的名厨莫有财和胡松源都实有其人,容不得虚构,眼下小师傅却名为"陈诚"。这里的命名逻辑似乎是:国民党中那个同名要人的地位,与这厨师身为淮扬菜系正宗传人的地位很是相称。但酒席散后,叙述者立即指出,"陈诚并非真名实姓"。小说中写道:"幼年的日子在转移中度过,一会儿到这里,一会儿到

---

① ［美］芮塔·菲尔斯基:《文学之用》,刘洋译,南京大学出版社 2019 年版,第 23 页。
② 李浩:《匠人坊——中国短篇小说十堂课》,北京十月文艺出版社 2020 年版,"序言"第 11 页。

那里。他甚至连自己名字都不确定。有时候,人们称他'弟弟',大弟、小弟;有时候喊他'兔子',小兔、卯兔、红眼睛、短尾巴,这就变成诨号了。"① 我们可以猜测,"弟弟"之称也许是因为他有一个姐姐,还因为南方的某些方言如此称呼男孩。"兔子"的来历则无从猜测。再有,他在美国还有一个英文名"杰瑞",但除了姐姐的男朋友之外,极少有人这么称呼他。直到小说结束,主人公为何化名"陈诚",依然没有交代。更有甚者,叙述者极少以"陈诚"来指称主人公,而是直呼为"他"。身为主人公,名字却无关紧要,这一现象多少有点令人困惑。

小说家戴维·洛奇曾以自己和他人小说为例说明:"小说里的名字决不是无的放矢的。就算它们是再平常不过的名字,它们肯定也有特殊的意义。"② 事实上,古今中外的小说均可为证:名字作为人物的身份符号,不仅给小说叙述者提供指称的方便,还常常蕴含着作者的叙述态度和叙事意图。比如,在鲁迅笔下,"高尔础"这一命名体现了对高老夫子不学无术、攀附时髦的嘲讽;从"九斤老太太"递减为"六斤",是"一代不如一代"的证明;"夏瑜"暗指革命烈士"秋瑾";"祥林嫂"使人惊觉妇女生存的依附性;等等。至于"小D""N 先生"等人名,尽管其中没有太多明确意涵,但依然不失为有效的叙述指称。最有深意的则是众所周知的"阿 Q",鲁迅为这个人物的得名煞费苦心,研究者对这一命名内涵及寓意的诸多解释更使其锦上添花。当代小说命名艺术的发展趋势之一,是人物名称作为符号的变异:人名的"所指"日渐淡化以至于无,而只剩空洞的"能指"。比如,马原在《拉萨河女神》中曾以年龄排序,将人物依次命名为 1 到 13;余华《世事如烟》的主要人物被命名为 2、3、4、6、7;史铁生《务虚笔记》中的人物有 F 医生、女教师 O、诗人 L 和画家 Z 等。这类虚化了"所指"的命名,一方面说明作者放弃了人名的附加意涵(不希望读者由人名而产生过多不必要的联想),另一方面也强化了某种叙事观念(认为人名不过是一个指称,情节、主旨或叙事过程才是更重要的)。但在绝大多数情况下,小说家都不会放弃给人物命名的机会。余华《活着》中的主人公名

① 王安忆:《一把刀,千个字》,人民文学出版社 2021 年版,第 15 页。以下凡引自该书,随文标注页码。

② [英]戴维·洛奇:《小说的艺术》,卢丽安译,上海译文出版社 2010 年版,第 43 页。

为"福贵",就是一个很有意思的例子。这个名字不仅契合人物的富家子弟出身,同时又与他后来历尽苦难形成对照。史铁生《我的丁一之旅》对"丁一"的命名实在是理所当然:姓名笔画数精简到极致,与小说叙事"溯本求根"的意图正相呼应。王安忆创作小说四十余年,也在人物命名方面颇有心得。《本次列车终点》里那个终于排除万难而返回城市的知青名叫"陈信",是因为"他相信,只要到达,就不会惶惑,不会苦恼,不会惘然若失,而是真正找到了归宿"。《长恨歌》中从弄堂走出来的女孩名为"王琦瑶",这个名字初看上去有些文艺气,不太适合于普通人家孩子;但从天生丽质难自弃这一点来看,这个名字又很适合。《启蒙时代》讲述一群青少年在风起云涌的时代体验革命与日常,主角之一干脆名为"南昌",这个名字不仅关联着现代革命叙事的某些起源,也合于他的革命家庭出身。王安忆也探索过人名虚化的路子:最典型的是在"三恋"中,主人公没有名字,而只有"他"和"她";这正是王安忆淡化社会背景、直面"性"与"爱"的叙事意图使然。

　　再看《一把刀,千个字》,不仅主人公没有确切的名字,还有许多重要人物根本没有名字。主人公的父亲,在小说中有一次交代名为"杨帆",但这不过是自己随时代大潮改名,原名是什么已不得而知;小说叙述中多称其为"父亲"或"他"。主人公的母亲无论对于家庭还是社会都意义重大,但在小说中也没有名字,只是以"她"或"母亲"指代。主人公少时曾随嬢嬢生活多年,嬢嬢的人生经历在小说中多次被叙述,但她同样没有名字。与此相似,母亲的大学女同学数度出场,但只是被称作"女同学";后来与主人公同住一楼、试图与父亲结合的女人,则是"女人""女客"或"阿姨"。主人公的姐姐直到小说快结束时才被告知名叫"鸽子",而在此前她一直是"姐姐";连带着她的美国男朋友也没有名字,只被称为"德州人"或"德州佬"。总起来看,小说中的重要人物,除了"师师"(原名师蓓蒂)之外,几乎都没有名字。倒是与主人公有过两次交往的"招娣"、幼时玩伴"黑皮"、后来的朋友"小毛"和"栾志超"等相对不太重要的人物,反而都有确切的名字。

　　至此,读者完全有理由猜测:小说对人物的命名策略背后,隐藏着作者特定的叙事意图。我甚至隐约感觉到,在梳理命名过程中,我刚才将人物区分为"重要"或"不太重要"的做法,可能是与作者意图相悖的。王安忆想要做到的,或许不是讲述主人公的故事,而是讲故事——更准确地说,她想要讲述的,是包括主人公在内的芸芸众生的故事。为使主人公褪去"主角光环",为使重要人物"减轻负担",从而更轻快地融入芸芸众生,她甚至不惜使他们丢失姓名。主要人物的"无名化",这种做法应当与王安忆对历史与现实、生活与小说等诸多问题的看法直接相关。小说中有一处细节,叙述母亲与女同学之间的观念交锋。母亲起先在革命风潮中保持独立思考,甚至对时局生出了困惑和怀疑;女同学感到不妙,力劝其不要表现自我。尽管未能完全说服母亲,但女同学的话中却有那么两句值得重视:"你以为历史是由纪念碑铸成的?更可能是石头缝里的草籽和泥土!"(218 页)"我们是凡间的人,我们相信平凡的真理。"(219 页)人生于世,只有极少数人最终——未必是自觉地——走向了矗立的纪念碑,而绝大多数人都是凡人,普通得如同石头缝里的草籽和泥土。我以为,女同学的那两句话,似乎正好解释了小说的命名策略。既然人多是凡人,又何必都有响亮的名字?人物以无名化状态存在,或者仅有一个普通得可以忽略不计的名字,才是他们的故事被讲述的根本理由。

不过,即便有了这些初步判断,我心头也仍有其他疑惑。在我看来,亟待解答的问题至少还有两个:其一,如果小说里的人物十分平凡、故事十分普通,小说家该如何讲述,才能使小说本身显得不凡?其二,小说家倾力讲述凡人俗事,意欲何为?

第三节 非线性叙事的效果

小说由"上部""下部"和"后来"组成,这三部分各有六章、五章和大约一章的篇幅。上下部规模较为对称,叙述方式却大相径庭。下部集中讲述发生在东北之事(偶尔旁涉北京、天津或北戴河),且基本遵循故事时间。相比之下,上部的叙事场景切换不可谓不频繁:空间或在旧金山唐人街,或在纽约法拉盛,或在上海,或在淮安和高邮;时间则可能对应于陈诚的 7 岁,或 17 岁,或 28 岁。简而言之,上部采用了非线性叙事,下部则是线性叙事。这种对照,使各自的特性更显分明。如果说上部叙事有时不免琐碎而凌乱,下部给人的印象是相对完整而连贯,合而观之则是豁然贯通。

这种豁然贯通的感觉,首先当然是由于我们通读全书后能理清时间线索,了解人物的经历。陈诚的人生经历大致如下:南方长大的父亲,与出生于东北的母亲,在东北的某工业大学先同学后结婚;姐姐出生之后,陈诚于 20 世纪 60 年代初出生;母亲出事之后,7 岁的陈诚离开东北到上海,随独居的嬢嬢生活;10 岁左右,陈诚离开上海,先到老家淮安,再到高邮舅公家;14 岁时,陈诚再回上海;17 岁时,陈诚离开上海而回到东北;姐姐定居美国,28 岁的陈诚以探亲之名赴美,后获政治绿卡而居留;30 岁出头,陈诚与来美国谋出路的师师结婚;因嬢嬢去世,陈诚回到阔别 30 年的上海。其次,这种豁然贯通的感觉,得益于叙者不断提及和强化某些"印象"。比如,当 17 岁的陈诚乘车返回离开了 10 年的东北时,小说写道:"有一些模糊的印象回来了。冰面上的滑行,呈流线的弧度,和此时此刻重叠。姐姐在跳跃,旋转,双脚在空中打剪,一下,两下,三下。"(230 页)与此相关的是,姐弟曾一同外出,姐姐在冰面上滑行和跳跃,"这是姐姐最快乐的日子,他呢,不由也快乐起来。"(232 页)在法拉盛的读书会上,姐姐与父亲之间突然爆发争吵,事态平息后,陈诚脑中却骤然掠过姐姐在松花江冰面上自在滑行的活泼身影。那么,后两处关于滑冰的描写,是否指向同一场景? 似乎是,又好像不是。但这些都不重要;重要的是,这种印象总在某个时刻因某种触动而再现。比如,陈诚在法拉盛的"一地月光"中,油然忆起少年时与黑皮游园赏竹的情景;陈诚在参观旧建筑展览时,想起童年与爷叔和招娣走进钢厂;当姐姐与师师在美国斗气时,陈诚想起了他们共同的少年时光。

小说中有许多这样的时刻:当叙述者有意召回某种印象时,此一时刻就会与另一时刻倏然相通,而叙述者往往借此发表感慨,以引发读者深思。例如,随着当年被捕的母亲获得平反、被认定为烈士,"就在一夜之间,母亲的形象忽然变得清晰。"(230 页)时势转变可以"就在一夜之间"完成;历史的复杂之处却在于;过去的危险分子以烈士身份昭示民众,缺席的母亲以在场的方式影响家人的生活。在以母亲为题材的各类文艺作品中,"他惊讶地读到关于自己的一段情节,说的是他和姐姐追赶囚车,母亲在后车窗看着两个奔跑的小人儿,越来越远,终至消失。这戏剧性的一幕竟然发生在自己身上,他却毫不知情。可是渐渐地,在人们的讲述和眼泪中,他动摇起来。也许,也许呢,真的发生过了。虚实杂错中,他再也想不起母亲是什么样的。"(232 页)此处的意味尤其丰富。母亲的照片越来越多地聚集在他眼前,关于母亲的印象却模糊或动摇了。这不仅揭示了集体记忆对个体记忆的影响,还说明了所有记忆都是"虚实杂错"的重构。无论集体记忆还是个人记忆,都无法逃脱。

我们许多人都极度依赖记忆,又不由自主地怀疑记忆。对年纪轻轻就失母、离家并四处辗转的陈诚来说,这种依赖和怀疑无疑更为深重。与姐姐滑冰、与黑皮游园的印象时常被他重温,因为那些是自由自在、无拘无束的少年时光的证明。也是在那少年时光里,他曾随爷叔进大澡堂,随招娣吃大食堂,不仅见了世面,还获得了身体的洁净与温饱;从小说开篇的叙述中,我们分明感到他的欣喜和满足胜过了紧张。但到小说结束,这些印象再次闪现,人到中年的他却突然间"眼泪像决堤的洪水,倾泻而下。他害怕回来,怵的就是这个,可怵什么,来什么!"(324—325 页)陈诚究竟"害怕"什么,小说没有明言;但这样首尾呼应的安排,体现了作者对人因何记忆以及如何记忆等问题的着意探究。探究记忆的复杂性,简单地说就是探究过去与现在的关系。根据历史学者丘比特的总结,关于过去与现在的关系,主要有两种理解方式。"在第一种方式中,这一关系被理解为累积性的和因果性的:过去是所有先于现在的事情,它通过一系列极为复杂的联系和互动,来促使现在成为现在的样子——让它成为这样的现在而不是其他。""在第二种理解中,过去与现在的关系被翻转了:并非过去生产出了现在,而是——至少在比喻意义上——现在,通过创造性或分析性的想象,生产出了过去。"① 在过去与现在之间,历史研究者的任务始终是设法"连接它们",旨在探究"过往的洪流如何产生出每一个相继的当下瞬间,每一个这样的瞬间又如何建构起被认为有意义的过去"②。

---

① [英]杰弗里·丘比特:《历史与记忆》,王晨凤译,译林出版社 2021 年版,第 29 页。
② 同上书,第 23 页。

　　事实上,这在很大程度上也是小说家的任务。但小说家无须像历史学家那样讲究证据、逻辑,抑制自己的主观意愿、情感倾向,这就使他们享有更多自由。论及过去之于现在的意义,托马斯·福斯特说得很形象化也很干脆:"没有一本小说没用某种方式揭示出它们的历史时刻。一本小说可能会将年代设置在八百年前或好几个世纪之后,甚至可能超过地球,跑去遥远的星系,但它依然是现在的产物,不管这现在是何时。而现在总是过去的产物。无论如何,历史都会不请自来。"① 就现在之于过去的意义,史铁生《务虚笔记》也曾给出精简的回答:"一切被意识到的生活都是被意识改造过的,它们只是作为意义的载体才是真实的,而意义乃是现在的赋予。"② 在王安忆的这部新作中,过去与现在的相互关系也可得到许多例证。陈诚本来可以凭借厨艺在法拉盛大显身手,但他不愿忙碌,不想发大财,选择了"过一份闲适的生活",甚至口袋里有了几个积蓄都要去大西洋赌城花光,方才安心。这恐怕与他自幼四处辗转、寄人篱下而养成的无规划、无牵挂的心性有关。再如他对姐姐和师师的顺从与讨好,甚至不明不白地与比他大了几岁的师师结了婚;此中"恋母情结"的意味,显然与他缺少足够的母爱有关。至于姐姐的独立要强,父亲的胆小怕事,也与母亲生前自觉不自觉的大出风头有关。从另一方面来看,我们刚才所做的一番追溯,本来就已暗含着史铁生所说的"改造",即立足现在而将意义赋予过去。

　　相比于历史学家,小说家提供了多样化的"连接"过去与现在的方式。更准确地说,小说家不提供现成的答案或推理逻辑,只提供形象化的时间经验。"有一段时间是断开的,一截一截,一幅画,一幅画。"(53 页)这说明现在对过去的记忆是有选择性的,有的过去被截取、被放大,有的过去被忽略、被删除。"狂飙突起,漫卷天下,她却沉静着。"(209 页)这写出了个人与时代步伐的不协调。"然而,历史将时间压缩了,一切都在急遽地发生,简直回不过神来。"(221 页)一个简洁的动词"压缩",就凝刻了个人时间被公共时间所挤压、个人被历史所席卷的体验。小说中还有一处让我深受触动。父母忙于工作,年

---

① ［美］托马斯·福斯特:《如何阅读一本小说》,梁笑译,南海出版公司 2015 年版,第 291 页。

② 史铁生:《务虚笔记》,北京出版社 2016 年版,第 6 页。

方6岁的姐姐,自己还没进入一年级,却不得不担负起照顾一岁半弟弟的重任:早晚骑着自行车,带着弟弟在托儿所与家之间飞奔;白天在幼儿园上学,心里惦记着托儿所的弟弟;夜里还要哄弟弟睡觉。父母终于休假回家,才惊觉弟弟已经较为独立,能够适应即将到来的幼儿园生活。由此,小说中的一句"时间其实自有步骤"(204页)就不能不让人格外感慨。这句话既像是父母的心声,又像是叙述者的旁白,更在根本上道出了小说与生活的区别。日复一日的生活,自有它的次序和内容;但是,将生活中的点滴照录于纸上,并不直接成为小说。在"时间其实自有步骤"之后,时刻都有"叙述必须精心安排",这才使生活成为小说。

如前所述,王安忆在此作中的安排是,上部采用非线性叙事,下部则基本是线性叙事。我们应该看到,线性叙事并不过时,正如非线性叙事本身并不新颖。非线性叙事的特殊在于:它破坏了事件的本来时序,通过重组时序,将原有事件变成被讲述的故事;在这种讲述过程中,原有事件所包含的意味被强化或弱化。比如王安忆的母亲茹志鹃曾在名作《剪辑错了的故事》中特意使用过非线性叙事并收效甚佳,她的好友史铁生在《务虚笔记》中也运用得十分纯熟。王安忆采用非线性叙事与线性叙事相结合的做法,也并不绝对新鲜;这种结合的效果,仍未逸出"叙事"作为虚构和想象的基本功能,即"引领我们去关注一段以一种特定方式建构的回忆"①。王安忆此作的特殊性在于:其一,小说采取了第三人称的叙述视角,这使她获得探索人物心灵世界的特权。"第三人称虚构小说让叙事者有了一种认知特权,这在现实生活和历史写作中都是不存在的,即无限制地接触一个人的内部生命……叙事者总能了解其他人物的思想,比了解自己的还清楚。"② 其二,小说中的第三人称叙述并不固定在某一人身上,这使她得以探索多个人物的内心。其三,最重要的是,王安忆着力探索人物体验与叙述者评判混合交融的可能。前述"时间其实自有步骤"就是典型的例子。

总之,不固定的第三人称视角,叙述者的有意在场,非线性叙事的场景切

---

① [美]海登·怀特:《叙事的虚构性》,马丽莉、马云、孙晶姝译,南京大学出版社2019年版,第170页。

② [美]芮塔·菲尔斯基:《文学之用》,刘洋译,南京大学出版社2019年版,第142页。

换,使小说叙事能够自由出入于不同时空和人物内心;能够在任意一个时刻驻足、品味并发表感慨;能够随时召回往日之印象,使其与当下相互映照。小说中的诸多感慨,既可能是属于人物的,也可能是来自叙述者的介入,更是在呼唤读者的共同参与。如此这般,小说叙事有望获得不凡的效果:每一个关于过去的印象,都可能与此时此刻重叠;每一个被讲述的时刻,都可能变成富有意味的此时此刻。

第四节　"普遍性的日常人生"中的"真理"

面对稍纵即逝的特定时刻,小说家如何使其显露行迹? 除了不断召回往日之印象,最自然的办法是借力于空间。引入空间的维度,能使时间的流逝获得几可感知的形状和速度;当然,时间维度的在场,也能使空间更具立体感和真切感。借用小说中杨帆的思考,时间与空间结合之后,所产生的效用大致如此:"空间拉开幅度,时间增量,反过来扩容空间,再虹吸时间。层层递进,滚滚向前,去往目力不可及的地平线那端。"(73—74 页)从空间背景来看,这部小说在王安忆所有创作中铺展得最广;相应地,此次的图谋也可以说是最大。王安忆的企图,正是要在足够宽广的空间中,打通原本不同的时间,从而把握住"此时此刻"的真义。

从中国的哈市、淮安、高邮、上海、北京、天津到美国的旧金山和法拉盛,这些不同空间在地理意义上迥然有别,但由于依循着同样的时间步调、弥漫着同样的日常生活气息,故可以等量齐观。日常生活的基本内容,是维持每日如常。从这个角度来看,精打细算非但应该免于抠门或格局小等指责,反倒可以说是某种生活本质的感性显现。小说中对于记账、算账、对账的屡次叙写,使日常生活呈现出实用主义的底色。在东北,年方六岁的姐姐照顾弟弟的情形是这样的:"脖子上挂了钥匙,铅笔盒装一叠饭菜票,零钱缝在内衣口袋。"(202页)如果说这场景还无法让一岁半的陈诚记住,那么,到了上海之后,陈诚从嬢嬢那里接受了生活的第一课。每次随嬢嬢外出采买,回家就开始对账。因商品都是凭票供应,他自知占用了嬢嬢的份额,所以心里多了惭愧。"对账的全程,他都低头看着杂货铺似的方桌,仿佛向这些物质致敬。钱数、票证、购买,三项对齐,接下来的劳动是归放。一部分送入楼下公用厨房的碗柜,一部分就放在亭子间,橱顶或者床底下。床底的藏纳十分丰富,纸板箱、泡菜坛、饼干筒、盖篮、鞋盒,分门别类。"(18页)初到美国,陈诚和父亲暂住姐姐处,"他看见姐姐厨房里冰箱贴底下,压着账单,谁买了什么,一清二楚。"(34页)再后来,师师也到了美国,借住在他这里。师师提出要平摊房租,因陈诚反对,改为"三二拆账"。这让陈诚感慨:"想不到一个直爽人,却有这么一本细账。"(42页)就连日常开销也要算账:"吃过了,收拾好碗盘,擦净桌子,师师就摊开账本登记收支,还要他核查。看着琐琐碎碎的豆腐账,他觉得好笑……灯下的一幕却似曾相识,只是嬢嬢换成了师师。"(45页)

　　这些文字使人仿佛看见,在波澜不惊的日常生活中,总要有一个女性在精打细算,才使流水般的生活得以继续向前流动。这样的文字,恐怕也只有王安忆才写得出来。从早年作品《流逝》到后来的《长恨歌》《启蒙时代》,再到最近的《天香》《考工记》,生活的日常性如何得以维持,始终是她感兴趣的话题。眼下新作的不同在于,法拉盛被打造为日常生活观念的最佳载体。人们从各地陆续到来,在此相遇和生活;正因不是相约而来,这自然而然的相聚反而凸显了生活的某种本质。在这里,从店铺招牌到衣着式样和语音腔调"都是历史停滞的表征"。"人际关系简化,也和过往的经历断开。法拉盛多的是这样封闭的人生,事物的动态到这里就静止了。"在王安忆看来,假如我们能暂时撇开各种外在的纷争与扰乱,日常生活的本性就会变得格外清晰。"法拉盛亦有时间的轨迹,以一种纯粹的生存原则划下刻度。没有民族的国家的大义,只出于个体需求。因为量大,足够形成循环。"(154页)个体是渺小的,个体需求相对于国族大义等宏大事物也是无力的,但正因有了无数个体和共同的"纯粹的生存原则",日常生活才得以循环往复。由此,法拉盛成为一个特殊符号,它的"能指"可以被改换为上海、东北或其他,但其"所指"始终是日常生活的真义。

　　日常生活之所以成为日常生活,是因其中大部分内容相对稳定不变。这一点在王安忆以往作品中有大量表现。这部新作对日常生活做出了某些新思考。

首先，日常生活是丰富的，但也可能是琐碎的。小说中某些叙述有枝蔓之嫌，比如对大西洋城倩西的叙述、对那位捉蟋蟀的爷叔的叙述、对陈诚早起买蹄膀的叙述，均可谓不厌其烦。或许在作者看来，这类琐碎的细节，正是日常生活不可或缺的一部分。

其次，日常生活的要义在于安稳，但它可能也是沉闷的。当师师为陈诚突然消失而苦闷，去找胡老师聊天，小说就在叙述中强化了关于生活感悟的表达。在师师看来，家庭生活没什么说头，"老和尚念经似的"。胡老师却是灵光一闪，拍案说道："就是念经，念到一万句，天地重开。"（152 页）如果说胡老师的表达还是略嫌乐观，那么叙述者随后的补充就很有必要了。"曾经的激烈和焦灼，很快平均分配于日复一日，连余数都除尽了。安稳静好的岁月，相应也是沉闷的，或者说以沉闷为代价。"（153 页）相较于以往，王安忆新作对日常生活多出了几分审视和挑剔，不再一门心思将日常生活的合理性说满说圆，而是指出了沉闷的另一面。不过，小说中还是有个别描写不尽"合理"。比如，陈诚作为一个吃苦长大的人，却在安稳生活中不时光顾赌场，不为盈利而只为调节身心；师师与那位犹太老人不明不白地发生肉体接触，似乎都缺乏某种必然性。或许，这些不尽合理的行为，都是焦灼和沉闷的必要调剂品？

再次，日常生活里不只有周而复始的安稳和沉闷，它的里面还有"光"。这些思考使王安忆新作也有了"光"。当母亲参与大串联却迟迟未归之际，父亲在家坐立不安，又试图说服自己接受事实。叙述者不失时机地介入了父亲的心理活动："认识她，他方才知道，世上有一种渴望牺牲的人，就像飞蛾扑火，由着光的吸引，直向祭坛。安稳岁月里，光是平均分配于日复一日，但等特别的时刻，能量聚集，天雷与地火相接，正负电碰击，于是，劈空而下，燃烧将至。"（213 页）不难发现，这里的"安稳岁月""平均分配于日复一日"与上一段引文中的用语和修辞一模一样。但与之前意在突出安稳和沉闷不同，这里的着眼点在"光"和"特别的时刻"：王安忆尝试着接纳这种"光"，探寻其来源，认可其存在的意义价值。当母亲终于回到家里，一切归于平静，父亲对即将发生的变故有所预感但又有意忽略。叙述者忍不住直接现身，对事态加以点评："从天上回到地下，由他引入普遍性的日常人生，那里也有着真理一类的存在。在他是本能自然,她呢,不经过诠释,便无法认识。他们还年轻,在有限的日子里,已经算得经历丰富,倘再给些机会,完全可能补偿不足。然而,历史将时间压缩了,一切都在急遽地发生,简直回不过神来。"(221页)这就近于年长者在教导年轻夫妇如何过日子了。在叙述者看来,母亲从革命风潮回归家庭,这本来是值得期待的生活;可惜的是,母亲与父亲所走的是两条不同的道路。母亲试图在革命中寻找真理,却不知家庭和日常生活里也有近于真理的存在,那甚至是更具"普遍性"的东西。更令叙述者叹惋的是,时代浪潮裹挟了个人步伐,以致母亲来不及与父亲对话和交流。叙述者的语气虽然和缓,却不难使我们感受到以"日常"包容"革命"的意图。多年之后,母亲平反,父亲拒绝了同楼女人的追求,又一次想起母亲。叙述者再次介入,将母亲比作纪念碑,而家人则是驮碑的龟。"一些共同的日子从眼前过去,快乐和不甚快乐,甚至恐怖惊惧,在历史的洪流中,越来越渺小,直至看不清。他们都是面目模糊的人,可依然认真地走着自己的路,凭的多是本能。本能也是了不起的,从原始的驱动发生,服从宿命。她呢,却是更高一筹,从本能上升到自觉,哥伦布竖鸡蛋的那一磕,鸡蛋碎了,却立起来了。而大多数的本能,在纪念碑巨石的压力下,躯壳缓慢地迸裂开来,长出狗尾巴草。"(291页)此处对革命和日常的理解,借助自觉和本能等修辞来展开,但肯定了自觉和本能都很可贵。相对于王安忆《启蒙时代》中竭力消解革命之合理性的那套修辞,她在新作中对革命给予了更多理解和肯定。这种不抑此扬彼的态度,也是值得肯定的。

但小说中还有一场景值得重视。在法拉盛的一次聚会上,一向寡言的父亲乘着酒兴,自言平生唯"革命""儿女"二事尚可称道,不料引起姐姐的激烈反对。两人随后的互相指责牵扯出令人难堪的往事:在母亲出事后,父亲选择和母亲离婚,姐姐则公开与母亲划清界限。场面几近失控,幸得胡师母挺身而出,将冲动的姐姐捽回座椅,又拍着桌子凛然呵斥道:"我平生最不要听的就是'革命'两个字,什么都搅成浑江水!转头指着姐姐:你父亲和母亲结婚,才有你们儿女;和母亲离婚,也是为你们儿女!……活着最重要,懂不懂?"胡师母在书中简直就是日常生活的代言人,她这套生活哲学本身虽不新奇动人,但那份纵横捭阖、舍我其谁的笃定气势,就连出身于异域文化的德州人都被瞬间"降服"。更妙的是:"父亲酒也醒了一半,喏嚅着:没有革命就没有我——胡师母拍拍父亲的肩膀：没有谁历史都在进步！"（131 页）父亲想要现身说法，论证革命对他的巨大意义，而胡师母却轻飘飘一句就转换了话题。原因无他，这是转换也是终结：在座的都是凡人，谁也不能改变历史。凡人都在日常生活之中。

最后，总起来看，王安忆所要传达的观念，是以普遍性的日常人生包容革命历史。我们可以再举几个例子。譬如，对于 20 世纪 60 年代初的艰难调整，小说是这样叙述的："不知不觉中，年景向好，枯干的日子有了膏腴。"（199 页）这是着眼于普通人的生活来叙述时代变化。"波涛起伏的六十年代中期，是一个短暂的休憩。许多事物，扣紧机遇，和时间赛跑，匆匆生长。这一家四口，赶场子似的，上马迭尔饭店吃俄式大餐，看马戏，看话剧，看电影……"（206 页）这还是在时代风云中聚焦家庭生活。以日常包容历史，并不是回避历史，而是从普通人生活中巧妙透露历史的在场。陈诚本在上海与嬢嬢一起生活，不得不离开上海而转到苏北老家，原因竟是尼克松访华；上海车间的那位普通爷叔去往美国，亭子间妇女们津津乐道的菜场短暂繁荣，也都是因为尼克松访华。"尼克松访华"由此多出某种隐喻性的内涵，折射出大时代对普通人之影响：它看上去很远，实际上很近，因为所有人都在时代之中。

小说中另一常见的隐喻，是哥伦布竖鸡蛋。与此有关的辩论，既出现在母亲和姐姐之间，也出现在父亲和同楼女人之间，还出现在父亲的独自感慨之中。个人如何认识哥伦布竖鸡蛋，可以说是其生活态度、命运遭际的一个隐喻。"哥伦布竖鸡蛋的那一磕，鸡蛋碎了，却立起来了。"母亲赞同从习以为常中发现真理，结果她本人为此付出了生命代价；姐姐坚持破碎的鸡蛋不再是鸡蛋，这种固执和争强好胜或许正是她大半生劳累的根源；父亲最初不置可否，后来还是有些举棋不定，所以他只能被许多女人指责为"胆小鬼"。唯有沉默寡言的陈诚，以实际行动诠释了答案：适应和变通，才是生存之道。这恐怕也是小说标题中"一把刀"的用意所在。旁人谈到淮扬菜，多以为是大菜。但他从舅公和单先生那里所学所悟的，都是做日常所需之菜。小说从未铺叙他的精妙厨艺和大成就，而是常写他在厨事中的感悟和收获。从他领会单先生充满玄机的口头禅"上海是个滩"，到他回东北后因地制宜制作各种食物，再到他后来在美国做

"北美化的中国菜",厨事之道随处昭示着日常人生的真义:因地制宜,随物赋形。日常人生若有"真理",必然不是固步自封,而是适应与变通。

结语 重塑此时此刻的可能

在绵长的时间之流中,令人印象至深的每时每刻,就其意义而言都是值得回味的此时此刻。然而,正是这个"此时此刻",最难被文学叙事所把握、表现和传达。相比于"当下","过去"和"未来"似乎更为具体实在。过去可借助记忆和参照物而再现,未来则时常被理想和激情的驱动所描绘;唯独当下是稍纵即逝的,一不小心就变成了过去。

王安忆这部新作,充分显示了一位小说家为此时此刻赋形、定性的意图。借助无名化的命名策略,她确认了凡俗人事有被讲述的价值;借助非线性叙事,她使许多普通时刻都凸显为意味深长的此时此刻;借助人物观念的变化和交锋,她试图赋予此时此刻以日常人生的普遍真理。像《一把刀,千个字》这样的作品,显然只能出自这样的作家:日渐丰厚的人生阅历和创作经验使其形成了相对稳固的文学观,安稳宁静的当下生活体验又持续强化着这种文学观。对当下状态的认同,使作家自觉不自觉地将自己的创作变为安稳生活的证词;尚未泯灭的创新热情,则使作家愿意把讲"故事"的过程变成"讲"故事。

如何讲述故事,作家当然享有选择的权利。将特定人物的故事,讲成能让读者有代入感的、属于我们的故事,这正是虚构叙事无可替代的感染力和意义所在。不过,欲使被讲述的"此时此刻"更加意味深长,作家还须有超越"当下"的意识。"讲述我们的人生故事不仅需要将我们的过去和当下的生活联系起来,还需要将它们与我们自信地、充满希望地或推断性地预想出的未来联系起来:它不仅包含着回顾,也包含着预设规划。"① 预想未来,谈何容

---

① [美]杰弗里·丘比特:《历史与记忆》,王晨凤译,译林出版社 2021 年版,第 112 页。

易。但也正因如此,当下的自我期许和行动,才显得至关重要。如勒克莱齐奥所说:"未来始终是个恼人的谜,谁也不知道谜底。剩下的唯有当下,但并非日常生活中的此刻,而是作者全凭自己意愿,想象、雕琢、重塑的瞬间。"他以《追忆似水年华》的开篇为例,深情描绘了创作如何"将作家带往未知的所在":"世界在他的头顶上方缓缓转动。梦着此般往昔,梦着此般未来,作家就这样创造出另一种形式的现在,所有历史线索,所有思绪,所有回忆都在此交汇。"① 以我的浅见,这番话的"谜底"或许是:作家倘若只满足于证实已知事物的惯性,而缺乏挑战未知事物的激情,那么他的创作将很难创造性地"重塑"此时此刻。

　　本章尝试了一种读法。我之所以采取这种读法,是因为深感"当下"体验对于文本意义生成的重要性。作家的写作,人物的行动,读者的感受,无不在各自的"此时此刻"赋予文本以意义。如此说来,阅读过程中的瞬间触动,或可视作诸多此时此刻的对话和互动。

---

① ［法］勒克莱齐奥:《想象与记忆》,《文学与我们的世界:勒克莱齐奥在华文学演讲录》,许钧编,高方等译,译林出版社 2018 年版,第 157 页。

下编 形式感

第七章
短篇小说家的理论自觉

——汪曾祺与林斤澜合观

　　汪曾祺与林斤澜之相提并论，由来已久。早在 1962 年，前辈作家老舍就对他们的未来抱以期待。① 20 世纪 80 年代以来，他们果真以独特的创作风貌赢得文坛关注。又因私交甚笃、时常联袂出行，故而每每引发"倘若将他俩作一番比较研究，一定很有意思"② 的设想。更有研究者巧妙设喻，将汪曾祺比作认识林斤澜的一面"镜子"③。二人的至交情谊，早已是文坛佳话。但几乎没有人认真想过：他们究竟以何论交？ 是什么因素始终维系着挚友之情？ 林斤澜本人的说法是："我和曾祺交往多年，是文友，也是酒友。风风雨雨，却没有落下恩恩怨怨。这是事实，可以说是缘分，也可以说是偶然吧。"④ 以我之见，人们所津津乐道的同是南人而北居、同在北京文联工作、同样喜好品酒下厨，进而在日常生活中相互关心与彼此慰藉，这些都是他们成为挚友的"偶然"因素。真正称得上"必然"的因素，是他们都对短篇小说用情至深：汪曾祺"对短篇小说创作如此心无旁骛"⑤，林斤澜则"一心一意地跋涉在短篇小说的崎岖之路上"⑥。相同的志趣与情怀，使他们能够在观念和见解上相互碰撞、彼此包容，进而升华友谊。质言之，追求做一名短篇小说家，以短篇小说创作为志业，乃是促成这对至交的根本因素。

　　但在中国当代文学史中，"短篇小说家"远不止是一个身份标签。短篇小说由于体型轻巧、适于轻装前进，故而历来都是文学革新的排头兵，不仅在"当时"被评论界视为反映现实、配合时势的不二之选，也常在"事后"总结中被视为"艺术性"或"文学性"的最佳载体。比如，新中国文学六十周年之际，有评论家认为："至今，短篇小说仍旧是小说中艺术性最强的部分，

　　① 老舍在某次座谈会上说："在北京的作家中，今后有两个人也许会写出一点东西，一个是汪曾祺，一个是林斤澜。"参见徐强：《人间送小温——汪曾祺年谱》，广陵书社 2016 年版，第 121 页。

　　② 李庆西：《说〈矮凳桥风情〉》，《当代作家评论》1987 年第 6 期。

　　③ 孙郁：《林斤澜片议》，《当代作家评论》1998 年第 5 期。

　　④ 林斤澜：《〈纪终年〉补》，《林斤澜文集》散文卷二，人民文学出版社 2015 年版，第 82 页。

　　⑤ 林超然：《"中国当代短篇小说之王"汪曾祺》，《文艺评论》2017 年第 7 期。

　　⑥ 段崇轩：《中国当代短篇小说演变史》，中国社会科学出版社 2015 年版，第 317 页。

门槛最高的创作。"① 十年之后,仍有评论家强调:"70 年来的短篇小说就成了保持文学性的重要文体,许多作家通过短篇小说的写作,磨砺了自己的文学性。而短篇小说的价值和意义也在于此。"② 由此看来,坚持做一名短篇小说家,就意味着要在时间长河中接受各种艺术标准的严苛检阅。此外,中篇小说对短篇小说的文体压迫或诱惑、短篇小说结集出版不受市场青睐等因素,也对短篇小说家"矢志不渝"造成极大威胁。有鉴于此,当代短篇名家刘庆邦提出,短篇小说家应具备特别的"精神":"一是对纯粹的文学艺术不懈追求的精神,二是与市场化、商品化对抗的永不妥协的精神,三是耐心、在细部精雕细刻的精神,四是讲究语言韵味的精神,五是知难而进的精神。"③

刘庆邦的说法,精当概括了短篇小说家应有创造与创新的精神。我们从近四十年关于汪曾祺与林斤澜的研究成果中,或多或少都能读出上述精神内涵。笔者想补充一点,真正的短篇小说家总是有一种独特的"理论自觉",即始终葆有追问短篇小说艺术特质以及反躬自省的理论热情。他们的理论思考,虽然未必以严密的理论体系构成专门的著作,但由于始终以真切的创作经验为根基,往往能贡献富于实践感的独到见解;他们的理论思考,不仅比小说创作更为直观地呈现其艺术个性,也能为我们提供一个观察文学与时代关系的独特视角。汪曾祺与林斤澜正是这样的小说家。鉴于二人的密切交往与互动,我们若将其理论思考合而观之,必能更有效地辨识各自的艺术个性、理清各自小说观念的来龙去脉;鉴于二人同为当代小说多元化格局中的重要"一元",我们更有望从其理论见解的分合之处,窥见当代文学发展史的若干侧面,并从中获得某些启示。

---

① 胡平主编:《新中国六十年文学大系·短篇小说精选》,长江文艺出版社 2009 年版,"前言"第 1 页。
② 贺绍俊:《短篇小说对于当代文学的意义》,《文艺争鸣》2019 年第 8 期。
③ 刘庆邦:《创作短篇是个知难而进的过程》,《文学报》2012 年 11 月 15 日。

第一节　重申"体验型"小说观

短篇小说究竟有何魅力与特性,一言难尽;所幸时间容许人们思考。在林斤澜这里,从1957年的《闲话闲说》到2007年的《论短篇小说》,持续半个世纪,他都在"论短篇小说"。汪曾祺也是如此,从1947年的《短篇小说的本质》到1997年的《铁凝印象》①,他的半个世纪也都在"论短篇小说"。"短篇短篇"②,这一声咏叹,蕴含着无尽思索与感慨,如同乐章中的主旋律,始终回响在他们的文学生涯之中。

小说家毕竟与理论家不同。尽管有极少数人能一身而二任,但绝大多数小说家最突出的能力是"观察和创造的素质",而非"抽象与概括的素质"。③即便是写过《中国小说史略》的鲁迅,也有论者强调他"主要的不是小说理论家,而是小说实践家"④。但小说家从亲身实践中获取的理论识见,又是纯粹的理论家所不能及的。比如,尽管鲁迅反对兜售"小说作法",他所创立的现代短篇小说范式及其巨大影响,却使他实实在在地成为立"法"者。诸如"选材要严,开掘要深""杂取种种人,合成一个""绝不将sketch材料拉成小说"等等,早已是不易之论。

对鲁迅之后的短篇小说家而言,他们仍可依据切身经验而发表理论见解,但须先将自身经验与许多既定表述乃至权威论断反复比对,方能发表有效见解。在时间的累积效应中,某些表述与论断早已转化为"客观的"知识。

---

① 严格地说,《铁凝印象》不是专门讨论短篇小说的文章,而是应《时代文学》杂志之约写成的印象记。但由于这篇文章已被证实是汪曾祺的绝笔,同时也表露了汪曾祺对小说创新的某些看法,故可被视为"终点"。

② 这也是林斤澜晚年对短篇论述最为全面的一篇文章。参见林斤澜《短篇短篇》,原载《当代作家评论》1997年第6期,收入《林斤澜文集》文论卷二。

③ [法]蒂博代:《六说文学批评》,赵坚译,三联书店2002年版,第200页。

④ 杨义:《中国现代小说史》第1卷,人民文学出版社1986年版,第186页。

借助文学教育、阅读和传播,这些知识一方面使得短篇小说的某些特质明朗化,但另一方面也使某些尚不明朗的质素被固化或遮蔽,从而对后来者的认知与言说造成困难。譬如,胡适在北大国文门的讲座中为短篇小说下过一个定义:"短篇小说是用最经济的文学手段,描写事实中最精彩的一段,或一方面,而能使人充分满意的文章。"① 这个定义虽说"成功而迅速地渗入了中学教育,最终作为一种文学常识而被完全确立起来"②,实则无法"使人充分满意"。有研究者指出:"如果我们以胡适'横截面'的短篇小说定义为标准来选择研究对象,则势必要把现代文学史上大部分的(中)短篇小说作品都排除出去。看来,胡适的理论定义与现代中国的文学实践之间,并不完全吻合。"③ 但也正是理论与实践之间的这种"裂隙",为后来者的继续探讨留下了空间。

汪曾祺正是沿着胡适的"最精彩"之处开始思考的。在他看来,小说家不可能从人物的经历中随意截取一段,就自然而然写出小说。小说既不同于科学,也不同于历史,"小说与人生之间不能描画一个等号"④。小说是作者与读者之间的特殊交流,依据作者与读者之间"地位"的不同,遂有长、中、短篇之分:"如果长篇小说的作者与读者的地位是前后,中篇是对面,则短篇小说的作者是请他的读者并排着起坐行走的。"⑤ 汪曾祺别出心裁地以小说的叙事姿态和叙事效果为切入点,借此展现短篇何以不同于长篇和中篇。"短篇小说的作者是假设他的读者都是短篇小说家的。惟其如此,他才能挑出事实中最精彩的一段或一面,来描写。"⑥ 汪曾祺虽以"本质"为题,但他主要不是从知识传承的脉络或经验总结的思路来提炼短篇小说的特质,而是以发展创新的渴求来期待短篇小说的新面貌。汪曾祺希望,短篇小说能广泛吸取诗歌、散文、戏剧以及电影等其他艺术门类之长,最终成为"能够包融一切,但不

---

① 胡适:《论短篇小说》,严家炎编《二十世纪中国小说理论资料》第 2 卷,北京大学出版社 1997 年版,第 37 页。

② 张丽华:《现代中国"短篇小说"的兴起:以文类形构为视角》,北京大学出版社 2011 年版,第 263 页。

③ 同上书,第 23 页。

④ 汪曾祺:《短篇小说的本质》,《汪曾祺全集》第 9 卷,人民文学出版社 2019 年版,第 9 页。

⑤ 同上书,第 10 页。

⑥ 同上书,第 11 页。

复是一切本来形象"的"新艺术"。① 不过,汪曾祺的见解及其价值,仍须借助某种知识传承的脉络来说明。当他以"一个短篇小说,是一种思索方式,一种情感形态,是人类智慧的一种模样。或者:一个短篇小说是一个短篇小说,不多,也不少"② 作为结论时,其理想化的期待显然与沈从文的"恰当"之说一脉相承。沈从文曾在 1937 年提出,小说是"用文字很恰当记录下来的人事"。所写的既是人事,作者"必需把'现实'和'梦'两种成分相混合,用语言和文字来好好装饰、剪裁,处理得极其恰当,方可望成为一个小说"(三年后应邀专讲"短篇小说",他几乎复述了上述观点)。沈从文所说的"恰当",并非文字的"经济"或"美丽",而是从"全篇分配""描写分析"到每字每句都要尽可能地"用得不多不少,妥贴恰当"。这一切都呼应着那个至高标准:"一个作品的恰当与否,必需以'人性'作为准则。""作者对于人的情感反应的同差性,必需有深切的理解力,且对人的特殊与类型能明白刻画。"③ 不难看出,从沈从文的"情感反应"到汪曾祺的"情感形态",短篇小说的定义虽未日趋完善,一种特定的短篇小说观却得以延续:短篇小说从作者的创作动因到作品的呈现形态、再到读者的阅读感受,始终以人的情感体验为中心。短篇小说之所以成立,正因作者与读者拥有同样真切的人生体验。在这方面,汪曾祺比老师说得更简明:"短篇小说家从来就把我们当着跟他一样的人,跟他生活在同一世界之中,对于他所写的那回事的前前后后也知道得一样仔细真切。"④

　　如果作一个不太严谨的概括,沈、汪师徒对短篇小说的看法,似可被称为"体验型"的小说观。从文学史来看,这种文学观的源头可以追溯到"诗言志"和"诗缘情而绮靡";现代小说理论史中那些主张自我表现的观点,都可归入"体验型"这一大类。但就现代小说史整体而言,占据主流地位的,却是"功用型"的小说观。其远源是"文以载道"的教化传统,近源则以梁启超为代表。梁启超鼓吹小说于社会足以移风易俗、于人则有"熏浸刺提"之神力,

---

① 汪曾祺:《短篇小说的本质》,《汪曾祺全集》第 9 卷,人民文学出版社 2019 年版,第 14 页。
② 同上书,第 15—16 页。
③ 沈从文:《小说作者和读者》,《沈从文全集》第 12 卷,北岳文艺出版社 2002 年版,第 65、66、68 页。
④ 汪曾祺:《短篇小说的本质》,《汪曾祺全集》第 9 卷,第 11 页。

这几乎是对小说功用的极致论断。文学研究会宣言中提出文学"是于人生很切要的一种工作"①，鲁迅自称小说取材意在"揭出病苦，引起疗救的注意"②，也都可归为"功用型"。从"延安文学"到"十七年文学"，文学方针"两为"的具体内涵偶有调整，但文学"服务"于现实社会这一职能不仅始终未变，反而得到了强化。"新时期"初始，有关方面之所以提出要"充分发挥短篇小说的战斗作用"，就因为认准"短篇小说是最能迅速反映现实斗争、鼓舞人民群众斗志、为无产阶级政治服务的文学样式之一"③。即便在文学新潮迭起的 20 世纪 80 至 90 年代，从"伤痕文学""反思文学"到"改革文学"，从"分享艰难"到"关怀底层"，注重现实功用的小说观念，也始终是一股有力的潮流。

　　小说家无论持有"功用型"还是"体验型"小说观，在实践层面都要落在具体的技巧之上。如沈从文所说："一个作品的成立，是从技巧上着眼的。"这个说法可能会使许多羞于或不屑于谈论"小技"之人感到不满，但的确是贴合于创作实际的。"所谓矫揉造作，实在是技巧不足；所谓雕琢刻画，实在是技巧过分。不足与过分所生过失，非技巧本身过失。"④ 从现代小说理论史来看，确有一些论者特别重视小说的技巧。在他们看来，小说之所以成为专门的文类，正因有专门的技巧。因此，我们若再添上一种"技艺型"的小说观，也很有必要。新文化运动以来，"赛先生"的影响遍及各个领域，小说也不例外。胡适当初在解释何为"最精彩的一段或一方面"时，就借了植物学概念"年轮"和西洋照相术作比，其设喻方式显然透露着科学、实证的意味。再如，茅盾与瞿世英等都曾谈到以左拉为代表的自然主义所带来的"科学"或"科学精神"的影响。茅盾很早就提出，中国现代小说在"描写方法"和"采取题材"两方面的弊端，均可由自然主义来补救，因为"自然主义是经过近代科学的洗礼的；他的描写法，题材，以及思想，都和近代科学有关系"⑤。在后来的《小

---

① 周作人等：《文学研究会宣言》，陈平原选编《〈新青年〉文选》，贵州教育出版社 2014 年版，第 135 页。

② 鲁迅：《我怎么做起小说来》，《鲁迅全集》第 4 卷，人民文学出版社 2005 年版，第 526 页。

③ 《人民日报》评论员：《充分发挥短篇小说的战斗作用》，《人民日报》1977 年 11 月 19 日。

④ 沈从文：《论技巧》，《沈从文全集》第 16 卷，北岳文艺出版社 2002 年版，第 471、472 页。

⑤ 茅盾：《自然主义与中国现代小说》，《茅盾全集》第 18 卷，人民文学出版社 1989 年版，第 238 页。

说研究 ABC》中，茅盾按当时"普通的说法"论及小说的若干要素时，已经自然而然地灌注了"科学"的精神。"从技术上说，'结构'便是一部小说的机能的作用。""如果我们把房屋的顶底和四壁来比喻小说的结构，那么屋内的装饰铺陈就好比是小说内的环境。结构与环境是应该调和的。"① 以"结构"为核心"机能"，小说三要素科学地形成了结构主义式的、科学性的统一。这种科学地解析小说技艺的方法，在 20 世纪 50 年代以后仍有所发展，比如孙楷第在研究古代短篇白话小说时，先提取"故事""说白兼念诵""宣讲"这三大特点，再予以整合："故事是内容，说白兼念诵是形式，宣讲是语言工具。"②进入 80 年代，更有研究者专门著书探讨短篇小说，试图以"结构"为中心、从"结构—功能"的视角③，统合小说的其他要素。至于视小说为技艺或手艺的作家，更是不胜枚举。

小说观之类型区分，只是大体而言。事实上，三者之间并不存在截然可分的界限。就小说而言，名篇佳作往往有可能同时成为三种小说观的佐证。如鲁迅的《狂人日记》，其一个世纪以来的接受史，在一定程度上就是三种小说观的共存史。就小说家而言，其小说观既有可能偏向于功用型或体验型，也有可能包容二者，但不可能真正远离技艺型。比如，鲁迅始终坚持小说的启蒙功用，但他同样重视"画眼睛"、"选模特"、如何取用白话、怎样修改作品等具体技法。小说之"道"与"技"并重，正是小说家鲁迅的意义所在。再如，林斤澜曾不无困惑地发现，曾在 20 世纪 30 年代的《文学概论讲义》中反对"载道"的老舍，50 年代以后竟时有"配合"形势的创作。④ 事实上，老舍在 40 年代的战时环境中就已显露某种复杂性：他一方面大量写作宣传抗战的文艺作品，一方面又坚持表达着体验型的小说观。在他看来，写小说固然要有故事，但首选是"简单平凡的"而不是"复杂惊奇的"故事。因为"故事的惊奇是一种炫弄，往往使人专注意故事本身的刺激性，而忽略了故事与人生有关系"，"小说是要感动，不要虚浮的刺激"。⑤

---

① 茅盾：《小说研究 ABC》，《茅盾全集》第 19 卷，人民文学出版社 1991 年版，第 68、72 页。
② 孙楷第：《中国短篇白话小说的发展与艺术上的特点》，《文艺报》1951 年第 3 期。
③ 高尔纯：《短篇小说结构理论与技巧》，西北大学出版社 1985 年版，第 4 页。
④ 林斤澜：《思前想后》，《林斤澜文集》文论卷二，人民文学出版社 2015 年版，第 247 页。
⑤ 老舍：《怎样写小说》，《老舍全集》第 17 卷，人民文学出版社 2008 年版，第 323 页。

　　小说观的坚守或调适,不仅是小说家艺术个性的极佳注脚,更包含着丰富的历史内容。如果说,20世纪40年代的汪曾祺仅凭一篇长文就展露了早熟的体验型小说家的风姿,并为自己80年代的复出之路埋下了伏笔;那么,起步于50年代的林斤澜则经过了更多摸索。《闲话小说》以主客对谈的方式,呈现了林斤澜学习短篇名作的心得:短篇小说可以重在写人、写事或写情,并没有哪一种路数最佳。但在几年后的《有关题材的零碎感想》中,林斤澜又认为写出丰富多样的人物才是首要任务。这与其说是前后矛盾,不如说是小说观尚不够"稳固"。从他那时的创作来看,只有《台湾姑娘》等少数几篇个性较为鲜明,其他多篇都是应时之作,所写的人是"社会主义新人",事则是新时代的新鲜事。汪曾祺后来评价很是到位:"斤澜只是写得新鲜一点,聪明一点,俏皮一点。我们都好像在'为人作客'。"① 为人作客,也就是身不由己、客随主便;这很形象地说明了彼时作家服务于时势需求的处境。那时的林斤澜,主要是实践了功用型的小说观。

　　林斤澜的理论源头,主要是高尔基和鲁迅。"我年轻时期,高尔基和鲁迅在文学青年心目中,直如圣人。他们的书也没有全读,读也不一定全懂,可要是有几句话进了脑子,就成了'先入为主'。"② 此后,高尔基的理论表述,鲁迅的作品与观点,时常被林斤澜温习。尤其在新时期以来,高尔基和鲁迅的论断,对中断创作12年的林斤澜重理旧业,起到了方向性的作用。沿着鲁迅反对"小说作法"的方向思考下去,林斤澜醒悟到小说应该有其内部"规律":"'文无定法',其实就是对着公式化、概念化而言的。从这个角度看起来,写小说确实没有一定的法则;大作家鲁迅也告诫过我们,不要相信文章作法之类的东西……小说到底有没有规律性的东西呢? 我以为还是有的。如果没有的话,文学能算是一门学科吗? 小说能成为一种独立的体裁吗?"③ 高尔基对"叙述体文学"三要素(语言、主题和情节)的阐述经常被林斤澜引用,但对他影响更大的其实是"人学"之说。林斤澜对"文学是人学"做了发挥:"文学

①　汪曾祺:《林斤澜的矮凳桥》,《汪曾祺全集》第9卷,人民文学出版社2019年版,第404页。
②　林斤澜:《对话一例》,《林斤澜文集》文论卷一,人民文学出版社2015年版,第250页。
③　林斤澜:《我的笨法子》,《林斤澜文集》文论卷一,第268页。

就是观察人、分析人、研究人,然后反映人、塑造人的。"① 鲁迅促使林斤澜逆向思考小说的内部规律,高尔基则引导其正面阐发文学对人的普遍意义。两者合一,终于帮助林斤澜找到重新理解小说的方式:将小说的规律和特性,落在人的感觉和感情之上。他多次强调:"小说本身是有规律的,是通过形象去感动读者。生活感动了你,你抓住这个感动,表现出来,又感动了读者。"② 他甚至用过汪曾祺式的"本质"化断语:"真情实感是小说的内涵,是小说无穷的内涵,也可以强调起来说是本质的内涵。"③

感情和感动一旦成为小说的"灵魂","技巧"就难以单独立足。一个典型的例证是,高行健的《现代小说技巧初探》某些观点令林斤澜难以赞同,但更让他不满的却是叶君健在序中以"工艺"论小说的做法。④ 林斤澜在很多场合都说过,为避免误解,最好多谈"规律"而少提"技巧"。论及小说的功用,林斤澜曾有一个大胆的猜测:某些现代文学先驱者(根据上下文推测,应该是鲁迅和茅盾),后来之所以都不写小说,是因为"他们把小说吃透了以后,转过来不大看得起小说了"。他忍不住问道:"若只为'载道',何不撇下小说?!"⑤ 他所质疑的显然不是哪一个人,而是仅将小说视为工具的功用观。经过上述或隐或显的观念交锋,体验型小说观终于在林斤澜这里站稳了脚跟。也就是说,林斤澜已从当初的功用型小说观的践行者,基本转变为体验型小说观的守护者。

所谓"基本转变",其实是说,小说家不可能彻底放弃对小说功用的考量。林斤澜也不例外:"小说有什么用呢? 它主要是在精神文明生活中起一些潜移默化的作用,也就是让人动情,小说的作用就在这儿,更多的恐怕就没有了。"⑥ 出发点是"作用",但落脚点在"人";这颇能说明林斤澜试图以体验型小说观包容功用型。汪曾祺也有类似表现。他说自己以前是"一篇小说发表了,得到二三师友称赞,即为己足",但突然发现读者颇有不少,于是"很惶

---

① 林斤澜:《谈短篇小说创作》,《林斤澜文集》文论卷一,人民文学出版社 2015 年版,第 2 页。
② 林斤澜:《在乌鲁木齐有关创作的研讨会上的发言》,《林斤澜文集》文论卷一,第 89 页。
③ 林斤澜:《小说的头尾》,《林斤澜文集》文论卷一,第 219 页。
④ 林斤澜:《关于现阶段的文学》,《林斤澜文集》文论卷一,第 98 页。
⑤ 林斤澜:《关于艺术描写"虚"与"实"的对话》,《林斤澜文集》文论卷一,第 356—357 页。
⑥ 林斤澜:《从"稍微"那里开始》,《林斤澜文集》文论卷一,第 173 页。

恐"地"产生一种沉重的责任感"。他甚至引述了杜甫的"文章千古事,得失寸心知",并有所发挥:"得失,首先是社会的得失。我有一个朴素的、古典的想法:总得有益于世道人心。"① 这就将作品的功用提到极高的位置。不过,从限定语"朴素的、古典的"仍可看出,汪曾祺不希望将功用理解得过于直白、过于贴合功利化需求。汪曾祺后来将"美学感情的需要和社会效果"并举,这说明他已然意识到功用型与体验型之间的潜在矛盾,但他并不为此苦恼,而仅以一句作结:"只要你忠于自己的美感需要,不去图解当前的某种口号,不是无动于衷",那些"概念化、思想大于形象的问题"都是可以避免的。② 由上可见,经过时间的沉淀,汪曾祺和林斤澜的小说观,后来都走向了以体验型包容功用型。在 1987 年的某次座谈会中,当汪曾祺提出"作家就是生产感情的,就是用感情去影响别人的",林斤澜当即表示,这也是他深思熟虑过后的"答案"③。这个表态,标志着二人的小说观实现了真正的汇合。这次汇合对汪、林二人意义重大,它虽然姗姗来迟,却是各自久经考验的抉择,故而成为至交好友间最为牢固的情感基础。

对中国当代文学而言,这次汇合同样至关重要:在崇尚新观念、新方法、新思潮的新时期,几乎没有什么人认真思考"小说家应有怎样的小说观"这样的"老"问题。更年轻的作家,或是不屑于思考这个问题,或是从未留心;更老的作家,则是不愿发言或无力发出新的声音。唯有汪曾祺和林斤澜,年龄和资历越来越"老",心态和视野却越来越"新"。他们身上背负着历史的经验与教训,眼睛却热切注视着文学的当下与未来。因此,他们不仅敢于在小说创作中进行各种试验,也愿意投身于繁难的理论思考。在我看来,二人在八九十年代的理论思考,其主要贡献就在于伸张体验型的小说观。以此为中心,他们的思考在两个方面展开:一是重新思考"生活"及其与文学的关系,从而为"体验"找到坚实可靠的理论基础;二是从小说核心概念及相关命题入手,探明短篇小说的"本质"。若说前者是"正本清源",后者则是"拨云见日"。

---

① 汪曾祺:《要有益于世道人心》,《汪曾祺全集》第 9 卷,人民文学出版社 2019 年版,第 189—190 页。

② 汪曾祺:《美学感情的需要和社会效果》,《汪曾祺全集》第 9 卷,第 244 页。

③ 参见林斤澜、汪曾祺、崔道怡:《社会性·小说技巧》,《林斤澜文集》文论卷一,人民文学出版社 2015 年版,第 388—390 页。

第二节　重构"生活"及其与小说之关系

在复杂多变的当代文学语境中,坚守一种体验型的小说观,殊非易事。从理论和批评史来看,三种小说观的现实地位极不均衡。功用型的小说观既有源远流长的教化传统为心理基础,又有强调文学为政治服务的意识形态为当下支撑,故而始终占据主流地位。技艺型的小说观虽然晚出,但骨子里所携带的科学精神和实证态度,始终是最强有力的自我证明手段。即便如此,技艺型小说观也难以抵挡功用型小说观的渗透。比如茅盾在 20 世纪 50 年代后特别关注短篇小说,他一方面反复强调短篇小说有其专门的技艺,"所谓截取生活片断,从小见大、举一隅而三反,这个说法,还是不能抹杀的"[①];另一方面又不得不在"技术"之上加入了"思想"。"如果把'结构'看作只是人物及其各种活动的技术性的安排,那是缩小了它的意义和作用,因而也会妨碍了主题思想的明确。"[②] 对于当时热议的"短篇不短"的问题,茅盾的回答是:"这是个技术性的问题,但主要还是思想方法的问题。"[③] 茅盾的矛盾之处,体现了一个技艺型论者在强调文学思想、功用的时代中艰难的自我调整。

至于体验型的小说观,既无科学主义的力量可以依靠,又无意识形态的威权能够借重,其最终的也是唯一的凭借,是个人的生活体验。仅从语义上看,"个人"本来是各色各样的,正如"生活"本来也是千姿百态的。但在 20 世纪 50 年代以来日渐体制化的文学环境中,"个人"的合法性空间越来越小,而"生活"的内涵与外延也都在发生变化。从理论上看,胡风的"到处有生活"说受到批

---

① 茅盾:《一九六〇年短篇小说漫评》,《茅盾全集》第 26 卷,人民文学出版社 1996 年版,第 150 页。

② 茅盾:《关于艺术的技巧——在全国青年文学创作者会议上的讲演》,《茅盾全集》第 23 卷,人民文学出版社 1996 年版,第 415 页。

③ 茅盾:《试谈短篇小说》,《茅盾全集》第 25 卷,人民文学出版社 1996 年版,第 309 页。

评；从创作来看，小说题材"价值等级"（洪子诚语）的形成，都一再证明了并非所有的"生活"都具备同等的表现价值和合法性。在整个50至70年代的文学体制中，"生活"与"意识形态"构成"一种复杂的互动关系"："一方面主流意识形态的文学理论借助'生活'的不证自明获得普遍可理解性，另方面在具体的阐释和实践过程中又对'生活'进行合乎意识形态的改写"。作家认识生活的方式也被规范化，其主要表现是："从50年代起，中国作家协会就不断鼓励、组织作家深入生活、体验生活，写作合乎意识形态的文学作品。"[①] 由此，"个人的生活体验"成为一个实践难题。在此情境中，"干预生活"之说出场便引起热烈回应，正可见出作家摆脱意识形态规范、重建创作主体性的努力。但总体而言，被意识形态化的"生活"，还是在创作实践与理论批评中烙下了深刻印迹。例如，茅盾谈短篇小说的构思时始终不离"生活"，但当他强调"一方面要从历史的发展理解生活现象的本质，一方面又要从全面截出能表现全面的、关键性的、总的趋向的一段"[②] 时，所谓的小说构思过程，几乎是与历史观并行的。在某些论者那里，小说观已被某种世界观所接管："现实生活中的关系是非常复杂的，而且往往夹缠在一起，其中有大的矛盾，有小的矛盾，有这方面和那方面的矛盾，也有内部和外部的矛盾，然而仔细观察，也往往自成为一个纽结。而这个纽结，也就是一个单位或个体。对作者来说，取用那个大的纽结，就是一部长篇；取用那个小的纽结，就成为一个短篇，这里并没有什么横断面和整株树干等等的分别存在。"[③] 在这样的认识中，小说家无须倚重体验或技艺，只要有了正确的世界观，便可随意"取用"生活，"自成"小说。

从根本上看，无论是功用型、体验型还是技艺型的小说观，三者都离不开"生活"这个本源，都相信并强调文学应来源于生活、反映生活、认识生活。各自观点的展开、话语的交锋，更是需要借助甚至争夺"生活"这个基础。但三者对于生活的姿态，是不一样的。功用型的论者往往乐于强调文学"高于"生活，故而可以帮助人们树立正确的世界观，也可以服务于现实社会需求。技

---

① 萨支山：《生活》，《南方文坛》2000年第6期。

② 茅盾：《短篇创作三题——与青年作者的谈话》，《茅盾全集》第27卷，人民文学出版社1996年版，第23页。

③ 魏金枝：《大纽结和小纽结——短篇小说漫谈之一》，《文艺报》1957年第26期。

艺型论者的前提是,作者有能力选取生活中最有意义的一段或一面,以此完成一件艺术品的制作。他们都在不同意义上宣示了作者高居生活"之上"的姿态。唯有体验型的论者,才始终将自己置于生活"之中"。汪曾祺早年致唐湜的信中,曾提出"真正的小说应当是现在进行式的,连人,连事,连笔,整个小说进行前去,一切像真的一样,没有解释,没有说明,没有强调、对照的反拨,参差……绝对的写实,也是圆到融汇的象征,随处是象征而没有一点象征'意味',尽善矣,又尽美矣,非常的'自然'"[①],这里所表露的,其实正是所有体验型小说家共同的写作理想:以一种"现在进行式"的姿态,在生活中理解写作,在写作中认识生活。

　　既然"生活"已在20世纪50至70年代文学中发生变异,那么新时期作家的首要任务则是重新认识生活。如林斤澜所意识到的,对"生活"和"写作"两方面都需要"再认识"。对生活的认识往往容易受到时潮、文件、理论和文学资料的影响,作家只有"到生活中去",才能摆脱"从概念出发,又归宿到概念上"的写作模式,从而真正地"反映生活的真实"。[②] 对生活和写作的再认识,是合二为一的过程。林斤澜发现,过去总是强调要有"正确的世界观",但个人创作可能遇到的情形是:"我要写一段激动我的生活,但我对这段生活还说不上理解,只是很吸引我,有些什么意义,我说不上来"[③]。他特别引申了高尔基的看法,"主题是从作者的经验中产生,由生活暗示给他的意志思想,可是它聚集在他的印象里,还未形成;当它要求用形象来体现时,他会在作者心中唤起一种欲望,赋予它一个形式"[④],并提请大家对"暗示的""还未形成""唤起欲望"特别重视。林斤澜对年轻作家的特别提醒,未尝不是自我解惑。他后来有时说得幽默:小说作者把生活"端给你",但这生活中的"意思",须得读者自己品味,"作者说清楚了,容量反倒小"[⑤]。有时说得严肃:"三十年过去了,事实证明,全知全能的叙述者,差不多是全错了。"[⑥] 有

---

① 汪曾祺:《致唐湜》,《汪曾祺全集》第12卷,人民文学出版社2019年版,第35—36页。

② 林斤澜:《两个再认识》,《林斤澜文集》文论卷一,人民文学出版社2015年版,第226页。

③ 林斤澜:《小说的主题与总体构思》,《林斤澜文集》文论卷一,第142页。

④ 同上书,第143—144页。

⑤ 林斤澜:《谈小说的容量及其他》,《林斤澜文集》文论卷一,第177页。

⑥ 林斤澜:《谈"叙述"》,《林斤澜文集》文论卷一,第423页。

时说得形象化:阅读如同登山游览,稳定的形象、明确的路径固然是引人入胜的基本条件,但是"作者的主观里头又都有不稳定处,不明确处。让读者有他自己的思索、摸索";正如"奇松怪石,还必需云雾缭绕,三绝具备,才是天下第一山"①。总而言之,作者对生活的体验越深,对小说艺术的追求越高,就越有可能、有权利"看不清"生活。当看到某出版社将自己的小说《溪鳗》选进中学读物,并在"阅读建议"中评价该作营造了"扑朔迷离的情境和情调",林斤澜对这"扑朔迷离"发生了感慨:"这有时候是作者对现实生活的印象。生活这部大书,常常一时看不清。过后反思,也不敢说那就看得透了。"② 由于坚持"一时看不清"的立场,林斤澜曾与他人有过一段耐人寻味的对话。

> "我看了你几篇东西,不大懂。总要先叫人懂才好吧。"
>
> "我自己也不大懂,怎么好叫人懂。"
>
> "自己都不懂,写它干什么!"
>
> "自己都懂了,写它干什么!"③

这实际上是为作家有权保持和表现困惑而力争。

汪曾祺对小说与生活关系的探究,比林斤澜起步要早,但最终方向是一致的。其早年设想,满是理想主义的气息:"我要形式,不是文字或故事的形式,是人生,人生本身的形式,或者说与人的心理恰巧相合的形式。"④ 从理论上看,小说固然有可能"以塑造的方式揭示并构建隐蔽的生活总体"⑤,但小说只是赋予生活以形式,它终究不是生活本身。他在80年代以来的表述有了显见的修正:"小说的形式与生活的形式越接近越好。"⑥ 他高度赞扬契诃夫"按照生活的样子写生活","于是才有了真正的短篇小说,现代的短篇小说"。⑦ 谈到林斤澜的小说让人"看不明白"时,汪曾祺借机发挥道:"有的作

① 林斤澜:《说雾》,《林斤澜文集》文论卷一,人民文学出版社2015年版,第387页。

② 林斤澜:《"阅读建议"》,《林斤澜文集》文论卷二,人民文学出版社2015年版,第294页。

③ 林斤澜:《小车不倒只管推》,《林斤澜文集》散文卷三,人民文学出版社2015年版,第641页。

④ 汪曾祺:《致唐湜》,《汪曾祺全集》第12卷,人民文学出版社2019年版,第35页。

⑤ 卢卡奇:《小说理论》,燕宏远、李怀涛译,商务印书馆2017年版,第53页。

⑥ 汪曾祺:《戏曲和小说杂谈》,《汪曾祺全集》第9卷,人民文学出版社2019年版,第264页。

⑦ 汪曾祺:《谈风格》,《汪曾祺全集》第9卷,第316页。

家自以为对生活已经吃透,什么事都明白,他可以把一个人的一生,来龙去脉,前因后果,源源本本地告诉读者,而且还能清清楚楚地告诉你一大篇生活的道理。其实人为什么活着,是怎么活过来的,真不是那样容易明白的。""作者在想,读者也随之而在想。这个作品就有点想头。"① 像林斤澜一样,汪曾祺也对全知全能的小说叙述发出了质疑:"我所写的只能是我所感知的那一部分世界。整个的世界都要我来表现,我不成了全知全能的上帝了吗?"② 汪曾祺甚至提出,小说是作者和读者"共同创作"的:"作者不能什么都知道,都写尽了。要留出余地,让读者去捉摸,去思索,去补充。"③ 不难发现,这里的"共同创作",接上了他自己早年的作者读者"并排起坐";给读者"留出余地",则与林斤澜的"让读者有他自己的思索"相吻合。

在汪曾祺与林斤澜的探讨中,一种新型的作家与生活的关系日益明朗起来:生活自有其意义让人品味,但生活本身复杂、辽阔且始终处于发展变化之中,故而所有人对生活的体认都不可能一蹴而就。小说家与常人仅有的不同之处在于,他的职责就是"从事精神生产"。"他们就是不断地告诉读者自己对生活的理解、看法,要不断拿出自己比较新的思想感情。"④ 这种精神生产的特殊性,既不是脱离生活、向壁虚构,也不是企图一把抓住整个生活,而是"带着对生活的全部感悟,对生活的一角隅、一片段反复审视,从而发现更深邃,更广阔的意义"⑤。这种反复审视生活的过程,在汪曾祺笔下突出地表现为作品的改写和重写,学界对此已有较深研究。相比之下,林斤澜在小说创作中有意识的自我"重复"现象⑥,却从未得到重视。其实这也是林斤澜反复审视生活的重要表现。这种反复审视,后来被汪曾祺进一步形象化地称为

---

① 汪曾祺:《林斤澜的矮凳桥》,《汪曾祺全集》第9卷,人民文学出版社2019年版,第405页。

② 林斤澜、汪曾祺等:《漫话作家的责任感》,《林斤澜文集》文论卷一,人民文学出版社2015年版,第435页。

③ 汪曾祺:《自报家门》,《汪曾祺全集》第9卷,第110页。

④ 林斤澜、汪曾祺、崔道怡:《社会性·小说技巧》,《林斤澜文集》文论卷一,第388页。

⑤ 汪曾祺:《认识到的和没有认识的自己》,《汪曾祺全集》第9卷,第487—488页。

⑥ 限于篇幅和论题,此处略举数例。从《紫藤小院》到《中间》,主人公的单身生活、与猫为伴及命运遭际相同;《颤抖》与《哆嗦》,以相同的变故,揭示原本无罪的人在面对权威时的敬畏和服从;《法宝》与《毛手》,以近乎相同的细节,刻画知识分子与工农干部交往的心理;《宜秋》与《朱如》中,主人公揭发他人的动机、自己后来的下场,也大有相同之处。

"凝视"。凝视,既是表面静止与内在思索的结合,也是有限的个人体验与无尽时间之流的交融。它以一种富于抒情意味的姿态,凝定了体验型小说观的精髓:"接触到生活,往往不能即刻理解这个生活片断的全部意义。得经过反复的,一次比一次深入的思索,才能汲出生活的底蕴。"① 林斤澜则尝试勾画一个完整的短篇小说创作流程:"短篇小说的独立是从对生活的感受开始的,这是第一;第二,写小说总要反复思索,短篇小说对生活的思索方式与长篇不一样;于是就有了第三:表现的方法与长篇不一样,短篇小说有特殊的表现动力。"不是通常所谓的简洁精炼,而是贯穿于"感受生活—思索生活—表现生活"过程中的独特性,才使得短篇小说区别于长篇,"成为独立的艺术部门"。②

综而观之,强调小说要有真情实感、小说要有生活体验,这些都不新鲜;主张小说家对生活的认识可以不明朗、需要反复思索,这才是有个性、有价值的见解。由此出发,小说高于生活或指导生活的文学观念悄然瓦解,重新理解生活、重构小说与生活的关系则凸显为具体而实在的课题。一种新型的作者与读者之关系,也随之而来:小说家并不高于生活和读者,他与读者一道经历生活、共同进退;小说家与读者之间"只是为与不为,没有能不能的差异"③;"作者和读者的地位是平等的。最好不要想到我写小说,你看。而是,咱们来谈谈生活。"④ 这样的体验型小说观,其意义不在于(也不可能)排斥或击败了功用型和技艺型小说观,而在于:它将生活从急功近利者的眼光中解放出来,恢复其应有的丰富性和复杂性;将作家从灵魂工程师或熟练工匠的位置上解放出来,使其重获作为普通个人的多元视角。生活与个人一道获得解放,人的情感体验才能真正成为文学活动的重心。

所有的艺术理想,都得经受现实生活的淬炼,方能铸就其品质。这就有必要提到汪、林二人都曾用过的一个喻体:鱼的"中段"。林斤澜先把"中段"讲成一则小故事。到了傍晚,菜市场的鱼往往只剩头尾而没有中段。当顾客问起,

---

① 汪曾祺:《却顾所来径,苍苍横翠微》,《汪曾祺全集》第 10 卷,人民文学出版社 2019 年版,第 287 页。

② 林斤澜:《在"短篇小说:当前状况与艺术可能"研讨会上的发言》,《林斤澜文集》文论卷二,人民文学出版社 2015 年版,第 197 页。

③ 汪曾祺:《短篇小说的本质》,《汪曾祺全集》第 9 卷,人民文学出版社 2019 年版,第 11 页。

④ 汪曾祺:《说短》,《汪曾祺全集》第 9 卷,第 191 页。

有人回道"这鱼没长中段",也有人答以"中段叫猫叼了",还有人许诺"明儿有"。林斤澜虽曾中断创作十二年,但他仍时常自勉:"过去的三十年,只当做准备阶段好了。""但愿八十年代里,唱出自己的歌。"① 汪曾祺后来也提到自己的"中段":"我不大赞成用'系年'的方法研究一个作者。我活了一辈子,我是一条整鱼(还是活的),不要把我切成头、尾、中段。"② 因为有了"中段"(中断),他们的短篇小说创作生涯都可分为三段,也都在重新起步之后获得了极大成功。在 20 世纪的八九十年代之交,林斤澜为了克服小说创作的"紧绷感",有意"单练"散文,时间长达三年③,此后才陆续有"续十癔""九梦""十门"等小说问世。与此同时,汪曾祺在小说创作中大力推进"衰年变法"④。他们的每一次重新起步,都意味着对短篇小说特性的认识推进一层,对短篇小说家使命的体认增加一分。这才是短篇小说家最为可贵的理论自觉。面对磨砺,初心不改,已属难得。已有若干成就,还总想着要"变法"、要突破、要创新,更是难能可贵。经过这般反复磨砺,体验"生活"与创作"短篇小说"之间形成了血肉关联。

第三节　重探小说理论的核心概念与命题

　　任何一种小说观的确立,都要借助一些抽象的理论概念,这几乎是无可避免的。而纯粹的理论思辨,往往不是小说家的长项,如汪曾祺所说:"我们尽量想避开让我们踏脚,也致我们疲惫的抽象名词,但事实上不易办到。"⑤

---

① 林斤澜:《〈林斤澜小说选〉前记》,《林斤澜文集》散文卷三,人民文学出版社 2015 年版,第413—414 页。

② 汪曾祺:《捡石子儿——〈汪曾祺选集〉代序》,《汪曾祺全集》第 10 卷,人民文学出版社 2019年版,第 170 页。

③ 林斤澜:《山外青山》,《林斤澜文集》文论卷二,人民文学出版社 2015 年版,第 1 页。

④ 参见郭洪雷:《汪曾祺小说"衰年变法"考论》,《文学评论》2013 年第 6 期。

⑤ 汪曾祺:《短篇小说的本质》,《汪曾祺全集》第 9 卷,人民文学出版社 2019 年版,第 8 页。

对于体验型小说家而言,更大的困难还在于:"形式术语常常使人们远离作品中的情感力量或对情感产生某种免疫力。"① 但也正是因为与各种"抽象名词"周旋日久,汪曾祺和林斤澜对小说的若干核心概念进行了重新辨析,且为某些命题的发展与推进作出了贡献。

中国现代小说理论的早期成绩之一,是明确了小说应有若干要素,并以其为中心开展理论探讨。有意味的是,汪曾祺始终都不曾明确谈过小说该有几个要素。林斤澜倒是"同意小说有要素说"②,但不主张将它们的名目和数量固定下来。从现代小说理论史来看,"人物""形象""性格"和"典型",大致可视为同一类要素。汪曾祺自始至终都对这一类概念缺乏兴趣:"我不大喜欢'性格'这个词。一说'性格'就总意味着一个奇异独特的人。现代小说写的只是平常的'人'。"③ 林斤澜从 20 世纪 50 年代起就对"人物"和"形象"颇有好感,后来也不曾与之交恶。新时期以来,林斤澜还对"典型论"的失落进行了理性的思考。

对于"情节",汪曾祺总是警惕其中的"戏剧性"。他有一句标志性的反问:"如果你的题材带有戏剧性,你就写戏得了,何必写小说呢?"④ 因此,像"汪曾祺的'短篇观',大约是现当代作家中最活跃、最开放的了"⑤ 这种评价,还需要一定的补充:活跃、开放的另一面,或许正是固执己见,甚至是审美的"偏至"。汪曾祺对戏剧与小说所作的一系列对照式阐释,其思路和观点都有一定启发性;但他所着意强调的"一般小说,特别是现代小说,不太重视情节"⑥,既不完全符合现代小说发展实际,也透露了其小说观的某些偏颇。汪曾祺有时能够自省,比如他曾认为"新潮派散文"无法想象,但读了两位女作家的"意识流散文",感觉自己是遭了"活报应",进而反思自己的文艺思想

---

① [美]马克·爱德蒙森:《文学对抗哲学》,王柏华、马晓冬译,中央编译出版社 2000 年版,第 10 页。

② 林斤澜:《空白与空虚》,《林斤澜文集》文论卷一,人民文学出版社 2015 年版,第 328 页。

③ 汪曾祺:《说短——与友人书》,《汪曾祺全集》第 9 卷,人民文学出版社 2019 年版,第 193 页。

④ 汪曾祺:《戏曲和小说杂谈》,《汪曾祺全集》第 9 卷,第 265 页。

⑤ 段崇轩:《中国当代短篇小说演变史》,中国社会科学出版社 2015 年版,第 297 页。

⑥ 汪曾祺:《戏曲和小说杂谈》,《汪曾祺全集》第 9 卷,第 264 页。

"还是相当的狭窄,具有一定的排他性"①。既然散文都可以接纳意识流,为什么小说就不能容纳戏剧性或情节呢?相比之下,林斤澜似乎对"情节"更有包容。他在晚年说得尤其明白:"哪怕是完整的故事,也只是素材、原型。"小说家唯有经过思索、感悟和提炼,"打散原型故事,重新组织素材"②,才真正进入了小说创作。这般表述,堪称"体验型"小说观的浓缩。事实一再证明,汪曾祺的不无偏颇之处,往往可由林斤澜的实证精神和包容态度得到调和;正如林斤澜的过于细实,总是能由汪曾祺的以简驭繁得到化解。两人不谋而合之处,往往也是理论越辩越明之时。这正是笔者将二人予以合观的理由所在。

小说的"主题"或"思想",不仅是二人理论思考的交汇点之一,也是当代小说理论的重要概念之一。在 20 世纪 50 至 70 年代,主题不仅应明确而具体,还要力求"积极""正确""进步"。到了"思想解放"的 80 年代,主题似已无法再对作家构成强力束缚,但它对于理解小说的重要性并未彻底消散。像汪曾祺的部分小说,就一度被某些读者视为"无主题"。汪曾祺对此不能认同。他借李笠翁的"立主脑"来说明:主题对作品既是牵引也是限制,故而不可直露。"风筝没有脑线,是放不上去的。作品没有主题,是飞不起来的。但是你只要看风筝就行了,何必一定非瞅清楚风筝的脑线不可呢?"③ 80 年代小说的另一发展倾向,是对主题哲理性的看重。汪曾祺对此虽不反对,但强调"只能由生活到哲学,不能由哲学到生活"④。后来他还将"思想"列为"决定一篇小说的质量的首要标准",但这思想并非来自中国政治家或西方哲学家,"而是作者自己的思想,是作者对生活的思索,对生活的认识"⑤。林斤澜同样坚持小说家应从生活感受而不是哲理思辨出发,他甚至用上了汪曾祺式的反问:"哪位如若特别富于思辨,乐于思辨,为什么要写小说,直奔哲学岂不

　　① 汪曾祺:《〈蒲桥集〉再版后记》,《汪曾祺全集》第 10 卷,人民文学出版社 2019 年版,第 111 页。

　　② 林斤澜:《论短篇小说》,《林斤澜文集》文论卷二,人民文学出版社 2015 年版,第 411 页。

　　③ 汪曾祺:《我是一个中国人——散步随想》,《汪曾祺全集》第 9 卷,人民文学出版社 2019 年版,第 271—272 页。

　　④ 汪曾祺:《小说陈言》,《汪曾祺全集》第 9 卷,第 511 页。

　　⑤ 汪曾祺:《思想·语言·结构——短篇小说杂谈》,《汪曾祺全集》第 10 卷,第 7 页。

正经得已。"① 基于这种理论自信,林斤澜不仅对现代小说中"归纳人生"与"演绎意义"这两种路数的得失做出了贴切评价②,更对当代小说中的"图解"倾向进行了批评总结:从图解国内政策到图解外国思潮,"作为写作方法,看来是一样的"③。其实,林斤澜并不缺乏对小说主题和思想深度的体察能力(比如他读《伤逝》就有"启蒙者就是杀害者"的发现),但他更感兴趣的是从理论上阐释这种思想"容量"如何得以实现。于是他引述了清人周济论词的"有寄托入,无寄托出"说、托尔斯泰的"焦点"说、戏曲家范钧宏的"戏核"和"戏胆"说,并将它们凝成属于自己的概念:"魂"。④ 这个例子不仅说明林斤澜具备一定的理论整合能力,同时也证明了其理论贡献。与此相似,汪曾祺除借用过李渔的"立主脑",还由龚自珍的"略工感慨是名家"引申出"作家是长于感慨的人"⑤。借助这样的跨界整合与理论延伸,他们终于将小说的主题或思想转换为小说家的生活体验和感慨,从而夯实了体验型小说观的理论基础。

汪、林二人均高度认可的"要素",非"结构"和"语言"莫属。汪曾祺在某次讲座中曾罕见地将思想、语言和结构并举,虽未明确称之为三要素,但也显出对结构和语言的重视程度。林斤澜曾说他欣赏小说的原则是:"若是本国的,要有好语言好欣赏。若是外国的,要有好结构好欣赏。"⑥ 这同样可见对语言和结构的极端重视。从创作实践来看,汪、林二人都以对"结构"的经营而享誉小说界,但就理论表述而言,两人的阐释路径和风格大相径庭。

汪曾祺主张"小说的结构是更精细,更复杂,更无迹可求的",甚至断言结构的特点就是"随便"。⑦ 结构并无成法,只能大体分为"较严谨"和"较松

① 林斤澜:《闲话藏猫》,《林斤澜文集》文论卷一,人民文学出版社 2015 年版,第 245 页。
② 参见林斤澜:《〈孔乙己〉和〈大泽乡〉》,《林斤澜文集》文论卷二,人民文学出版社 2015 年版,第 236—243 页。
③ 林斤澜:《温故知新》,《林斤澜文集》文论卷二,第 331 页。
④ 林斤澜:《谈小说的容量及其他》,《林斤澜文集》文论卷一,第 176—177 页。
⑤ 汪曾祺:《思想·语言·结构——短篇小说杂谈》,《汪曾祺全集》第 10 卷,人民文学出版社 2019 年版,第 7 页。
⑥ 林斤澜:《答〈小说林〉杂志问》,《林斤澜文集》文论卷二,第 62 页。
⑦ 汪曾祺:《小说笔谈》,《汪曾祺全集》第 9 卷,人民文学出版社 2019 年版,第 169 页。

散"两种。因此,汪曾祺向来无意于拆解结构。林斤澜对结构的阐释,却体现出从经验到理论再到实践的清晰思路。首先,他从阅读经验中切实感受到:"艺术上的精品,无不精心结构。若照金圣叹的路子,都可以用两个四个字,把那结构取个名号。无名号可取的,往往是精而还没有精益求精。"① 其次,他尝试着将结构的地位理论化,并纳入既有的知识表述之中。他以高尔基的命题"语言是一切思想和事实的外衣"为基础,提出结构是决定着整体却容易被忽略的"骨头架子"②。最后,他试图以"结构"来回应小说史上的实践难题。关于短篇小说,鲁迅的"借一斑略知全豹,以一目尽传精神",胡适的"描写事实中最精彩的一段",立论固然精简,但在实践中如何操作及评判始终是未解的难题。林斤澜认为,破解的关键全在于"结构":"寻着了合适的结构,仿佛找准了穴位"③。由此,林斤澜自然而然地与汪曾祺背道而驰:一个崇尚"无迹可求"的结构,一个偏要使其如在目前。

正是由于上述方向性的差异,才有了众所周知的"结构就是苦心经营的随便"这一命题的诞生。按林斤澜的说法:"他爱说随便,连谈小说,谈短篇小说,谈短篇小说中的结构,也说是随便。我和他争过两回,后来他写作'苦心经营的随便'。我敢争,因有实据。"④ 林斤澜所谓的"实据",一是认定小说须有规律方能成为小说;二是他刻意从汪曾祺的"散文化"小说中找出"明珠暗线"和"打碎重整"两种规律⑤,使汪不得不服。两人争论的结果是:看到汪曾祺在"随便"之前添了"苦心经营",林斤澜"顿觉惬意"⑥。事实上,所谓的结构之争,其中并无根本的观点分歧。他们肯定都会同意:结构的精义是"出新意于法度之中"。他们真正的不同在于:由"结构"通往何处。在林斤澜这里,"结构"始终是具体而实在的,其重要性可从小说史上丰富的实践经验与理论表述获得双重证明。但在汪曾祺那里,"结构"实际上已经被"语言"所包融或取代。梳理汪的多次表述,我们可以拎出一条不太分明的线索:"结

---

① 林斤澜:《短打本领》,《林斤澜文集》文论卷一,人民文学出版社 2015 年版,第 346 页。
② 林斤澜:《小说的结构问题》,《林斤澜文集》文论卷一,第 188 页。
③ 林斤澜:《"熏"和"遇"》,《林斤澜文集》文论卷一,第 301 页。
④ 林斤澜、汪曾祺、邓友梅:《关于现阶段的文学》,《林斤澜文集》文论卷一,第 108 页。
⑤ 林斤澜:《旧人新时期》,《林斤澜文集》散文卷三,人民文学出版社 2015 年版,第 271 页。
⑥ 林斤澜、汪曾祺、邓友梅:《关于现阶段的文学》,《林斤澜文集》文论卷一,第 109 页。

构"可以被"文气"代替①——"古人所谓的文气,就是指语言的内在结构"②——"语言体现小说作者对生活的基本的态度"③。我们惊讶地发现,结构的内涵被阐释为作者对生活的态度;这在逻辑上或许是"概念偷换",但在效果上却为体验型小说观增添了一个有力的注脚。

　　有意味的是,汪曾祺以概念偷换为自己开辟了新的阵地,林斤澜却给自己找来了新麻烦。他总是不自觉地辩解道:"这里说的结构,和在第二次世界大战之后,西方兴起的结构主义没有关系。干脆,没有关系就是没有关系,不必细说。"④ 以我之见,林斤澜对结构主义的敬而远之,用意至少有两点:一是避免使丰富多样的小说面貌被简化成单调呆板的理论模式,避免自己所欲张扬的体验型小说观变成技艺型;二是想要突出小说结构经验中的本土传统,以此区别于外来影响。那么,林斤澜所理解的结构,究竟与结构主义有无关联? 仅从时间起点来看,作为现代小说理论概念的结构,并未直接受到结构主义的影响;但从方法和意图来看,林斤澜其实与结构主义不期而遇。如皮亚杰所说,如果"把结构观念的积极特征作为中心,我们就至少能够从所有的结构主义里找到两个共同的方面":一方面,一个结构是"本身自足的",是可以被理解的;另一方面,"人们已经能够在事实上得到某些结构,而且这些结构的使用表明结构具有普遍的、并且显然是有必然性的某几种特性,尽管它们是有多样性的"⑤。在"积极"的意义上,不仅林斤澜对鲁迅小说结构的概括和命名⑥、对汪曾祺的"戏寻"规律,可视为运用了结构主义的方法,就连金圣叹的小说批注也可以说是与结构主义的方法暗中相通。

　　可以说,在林斤澜的观念中,结构与语言的重要性至少是并驾齐驱,甚至隐隐高于语言;在汪曾祺这里,结构却要低于语言,或者说,结构最终须借语

---

①　汪曾祺:《小说笔谈》,《汪曾祺全集》第9卷,人民文学出版社2019年版,第169页。
②　汪曾祺:《作家五人谈》,《汪曾祺全集》第9卷,第176页。
③　汪曾祺:《关于小说语言(札记)》,《汪曾祺全集》第9卷,第355页。
④　林斤澜:《短打本领》,《林斤澜文集》文论卷一,人民文学出版社2015年版,第347页。
⑤　[瑞士]皮亚杰:《结构主义》,倪连生、王琳译,商务印书馆1984年版,第2页。
⑥　林斤澜在多次酝酿之后,果真仿照古代小说批注的做法,给鲁迅小说的结构进行了命名:《在酒楼上》是"回环",《故乡》运用了"对照",《离婚》则是"圈套",《孔乙己》是"反跌"。详见《短篇短篇》,《林斤澜文集》文论卷二,人民文学出版社2015年版,第122页。

言来实现。引领汪曾祺完成最后一步的,是桐城派刘大櫆的"神气、字句、音节"论;帮助林斤澜走完最后一步的,则是中国古代的小说评点和批注。既往研究者多强调汪曾祺与"文章学"传统的关联,其实林斤澜与"文章学"传统的关联也丝毫不弱。有论者认为:新文学革命以来,由于外来文学理论的猛烈冲击,"以古文义法理论来评点小说作为'文学批评'的合法性已不复存在"①。但在 20 世纪八九十年代,汪曾祺和林斤澜却以不同方式复现了传统"义法"的魅力。这也是我们当下重温其理论见解的重要理由。

关于"语言",他们有一个共同的命题:使用语言,有如揉面。但细究起来,二人"揉面"说的内在差异,其实超过了所谓的结构之争。在共同的主张揉"熟"、揉"透"之外,林斤澜认为揉面重在使"营养愈见丰富",要"设法把一些少有的或未有的养分,揉进这团面里去"②。大多数情况下,林斤澜都会认可"这些养分大部分来自方言,或经过方言而来"③。但当汪曾祺主张小说须"除净火气,特别是除净感伤主义"④ 时,林斤澜忍不住针锋相对:"我揉的这团面里,真没有了一腥一臊,真净,只怕也就没有了揉它的劲头了。无它,也离开了自己的真情实感。我只能把'往事'和'现实'一起来揉,不免'浮躁',也没有法子。"⑤ 这实际上已经不是在谈语言的构造与运用,而是转到小说家面对历史和现实的心态了。这一回,是林斤澜轻巧而精准地先落在了生活体验上。而汪曾祺论语言,却要经过如下逻辑运转过程(语言不只是形式,本身就是内容—语言同时有内容性、文化性、暗示性和流动性—语言是作者人格和作品风格的体现),方能抵达其心目中的理想境界:"研究创作的内部规律,探索作者的思维方式、心理结构,不能不玩味作者的语言。"⑥ 因此,汪曾祺在评论他人作品时,十分留心于品味语言。为概括不同作家的语言特性,他有

---

① 刘涛:《从古典的"义法"到现代的"结构"——小说理论批评的现代转换研究之一》,《中国现代文学研究丛刊》2006 年第 2 期。

② 林斤澜:《"杂取种种话"》,《林斤澜文集》文论卷一,人民文学出版社 2015 年版,第 315 页。

③ 林斤澜:《拳拳》,《林斤澜文集》文论卷二,人民文学出版社 2015 年版,第 397 页。

④ 汪曾祺:《桥边小说三篇》,《汪曾祺全集》第 3 卷,人民文学出版社 2019 年版,第 48 页。

⑤ 林斤澜:《旧人新时期》,《林斤澜文集》散文卷三,人民文学出版社 2015 年版,第 271—272 页。

⑥ 汪曾祺:《关于小说语言(札记)》,《汪曾祺全集》第 9 卷,人民文学出版社 2019 年版,第 356 页。

时不得不用上一些特别的概念,比如他在评邓友梅《烟壶》时,就颇费斟酌地借来一个"语态"。但此语态并非语法理论中的彼语态,而是指叙述语言的情感姿态:作者既要"自己摆了进去","同时又置身事外,保持冷静和客观",还要"随时不忘记对面有个读者,随时要观察读者的反应"①。这番"玩味",真是"玩"得够累;但也只有这样,方能显出他对语言的特别重视。

林斤澜的揉面说,更多地指向语言成分的来源与合成;汪曾祺则意在强调,作家要始终以最专注的态度投入语言创造。倘若论结构是林斤澜的主场,那么论语言则是汪曾祺的主场。汪曾祺所追求的,是将语言提到小说"本体"的高度。他一度提出"除了语言,小说就不存在"②,后来可能自觉不妥,遂修正为"写小说,就是写语言"③。汪曾祺对语言的极度重视,与他本人的语言实践相结合,体现了一种"语言本体论"的高度自觉,但也不是没有偏颇。比如,他对鲁迅小说"用字至切"的举例分析堪称精彩,但大加发挥则未见得能让人信服:"小说家在下一个字的时候,总得有许多'言外之意'。"④"用字""下一个字"等说法,显然是来自中国古代"炼字炼句"的传统。将古人炼字的要求移之于现代小说,短篇小说家或许还能认同,中长篇小说作者未必都能接受。此外,汪曾祺推崇简短的语言,但以个人偏好而覆盖全局则未免牵强:"现代小说的语言大都是很简短的。""现代小说的风格,几乎就等于:短。"⑤ 平心而论,语言简短并不足以代表整个现代小说的风格;同时,现代小说的语言并非以简短为突出特色。现代小说中既有鲁迅、契诃夫和海明威,也有福克纳、乔伊斯和普鲁斯特。

汪曾祺的语言论,基本贯通了从庄子、韩愈到桐城派的文论脉络,整合了包括诗词、书法、绘画在内的诸多理论资源,且将小说作者、读者均考虑在内,故而其理论视野、辐射范围都比林斤澜所论更为宽广。还有必要指出,汪曾祺虽多次引述桐城文论,但实际上并无重要的发挥或补充。其真正贡献,是对韩愈"气盛言宜"说的阐释,他认为韩愈"提出了三个很重要的观点":一是

① 汪曾祺:《漫评〈烟壶〉》,《汪曾祺全集》第9卷,人民文学出版社2019年版,第310页。
② 汪曾祺:《小说的散文化》,《汪曾祺全集》第9卷,第391页。
③ 汪曾祺:《林斤澜的矮凳桥》,《汪曾祺全集》第9卷,第407页。
④ 汪曾祺:《关于小说语言(札记)》,《汪曾祺全集》第9卷,第357—358页。
⑤ 汪曾祺:《说短——与友人书》,《汪曾祺全集》第9卷,第193页。

作者的精神状态和语言表达效果之关系;二是语言的标准即"宜";三是语言搭配的奥秘,在于句子长短与声之高下搭配。① 如此阐释,在很大程度上超越了以往重在"养气"、强调道德修养的阐释模式,从而由传统的教化观转向真正的语言论。不过,汪曾祺的语言本体论暗藏着语言至上或"本质主义"的偏颇,但或许是他本人语言实践的成效卓著所致,未见有人公开批评其语言观。而能对汪曾祺加以反拨或纠偏的,还是林斤澜。他在公开答问时表示:"无论如何,语言是读汪的关键",但"能够欣赏汪曾祺的语言",并不意味着就"读懂"了汪曾祺,更不能说"懂汪"和"写汪"。他还认为,"写汪"应深知汪的"未":"'未'是未来之未,未实现未确定未存在未和谐之未。"② 话虽含蓄,意思仍可揣度:语言固然重要,并非小说的唯一或"本质";理解一个作家,需要多样的角度和广阔的视域。

　　概念辨析之目的,正是要接近、揭示概念所依附、烘托的那个"本质"。汪曾祺与林斤澜频频重访小说的核心概念,用意正是探明短篇小说的"本质"特性和存在方式。胡适曾认为:"世界的生活竞争一天忙似一天,时间越宝贵了,文学也不能不讲究'经济';若不经济,只配给那些吃了饭没事做的老爷太太们看,不配给那些在社会上做事的人看了。"③ 鲁迅也说过:"在现在的环境中,人们忙于生活,无暇来看长篇,自然也是短篇小说的繁生的很大原因之一。"④ 汪、林二人从前人识见中提炼出"短篇小说是忙书"的命题,并以相近的方式发展了这一命题。汪曾祺明确认识到:"现代小说是忙书,不是闲书……现代小说要符合现代生活方式,现代生活的节奏。"⑤ 因此,从读者方面来看,现代小说就像忙碌生活里的快餐,必须做得精致美味。从小说方面来看,"短,才有风格。现代小说的风格,几乎就等于:短。短,也是为

---

①　汪曾祺:《中国作家的语言意识》,《汪曾祺全集》第 9 卷,人民文学出版社 2019 年版,第 438—439 页。

②　林斤澜:《与〈北京文学〉谈汪曾祺》,《林斤澜文集》文论卷二,人民文学出版社 2015 年版,第 400 页。

③　胡适:《论短篇小说》,严家炎编《二十世纪中国小说理论资料》第 2 卷,北京大学出版社 1997 年版,第 45 页。

④　鲁迅:《〈近代世界短篇小说集〉小引》,《鲁迅全集》第 4 卷,人民文学出版社 2005 年版,第 134 页。

⑤　汪曾祺:《说短——与友人书》,《汪曾祺全集》第 9 卷,第 191 页。

了自己。"① 从这种认识出发,汪曾祺对短篇小说的对话、叙述语言、抒情、描写与议论等方面都提出了自己的期待。在 20 世纪 80 年代末的某次座谈中,他更是干脆将"短"强调为短篇小说的"本质"②。与汪曾祺坚持"说短"相似,林斤澜始终都在"说小"。既是短篇小说,那么就得口子小、作法要小、人物形象也要小。③ 短篇小说家,只有认识到"小说有'小'的局限性"④,对自己严加限制,才能逼出"绝活"⑤。晚年,林斤澜更从沈从文的"小说的出路在无出路"受到启发,将自己的"绝活"概念发展为一个完整的命题:"文学乃绝处逢生之学"⑥。很显然,这个命题的意义远不止适用于短篇小说。

汪曾祺说过,他之所以写"短小说",首要原因是"中国本有用极简的笔墨摹写人事的传统"⑦。基于这种认识,他在创作中自觉沟通短篇小说的民族传统。林斤澜则明确提出,无论在创作还是阅读接受方面,短篇小说的"心性"都在于"空白艺术",这个"心性"紧连着我们的"民族之魂"。⑧ 现代生活不是遗失了这个民族之魂,而是时刻呼唤作者以"简短"而"高级"的思维方式,去接通民族之魂,进而领会"简约通脱""举重若轻"的本土思维方式。⑨ 如此这般,短篇小说的发展史在他们这里实现了血脉贯通,短篇小说的"本质"也个性昭彰、触手可及。短篇小说家的艺术使命,自然也寓含其中。

---

① 汪曾祺:《说短——与友人书》,《汪曾祺全集》第 9 卷,人民文学出版社 2019 年版,第 193 页。

② 汪曾祺:《思想·语言·结构——短篇小说杂谈》,《汪曾祺全集》第 10 卷,人民文学出版社 2019 年版,第 7 页。

③ 参见林斤澜:《小说说小》,《林斤澜文集》文论卷一,人民文学出版社 2015 年版,第 318—320 页。

④ 林斤澜:《在乌鲁木齐有关创作的研讨会上的发言》,《林斤澜文集》文论卷一,第 89 页。

⑤ 林斤澜:《小说的主题与总体构思》,《林斤澜文集》文论卷一,第 147 页。

⑥ 林斤澜:《绝活》,《林斤澜文集》散文卷三,人民文学出版社 2015 年版,第 624 页。

⑦ 汪曾祺:《〈晚饭花集〉自序》,《汪曾祺全集》第 9 卷,第 288 页。

⑧ 林斤澜:《短篇短篇》,《林斤澜文集》文论卷二,人民文学出版社 2015 年版,第 121 页。

⑨ 林斤澜:《以短为长》,《林斤澜文集》文论卷二,第 201—202 页。

余论 重温传统与打通、对话

通观汪曾祺与林斤澜的理论表述，话语风格的差异始终存在；具体见解虽异同互见，但同样地富于实践感和历史意味，同样地体现了小说家的理论自觉。值得补充的是，在新潮迭涌的 20 世纪 80 年代，不少作家和评论家为理论和方法创新而疲于奔命，他们却以退为进、以故为新，自觉回到民族文学传统，并以之为立足点。汪曾祺祭出了"回到现实主义，回到民族传统"的大旗："这种现实主义是容纳各种流派的现实主义；这种民族传统是对外来文化的精华兼收并蓄的民族传统，路子应当更宽一些。"① 林斤澜则提醒人们，外来方法和观念固然重要，但若清点一番自家的"箱底儿"，就会发现"中国的小说传统上并不是绝对地缺乏一块，而是有过难能可贵的创造，做出过卓越的成绩"②。两位好友所见略同，一面回溯传统，一面对话当下，以此探讨古今中外共通的文艺规律。考虑到学界迟至 90 年代才大规模地探讨传统文论的现代转换，他们的工作可以说是有先见之明。

面对形形色色的外来观念和日新月异的当下现象，他们自觉地发掘古代文论的经验，积极与之开展对话。如，以"构思"或"谋篇布局"对应于"结构"；以"主脑"或"魂"对应于"主题"；以"文气"或"气韵"取代"情节"；以"空白"和"留白"取代"叙述连续性的中断"；等等。汪曾祺在这方面的实绩已获较多关注和认可，其实林斤澜不遑多让。其特别之处，一是将中国古代经典作品与西方名作对读。比如他多次赞赏《聊斋志异》，指出其心理描写多有"奇绝和伟大之处"③，人物刻画和结构设置则足以与魔幻现实主义媲美。

---

① 汪曾祺：《回到现实主义，回到民族传统》，《汪曾祺全集》第 9 卷，人民文学出版社 2019 年版，第 247 页。

② 林斤澜：《箱底儿及其他》，《林斤澜文集》文论卷一，人民文学出版社 2015 年版，第 293—294 页。

③ 林斤澜：《小说的虚实艺术》，《林斤澜文集》文论卷二，人民文学出版社 2015 年版，第 72 页。

二是对"虚实"的着力阐发。他高度赞赏国画、戏曲、散文和古代笔记中的
"写意"与"空白",认为"这些艺术表现上的特色,是十足的中国味儿"①。当
他用虚实之说解读《红楼梦》和卡夫卡《变形记》时,无疑已进入中西对话的
开阔境地。汪曾祺早年立论就有任性跨越艺术门类的气势,晚年更是随心所
欲。举凡散文、骈文、诗歌、戏剧乃至书画、相声中的现象与理论,无不可用于
谈小说;恩格斯和刘禹锡,可以在"倾向性"话题中聚首;海明威的"冰山理
论"与鲁迅的追求精炼,不妨暗中相通。汪曾祺因惯于自由越界,故一读到钱
锺书的"打通"说便大为欣赏,并加以发挥引申:希望中外、古今、雅俗之间都
不要设障,而要打通。更重要的是,汪曾祺明确意识到自己的理论思考方式
是中国式的。他在国外演讲时曾说:"中国的文学理论家正在开始建立中国
的'文体学'、'文章学'。这是极好的事。"② 建立当代的"文体学"和"文章
学",涉及诸多繁难,绝非一日之功。但在回顾来路时,人们当不会忘记汪曾
祺与林斤澜的劳绩。他们所展现的重温文论传统的意识、打通艺术门类的视
野、中外古今对话的方法,也是其理论自觉的重要内涵。

---

① 林斤澜:《谈"叙述"》,《林斤澜文集》文论卷一,人民文学出版社 2015 年版,第 421 页。
② 汪曾祺:《中国作家的语言意识》,《汪曾祺全集》第 9 卷,人民文学出版社 2019 年版,第
439 页。

第八章
"谈话体"及其美学品格
——再论汪曾祺与林斤澜的文论

　　作为当代文坛的一对挚友,汪曾祺与林斤澜享有"文坛双璧"① 之美誉。从设喻的依据来看,双璧之说源于二者均有突出品质,同时也唤起我们对二者交相辉映之效果的期待。近些年来,学界对汪曾祺或林斤澜的单个研究,均已相当深入②,但对二者的比较研究还是太少。一般说来,比较研究的理论设想,总是要道出二者异同之处,以使二者形成某种对照或互补。但我总觉得,在汪曾祺和林斤澜这里,相同或相通之处更为重要。他们在文中互相打趣、调侃的情形并不少见,分歧、抬杠亦时或有之,但我们切不可忽略他们的共识和共鸣。"道不同不相为谋",若非有共同的"图谋",他们是很难做到几十年"风风雨雨,却没有落下恩恩怨怨"③ 的。二人共同之贡献,首先当是众所皆知的短篇小说创作之功。孙郁说得最为简明:"汪曾祺在无章法中显出章法;林斤澜在有章法中打乱了章法;气韵不同,境界不同,但二者均解放了短篇小说的文体,将新、奇、特引入作品,这对那时的文学界,是不小的冲击。"④ 其次则是相对隐蔽的理论思考之功。作家偶尔写点理论和评论文字,这并不稀奇,但像他们这般持续、专注而规模可观者,却较为少见。他们早在20 世纪 80 年代就分别出版过文论集《晚翠文谈》和《小说说小》。他们生前所编文集,都以单列成卷的方式,表现出对文论的特别重视。⑤ 我们径直将他们称为评论家或许不妥,但他们的文论确实独具一格,且意义不凡。如黄子平所说,这些文字"提供了亲历者的经验和反思,佐以他们自己的小说实践,是一笔值得重视的文论遗产"⑥。关于二人文论何以"意义不凡",上一章已有探讨;此处只想粗略谈谈"独具一格"中的"格"。以我之见,二人文论共同的品格,突出地表现为对"谈话体"的身体力行。

---

　　① 　这说法最早出自何时何地以及何人之口,很难断定。明确将之写进文章的,则是林斤澜的传记作者。见程绍国:《文坛双璧——林斤澜与汪曾祺》,《当代作家评论》2005 年第 3 期。

　　② 　林斤澜研究的热度虽远不及汪,但近二十年来大有改观,已有若干综论发表。

　　③ 　林斤澜:《〈纪终年〉补》,《林斤澜文集》散文卷二,人民文学出版社 2015 年版,第 82 页。

　　④ 　孙郁:《林斤澜片议》,《当代作家评论》1998 年第 5 期。

　　⑤ 　江苏文艺出版社 1993 年出版的《汪曾祺文集》共 5 卷,其中"文论卷"单列为 1 卷。北京师范大学出版社 2000 年出版的《林斤澜文集》共 6 卷,其中"文学评论卷"单列为 1 卷。

　　⑥ 　黄子平:《汪曾祺林斤澜论小说》,《上海文化》2019 年第 5 期。

第一节 "谈话体"的生成

早在 20 世纪 80 年代以前,汪曾祺和林斤澜均已在小说创作领域产生一定影响,80 年代后又以风味独特的新作引人注目,成为"新时期"的"老作家"。于是,受邀出席各类讲座、会议和座谈会,或应约点评他人作品,渐成常态。如林斤澜所说:"我在写作行当上混的日子多了啦,不时叫车拉到讲座上、教室里,别的也不会讲,左不过讲讲本行手艺,也还叫座,看来用不着自己先寂寞起来。"① 这话里既有自谦也有自勉,主要意思有两点。第一,"混的日子多了",在"本行手艺"方面自然有所体会和积累。不过,富有创作经验的老作家颇有不少,何以单单把林斤澜和汪曾祺拉到讲座上去呢?林斤澜又以"自然规律"自谦:"可是前辈作家,有的已归道山,有的也腿脚不便,不是哪里都能够去的。自然规律把我们这一拨推上了台。"② 看来关键还在第二点:作家不能自甘寂寞,要对"本行手艺"有自觉的思考和探索,上了台面才有话可说。我们可以说,林斤澜与汪曾祺的文论,乃是历史机缘与个人自觉交汇的结果。

既是讲话,自当讲究深入浅出、明白如话;即便整理成文,也保留着醒目的谈话风格。比如林斤澜的《谈短篇小说创作》《漫谈小说创作》《在鲁迅文学院谈创作》和汪曾祺的《关于文学的语言问题》《中国作家的语言意识》《文学语言杂谈》等篇,都是这样。对这类由讲话整理而来或为发言而写的文字,我们可直呼为"谈话体"文论。值得注意的是,那些并非为讲话和发言而写的篇章,也体现出类似的风格。文论风格的这种内在整体性,显然是有意为之的结果。也就是说,正是出于对文论之价值、功能的特定理解与期待,他们才

---

① 林斤澜:《关于艺术描写"虚"与"实"的对话》,《林斤澜文集》文论卷一,人民文学出版社 2015 年版,第 351 页。
② 林斤澜:《对话一例》,《林斤澜文集》文论卷一,第 249 页。

写成了别具一格的"谈话体"。

　　林斤澜希望文论能够同时给作者和读者以"恰当的指引"①,既不要像以往将复杂的事情简单化,也不要像当下将简单的事情复杂化。在他看来,文论应有让人受益的"点"。"评点或点评的点,可以是'点到为止'的点,也可以是'攻其一点不及其余'的点。总之不必正南巴北,还是自由一点为妥。"②相比之下,汪曾祺对评论的情感态度就要丰富复杂一些。从感性上,他说过害怕被"研究","愿意悄悄写东西,悄悄发表,不大愿意为人所注意";但在理智上,他又深知"评论家对作家来说是不可缺少的"③。汪曾祺对评论的理想化期待,往往包含在他对评论家的怀疑乃至非议之中。他先后批评过某些评论家"胆子很大""玩深沉""六经注我";最严厉的一次,是指斥他们"以艰深文浅陋",无异于"卖假药的江湖郎中"④。但他并不认为,由作家来兼事评论就能解决问题。他希望"评论家首先应该是一个鉴赏家"⑤,而不是理论家。他看得很清楚,不仅评论家写作家"表现的其实是评论家自己"⑥,作家谈别的作家也"常常谈的是他自己"⑦。既然如此,评论的存在又有何意义价值呢?他将孟子的"知人论世"与法国布封的"风格即人"联系起来,极力从中外相通之处阐明评论的意义:"评论也要使人感动,不只是使人信服。""如果在评论中画出一点作者的风貌,则评论家就会同时成为作者与读者的挚友,会使人感到亲切,增加对作品的理解。"⑧汪曾祺不仅是这么想的,也是这么做的。

　　汪曾祺谈得最多的,无疑是沈从文。但他对沈从文的评论,主要意义不在于发人所未发,而在于追认和传承,更是对沈从文和汪曾祺本人的阐释和塑造。这些已为学界所重视,此处不赘。值得关注的是,汪曾祺对鲁迅同样

　　① 林斤澜:《回想〈奔月〉》,《林斤澜文集》文论卷二,人民文学出版社 2015 年版,第 231 页。

　　② 林斤澜:《电视的黑白》,《林斤澜文集》文论卷一,人民文学出版社 2015 年版,第 373 页。

　　③ 汪曾祺:《回到现实主义,回到民族传统》,《汪曾祺全集》第 9 卷,人民文学出版社 2019 年版,第 245 页。

　　④ 汪曾祺:《辞达而已矣》,《汪曾祺全集》第 10 卷,人民文学出版社 2019 年版,第 400 页。

　　⑤ 汪曾祺:《不要把作家抽象化起来》,《汪曾祺全集》第 9 卷,第 484 页。

　　⑥ 汪曾祺:《人之相知之难也》,《汪曾祺全集》第 10 卷,第 100 页。

　　⑦ 汪曾祺:《谈风格》,《汪曾祺全集》第 9 卷,第 313 页。

　　⑧ 汪曾祺:《何时一尊酒,重与细论文》,《汪曾祺全集》第 10 卷,第 15 页。

十分重视,他不仅熟读鲁迅,承认鲁迅对他有极大影响,还"曾发愿将鲁迅的小说和散文像金圣叹批《水浒》那样,逐句逐段地加以批注",并提出"宣传艺术家鲁迅,还是我们的责任。这一课必须补上"①。汪曾祺在为年轻作家黑孩写序时,忆及鲁迅对年轻作家怀着"母性的"爱,并由衷感慨:"鲁迅的话很叫我感动。我们现在没有鲁迅。"②汪曾祺的评论,绝大多数都是为年轻人而发。这种不辞辛劳、甘愿为年轻作家鼓与呼的精神,正是对鲁迅精神的传扬。汪曾祺总是带着很大的兴趣和耐心,去了解年轻作者的经历、品评其语言风格,用心实践着他自己所提出的"成为作者与读者的挚友"的主张。汪曾祺对年轻作家偶有批评和提醒,比如:"曹乃谦说他还有很多这样的题材,他准备写两年。我觉得照这样,最多写两年。一个人不能老是照一种模式写。"③但更多的是包容、欣赏和鼓励。他期待阿城能精益求精,终成小说大家;希望毕四海"多多实验各种招数,不要过早地规矩老实起来"④。对于魏志远的小说,他公开表示"我不习惯",但认为问题不在作者,而在自己。汪曾祺将年轻作家带给他的阅读感受,比作"对我这盆奇形怪状的老盆景下了一场雨"⑤。他不仅自己甘心"服老",还希望社会上能多给年轻人以关注:"我希望报刊杂志把注意力挪一挪,不要把镜头只对着老家伙。把灯光开足一点,照亮中青年作家。"⑥在很大程度上,汪曾祺这类评论的价值,主要不在于他为年轻作家画出了怎样的"风貌",而在于表现了汪曾祺其人的胸怀、其文的品格。

在宣传艺术家鲁迅的工作上,林斤澜与汪曾祺不谋而合,甚至更为尽心尽力。与汪曾祺不同的是,林斤澜不满足于简单的举例分析,而是时常对鲁迅作品进行精细的品读。粗略统计,这类文章有近 20 篇;其中专谈鲁迅的《孔乙己》,竟有五次之多。与此同时,林斤澜身上也延续着鲁迅式的对年轻作家的关心和爱护。他为年轻作家所写的评论,数量也不在汪曾祺之下。由

① 汪曾祺:《谈风格》,《汪曾祺全集》第 9 卷,人民文学出版社 2019 年版,第 314—315 页。
② 汪曾祺:《正索解人不得》,《汪曾祺全集》第 10 卷,人民文学出版社 2019 年版,第 120 页。
③ 汪曾祺:《〈到黑夜我想你没办法〉读后》,《汪曾祺全集》第 9 卷,第 468 页。
④ 汪曾祺:《愿他多多实验各种招数——毕四海印象》,《汪曾祺全集》第 10 卷,第 45 页。
⑤ 汪曾祺:《一种小说》,《汪曾祺全集》第 10 卷,第 128 页。
⑥ 汪曾祺:《一个过时的小说家的笔记》,《汪曾祺全集》第 10 卷,第 245 页。

于长期在《北京文学》这样的"一线"岗位任职，也由于为人的真诚和热心，阅读和评价新人新作，关注和回应文学新潮，自然就成了林斤澜的本职工作。如汪曾祺所说："斤澜对青年作家(现在都已是中年了)是很关心的。对他们的作品几乎一篇不落地都看了，包括一些评论家的不断花样翻新，用一种不中不西希里古怪的语言所写的论文。他看得很仔细，能用这种古怪语言和他们对话。"① 日常对话中的林斤澜，是否满口"古怪语言"，我们已不得而知；但文字中的林斤澜，其实是平易而亲切的。林斤澜评价年轻人的方式也是多样化的，有座谈会上的即兴发言，也有专门讲座中的点评；有应邀作序，也有主动评价；有书信体，也有编辑札记体；有点到为止的，也有深入浅出的。形式不拘一格，态度却总是平易恳切。比如他在讨论会上从构思角度对陈建功和母国政小说的评点和建议②，在两封书信中对同乡作家哲贵的鼓励和提点③，无不以见识和风度使人印象深刻。林斤澜说自己曾反复阅读高尔基的《和青年作家谈话》，但他似乎从未完全认同高尔基的核心观点④，反倒是充分领会了高尔基式谈话方法的精髓。林斤澜写过一篇《三随》，其副标题就是"与文学青年朋友谈心"⑤。可以说，他是自觉地将文论写成谈心的。

林斤澜的与年轻作家谈心，与汪曾祺的为年轻作家鼓呼，共同彰显了一种独特的文论品格。这类文论主要以年轻作家为理想读者，其初衷是寄望于年轻作家的成长，其效果则体现为一种富于人情温度的评论。甚至可以说，他们在具体评价中的眼力、观点如何，并不特别重要；要紧的是，他们所展现的亲切、和善的风度，为人作嫁、甘为人梯的精神，堪称当代文学评论史中极

---

① 汪曾祺：《林斤澜！哈哈哈哈……》，《汪曾祺全集》第 6 卷，人民文学出版社 2019 年版，第 330—331 页。

② 参见《小说构思随感(之一)》，《林斤澜文集》文论卷一，人民文学出版社 2015 年版，第 58—61 页。《小说构思随感(之二)》，《林斤澜文集》文论卷一，第 62—69 页。

③ 参见《"自我感觉"》，《林斤澜文集》文论卷二，人民文学出版社 2015 年版，第 368—369 页。《"八字"》，《林斤澜文集》文论卷二，第 370—372 页。

④ 高尔基小说论的核心观点，一是"叙述体文学"(戏剧、长篇小说、中篇小说和短篇小说)都包括语言、主题和情节三个要素。二是"语言是一切事实和思想的外衣"，故在"三要素"中至关重要。参见高尔基：《和青年作家谈话》，《论文学》，孟昌、曹葆华、戈宝权译，人民文学出版社 1978 年版，第 332—335 页。

⑤ 参见《三随——与文学青年朋友谈心》，《林斤澜文集》文论卷一，第 207—209 页。

为稀有的品质。我们只要回想一下当代文学史上曾有过那么多将各种主义、主张、理论和学说放在首位的评论文章,那么多居高临下、指手画脚、评头论足的评论家,必能深刻体会这种品质的难能可贵。

第二节 "谈话体"的方法

汪曾祺在出版散文集《蒲桥集》时,曾应出版社之请,拟广告一则,自评为"娓娓而谈,态度亲切,不矜持作态"①。借此评语来评价汪曾祺以及林斤澜的文论风格,其实也是可以的。谈话体的评论,除了"态度亲切",关键在于说理要形象、生动,必要时还可添些风趣幽默。汪曾祺论语言的重要性,有过形象化的比喻。"语言不是外部的东西。它是和内容(思想)同时存在,不可剥离的。语言不能像桔子皮一样,可以剥下来,扔掉。"② 至于以风筝与脑线作比来解说作品与主题的关系,更是生动风趣:"风筝没有脑线,是放不上去的。作品没有主题,是飞不起来的。但是你只要看风筝就行了,何必一定非瞅清楚风筝的脑线不可呢?"③ 林斤澜在一次座谈中表示,作家不可尝试在小说中解决现实问题:"这些问题,国务院都在那里研究来研究去,你千万不要认为你作家比国务院总理还要强啊。"④林斤澜式的幽默风趣,往往表现为文字游戏。比如,他对闹哄哄的"接轨"说不满意,尤其不赞同雅俗接轨,但仍以为热闹要好过冷清,于是写道:"雅与俗,美与丑,实与虚,都要接轨接轨接轨,这里的轨可鬼了。尽管接轨在这里可能是见鬼,也还是好。想想曾几何时,青空

---

① 汪曾祺:《〈蒲桥集〉书封小语》,《汪曾祺全集》第 11 卷,人民文学出版社 2019 年版,第 264 页。
② 汪曾祺:《中国作家的语言意识》,《汪曾祺全集》第 9 卷,人民文学出版社 2019 年版,第 435 页。
③ 汪曾祺:《我是一个中国人》,《汪曾祺全集》第 9 卷,第 271—272 页。
④ 林斤澜:《从"稍微"那里开始》,《林斤澜文集》文论卷一,人民文学出版社 2015 年版,第 173 页。

白日,十里长街,找不着一堆白薯,撞不着一个鬼出来。现在接轨声中也见鬼,见鬼下来也接了轨,就是好年头。"① 与此相似的是汪曾祺对贾平凹的评价:"他的书摆在地下,可以超过他的膝盖。"② 这是对"著作等身"的戏仿,亲昵中见出风趣。

　　谈话体的评论,看似随意而谈,实则特别依赖于宽阔的视野。唯有打开视野,才能找到合适的话题和角度;同时还需要一种情怀,即对自己所从事职业的热爱和信念。汪曾祺早年那篇《短篇小说的本质》,就是很好的例子。坚信不同艺术门类可以相互借鉴,热切期待短篇小说的艺术前景,这是年轻的汪曾祺高谈"本质"却未落入空论的根本原因。相反,如果视野本不宽广,谈话就只能向某些似乎具有普遍适用性的理论求援。比如,汪曾祺在 20 世纪 50 年代评价赵坚时,就只是得出干巴巴的结论:"只有按照'生活本身的辩证法'写出来的作品会产生新鲜的,真正的风格。"③ 林斤澜在新时期之初也偶尔体现出对某些既定法则的依赖,他在某次座谈中甚至两次求助于"对立统一规律":"立意要单纯,形象要丰富。这两者应该是辩证的统一。"叙述和描写,"这两者是相互联系着而又矛盾着的"④。80 年代以来,一方面由于新观念和新方法层出不穷,另一方面得益于个人阅历和文学观的沉淀,汪曾祺和林斤澜终于形成明确而坚定的方法论。相比而言,林斤澜的方法,可以称为经验总结法,即"学习世界上有定评的名篇"⑤,从中悟出艺术规律。汪曾祺的方法则是"打通法",目的也是找出某些共通的艺术规律。汪早年谈文论艺,就颇有随意跨界的胆识,后来读到钱锺书的"打通"说,欣赏之余,进而提出当代中国作家应成为"通人"⑥。他本人的文论,也有意对古代传统与现代文学予以通观。比如,他曾在同一文章中列举几组现象关联:魏晋文风对鲁迅的影响,李白对郭沫若诗歌的影响,《史记》和佛经文体对沈从文的影响,笔

　　① 林斤澜:《闲话"接轨"》,《林斤澜文集》文论卷二,人民文学出版社 2015 年版,第 225 页。
　　② 汪曾祺:《贾平凹其人》,《汪曾祺全集》第 9 卷,人民文学出版社 2019 年版,第 506 页。
　　③ 汪曾祺:《赵坚同志的〈磨刀〉和〈检查站上〉》,《汪曾祺全集》第 9 卷,第 33 页。
　　④ 林斤澜:《谈短篇小说创作》,《林斤澜文集》文论卷一,人民文学出版社 2015 年版,第 10、12 页。
　　⑤ 林斤澜:《短打本领》,《林斤澜文集》文论卷一,第 346 页。
　　⑥ 汪曾祺:《作家应当是通人》,《汪曾祺全集》第 10 卷,人民文学出版社 2019 年版,第 174—175 页。

记对孙犁小说的影响,归有光散文对汪曾祺小说的影响。① 他在评价何立伟时,对"打通"法的运用更为自如。何立伟此前不曾读过废名,但经汪曾祺荐读后,果真觉得自己与废名有内在相似;正如废名并未读过吴尔芙,后来也发现自己与其有相似之处。于是,汪曾祺借来了鲁迅对废名的评价,用以评说何立伟;又借来唐人绝句与五古之比较,评价何立伟正走向成熟。② 林斤澜同样坚信,小说内部有某些中外相通的规律,他曾以自己从《红楼梦》中悟出的虚实艺术,分析卡夫卡的《变形记》。他对《猎人笔记》和《儒林外史》的对比分析尤其富于启示意义。重读两部名作,林斤澜惊觉:《儒林外史》让自己着迷之处,书中并未如实描写;而《猎人笔记》的闪光之处,如今竟然觉得太过细实。由此,他在中外相通的认识上,又获得对中国艺术手法和审美心理独特性的认识。③

在漫谈中接近或揭示艺术规律,这是谈话体的常态。但这并不意味着谈话体文论就没有"问题意识"。林斤澜多谈"结构",汪曾祺则更关注"语言",这都可见出问题意识。在林看来,结构之于小说的重要性,好比骨架子之于人。有感于结构"在皮肉里头不容易看得见,容易被忽略"④,林斤澜上下求索,借用古代文论熟语"布局谋篇"与现代政治话语"组织",以说明"结构"的重要性;又以会议安排、饭店服务和平衡木表演等等,使"结构"的过程具体化。⑤ 林斤澜自觉反思小说史上的问题,并积极回应当下的文学现象,对"性格中心论""典型论""图解"等问题进行了持续思考。他曾专文探讨"归纳人生"与"演绎意义"这两种小说创作路数的特点和影响。在他看来,两种写法本身都是无可厚非的;但就后来的发展而言,"演绎意义"可能会导致"主题先行""图解观念",最终"离开生活感受,丢掉'人生味'"⑥。该文虽以鲁迅

① 汪曾祺:《传统文化对中国当代文学创作的影响》,《汪曾祺全集》第 9 卷,人民文学出版社 2019 年版,第 422—424 页。

② 汪曾祺:《从哀愁到沉郁》,《汪曾祺全集》第 9 卷,第 343—347 页。

③ 林斤澜:《无笔墨处》,《林斤澜文集》文论卷二,人民文学出版社 2015 年版,第 261 页。

④ 林斤澜:《小说的结构问题》,《林斤澜文集》文论卷一,人民文学出版社 2015 年版,第 188 页。

⑤ 林斤澜:《短打本领》,《林斤澜文集》文论卷一,第 348—349 页。

⑥ 林斤澜:《〈孔乙己〉和〈大泽乡〉》,《林斤澜文集》文论卷二,第 243 页。

和茅盾作品为探讨对象,但并不为尊者讳,也不限于就事论事,而是由现代小说的两个"源头"来梳理此后的"流变",试图为当代小说的某些问题找到答案。视野开阔而用语谨慎,充分体现了林斤澜的问题意识。

林斤澜有意唤起人们对结构的重视,汪曾祺则致力于反拨长期以来对语言的轻视和盲视。在强调主题正确和思想进步的时代,语言在文学评论中往往屈居"技巧"之末位,甚至根本没有立足之地。汪曾祺反复申说"语言不只是技巧,不只是形式"①,并以卓有成效的创作实践,极力将语言从过去的"工具"地位解放出来,体现了"语言本体论"②的高度自觉。他不仅留心品味不同作家的语言风格,还深入发掘古代文论资源,从韩愈的"气盛言宜"以及桐城派的"字句""音节"论中获取理论助力。汪曾祺语言论的最大贡献,是将语言与人视为一体:"语言决定于作家的气质。小说作者的语言是他的人格的一部分。语言体现小说作者对生活的基本的态度。"③有感于当下评论多谈"文"而不论"人",汪曾祺提出评论应回到作者身上。自然而然地,他对传统的"知人论世"说表示认同,并在自己的评论中加以实践。他在绝笔文章中还说:"我很希望能和铁凝相处一段时间,仔仔细细读一遍她的全部作品,好好地写一写她,但是恐怕没有这样的机遇。"④只评熟人,这当然可以说是汪曾祺文论的局限,但也是其文论能使人"感动"的特殊缘由。

汪、林二人的评论风格略有差异。从语言个性来讲,林的特点是精细入微,好用口语表达;汪则是字里行间透着文人雅致。从评论重心来看,林重在论文,汪曾祺意在论人;林主要实践了文本细读,汪则倾心于人本鉴赏。但从根本上说,以生动形象的话语、开阔的视野及明晰的问题意识来探求文艺共通的规律,却是他们共同的特色。

---

① 汪曾祺:《关于小说的语言(札记)》,《汪曾祺全集》第9卷,人民文学出版社2019年版,第355页。

② 参见徐阿兵《语言自觉与文体创造的可能》,《扬子江评论》2019年第6期。

③ 汪曾祺:《关于小说的语言(札记)》,《汪曾祺全集》第9卷,第355页。

④ 汪曾祺:《铁凝印象》,《汪曾祺全集》第6卷,人民文学出版社2019年版,第341页。

第三节 作为"镜子"的"谈话体"

有的作家在评论中乐于现身说法、自我阐释,比如汪曾祺;也有人几乎从不举自己为例,比如林斤澜。有趣的是,两人的相互评价,却是有意为之。朋友间长久以来的熟稔,加以眼光之独到、态度之恳切,使他们成为对方的最佳评论者。在二人的互相评论中,我们也能更深入地体会"谈话体"的深层意味。

汪曾祺复出以来,所获评论渐多;相比之下,林斤澜的"怪味"和"涩味"却使他有点"门庭冷落车马稀"。在此情境中,汪曾祺就"矮凳桥系列"写了一篇较长的评论,令林斤澜十分感动:"我的作品在读者中反响不大,比较冷清,也许这促使曾祺要写评论我的文章,他觉得太冷淡我了。"① 但此文并非时下常见的"友情批评",而是满蕴着真情实感和真知灼见,至今仍堪称林斤澜评论中最好的一篇。首先,汪曾祺对系列小说的形式特性做了简明的评价,认为这种"零切"的方式既避免了写成"编年史"、又能"源源不竭地写下去",一语道尽了林斤澜对结构的苦心经营。其次,汪曾祺对林斤澜作品让人"看不明白"的原因做了多角度探讨。原因之一,是生活本身不容易让人明白。汪曾祺引《论语》中的"君子于其所不知,盖阙如也",肯定林斤澜创作态度的诚实与可贵:"不明白,想弄明白。作者在想,读者也随之在而在想。这个作品就有点想头。"坚持作家并不比读者站得更高、也不比读者看得更深,这也是汪曾祺自《短篇小说的本质》以来的重要观点之一。因此,他这般评价林斤澜,实是由于林斤澜小说激发了他的共鸣。原因之二,是林斤澜故意"让人觉得陌生"、故意有违常理:"他常常是虚则实之,实则虚之;无话则长,有话则短。"这个判断精准把握了林斤澜小说的艺术个性,故早已获得林斤澜本人认可,至今仍被林斤澜研究

---

① 林斤澜:《社会性·小说技巧》,《林斤澜文集》文论卷一,人民文学出版社 2015 年版,第390 页。

者沿用。最后,汪曾祺回溯了林斤澜小说语言的发展历程,赞赏他成功地"把温州话熔入文学语言",但也提醒他不要"越来越涩",希望他将"陌生"与"亲切"统一起来。① 此文态度恳直、语气委婉,不仅道出了林斤澜的创作个性,也展现了汪曾祺的评论个性。迄今为止,既不以文章篇幅见长,也不借重时髦理论,却能轻巧自如地画出林斤澜艺术个性和风貌的人,惟汪曾祺而已。

　　林斤澜在文章中提及汪曾祺的次数之多,简直称得上是一个"现象"。② 因为彼此熟悉和亲近,林斤澜出语多有幽默。比如,调侃汪曾祺不懂生意经,没有把散文集《蒲桥集》写作《捕娇记》;嘴上说着"结构就是随便",其实自己动笔之前无不苦思冥想,每因"憋蛋"而"脸红筋胀"③;等等。这些无不使人感受到文人交往的情趣、尤其是知交之间才有的亲昵与会心。但林斤澜对汪曾祺的态度,更多的是赞赏、敬佩和推崇。尽管两人才相差三岁,但林斤澜不仅视汪曾祺为"长我一辈的著名作家"④,还时常在年轻作家面前推许汪曾祺的语言功力和艺术感觉:"这两条都很难得,真真算得一个作家。"⑤ 汪曾祺七十自寿诗中以"文章淡淡"四字自评,并有一段对"我是被有些人划入淡化一类了的"的自我"注解":"我没有经过太多的波澜壮阔的生活,没有见过叱咤风云的人物,你叫我怎么写? 我写作,强调真实,大都有过亲身感受,我不能靠材料写作。我只能写我所熟悉的平平常常的人和事,或者如姜白石所说'世间小儿女'。我只能用平平常常的思想感情去了解他们,用平平常常的方法表现他们。这结果就是淡。"⑥ 不料,林斤澜读后,竟动念也要做一个注解,遂写成长文《注一个"淡"字》。文章从汪曾祺的出身、教育和社会经历娓娓道来,对汪的自述既有注解又有质疑。尤为难得的是,林斤澜明确表示,他"欣赏"但"不同意"汪曾祺的"平常心"。面对"中国知识分子共同的经历"

---

① 以上引文,详见汪曾祺《林斤澜的矮凳桥》,《汪曾祺全集》第9卷,人民文学出版社2019年版,第403—410页。

② 有人甚至专门将林斤澜谈及汪曾祺的20余篇文章汇编成书。陈武选编:《林斤澜谈汪曾祺》,广陵书社2017年版。

③ 林斤澜:《散文闲话》,《林斤澜文集》文论卷二,人民文学出版社2015年版,第104、109页。

④ 林斤澜:《在鲁迅文学院谈创作》,《林斤澜文集》文论卷一,人民文学出版社2015年版,第159页。

⑤ 林斤澜:《旧人新时期》,《林斤澜文集》散文卷三,人民文学出版社2015年版,第269页。

⑥ 汪曾祺:《七十书怀》,《汪曾祺全集》第9卷,第219页。

和"极不平常的历史",作者下笔固然有其自由。但是,"把家破人亡的一个劫,极尽编排之能事,为的洒向人间都是爱。那么,这究竟是劫不是? 我想:这是鲁迅说的哄与骗而已"。林斤澜一面引述鲁迅名言"有真意,去粉饰",一面又结合汪曾祺"融奇崛于平淡,纳外来于传统"的主张,最终提出:所谓的"淡"不过是"方法",背后的"浓"才是"真意"。① 显而易见,林并不满足于以汪的生平为其观点做注解,更有对汪的提醒和劝告。对好友的态度如此含蓄、微妙,的确需要一篇长文的规模。

汪曾祺在 1997 年 5 月遽然辞世,"双璧"自此残缺一块。在当年底的两次会议上,林斤澜踽踽独行,却时时提到汪曾祺。"这个短篇讨论会,我和曾祺说过鼓动他到会。他说有什么好说的呢? 我说你最近在别的场合说过两句话,都是一提而过,没有展开。一句是你用减法写小说。再一句是没有点荒诞没有小说。"② 这简直是比汪曾祺还熟悉自己说过什么,简直是代汪曾祺发言。另一次会上,林斤澜又谈及:"汪曾祺的短篇有的真是反复思索的,但写出来却很平易,我学不来。"③ 他对汪曾祺的怀念和尊崇,可见一斑。北师大出版社 1998 年推出的《汪曾祺全集》中,没有序言、跋语,唯有一则"出版前言",而执笔者正是林斤澜。其写法近于评注或旁白,效果则宛如老友对谈。林斤澜的自我定位是:"我整理了一篇'出版前言'。若叫作'序',实不够格。"④ 新世纪以来,林斤澜更在多处赞扬汪曾祺的"短篇胜业",就连应邀点评《陈小手》,也变成了汪曾祺小说观的现身说法,临末还模仿了一句汪曾祺式的表述:"短,才有完整。"⑤ 在这个意义上,林斤澜堪称自觉而彻底的汪曾祺的阐释者。但林斤澜在推崇汪曾祺时并未消泯自我意识,事实上,他对"唱出自己的歌"同样是自觉的。以我之见,他之所以习惯性地谈及汪曾祺,除了推崇和怀念,还因为在评论汪曾祺时可以思考和定位自我。对于以下评论,

---

① 林斤澜:《注一个"淡"字》,《林斤澜文集》散文卷二,人民文学出版社 2015 年版,第 59—60 页。

② 林斤澜:《呼唤新艺术——北京短篇小说讨论会上的发言》,《林斤澜文集》文论卷一,人民文学出版社 2015 年版,第 194 页。

③ 林斤澜:《在"短篇小说:当前状况与艺术可能"研讨会上的发言》,《林斤澜文集》文论卷一,第 196 页。

④ 林斤澜:《〈纪终年〉补》,《林斤澜文集》散文卷二,第 82 页。

⑤ 林斤澜:《短和完整》,《林斤澜文集》文论卷二,人民文学出版社 2015 年版,第 344 页。

熟悉二人创作风貌的研究者,想必能够心领神会:当林斤澜说作家下笔"有的着意精神的扭曲变形,有的超脱而执着平常心态"① 的时候,其实是在对照他们两人;当他说小说创作"共分两路:求真和求美。求真的求深刻,求美的求和谐"② 的时候,还是在为他们两人画像。也就是说,林斤澜时刻都在想着,该在至交好友的身旁,为自己画上一个什么形象?与此相似,汪曾祺赞赏"林斤澜写人,已经超越了'性格'""写小说就是写语言"③,其实也是在借机表露自己的艺术理想。可以说,两人都有一种以对方为"镜子"④ 的自觉,乐于从镜中看清彼此的异同,并借此确认自己的存在方式及意义价值。

结语 "谈话体"的价值和启示

进一步说,汪曾祺与林斤澜的"谈话体"文论,正可视作多功能的"镜子":持镜者无论聚焦于何种对象,同时都映射着他们自身的形象,从而引起我们对其文论品格、意义和价值的思考。从纵向来看,这种以文本或人本为评论对象、专注于品评小说的结构或语言、致力于寻绎文学内部规律的"谈话体",显然迥异于 20 世纪 80 年代以前曾长期占据主导地位的主题学、社会学以至阶级分析的评论模式,甚至可以说是对这些模式的有意反拨。从横向来看,"谈话体"又与 80 年代以来某些过度依赖西方理论、甚至沦为西方理论跑马场的文学评论格格不入。其可贵之处,一是始终以丰富的创作经验为根基,二是自觉以本土文论经验为依靠,三是平易近人的态度。这种融合了实践感、传承意识和亲和力的"谈话体",至今仍不失吸引力和启示意义。

---

① 林斤澜:《注一个"淡"字》,《林斤澜文集》散文卷二,人民文学出版社 2015 年版,第 60 页。
② 林斤澜:《嫩绿淡黄》,《林斤澜文集》散文卷三,人民文学出版社 2015 年版,第 211 页。
③ 汪曾祺:《林斤澜的矮凳桥》,《汪曾祺全集》第 9 卷,人民文学出版社 2019 年版,第 409、408 页。
④ 这个说法受到孙郁的启发。他曾在《林斤澜片议》(《当代作家评论》1998 年第 5 期)中说,认识林斤澜需要一个"像镜子一样重要"的参照,"这参照不是古小说,不是域外文学,而是他的挚友汪曾祺"。这话反过来说,也未尝不可。

第九章
小说家的另一面"镜子"
——李浩的"小说课"初探

　　近百余年来，人们已在各种场合就小说发表过太多见解，以致我们若想辨析某人的表述究竟有何意义，总是不可避免地要牵连出他人所说。在这个意义上，严家炎和洪子诚等人在上世纪末选编、出版的《二十世纪中国小说理论资料》，以5卷本、200多万字的规模，尽力呈现众声喧哗的场景，可谓极具史料价值。但这终究只是选本，且未顾及"新时期"以来更为丰富多样的言说。要说近40年来最为特殊的言说方式，我以为是——小说家们在大学课堂里讲小说。比如，王安忆在复旦大学讲授小说，出版有《心灵世界：王安忆小说讲稿》等；马原在同济大学的小说讲稿，结集为《虚构之刀》《阅读大师》出版；格非在清华大学执教，出版有《卡夫卡的钟摆》《雪隐鹭鸶》等；曹文轩在北大讲授小说，结集为《小说门》《经典作家十五讲》等；阎连科在人大任教，出版有《发现小说》《拆解与叠拼》等。2017年，人民文学出版社推出的《小说课》，不仅是毕飞宇个人在南京大学执教数年的一次成果小结，也为此类著述给出了一个简洁明快的整体命名。小说家李浩2018年出版的《在我头顶的星辰》，汇聚了他在解放军艺术学院和河北师范大学讲授小说的精要，也当归入"小说课"之列。

　　本章无法对众多小说课做深入探究，只能围绕李浩的小说课谈点印象和感想。虽然李浩自谦"作家的小说研究往往是随意的，偶发的，或者有现实针对的，而缺少理论自觉"[1]，但从他五年前即已出版的28万字的评论集可知：其小说研究并非"随意""偶发"，而是有意为之、由来已久；借用诺奖得主巴尔加斯·略萨的受奖词标题"阅读颂，虚构颂"作为书名，则标示了李浩的某种"理论自觉"和对话意愿。因此，李浩的这部评论集也被纳入评说范围，以使此篇印象谈获得更多论据。之所以从小说课的角度来谈李浩，还因为他说

---

　　[1]　李浩：《代跋·经典小说，经典文学》，《在我头顶的星辰》，江苏凤凰文艺出版社2018年版，第335—336页。

过:"如果你能找出我小说的所有埋设,它只会证明我的无能,不配写小说。"① 或许是过于敏感了,我隐隐觉得这番话似乎另有"埋设":谁若不能找出李浩小说的所有埋设,就证明谁的无能,不配谈小说。尽管我有理由相信小说批评的要务并非找出所有埋设,但为了避免证明自己的无能,我还是决定趋利避害,即暂时远离李浩的小说,而从其小说课入手。同时,为避免言不及义,我决定采用关键词的方式,尽力从李浩的侃侃而谈中抓取某些要点。

第一节　"常识"与"溢出":小说本体论

小说家李浩时常被视为"先锋作家",他本人对此并不反对,因为"文学本身就具备天然的先锋性"②,需要不断地创新。出人意料的是,李浩在小说评论中使用频率最高的一个词,却是"常识"。在小说创作中不动声色地推进艺术探索的李浩,在小说评论中不惮其烦地申说各种常识的李浩,两者间显然有着巨大差异,然而正是这两者"合成"了"这一个"独特的李浩。由此我想到,与其称李浩为先锋作家,不如称其为理想主义者,甚至"本质主义者"。在当下多元而热闹的文坛,不少人早已丧失了判断优劣是非的基本标准,而如李浩一般坚守常识者,已近于珍稀物种。且不论其观点,单是这份坚守和热情,就有理由获得重视。

既然"站在写作者的角度",李浩所希望的是"读到在道德话语和政治话语之外能对艺术本质发言的批评"③,那么也就不难理解,他亲自投身批评时几乎言必称常识。"我想我们必须申明,小说中的世界属于作家的创造,这是

---

① 李浩:《作家应当是未知的和隐秘的勘探者——与姜广平对话》,《阅读颂,虚构颂》,花山文艺出版社 2013 年版,第 234 页。
② 李浩:《从侧面的镜子里往外看——答〈作品〉张鸿问》,《阅读颂,虚构颂》,第 257 页。
③ 李浩:《站在写作者的角度》,《阅读颂,虚构颂》,第 38 页。

第一个需要重申的常识。"① 这是李浩小说批评的典型句式：判断句，语气肯定，自信满满，又略带着痛感真理蒙尘的义愤。似乎唯有如此，才能拨开层层迷雾，敞露小说的本来面目。比如，申明小说不同于"现实"："可能性，这是一个需要认真对待的词，小说的世界，建筑于这个'可能性'之上，而不是已有的、存在的现实之上，它也需要申明。我们有意无意地混淆已经旷日持久。"② 强调小说应有"智慧"："小说，在这个时代或更早一些的时代，都在趋向于智慧，思考，剖析和追问，都在指向我们的存在和存在的可能……如果你肯阅读，会明白这本是基本的，常识。"③ 谈及"思想"，他毫不含糊地指出："'好的作家一定是个思想家'，对。这是常识。这是一个显见的常识，尽管它受到了某种忽视甚至诋毁。"④ 同时，李浩又极端重视"技术"："没有技术的小说肯定是垃圾，无论它多么思想正确，无论它多么显得深刻。这应当是个常识。"⑤ 以我的理解能力，思想与技术，在此似乎构成一定程度的紧张关系。但我同时又预感到：若向李浩指出这种紧张，他很可能会答以"这应当是常识"。将一般人纠缠不清的话题判为"常识"，这也是李浩式表述的特点，看似举重若轻、轻描淡写，实乃深思熟虑、水到渠成。

在李浩这里，为文学（小说）正名，几乎已成为某种本体论的自觉。既是正名，自然免不了从常识说起。有时，李浩虽未明确使用"常识"的字眼，但由于"应当""必须"之类语气词的强调，"本质上""真正的"等本质化描述的出现，以及"一切""所有"等全称判断的介入，其所表述的内容，事实上也被强化为常识。比如，"诗性，这本是现代小说的首要质地"⑥；"真正意义上的小说，是一种偏见或偏执的艺术，它应当也必须从一种习见的、俗套的、平庸的旧路上岔开去"⑦。在解读卡夫卡《变形记》时，他竟然将"文学史，本质上是

---

① 李浩：《〈变形记〉，和文学问题》，《阅读颂，虚构颂》，花山文艺出版社2013年版，第3—4页。
② 同上书，第6页。
③ 李浩：《喧哗、繁复的"伟大"世界》，《阅读颂，虚构颂》，第134页。
④ 李浩：《从侧面的镜子里往外看——答〈作品〉张鸿问》，《阅读颂，虚构颂》，第252页。
⑤ 李浩：《作家应当是未知的和隐秘的勘探者——与姜广平对话》，《阅读颂，虚构颂》，第216页。
⑥ 李浩：《〈七根孔雀羽毛〉：向日常发问》，《阅读颂，虚构颂》，第126页。
⑦ 李浩：《玄思，或博尔赫斯的可能》，《阅读颂，虚构颂》，第91页。

文学的可能史"① 连续重复了三遍。在他看来,优秀小说展示了无限的可能,这种"常识"无论被强调多少次,都不过分。

坦率地说,李浩惯用的自信、热切甚至不无专断的语气,并不总是令人易于接受。但或许是因为我骨子里也有某种"本质主义"情结吧,我总觉得,他对常识的反复申说是有必要的。"我们不缺少常识。但一些常识是需要认真思量的,擦拭的,甚至重新认识的。"② 李浩此话尤为令我认同。顺理成章地,他直陈常识未明所造成的危害、历数常识未明的原由,我也能接受。但他处理个别"常识"的方式,也有值得商榷之处。比如,对于长久以来聚讼纷纭的"纯文学",他有时认为这"其实并不是一个非常难以辨析的概念,经典的纯文学文本已经用它们的集体气质给定了标识,多些阅读本就可认清"③,有时表示"我强调纯文学和文学精英意识,是我对文学态度的一种声明,它们更多的属于常识"④,而直到晚近才以"超越性"和"艺术性诉求"正面描述了"纯文学"的内涵⑤。如果说,将有待辨析的"纯文学"概念托付给有待指认的"纯文学文本",这是不能让人满意的循环定义;那么,将个人态度宣称为常识,同样也无法令人满意。再有,"超越性"即便能够被指认为"纯文学"的内涵特质,也无法被称作"常识"。常识之所以为常识,自有其普及性的一面,而不应被论者个人意愿所拔升。如朱自清的《经典常谈》和吕叔湘的《语文常谈》都不乏精辟的个人见解,但既是"常"谈,他们也就免不了在书中做些普及性的讲解。小说创作尽可立意高远,小说批评却没有理由摆脱问题纠缠甚或绝尘而去。特别在面对向有分歧的对象时,最要紧的能力,"更多地属于批评家所通常具有的抽象与概括的素质,而不属于艺术家所通常具有的观察和创造的素质"⑥。

如果说,在李浩的小说批评中,对"创造"的渴求,总是超越了"抽象与概

---

①　李浩:《〈变形记〉,和文学问题》,《阅读颂,虚构颂》,花山文艺出版社 2013 年版,第 7 页。

②　李浩:《中国文学的当下症状》,《阅读颂,虚构颂》,第 65 页。

③　李浩:《"纯文学"一辩》,《阅读颂,虚构颂》,第 57 页。

④　李浩:《作家应当是未知的和隐秘的勘探者——与姜广平对话》,《阅读颂,虚构颂》,第 233 页。

⑤　李浩:《六个关键词:我的写作与我想要的写作》,《文艺争鸣》2017 年第 2 期。

⑥　[法]蒂博代:《六说文学批评》,赵坚译,三联书店 2002 年版,第 200 页。

括"的需求,那很可能是因为,对文学的期待值,也会伴随着文学鉴赏能力的提升而提升。譬如登山,有人"半壁见海日",更有人"一览众山小",这些境界固然令人神往,但对尚在山脚的人来说,崎岖不平的山路,才是他们目前所能见到的"常识"。因此,对常识的反复强调,充分显示了李浩的眼界之高,但不意味着他有志于辨析常识的内涵。李浩之所以反复提及常识,其实是为了彰显"审美溢出"的可贵。"我们的审美疆域有一个不断拓展的过程,时常会有一些我们依据旧有观念无法纳入的新东西对它构成冲撞,我们的旧观念、旧方法无法用合适的方式处理这一崭新,它就构成了溢出。"① 比如,卡夫卡《变形记》开篇即意味着"小说早早地就溢出了我们的日常和科学,而进入到一个相对陌生的境地"② ;博尔赫斯《沙之书》"自如而漂亮地"完成了小说向哲学的"越界"③。溢出,最初是优秀小说带来的审美冲击,此后更多地被用作审美期待。对于同时代作家,李浩也希望他们"能写出让我惊异的、对我的审美构成溢出的作品"④。

常识与溢出,共同回答了潜在的"何为优秀小说"之问:常识意味着基本水准,溢出才孕育着创新的可能。置身于常识尚且未明的文学环境,却始终对审美溢出翘首以盼,这难免使李浩偶尔遭遇尴尬或焦虑。但在更多时候,他勇于标榜自己的"文学精英意识"或"审美傲慢"。李浩深知,审美溢出就是违背常规,就是冒险;但没有冒险,也就没有创新。因此,他赞赏尤凤伟《石门夜话》的冒险精神:"对于成熟作家来说,写作中的冒险很多时候是出于对自我能力的一种自信。"⑤ 同时,他也"纵容"自己冒险:"我唯一可引以自傲的,是我将自己精力和时间投给了未知。"对审美溢出的强烈渴求,甚至使他不惮于借用声名狼藉的"概念先行"来自我阐释,如:"《消失在镜子后面的妻子》属于'概念先行'"⑥ ;"我的写作多数时候'概念先行',我往往会选择我对生活和自我的发现作为支点。"⑦ 李浩小说是否"概念先行",另当别论;小

---

① 李浩:《作家应当是未知的和隐秘的勘探者——与姜广平对话》,《阅读颂,虚构颂》,花山文艺出版社 2013 年版,第 220 页。

② 李浩:《〈变形记〉,和文学问题》,《阅读颂,虚构颂》,第 3 页。

③ 李浩:《玄思,或博尔赫斯的可能》,《阅读颂,虚构颂》,第 94 页。

④ 李浩:《从侧面的镜子里往外看——答〈作品〉张鸿问》,《阅读颂,虚构颂》,第 248 页。

⑤ 李浩:《话多的男人》,《阅读颂,虚构颂》,第 138 页。

⑥ 李浩:《魔法师的事业》,《消失在镜子后面的妻子》,花城出版社 2016 年版,"自序"第 4 页。

⑦ 李浩:《后记:先锋和我们的传统》,《变形魔术师》,安徽文艺出版社 2015 年版,第 279 页。

说批评使李浩得以辨识优秀小说的特质,这是可以肯定的。

第二节　"魔法"与"镜子":小说创作论

小说家如何实现审美溢出呢?自然是八仙过海,各显神通。李浩十分服膺并屡次引述纳博科夫的观点:"我们可以从三个方面来看待一个作家:他是讲故事的人,教育家和魔法师。一个大作家集三者于一身,但魔法师是其中最重要的因素,他之所以成为大作家,得力于此。"① 如同纳博科夫有意规避习见的社会思想批评模式而时常潜入细节去发现小说的文学性,李浩也致力于揭示"魔法师"的技艺。当李浩以优秀读者的眼力和文学教授的耐心,细致入微地揭示小说的魔法时,他显然比大谈特谈常识时少了些急于宣示的语气和针对现实的义愤,而多了些从容的领会与独到的见解。不难想象,这样的小说课不仅易于接受,也更具感染力和启发性。况且,李浩的讲授方式,并不千篇一律或者刻板教条。大致说来,《被放大的挣扎》《诗与叙事:片面的随想》较多地融入了个人的创作体验;而《在文字中建立的城市》《声与色》则有意识地在开阔视野中展开探讨。至于《被塑造的父亲》《在文学中出现的时间》,其中不仅有个人化体验,也有开阔的视野,更显示了"教育家和魔法师"气质的融合。

如同庖丁目无全牛,李浩极少完整把握某部小说,他眼中似乎只有小说家的"魔法":"我看重文学的魔法性,看重作家'再造世界'的能力,相对于我们规范的、庸常的、刻板的和多多少少匮乏趣味的日常,我更愿意看见作家们创造性的发挥,愿意看到他们为文学增添的新质和新趣。"②魔法是优秀小说

---

① [美]纳博科夫:《文学讲稿》,申慧辉等译,三联书店1991年版,第25页。

② 李浩:《布鲁诺·舒尔茨:志忑的鼹鼠与魔法师》,《在我头顶的星辰》,江苏凤凰文艺出版社2018年版,第37—38页。

家熟练掌握的共同技艺：在博尔赫斯那里，魔法表现为"减法"、"玄思"与技艺的贴合；在布鲁诺·舒尔茨那里，魔法创造出"童话般的幻觉之地"；在安布罗斯·比尔斯那里，魔法表现为"故意在真幻之间游刃"；在海明威那里，魔法的首要秘诀是"省略"；在胡安·鲁尔福那里，魔法来源于叙事的"回旋感"、残酷的"诗性"和"让死者说话"；在君特·格拉斯那里，魔法化身为能够回溯历史的"神奇眼镜"；在纳博科夫那里，魔法即是"共感力"；在卡尔维诺那里，魔法"用寓言的方式、小说的方式写下那个个人的生存史"，创造了不可思议的"轻逸感"和"童话性"①；在马尔克斯那里，魔法在时间、诗性和日常等层面营造出"极为充沛的艺术感"②……

李浩尊称那些杰出小说家为"背后的神灵"，并发愿"致力于将他们变成'我自己'"。③鉴于李浩已经缕述他们的具体影响，这里只谈谈李浩惯用的魔法及来路。格拉斯《狗年月》里的青少年们，只要戴上"神奇眼镜"，就能看到父母过去的所作所为，这无疑启发了李浩以"镜子"来打量父亲。此外，舒尔茨的《鸟》《蟑螂》《父亲的最后一次逃走》等叙写父亲的小说，对李浩的《父亲树》《那支长枪》《父亲的沙漏》《蹲在鸡舍里的父亲》《乡村诗人札记》《沉船》等一系列小说有着直接影响：集中描写被迫"变形"的父亲。最令李浩感念的，还是格拉斯的《铁皮鼓》，其中"复数的父亲"形象"有着不同的侧面和特点"，并为李浩《镜子里的父亲》注入了飞翔的动力："他将被数量众多的镜子——展现，每面镜子可以是不同的时期，不同的侧面，不同的色调，并且最终汇成交响的合声。"④

借由小说批评，李浩细心领会优秀小说家的魔法，并将自己修炼成优秀读者。至于他本人小说创作中最重要的魔法道具，显然是"镜子"。若不与那些时常在叙事中揽镜自照的所谓"女性作家"相比，李浩或许是对镜子运用最多的当代小说家。从小说集《侧面的镜子》《父亲，镜子和树》《消失在镜子后

---

① 李浩：《攀援到树上的"那个个人"》，《在我头顶的星辰》，江苏凤凰文艺出版社2018年版，第65—67页。
② 李浩：《〈百年孤独〉与文学可能》，《在我头顶的星辰》，第158页。
③ 李浩：《从侧面的镜子里往外看——答〈作品〉张鸿问》，《阅读颂，虚构颂》，花山文艺出版社2013年版，第256页。
④ 李浩：《被塑造的父亲》，《在我头顶的星辰》，第262页。

面的妻子》直到长篇小说《镜子里的父亲》，李浩一直在专心致志地擦拭和打磨那些有形无形的镜子。李浩曾经设想，《侧面的镜子》"封面是一幅有些夸张的漫画：一个画家，对着侧面镜子里的自己，画下一个比他年老许多的老头儿"①。但 2009 年出版的这本集子，未能让李浩如愿。直到 2013 年出版《镜子里的父亲》，李浩才实现了夙愿。该书封面整体色调为红与黑，在一片混沌中，无数片形状、大小和角度不一的镜子汇聚了微弱的光亮，而它们所拼成的形状，依稀是一位苍老父亲的轮廓：他没有睁开眼睛，但神情近于沉思。有必要看到，李浩对封面设计的讲究，不只是曾经的美术训练所致，也不只是对父亲的感情使然，更多的是在宣示和坚持自己的小说观。这部 40 万字的巨著，从封面到内容，可谓表里如一，贯彻了坚定的创作理念：父亲形象的显现，取决于众多镜子以及它们之间的关系。借助镜子的魔力，"我"的叙述得以自由穿梭于历史与现实、梦幻与真实之间，但无所不知却又性格乖张的魔镜的出现，迫使"我"不得不与之周旋，从而使整个叙述变为真实与虚构间的一场博弈。这部小说不仅是对父亲和历史的叙述，也是对叙述本身的追问，更可见出李浩如何尽力将杰出作家的魔法"变成'我自己'"，它理当视为当下文坛的重要收获。

　　文艺中的镜子，不仅上承古老的"摹仿说"，还下启"文学反映生活"的文艺观，更牵连着某些或新或旧的歧见纷争；若借用李浩的语式，这些都是"常识"。但在李浩精心添置修饰语"侧面"之后，镜子的功能就奇妙地"溢出"了成见："写作，是一面放置在侧面的镜子，它照见我的痛与哀愁，幻想和梦，忐忑、犹疑、两难和困惑，对世界的认知和……照见我隐藏在内心的魔鬼和天使。"② 侧面的，而不是正面的，这种表述有意在规避机械反映论的风险；但镜子仍在，它并未丧失固有的反射、折射、聚光、成像等功能。由此我想到：李浩的小说批评，也是一面功能多样的镜子，能为读者照见李浩小说的来路与去向、意义与价值的镜子。

---

　　① 李浩：《从侧面的镜子里往外看——答〈作品〉张鸿问》，《阅读颂，虚构颂》，花山文艺出版社 2013 年版，第 260 页。

　　② 李浩：《魔法师的事业》，《消失在镜子后面的妻子》，花城出版社 2016 年版，"自序"第 4 页。

第三节　"智慧之书"与"智慧博弈"：小说批评观

　　就小说课的意义与价值而言,它首先是李浩本人的自修课,其次才是给听众和读者的文学教育课。以我之见,引导听众和读者领略优秀小说的魅力,这是李浩小说课的长项;但若想借此培养出优秀作者,可能不会那么奏效。此中缘由,除了前文说过的"眼界之高",还有李浩对小说魅力的理解和期待。卡尔维诺曾用"智力"评价博尔赫斯的文学世界,李浩对此深以为然,并认为"将它用在卡尔维诺身上同样合适:我对卡尔维诺情有独钟的理由,也是因为他的文学理念是一个由智力建构和管辖的世界,他和他们让小说这种世俗文体从简单的说书人角色中摆脱出来,成为丰富有趣的智慧之书"。① 事实上,博尔赫斯和卡尔维诺之外的小说家之所以对李浩产生吸引力,几乎都是因为相近的理由。

　　由此,我们接触到李浩小说课的另一个关键词:"智慧之书"。何为智慧之书?"好的小说,智慧之书,就应当有这样的吸纳能力,它经得起反复阅读,经得起时间,经得起一次次的丰富。"② 李浩自述,十年前就觉得自己已经读懂博尔赫斯,可后来的每次重读,都会发现无法用全部经验将其小说"填满"。在李浩这里,"智慧之书"首先当然是与单纯的"故事之书"相对的,但"它不意味要有丰厚的知识而挤干文字和情感的汁液,不是,它更需要汁液充沛,是在此前提下呈现出丰富、歧义,让我们原以为可以轻易下的判断变得犹疑"③。其次,"智慧之书"无疑与前文论及的"溢出"、"魔法"是三位一体的关系,三者共同构建了优秀小说的创作流程:溢出是起点;魔法,是过程;智慧

　　① 李浩:《攀援到树上的"那个个人"》,《在我头顶的星辰》,江苏凤凰文艺出版社 2018 年版,第52 页。

　　② 李浩:《作家应当是未知的和隐秘的勘探者——与姜广平对话》,《阅读颂,虚构颂》,花山文艺出版社 2013 年版,第 215 页。

　　③ 李浩:《给文学找回"精英意识"》,《阅读颂,虚构颂》,第 47 页。

之书,则是成品。最后,智慧之书这一概念,体现了李浩对小说发展趋势的某种思考——或者准确地说,显示了昆德拉的巨大影响。作为"枕边书"之一,昆德拉的《小说的智慧》不仅使李浩"建立了对文学艺术的基本判断",而且深感"无法再有更为精妙的表达"。① 反复引述并延续昆德拉的思考,已成李浩的某种"理论自觉"。昆德拉在著名的《耶路撒冷演讲》中对艺术三大"敌人"(缺乏幽默感、媚俗、对流行思想的不思考)的指控,尤其令李浩认同,并成为其思考的起点。在李浩看来,小说只有不满足于讲述一个故事,而"进入到'思考一个故事'",才足以"抵抗"强大的敌人。②

在李浩的期待中,智慧之书既要关怀个体存在,又要面向整个世界;既要标示思想高度,又要体现技术难度;既要溢出日常生活,又要再造新世界。他甚至认为:"在各学科之间进一步细分、世界越来越丧失它的整体性的今天,把'思'引入小说是某种重新整合渐渐分化的世界的尝试……也只有文学还存在那种整合的可能。"③ 我们有理由质疑李浩过于理想化甚或过于高蹈,但他自有昆德拉做强大的思想后盾。颇有意味的是,当姜广平指出"对技术和文体形式的过分迷恋"可能会导致"匠气"时,李浩答曰:这只是因为"我的'自我'还不够足够强大,还缺少融化和随心所欲的整合能力"。④ 在"总体性"(卢卡奇语)早已破碎的时代,在"小说的危机"(本雅明语)时代,李浩仍然坚信小说家有能力重新"整合"日渐分化的世界——这般信念,即便称之为偏执,也应该是一种可贵的偏执、理想主义者的偏执。

既然智慧之书是一种理想化的文本形态,那么,智慧之书的理想读者,自然也不会是"沉默的大多数"。李浩认为,智慧之书理应"甘于拒绝一部分读者,而愿意在'无限的少数'中去找寻最能与之契合的理想读者"⑤。尽管对李浩惯常的"审美傲慢"不尽认同,我还是本能地欣赏"智慧之书"与"智力博弈"所描画的景象:"一个写作者和阅读者之间存在迷藏和智力博弈,作家和

---

① 李浩:《站在写作者的角度》,《阅读颂,虚构颂》,花山文艺出版社 2013 年版,第 36 页。
② 李浩:《〈变形记〉,和文学问题》,《阅读颂,虚构颂》,第 17 页。
③ 同上。
④ 李浩:《作家应当是未知的和隐秘的勘探者——与姜广平对话》,《阅读颂,虚构颂》,第 231 页。
⑤ 李浩:《〈变形记〉,和文学问题》,《阅读颂,虚构颂》,第 17 页。

批评家之间也存在这样的智力博弈,在设谜和猜谜中获得智力愉悦"①。作家与批评家之间真正理性而优雅地和平共处,这无法不令人向往。李浩还多次说过:"如果接受比喻,我觉得写作和文学批评之间的关系是猫和老鼠的关系,是一只饥饿的狐狸和刺猬的关系——它们之间存在的是一种伟大的博弈,它们之间是一种拆解和反拆解的'迷藏'。"② 以狐狸和刺猬设喻,确实能够关联某种思想史的脉络:古希腊的寓言和谚语,时常以它们为主人公;思想家以赛亚·伯林在其著作《俄国思想家》中,精妙地发展了狐狸和刺猬之喻,借以论述和甄别诸多气质不同的伟大思想家;海外学者李欧梵也曾借此比喻,评价部分中国作家。李浩以这两者来比喻批评家和作家,本身就是富于智慧的创造。但我还是无法想象,我们的批评家与作家,竟会基于"饥饿"的本能而构成食物链的一环。这倒不是因为其中所展示的生存法则过于残酷,而是因为:我们的批评家与作家之关系,向来或将来都不会这么生硬而僵冷。我们见过太多言不及义的与人为善、王顾左右的谈笑风生,早已习惯于理性而优雅地和平相处。智力博弈云云,未免过于高蹈。

结语　"寻美的批评"如何可能

笔者用三组关键词,草草完成了对李浩小说课的评价:常识与溢出,关乎小说本体论;魔法与镜子,指向小说创作论;智慧之书与智慧博弈,体现其小说批评观。如此条分缕析,只是我的一厢情愿,而李浩的言说深深地根植于丰富的阅读经验和牢固的审美理想,原本无法也不该被归结为富于逻辑的条条框框。可以说,他所有的表述都在围绕着一个核心问题展开:什么是好小说。若要评判李浩的小说好在哪里、好从何来,必定无法绕过其小说课。因

---

① 李浩:《作家应当是未知的和隐秘的勘探者——与姜广平对话》,《阅读颂,虚构颂》,花山文艺出版社 2013 年版,第 214 页。

② 李浩:《站在写作者的角度》,《阅读颂,虚构颂》,第 39—40 页。

此,很有必要总结一句:小说课,是小说家的另一面镜子。

此外,我个人对李浩小说课中的某些方面持保留意见。比如,他反复称引昆德拉和纳博科夫,却相对轻忽了包括中国传统文论在内的相关表述;又如,他惊喜于从某些译本中感受到汉语的丰富与美妙,却对更多译本的不堪卒读以及"翻译腔"长期以来的负面影响视而不见。至于解读文本时"侧重于国外经典,国内经典非不想谈,是不能谈,面对诸多现当代的老师与研究者,我怕自己太过不严谨,露怯"①,这显然与李浩一贯的"审美傲慢"不符,故而尤其令我感到遗憾。但在绝大多数时候,李浩确实都在"用专业化的眼光来审视写作的技巧和内部纹理"②,尽力做到"不仅要理解杰作,而且要理解这些杰作里面自由的创造冲动所包含的年轻和新生的东西"③。在这个意义上,李浩的小说课,正在通往蒂博代所说的"寻美的批评"。

---

① 李浩:《代跋·经典小说,经典文学》,《在我头顶的星辰》,江苏凤凰文艺出版社2018年版,第325页。

② 李浩:《从阅读出发,从经典出发》,《阅读颂,虚构颂》,花山文艺出版社2013年版,第184页。

③ [法]蒂博代:《六说文学批评》,赵坚译,三联书店2002年版,第126—127页。

第十章
"抒情考古学" 与抒情的自觉
——从沈从文到汪曾祺的一种传承

　　沈从文与汪曾祺的师生缘分,早已是文坛佳话。汪曾祺西南联大期间的写作和发表,从沈从文处受益良多。走出校园,因是"肄业",又逢时局动乱,汪曾祺就业很不顺利。不论是在昆明和上海教书,还是到北京的历史博物馆任职,都得力于沈从文的帮助。在汪曾祺备感失意甚至绝望之时,是沈从文写信"骂"醒了他:"你手中有一支笔,怕什么!"① 后来的事实证明了沈从文的眼力。汪曾祺手中之笔,不仅在他命途蹇塞之际多次破开局面,也为中国当代文学史留下不少亮彩。至于他写下一系列文章,追述沈从文的恩泽、评说其创作功绩,更可视为一种"现象"。早在 20 世纪 80 年代"重写文学史"浪潮迭起之前,汪曾祺即已多次呼吁对沈从文做出重新评价。其初衷当是在文学史中发现沈从文的位置、阐释其意义,但在客观效果上,也使他本人接上了某种文学史传统。时至今日,汪曾祺对沈从文的评述,诸如重造民族品德的追求、爱国主义思想、蔼然仁者之心、文体实践之功,均已受到学界重视。不过,汪曾祺对"抒情考古学"这一概念的发明和运用,以及这一概念所暗含的沈、汪之间的精神传承,迄今似未得到足够重视。

第一节　"抒情考古学"与沈从文的启发

　　1982 年,沈从文年满八旬,但因他向来不愿公开透露生日,汪曾祺只来得及事后补写一首寿诗:

---

　　①　汪曾祺:《星斗其文　赤子其人——怀念沈从文老师》,《汪曾祺全集》第 5 卷,人民文学出版社 2019 年版,第 119 页。

　　犹及回乡听楚声，
　　此身虽在总堪惊。
　　海内文章谁是我，
　　长河流水浊还清。
　　玩物从来非丧志，
　　著书老去为抒情。
　　避寿瞒人贪寂寞，
　　小车只顾走辚辚。

诗作从揣想沈从文近期重返故乡之心理起笔，而以赞佩其低调务实之精神收尾。中间两联分别对其文学创作和文物研究两大功业加以评价。颔联对仗不甚工稳，但胜在用语巧妙、意味丰富。"长河流水"将沈从文未完成的《长河》纳入其中，"浊还清"则寓含汪曾祺的期待，期待沈从文的文学创作能获得重新评价。"谁是我"可谓一语双关：其中既暗含"谁能及我"的高度，更有"谁能知我"的寂寞。颈联着意炼字，将历来为人所不取的"玩物丧志"打乱重组，赞赏沈从文即便改行研究文物也并未丧失热情，而是立志不改，终于著成《中国古代服饰研究》一书。全篇都在极力贴近沈从文的感情，也借此抒发自己对老师的感情。可以说，"抒情"乃是此诗的"诗眼"。汪曾祺为寻得这一诗眼花费了多少工夫，我们已不得而知。但从他给好友林斤澜的信中来看，他自己对这诗想必是较为满意的；据说沈从文一家人读后也是高兴的，"大概是因为写得比较贴切"①。对我们而言，仍然有待解释之处是：文物研究如何"抒情"？

　　其实，在沈从文八十寿辰之前，汪曾祺已经写完了《沈从文的寂寞》这篇较长的文章（迟至两年后才公开发表）。我们从中可以理解汪曾祺所说的"抒情"。该文虽以"浅谈他的散文"为副标题，但有意从沈从文的文学创作中提取一种独特而可贵的"抒情气质"，并将之灌注于沈从文的文物研究之中：

　　　　他搞的那些东西，陶瓷、漆器、丝绸、服饰，都是"物"，但是他看到的

---

① 汪曾祺：《830111 致林斤澜》，《汪曾祺全集》第 12 卷，人民文学出版社 2019 年版，第 105 页。

是人,人的聪明,人的创造,人的艺术爱美心和坚持不懈的劳动。他说起这些东西时那样兴奋激动,赞叹不已,样子真是非常天真。他搞的文物工作,我真想给它起一个名字,叫做"抒情考古学"。①

由此可见,汪曾祺所说的"抒情考古学",是指从事考古研究之人,要看到所考文物背后的人,要以人心去贴近人心,要以自己的审美能力去欣赏他人的审美创造,从而使看似枯燥冷冰的研究工作生出丰富的趣味和情感的温度。十几年后,为纪念沈从文从事古代服饰研究三十周年,汪曾祺以"抒情考古学"为题撰文,重申文学创作与文物研究二者在沈从文那里具有内在相通性,认为"在文物面前,与其说沈先生是一个学者,不如说他是一位诗人。正因为他是诗人,才能在文物研究上取得这样大的成绩"②。此外,新版《汪曾祺全集》还收有一篇未完成稿《沈从文先生的"抒情考古学"——〈中国古代服饰研究〉读后感》,但写作日期不详。从副标题和拉开的架势来看,汪曾祺本意或许是要写一篇长文,但因故未竟其事。我们尽可猜度,此文若是写在那篇纪念文章之后,那么他可能是再想做些扩充,并结合沈从文著作本身以作更深入探讨;此文若是写在那篇纪念文章之前,那么有可能是深感难以全面铺展,故而收缩为一篇纪念文章。不过,无论事实究竟如何,我们都能深切感受到,汪曾祺始终抱有这样的想法:以"抒情考古学"之名,对沈从文的毕生功业加以融会贯通。他的设想未能实现,从弘扬老师的精神、阐明老师的功绩角度来说,这或许算得上略有遗憾。但话说回来,学生未必非得全面追随老师不可。学生追随老师的方式,其实可以有很多种。

有意味的是,汪曾祺对沈从文的研究工作赞赏有加,但几乎从不评判其考证方法是否科学、证据是否充足,而是看重其结论合乎人情事理。比如,对沈从文考证何为"步障",他满意于这样解释"方不至于流于荒唐";正如对"小山重叠金明灭"的考证,使他油然感到"这样解释,温庭筠的这首词才读

---

① 汪曾祺:《沈从文的寂寞——浅谈他的散文》,《汪曾祺全集》第9卷,人民文学出版社2019年版,第224页。

② 汪曾祺:《抒情考古学——为纪念沈从文先生古代服饰研究三十周年作》,《汪曾祺全集》第10卷,人民文学出版社2019年版,第334页。

得通"①。既然如此,汪曾祺何以对"抒情考古学"之说念兹在兹? 这个说法莫非不是为沈从文而量身打造?

第二节 "抒情考古学"之说的由来

其实,"抒情考古学"这个概念,发端于汪曾祺与好友朱德熙的通信。1972 年冬季,大概是在奉命"改剧本"的间隙中,汪曾祺闲读杂书,静观万物,居然生出兴趣,动笔写起咏物小诗来。一只在玻璃窗上不断碰壁的虻类昆虫,竟然引得他动手查阅《辞海》,并写成一首《瞎虻》"讽刺"一下"世间固执的经验主义者"。或许是虻虫这小东西牵动了对故乡和儿时的记忆,他又想到自得其乐的"海里蹦",并结合对《本草纲目》和韩琦、苏东坡诗作的考索,写成一首《水马儿》。汪曾祺对朱德熙说:"我准备写若干首,总名曰《草木虫鱼》,不也是怪好玩的么?"② 他还说自己下一首准备写瓢虫,诗的大意都已明确,只因对瓢虫"背上有多少星"尚不确定,故暂未动笔。于是他拜托好友,看看身边是否有昆虫学专家可以请教,或者帮忙找到配图的瓢虫著作来看。汪曾祺的这些言行,颇有老夫聊发少年狂的意味。他的较真劲儿,当得起一个古老语词的评价:格物致知。半月之后,汪曾祺在信中又说,他已借得《中国经济昆虫志》之"瓢虫科",无须好友代劳。同时,他为读到吴其濬《植物名实图考》而高兴,称赞内中的说明文字都是可读的散文。有感于"文学家大都不学无术",他直言道:"对于文章,我寄希望于科学家,不寄希望于文学家"。对于朱德熙寄来的《文物》杂志,他表示自己"不懂"上面的文章和学问,但又郑重提出:"我希望出这么一种刊物:《考古学——抒情的和戏剧的》,先叫我们感奋起来,再给我们学问。"

---

① 汪曾祺:《步障:实物和常理"小山重叠金明灭"》,《汪曾祺全集》第 10 卷,人民文学出版社 2019 年版,第 68 页。

② 汪曾祺:《721116 致朱德熙》,《汪曾祺全集》第 12 卷,人民文学出版社 2019 年版,第 54 页。

　　因此,汪曾祺式的"格物致知",不是为了遵从儒家古训"多识于草木鸟兽之名",而首先是为了自娱自乐。当然,这种自娱自乐,也不是有意疏离"学问",而是期望学问能以有趣、有情而使人"感奋"。那么,怎样才是有趣而有情的学问呢? 汪曾祺大赞赵元任的《国语罗马字对话戏戏谱最后五分钟一出独折戏附北平语调的研究》为"妙书",并对朱德熙说:"读了赵书,我又兴起过去多次有过的感想,那时候,那样的人,做学问,好像都很快乐,那么有生气,那么富于幽默感,怎么现在你们反倒没有了呢? ……你们为什么都不这样写文章呢?"① 可见,汪曾祺将"抒情的和戏剧的"与"考古学"合为一谈,显然是在提倡一种远离呆板的僵死学问,它能使日常生活中相对生疏的事物变为可亲近的,使不可解的变为可解的,使可解的带上趣味和情感。从根本上看,汪曾祺后来常谈的"抒情考古学",是一种朴素的、日常化的格物致知:它不像朱熹理学所说的要穷究物理,主张做学问须"即物而穷其理";也不像陆九渊心学那样,主张通过修持个人心性以摆脱物的牵绊,所谓"人心本来无事胡乱";而是认定人必先情动于中,才会去考究物背后的知识与人。因此,抒情考古学,其本质内涵就是有情有趣的学问。

　　这一概念的发明,反衬出汪曾祺读书常有情感投入,作文则常有一种抒情的自觉。他一再推荐朱德熙阅读《植物名实图考》《本草纲目》《救荒本草》等书,正因"这些书都挺好玩的"。他与身为古文字学家的好友书信往来,考证古人搽脸的"粉",探讨古人所吃的"饼",其博闻强记、旁征博引,无疑都显出做学问应有的素质。但从汪曾祺本人来说,他之所以琢磨那些物事,更多地恐怕还是因为这些东西好玩,且有助于理解古人的生活和感情。又因远离了学问规范或教条的束缚,他往往能从人情事理出发,作出某些或许合理但有待考证的结论,比如:"食忌生冷,可能与明人的纵欲有关。"对于考古和抒情二者,汪曾祺的态度是分明的,他一方面称自己的看法"近似学匪派考古,信口胡说而已",另一方面又表示"我很想在退休之后,搞一本《中国烹饪史》,因为这实在很有意思"。② 遗憾的是,汪曾祺后来主编过《知味集》,但终

---

　　① 参见汪曾祺:《721201 致朱德熙》,《汪曾祺全集》第 12 卷,人民文学出版社 2019 年版,第59—60 页。
　　② 汪曾祺:《730201 致朱德熙》,《汪曾祺全集》第 12 卷,第 63 页。

于未写出《中国烹饪史》。我们很难想象,一本随处可见汪曾祺式考证用语(如"我怀疑""我疑心")的烹饪史著作,将会是何种面目。但有一点可以肯定,那想必是很好玩的。

以我的阅读感受,还有一点需要特别说明:一般程度的情动于中,显然达不到汪曾祺所说的"先叫我们感奋起来"之程度。汪曾祺再三提及吴其濬的《植物名实图考》及其"长编",不只是因为其作图文并茂、知识丰富有趣,更因为其人其事让汪曾祺受到某种情感冲击。汪曾祺在考证古诗中的"葵"时特别写道:

> 后来读到吴其濬的《植物名实图考》,他力言葵就是冬苋菜。他用了相当长的篇幅,说了很多话,而且说得很激动,简直有肝火。吴其濬这个人我是很佩服的。他是一个状元,做了不小的官,却用很大的精力,写了一本卷帙浩繁的科学著作,所有植物都经过周密地调查,亲眼看过,请人画了准确而好看的图,作了切实的说明,而且文章也写得好,精炼而生动,既善于体物,也工于感慨,是一个很难得的人。他曾订正了李时珍的很多错误,其谨严的程度不在李时珍以下。他像是一个很有性格的人。从他的大声疾呼,面红耳赤地辨明葵是什么,字里行间,仿佛看到他的认真而执着的脾气。大概要干成一件什么事,总得有这么一点性格。如果凡事无所谓,葵是冬苋菜也好,不是冬苋菜也好,跟我有什么关系?于本人倒是很轻松,但这样的人多了,人类也就不会有今天了。①

我们从这里可以体会到几点。第一,汪曾祺所欣赏的"这么一点性格",已经不限于对某一具体对象的考证过程,而是着眼于这一过程中所体现的求知精神和工作态度。在他看来,严谨的求证精神,踏实的工作态度,这是一种可贵的诗人气质。也正是这种诗人气质,容易使人感奋。比如,沈从文在库房阅读资料而埋头不出,以致数次被锁在里面;为考察江陵楚墓,沈从文的两位助手王㐨和王亚蓉把膝盖都跪出了茧子。第二,唯有做到"既善于体物,也工于感慨",

---

① 参见汪曾祺:《770923 致朱德熙》,《汪曾祺全集》第 12 卷,人民文学出版社 2019 年版,第 66 页。

这种工作才称得上是抒情考古学。所以,汪曾祺不是专门为沈从文而创造了抒情考古学这一说法,而是因为沈从文的工作符合他对抒情考古学的期待。在这种期待中,穿越时空的物,物背后的创造者,物当下的研究者,时刻基于人的生活"感慨"而发生对话交流,从而使生活中的一切都可以被理解、被接受。人之所以创造物、研究物,皆因人之有情,皆是抒情的本能使然。

以我之见,在汪曾祺所创造的"抒情考古学"这个偏正式短语中,"抒情"虽为修饰语,但其重要性却与作为中心语的"考古学"并驾齐驱,甚至几乎要反客为主。由此,抒情,成为汪曾祺体验生活、理解文学、评价作家思想的关键词。比如,他主张"风俗是一个民族集体创作的生活抒情诗";他当面对沈从文说过,"你是一个抒情的人道主义者";他也称自己"大概是一个中国式的抒情的人道主义者",以"人道其里,抒情其华"自勉。自 20 世纪 80 年代以来,汪曾祺在文章中有许多不同类型、不同方式的自我描述与定位,而"抒情"则是他较为常用的一个修饰语。这种抒情的自觉,为我们整体把握汪曾祺的散文、小说、诗歌、戏剧以及书画创作,提供了重要线索。通常说来,在写人、叙事、写景中抒情,或借笔墨、线条抒情,不难实现;而在考证文字中如何抒情,则相对难于理解。再者,青年汪曾祺从西南联大的茶馆和图书馆一路走来,一度走得自由不羁、散散漫漫,又如何会对写作相对枯燥的考证文章发生兴趣?这也是一个难于理解的环节。如果我们还记得他代同学杨毓珉写的那篇惊才绝艳的读书报告,就会发现他虽然偶尔提及李贺与沈亚之的交游,但写作兴味不在考证,而是以抒情诗人的气质去体会李贺的心境,又以画家才有的浓墨重彩,勾画出李贺精神世界的底色。那么,他是如何变得对考证有情趣的?

这就要说到汪曾祺 20 世纪五六十年代的经历。汪曾祺由上海到北京之后,第一份工作是在历史博物馆翻阅资料,做成各种卡片。这样清闲的工作,这般冷清的环境,难免使年轻作家稍感落寞。"觉得全世界都是凉的,只我这里一点是热的"①,他后来在《午门忆旧》中的追述,不能说是夸大其词。于是

---

① 汪曾祺:《桥边散文两篇·午门忆旧》,《汪曾祺全集》第 4 卷,人民文学出版社 2019 年版,第 304 页。

他选择随军南下,希望借此改变自己,能写出点新东西。一番辗转,回京后进入北京文联,担任《说说唱唱》的编辑;四年后转到《民间文学》,还是担任编辑。从汪曾祺的一生来看,这段经历可谓意义非凡。在这几年中,他虽然没有在自己心心念念的小说创作领域取得成绩(甚至可以说,整个创作量都不可观,无足道),但由于常年读稿校稿,他逐渐完成了一个重要转变:由过去的在创作中表现自我,转到如今的在编校中理解他人。同时,两份杂志的编辑工作都是与通俗文艺、民间文艺作品打交道,这就使得汪曾祺完成了另一个转变:由过去的在创作中较多借鉴现代主义作品,转到如今的在阅读中重新发现本土传统和民间文艺。对汪曾祺而言,这个过程无异于一次重要的补课,它有效促进了西与中、"洋"与"土"、雅与俗的视界融合。在以上两个转变过程中,个人化的抒情意愿暂时没能获得舒张,广泛阅读并深入理解文艺作品的兴趣与耐心,却得到了强化。我们如果忽视汪曾祺这段时间的沉潜和磨砺,就很难体会他日后何以时常表露考证的兴趣和抒情的自觉。

第三节 考证与疏解:汪曾祺"抒情考古学"的早期实践

汪曾祺 20 世纪 50 年代的沉潜没有持续太久。早在任职于《民间文学》期间,汪曾祺先后发表了三篇带有研究性质的文章。其一是围绕新编昆剧《十五贯》中的过于执形象,探究剧作改编成功的原因和启示。其二是梳理鲁迅对民间文学的看法,此文在常见的"学习"鲁迅的时代话语之外,颇有借鲁迅的态度来引起人们正视民间文学价值的意图。其三是谈"义和团的传说故事"中可贵的斗争意识,也略微提及不足。三篇文章分别在文本细读、线索梳理和辩证方法方面见长,同时也反映出汪曾祺有一定的情感投入,但它们都称不上考证。而且,这些文章的选题都很贴近汪曾祺当时的"工作需要"。只有到了 1960 年写成的《古代民歌杂说》,我们才能深切感受到汪曾祺写作的自觉性。其时他正在张家口农科所接受劳动改造,却在绘制马铃薯图谱、挑大粪、伺候果树等"本职工作"之余,写出了评说古代民歌的文章。显而易见,若非有了强烈的抒情冲动,这篇幅不短的文章是难以完成的。

在《说〈弹歌〉》中,汪曾祺从《吴越春秋》对弓的记载说起,援引恩格斯的观点,又参以《易》《左传》《太平御览》等,先得出了《弹歌》创作在弓矢发明之后不久这一结论。但这并不是他的最终目的,他真正的意图是弄清这首歌谣的性质和内容。于是我们看到,他从乐府诗、鲁迅小说、《庄子》等作品中取证,提出这首诗是一段猎人所用的"咒语"。又以芬兰史诗《卡列瓦拉》和《水浒传》为类比,解开咒语之谜。汪曾祺十分动情地写道:

> 我们弄清了(或者说:假定了)这首歌谣的性质,这不但不有损于这首歌谣的艺术价值,反之,我们正因为知道我们的祖先创作这首歌谣的目的,而更能亲切地感觉到它的情绪。我们可以感觉到我们的祖先,一手挽定强弓,一手捏着泥弹,用足了力气,睁圆了眼睛,嘴里念道:
> "断竹,续竹,飞土——逐肉!"然后嗖——的一弹打出去。古代的语言难于复现,但是如果采用广东话或者吴语来念,念出了歌谣中的四个入声,还是能够很具体地感到那种紧张殷切、迫不及待的热烈情绪的。我们在这里一样也能感觉到人对于自己能够制造工具,对于工具的赞美(所飞者土,所费者微;所逐者肉,所得者大,这多么好啊!)和对于自己的聪明和威力的自豪,我们可以感觉到我们的先民在草莽时期的生活的气氛。这些,我想是我们在隔了一个很邈远的时间之后,读起这样短促的歌谣还能获得感动的根本原因。我们读到这首歌谣,总是得到一种感动,尽管我们弄不分明我们为什么会受感动。①

这样的结论是否可信,其实已不再重要。重要的是,这样的结论告诉我们,汪曾祺之所以写这篇考证文章,是因为诗作让他"感奋"。于是他多方取证,大胆猜测,再用了小说家所擅长的想象和细节描写,诗意化地再现了古人射猎的场景。读者若因这场景而感奋,多半愿意认可汪曾祺考证的合理性。

----

① 汪曾祺:《说〈弹歌〉》,《汪曾祺全集》第9卷,人民文学出版社2019年版,第58页。

与此相似的是另一篇《说〈雉子班〉》。尽管前辈学人闻一多说过《雉子班》"不可强解",余冠英对该诗作过精心疏解,但汪曾祺深感余的读法仍有欠通畅,遂另辟蹊径。他一上来就对诗作加以新的句读,并对诗作内容作出不同前人的解读。为证明自己的读法可通,汪曾祺借助训诂学知识,同时引证其他文献,着重解释了"班如此"和"翁孺"。如果说这两处考释基本可靠可信,那么,将"黄鹄蜚,之以千里王可思"判定为与诗作内容并不直接相关的"衍文"或伴唱,似乎还是太干脆了。然而,汪曾祺对悲剧"主角"情绪的体贴,对诗作抒情语调的把握,就连对用韵的分析,又很合于常情常理。这种合乎情理,甚至可能使我们愿意认同他之前所有的考证和判断。汪曾祺也预感到他这样干脆明朗的解释,可能会使他人有所怀疑,但他还是坦然写道:

> 也许有人会说,你把这首诗解释得似乎"太"好了,简直是"神"了,这么一解释,这首民歌岂不是完全可以读通了么? 这首乐府的艺术表现岂不是太完整,这样的非凡的洗练,紧凑,生动,集中,这样的如闻其声的对话,这样强烈的戏剧性,这不是太现代化了么? 这样的来解释一个两千年前的作品? 合适么? 这不是有点太冒险了么? 是的,我也正在犹豫着哩。不过,我想,如果我们有一定的根据,那就应该把话说得足足的,一点也不保留,一毫折扣也不打。抱残守阙,不是我们今天应有的态度。在这样的问题上我们应该大胆些,更大胆些。即使是错了,怕什么? 如果我的解释按常理既可说通,诉诸训诂,尚不悖谬,大体上可以成立,我是很快乐的。①

以我之见,汪曾祺此文固然有"诉诸训诂"的考证手段,并以此而为疏解诗作提供了学理依据,但他作成此文的真正底气或者说根本动力,乃是对诗作抒情性质的认定。汪曾祺坚信,文学作品之可通可解,正因为它是抒情的产物。至于训诂手段及文献考证,都是用来帮助他理解抒情这个根本。正因如此,他才会花费了极大的心力,去考究一首诗的读法,去理解诗中野鸡一家的悲剧,去想象和赞叹一首短诗的精妙。

---

① 汪曾祺:《说〈雉子班〉》,《汪曾祺全集》第 9 卷,人民文学出版社 2019 年版,第 63—64 页。

由此我们可以理解，汪曾祺的考证文字，向来是因情而发，旨在体会所考对象背后的感情；这个考证过程本身就是一种抒情的行为。至于所考对象及相关细节，并不那么要紧。比如他进入剧团工作后，为写剧本，读了不少有关王昭君的材料。他在致信黄裳时，批评周建人观点"是未检史实，蔽于陈见之论"，而赞赏翦伯赞之文。他直言，从石季伦到周建人，他们所谈昭君都是"各有原因的一系列歪曲"，而《青冢记》"可以算得是歪曲的代表"。但他自己写剧本，却有意"播弄"史实。① 很显然，这本质上也是"歪曲"。可见，汪曾祺考证史实的意图不会真向着考证方向发展。他所要的，乃是一种抒情的考证，旨在借此理解特定历史情境中的人，体会人的感情，也抒发自己的感情。

第四节　走向抒情的自觉：汪曾祺后期散文与小说中的"抒情考古学"

经过以上梳理，我们大致可以说，汪曾祺对考证的兴趣，得益于他一向的宽广阅读所养成的知识视野，而主要得益于 20 世纪 50 年代编辑工作培养的细致和耐心。但他并不因此就对通常的做学问产生兴趣。或者说，他只是对有趣而有情的学问抱有期待。于是我们看到，他在 70 年代初酝酿着将考古与抒情联系起来。80 年代初，以祝贺沈从文出版《中国古代服饰研究》以及八十寿辰为契机，汪曾祺字斟句酌，正式提出了酝酿已久的"抒情考古学"。汪曾祺有心以此名目，全盘评价乃师功业，但一直未写成大文章。不过，汪曾祺既然发明了抒情考古学，我们也就没有理由忽略他自己的考古工作。汪曾祺式的考古，与沈从文的古代服饰研究工作有很大不同。他所做的不是以实

---

① 参见汪曾祺：《620410 致黄裳》，《汪曾祺全集》第 12 卷，人民文学出版社 2019 年版，第 50 页。

物和图片资料为主要依据的文物研究工作,而是依据所读各类杂书,联系日常生活体验,在字里行间略发感慨。汪曾祺对考证的兴趣,或许受到了沈从文的一点影响和启发,但从根本上说,汪曾祺想要的,是一种生活化的格物、致知、抒情。

1989 年,汪曾祺出版了个人散文选集《蒲桥集》。应出版社之请,他以不署名的方式,为该书拟定了一则广告语:"此集诸篇,记人事、写风景、谈文化、述掌故,兼及草木虫鱼、瓜果食物,皆有情致。间作小考证,亦可喜。娓娓而谈,态度亲切,不矜持作态。文求雅洁,少雕饰,如行云流水。春初新韭,秋末晚菘,滋味近似。"① 以我看来,这则评语其实适用于汪曾祺所有散文,而不只是《蒲桥集》。汪曾祺散文的取材范围广、语态自然、滋味清新,这些都被汪迷们反复品尝过。这里只说说"间作小考证"有何特点,如何"可喜"。

汪曾祺所做的虽然只是小考证,但对象范围还是较为广泛。举凡山川风物、习俗礼仪、人事掌故的来龙去脉,他都有兴趣探究一番。对于随处可见的瓜果蔬菜以至豆腐、咸菜等,他都有浓厚的兴趣。汪曾祺被许多汪迷们视为吃货,真是理所应当。在他看来,越是日常化的,就越是藏着深刻的心理隐秘。比如他对水母娘娘形象的考察,就揭示了人们对于水、对于女性的普遍心理。他还表示要研究灶神呢。对于这类考证的意味,他自己看得很清楚。"或曰:研究这种题目有什么意义,这和四个现代化有何关系? 有的! 我们要了解我们这个民族。"② 对于历史上的人与事,他也有着强烈的兴趣。比如他一直想写一部有关汉武帝的长篇小说,原因是这个人很复杂。后来缩减为先写一篇司马迁,但又被有关"宫刑"的问题所苦恼。为求得准确理解,他甚至为此专门致信泌尿外科专家吴阶平,请教宫刑的若干事项。最后一问颇有意思:"受了宫刑的人,在生理上、心理上会发生什么变化?"③ 心理上之变化,似乎不归外科专家负责。但这一问,恰恰问出了作家的本分所在。此外,汪曾祺既然主张"写小说就是写语言",自然而然也就表现出对字词的考证兴

① 汪曾祺:《〈蒲桥集〉书封小语》,《汪曾祺全集》第 11 卷,人民文学出版社 2019 年版,第 264 页。

② 汪曾祺:《水母》,《汪曾祺全集》第 4 卷,人民文学出版社 2019 年版,第 249 页。

③ 汪曾祺:《8409 □□致吴阶平》,《汪曾祺全集》第 12 卷,人民文学出版社 2019 年版,第 132 页。

趣。比如,他为故乡高邮的"大淖"正名,为"栈"字考辨。他的这种考究字词的意图如此强烈,以至于他在评论林斤澜的作品时,还要特意岔开去探讨一番"云苫雾罩"的合理性。

汪曾祺借以考证的根据,多是读杂书、四处观察而来。但他最有特色的证据,或许是他的直觉。对于某些固有的说法和解释,他出于直觉般的不满和怀疑,就可能展开一番考辨或想象补充。他所追求的,是如何说得通,如何通人之"情"、达事之"理"。比如他在《岳阳楼记》中写到,范仲淹写作此文不在岳阳,甚至他从未到过岳阳。范仲淹仅凭想象就能写将四周景色写得如此真切,首先是因为他有了独特的思想,可以调用其他相关印象。其次,"范仲淹虽可能没有看到过洞庭湖,但是他看到过很多巨浸大泽。他是吴县人,太湖是一定看过的。我很深疑他对洞庭湖的描写,有些是从太湖印象中借用过来的。"①与此相似,汪曾祺读《西游记》,查吴承恩生平,知道他作为淮安人,此地没有山。而他生平不曾远游,如何能写出"人间幻境"花果山呢?于是汪曾祺推想:"如果他写《西游记》曾经从一座什么山受到过启发,那么便只有云台山较为合适。"②为证实自己的猜想,汪曾祺又找来一些文献,证明云台山历来就有那么一点"神话色彩"和"仙气"。汪曾祺的猜想,或许都还需要进一步的证据,但他将猜想重心放在范仲淹和吴承恩这些人身上,倒也算是合乎情理。

的确,在汪曾祺这里,人、事、物,必要牵动他的感情,才有可能引发他的考证或猜想。他在写出《大淖记事》之前,就先将故乡地名中的"大脑"正名为"大淖",否则"在感情上是很不舒服的"③。参观兵马俑,他由兵马俑的姿势展开了猜想:"除了屈一膝跪着的射手外,全都直立着,两脚微微分开,和后来的'立正'不同。大概那时还没有发明立正。如果这些俑都是绷直地维持立正的姿势,他们会累得多。"④在近乎千篇一律的塑像身上,汪曾祺竟然由体物而体情,去想象他们累不累,这真是可贵的人道主义。与此相似,出于对

①　汪曾祺:《岳阳楼记》,《汪曾祺全集》第4卷,人民文学出版社2019年版,第209页。
②　汪曾祺:《人间幻境花果山》,《汪曾祺全集》第4卷,第224页。
③　汪曾祺:《〈大淖记事〉是怎样写出来的》,《汪曾祺全集》第9卷,人民文学出版社2019年版,第182页。
④　汪曾祺:《兵马俑的个性》,《汪曾祺全集》第4卷,第183页。

故乡的感情、对美食的味觉记忆,他不仅将"鷈"写进小说中王二的熏烧摊子,还在散文中特意探究过鷈。他在小说和散文中反复提及"蒌蒿",不仅因为蒌蒿美味,还因为"蒌"的读音与"吕"相同,会让他想起一位姓吕而得名"蒌蒿薹子"的小学同学。"蒌蒿薹子是我们的同学里最没有野心,最没有幻想,最安分知足的。虚岁二十,就结了婚。隔一年,得了一个儿子。而且,那么早就发胖了。"① 汪曾祺"回乡杂咏"十二首诗,其一为《虎头鲨歌》,对虎头鲨小作考证,但他的目的不是向读者普及何为虎头鲨,而是表达"酒足饭饱真口福,只在寻常百姓家"② 的愉悦。情感的始终在场和自觉介入,使得汪曾祺的考证往往不是为了得出纯粹的知识,而是借考证以表达某种倾向性。如他揣摩郑板桥用"二十年前旧板桥"作图章的心理:"文人画家总有一段不得意的时候,一旦成名,便会有这样的感慨:我还是从前的我,只是你们先前不长眼睛罢了!"③ 有了这样的将心比心,事实本身已经不重要了。汪曾祺排演过曹禺的剧本《家》,当时就对冯乐山送给高老太爷的寿联"翁之乐者山林也;客亦知夫水月乎"佩服不已。但在 40 多年后读书发现,这精彩的集句成联,实乃古人成绩,而曹禺只是移用于冯乐山,但未点破来源。汪曾祺认为:"我想还是以点破为好,否则就便宜了冯乐山这老小子,让人觉得冯乐山虽然人品恶劣,才情学问还是有的。点破了,让人知道这老东西不但是假道学,伪君子,而且善于欺世盗名,抄了别人的东西,还要在大庭广众之中自鸣得意,真是厚颜无耻。有这一笔,可以对冯乐山的性格刻画得更加入木三分。总不能由着这老家伙把大家伙儿全都蒙了过去!"④ 显而易见,这番议论不是小题大做,也不是限于人物塑造而就事论事,而是充分体现了汪曾祺对知识、学问与人性、人情之关系的坚持。在他看来,假道学和伪君子,是不可能真正体会"山林"之乐和"水月"之趣的。再如,汪曾祺读袁枚《子不语》中"沙弥思老虎"的故事,油然想起薄伽丘《十日谈》里旨趣相近的故事。"这个故事是怎样传到

---

① 汪曾祺:《小学同学·蒌蒿薹子》,《汪曾祺全集》第 3 卷,人民文学出版社 2019 年版,第 109 页。

② 汪曾祺:《虎头鲨歌》,《汪曾祺全集》第 11 卷,人民文学出版社 2019 年版,第 174 页。

③ 汪曾祺:《老学闲抄·二十年前旧板桥》,《汪曾祺全集》第 10 卷,人民文学出版社 2019 年版,第 101 页。

④ 汪曾祺:《老学闲抄·冯乐山的寿联》,《汪曾祺全集》第 10 卷,第 102 页。

中国来,怎样被袁枚听到的?"事实上,薄伽丘笔下的那个故事,薄伽丘笔下的故事并非把女人比作老虎而是绿鹅,对话发生在老父亲与十八岁儿子之间,而《子不语》中的对话则发生在禅师同三岁小沙弥之间。中西两个故事,人物身份、用语皆有大差异,只能说是旨趣内在相通,但这两者未必是传播和影响的关系。但汪曾祺并不去核对薄伽丘原作,而是以对袁枚的质疑而结束。"这里面带有人文主义色彩的思想,非中土所有,也不是袁子才这样摆不脱道学面具的才子所本有。"①我们由此也可以看到,汪曾祺意不在考证,而在表达自己的情感倾向。

汪曾祺的小考证,有时旁征博引,有时还能提供较为偏僻的文献证据。但是,掉书袋式的自我炫耀,或探究某种纯粹知识的来龙去脉,从来都不是汪曾祺的目的。汪曾祺许多考证性质的文字,并不强作结论。他的趣味,始终是在体"物"的同时也要体"情",在梳理"知识"的同时也要发现"趣味"。散文《关于葡萄》中有一节谈"葡萄的来历",征引文献,但并未搞清楚葡萄究竟是否为中国本土所有。他给自己的文论集命名为"晚翠文谈",是因西南联大有"晚翠园"。自然而然地,他追溯到了《千字文》里的"琵琶晚翠":"这句话最初出在哪里?我就不知道了,实在是有点惭愧。不过《千字文》里的许多四个字一句的话都不一定有出处。好比'海咸河淡',只是眼面前的一句大实话,考查不出来源。"②"考查咸菜和酱菜的起源,我不反对,而且颇有兴趣。但是,也不一定非得寻出它的来由不可。……我们在小说里要表现的文化,首先是现在的,活的;其次是昨天的,消逝不久的。理由很简单,因为我们可以看得见,摸得着,尝得出,想得透。"③

由此可见,名物或知识的来源和出处并不最重要,对汪曾祺来说,情感之真切才是最重要的。由于情感会因外在环境而有所波动,汪曾祺难免有自相矛盾的时候,甚至不惜将之暴露出来。比如,他先后写了两篇《八仙》,两文皆以浦江清《八仙考》为基本依据,但所得结论截然不同。他分明说过:"我不

①　汪曾祺:《沙弥思老虎》,《汪曾祺全集》第 10 卷,人民文学出版社 2019 年版,第 310—311 页。

②　汪曾祺:《门前流水尚能西——〈晚翠文谈〉自序》,《汪曾祺全集》第 9 卷,人民文学出版社 2019 年版,第 377 页。

③　汪曾祺:《咸菜和文化》,《汪曾祺全集》第 4 卷,人民文学出版社 2019 年版,第 327 页。

认为八仙在我们的民族心理上是一个消极的因素"①,而在一年多以后,他并未提供任何新的考证,却说"八仙是反映中国市民的俗世思想的一组很没有道理的仙家。"结尾说得更直白:"八仙在中国的民族心理上,是一个消极的因素。"② 这就充分说明,汪曾祺的兴趣不是要弄清"八仙"作为民俗文化知识的来龙去脉,而是要对附着其上的文化心理表态。

身为作家,汪曾祺还时常自觉地借考证来体悟文艺规律。比如,由兵马俑和晋祠宋塑宫女的形象,他想到"任何艺术,想要完全摆脱现实主义,是几乎不可能的事"③;谈故乡的食物,他劝告大家口味要广、要敢于尝试和接受新事物,并明确告白"我这里说的,都是与文艺创作有点关系的问题"④;对苦瓜是不是瓜、能否入菜,他做了一些考证,最终却以对评论家和作家尤其是老作家的劝告而作结,希望他们口味要杂,不要偏食,尤其不要轻易否定或排斥自己看不惯的东西。

余论 有情的产物

饶有意味的是,汪曾祺在 20 世纪 80 年代初正式提出了抒情考古学,他本人此后却再未写成 60 年代《说〈弹歌〉》那样正儿八经的考证文章。不过,相比于 60 年代的偶一为之,80 年代以来的小考证倒是常态化的。他在散文中常作小考证,其结果是使散文带有知识趣味,同时又因抒情的自觉故而使文章气韵生动。90 年代以后,他还时常在小说中不失时机地来上几笔考证。如《子孙万代》开篇介绍傅玉涛的工作是"写字";《喜神》开篇对清人钱大昕的"喜神"说表示不同意见,然后才引出画喜神像的管又萍;《合锦》开篇介绍

---

① 汪曾祺:《八仙》,《汪曾祺全集》第 4 卷,人民文学出版社 2019 年版,第 285 页。
② 汪曾祺:《八仙》(其二),《汪曾祺全集》第 4 卷,第 340、341 页。
③ 汪曾祺:《兵马俑的个性》,《汪曾祺全集》第 4 卷,第 184 页。
④ 汪曾祺:《葵·薤》,《汪曾祺全集》第 4 卷,第 253 页。

"魏小坡原是一个钱谷师爷",随即就是对师爷的考证。这类考证一方面使小说叙事内容变得实感化,强化生活气氛和实感,有助于读者深入理解小说所写人事,另一方面也使小说带上笔记体的趣味,带上习俗和掌故的温度。汪曾祺的写作态度,大致是领着读者一起细心品味:看哪,这就是生活。小说《礼俗大全》对"开吊"仪式过程的叙述,初读略嫌繁琐,但到了"凝神—想象—点主"阶段,汪曾祺写道:"这是开吊所用的最叫人感动、最富人情味的、最艺术的语言"[①]。我们也终于豁然开朗:汪曾祺这般郑重其事,正是对生活"有情"的最佳表现。由此反观汪曾祺的所有考证文字,也都是有情的产物。汪曾祺所向往的抒情考古学,其实是考古式的抒情,是以考证而抒情。它与其说是学问,不如说是情怀;与其说表达了求知的热望,不如说体现了抒情的自觉。

---

① 汪曾祺:《礼俗大全》,《汪曾祺全集》第 3 卷,人民文学出版社 2019 年版,第 328 页。

第十一章
语言自觉与文体创造的可能

——中国当代文学七十年一瞥

　　若以中华人民共和国的成立为起点，"当代文学"至今已满七十周年。鉴于"'当代文学'的特征、性质，是在它的生成过程中描述和构造的"①，我们无论以何标准评判当代文学七十年，必定都无法绕开作为其意义"背景"的 20 世纪。在历史学家笔下，20 世纪的重要性，可能寓含于霍布斯鲍姆的"短促的 20 世纪"或阿瑞基的"漫长的 20 世纪"等命题之中；但就整个人文社会科学研究而言，20 世纪实乃语言意识充分觉醒的世纪。所谓的"语言转向"之说，缘于"西方最重要的哲学流派都走上了通向语言的道路"②，但借以描述社会学、精神分析学、人类学及文学研究的进展均曾受惠于语言研究，也未尝不可。在 20 世纪的中国，有关语言重要性的理论和实践，主要是由文学界来完成的。这既是"新文学"作家和批评家的荣耀与艰难所在，也是我们当下能够从语言自觉的角度探讨和总结文学发展的根本理由。

　　语言自觉的基本内涵，是指作家追求"理想中的语言"，渴望自己的语言表达兼具表现力、美感和个性特征。③ 根据童庆炳的看法，文学语言作为"表层"，其"里层"还负载着"人格内涵"以及"社会的文化精神"。④ 换言之，作家的语言自觉，总是在主观上发端于个人化的体验和追求，又在客观上推动社会化的文体革新和文学发展。因此，探讨作家的语言自觉，或可以通常所说的文学语言变迁为背景和参照，但侧重点不同。文学语言变迁史的研究，可用"归纳法"或"演绎法"：前者以作家的"个人语言"归纳"时代语言"的特点，后者则从时代语言中辨认个人语言的特点。⑤ 这两种做法，无疑都以个人语言与时代语言的关系为归结点。我们所说的语言自觉，则聚焦于作家对语言重要性的明确意识以及他们在语言创造中的强烈诉求——也就是说，只有

---

　　① 洪子诚：《中国当代文学》，洪子诚、孟繁华主编《当代文学关键词》，广西师范大学出版社 2002 年版，第 5 页。

　　② 陈嘉映：《语言哲学》，北京大学出版社 2003 年版，第 15 页。

　　③ 参见陈离：《"语言自觉"与中国新文学传统》，《文艺争鸣》2010 年第 11 期。

　　④ 童庆炳：《文体与文体的创造》，云南人民出版社 1994 年版，第 1 页。

　　⑤ 参见张卫中：《20 世纪中国文学语言变迁史》，中国社会科学出版社 2013 年版，第 240 页。

鲜明独特的语言意识和富有成效的创作实践，才足以标示语言自觉的内涵和意义。迄今为止，似未见到有关语言自觉的清晰界说。费孝通曾将"文化自觉"描述为"生活在一定文化中的人对其文化有'自知之明'，明白它的来历，形成过程，所具的特色和它发展的趋向"，从而能"加强对文化转型的自主能力，取得决定适应新环境、新时代时文化选择的自主地位"。① 仿此，我们可对语言自觉作如下界说：中国作家出于对现代汉语来历和特色的体认，出于对文学当下境遇和发展趋向的关切，以自己的语言创造不断证实文学的可能性，并强化现代汉语的自主性。简而言之，面向历史的反思和批判，着眼未来的选择和创造，才是语言自觉的要义所在。以这样的标准来回顾当代文学七十年，意味着我们要展开几乎近百年来的文学史。

第一节 "杂糅调和"：现代白话文的原初语境

晚清以来，黄遵宪宣称"我手写我口，古岂能拘牵"，裘廷梁主张"白话为维新之本"、梁启超尝试"时杂以俚语、韵语及外国语法"的"新文体"，他们作为维新派知识分子的语言选择，拉开了白话文运动的帷幕。从1917年《文学改良刍议》和《文学革命论》的发难，到1920年北洋政府明令低年段国文教育统一使用白话文，白话文初步确立了合法地位。借用布迪厄的看法，白话文作为在文化场域的复杂斗争中逐步形成的"合法语言"，"它必须由持久的校正努力来维持，而这一任务就同时落在言说者个人，以及专门为此而设计的制度身上了"②。在文学史上，胡适、周氏兄弟和傅斯年等"言说者个人"，均曾就白话文何以重要或如何构造发表过重要见解。而最明确、详细的制度设

① 费孝通：《论人类学与文化自觉》，华夏出版社2004年版，第188页。
② ［法］皮埃尔·布迪厄：《言语意味着什么——语言交换的经济》，褚思真、刘晖译，商务印书馆2005年版，第42页。

计，当属 1956 年国务院发布的《关于推广普通话的指示》，此文就普通话的教育、使用和推广作出了明确指示，为现代汉语的统一化和规范化提供了有力保障。尤为值得注意的是，"指示"开篇就以宣示共识的语气指出，普通话应"以典范的现代白话文著作为语法规范"。历史以这样的方式铭记某些现代作家的贡献，这或许是他们当初所未曾预料的。

"典范"之说，当然是后来者的追认。从当事者的角度来说，现代作家如何经营自己的语言表达，颇值得追问。白话文运动固然以白话文取得合法地位而告终，但何为好的现代白话文作品，最初并无现成答案。有研究者认为，五四作家的白话文构造，主要表现为三种不同的路数：一是以周氏兄弟为代表，由于受过完整的旧式教育，他们的白话文写作深受文言文的影响；二是以郁达夫和王统照为代表，年轻时开始学习西文，此后或留学或继续在国内学习西文，故而其语言构造受西文影响更大；三是叶圣陶和许地山这类作家，既未接受完整的传统教育，又无机会较早研习外语，因此较多地接受了旧白话的影响。① 作为语言表达风格的比较以及对影响源的考察，这种结论大致是合乎情理的。但从语言自觉的角度来说，周氏兄弟无疑远远超出其他作家。无论在个人创作的语言表达方面，还是在着意规划白话文的发展方面，都是用心用力。再有，周氏兄弟所受西文（包括日文）影响之大，以及取法西文的自觉意识，同样远超其他作家。

鲁迅早年翻译《域外小说集》，只是抱着借外国文艺"转移性情，改造社会"② 的想法，而自 20 世纪 20 年代末以来则形成了借外文句法以冲击和促动白话文的明确意图。在与瞿秋白的通信中，他谈到自己为何坚持"宁信而不顺"的翻译主张："这样的译本，不但在输入新的内容，也在输入新的表现法。中国的文或话，法子实在太不精密了……这语法的不精密，就在证明思路的不精密，换一句话，就是脑筋有些胡涂。倘若永远用着胡涂话，即使读的时候，滔滔而下，但归根结蒂，所得的还是一个胡涂的影子。要医这病，我以为只好陆续吃一点苦，装进异样的句法去，古的，外省外府的，外国的，后来便可以据为己有。"③ 从翻译学的角度，鲁迅所主张的"直译"或"硬译"，得失还

① 张卫中：《20 世纪中国文学语言变迁史》，中国社会科学出版社 2013 年版，第 34—35 页。
② 鲁迅：《域外小说集序》，《鲁迅全集》第 10 卷，人民文学出版社 2005 年版，第 176 页。
③ 鲁迅：《关于翻译的通信》，《鲁迅全集》第 4 卷，人民文学出版社 2005 年版，第 391 页。

可再论。但对无所依傍的现代白话文来说，借"异样的句法"以促进自身的更新创造，无疑是值得肯定的开阔思维。后来在总结小说创作经验时，鲁迅又说："我作完之后，总要看两遍，自己觉得拗口的，就增删几个字，一定要它读得顺口；没有相宜的白话，宁可引古语，总希望有人懂，只有自己懂得或连自己也不懂得的字句，是不大用的。"① 白话与文言的关系，已为鲁迅察觉；"拗口"与否，则涉及书面语和口语的关系；"只有自己懂得"与"有人懂"，暗含着方言与通行语之间的关系。若将此处的经验与前述翻译主张合而观之，我们可以说，鲁迅较为充分地意识到了现代白话文的处境和短长，并以"关系主义"的眼光初步勾画了现代白话文的发展之道。

　　周作人在为俞平伯《燕知草》作跋时，曾有一段后来广为人知的借题发挥："我想必须有涩味与简单味，这才耐读。所以他的文词还得变化一点，以口语为基本，再加上欧化语，古文，方言等分子，杂糅调和，适宜地或者蔷地安排起来，有知识与趣味的两重的统制，才可以造出有雅致的俗语文来。"② 涩味和简单味，当是其个人偏好；以口语为基础，适当吸收并融合欧化语、文言文以及方言的可取之处，则指出了现代白话文的"融合"与创造之法。巧合的是，在后来的"文艺大众化"讨论中，有位论者非常激动地说道："就拿五四以来所提倡的白话文学运动来说吧，白话文，它的长处，是在能'家喻户晓'，可是结果怎样？结果现在的白话文，已经欧化，日化，文言化，以至形成一种四不象的新式文言'中国洋话'去了。"③ 初看上去，这位论者似乎将"欧化""日化""文言化"等倾向视为白话文发展的歧途，而这些恰恰是周作人曾经规划的方向。但细想来，他所批评的，或许不是"化"的做法本身，而是"化"得不够好，也即所谓"四不象"。对于白话文应在"化"的道路上发展前行，他其实并不反对，只是对已有的"化"法深感失望，故将希望寄托于"大众化"。事实上，文艺大众化讨论虽在 20 世纪 30 年代初期一度热闹，但既未达成有效的

---

　　①　鲁迅：《我怎么做起小说来》，《鲁迅全集》第 4 卷，人民文学出版社 2005 年版，第 526—527 页。

　　②　周作人：《〈燕知草〉跋》，钟叔河编《周作人文类编·本色》，湖南文艺出版社 1998 年版，第 644 页。

　　③　寒生（阳翰笙）：《文艺大众化与大众文艺》，文振庭编《文艺大众问题讨论资料》，上海文艺出版社 1987 年版，第 82 页。

理论共识,也不曾催化出广受好评的作品。

　　如今看来,那时已经具备高度语言自觉的作家,仍当首推周氏兄弟。得益于学养之深厚、眼界之开阔和创作经验之丰富,他们共同揭示了现代白话文置身其中的原初语境:绵延几千年的文言文,作为书面表达的影响根深蒂固,仍有值得取法之处;与近代西潮一同袭来的外文表达,带来新奇的语汇和句法;方言和口头语的表现力,也因贴近生活现实而不过时。简而言之,现代白话文赖以生存和发展的动力,是由以下几组关系相互交织而构成的:文言/白话,欧化/本土化,书面语/口语,方言/通行语①。从后来的文学发展实际而言,作家们是否意识到这几组关系,足以说明他们是否拥有语言自觉;而他们在这些"关系丛"中的取舍融合之道及实践效果,则证明其语言自觉的程度和限度。

　　值得注意的是:首先,这个原初语境可能会随着社会情势的变化而发生结构性变化。某组关系在某个历史时期可能是主导性的,而在另一个时期却隐而不显。比如"文言/白话",在现代白话文的草创时期无疑是主导性的,但自 20 世纪 50 年代推广普通话以来,其地位已被"方言/普通话"所取代。其次,随着时间推移和语境变化,某关系的内涵及意味也会发生变化,但其内涵意味的增殖或弱化,在不同作家的感知中大为不同。比如,"欧化/本土化"在最初是极富张力的一组关系,但随着两者在现代白话文发展中的碰撞与融合,绝大多数作家已经意识不到甚至习惯于带有翻译腔的表达;而在少数作家那里,"欧化/本土化"的并举,始终承载着他们反抗西方文化霸权的诉求。最后,以上所说只是一般情况,而作家的创造性往往表现为特立独行。某组关系或许已为旁人习焉不察,却是他们长期体验和思考的对象。这些体验和思考的结果,最终可能汇成出人意料的新作品,并与作家本人一同成为引人瞩目的文学景观。

　　从后续文学的发展实际来看,现代白话文的语言创造,不可能脱离"杂糅调和"这个基本法则。优秀作家一定是对这几组关系都有所察觉,并在创作中思考如何萃取文言的韵味、借鉴外来语的句法、吸纳口语的生动活泼,以写

----

　　① 从中国近现代语言的交往实际来看,与"方言"相对的名称,先后有"官话"和"国语"等。新中国成立以后,"普通话"取代了"国语"。笔者此处使用"通行语"这个说法,意在包含"国语""普通话"等历史形态。

出本土味儿的现代语言。一旦调和不当则会出现偏差，文学史已经记载不少这样的遗憾。第一，文言与白话的调和。现代作家倘若仍然偏爱文言，当然无法与时俱进，但完全抛弃文言，则可能使语言寡淡无味。胡适《尝试集》中不少诗作，在当时就被人诟病。梁实秋批评白话诗人"收入了白话，却放走了诗魂"[1]，绝非无的放矢。第二，欧化与本土化的调和。清末民初以来译介成风，作家想要逃避欧风美雨的侵袭，基本已不可能，但语言表达过于欧化，则可能表现为"翻译腔"。路翎的名作《财主底儿女们》，开篇就是"浓得化不开"的翻译腔，而对路翎青眼有加的胡风，他本人的语言表达也带有明显的翻译腔。他们之间的相互欣赏，不妨说是两种腔调之间的投合。第三，书面语与口头语的调和。全用口语显然无法写作，但过于书面化，则可能流于雕琢、脱离现实，甚至被称为"文艺腔"。比如，冰心作品自20世纪20年代起就进入教科书，至今仍在中小学语文教材里占有一席之地，且在高等教育中享有"以文字优美著称"[2] 和"文学语言的典范"[3] 等赞誉。但在40年代，张爱玲就直言不喜欢冰心的"新文艺腔"。张爱玲以二十年之后的眼光去评判现代白话文草创期的冰心，这当然有失公正。况且，张爱玲《传奇》中的一系列小说，从语言构造到情感格调，也有挥之不去的文艺腔——准确地说，是源自《红楼梦》《海上花列传》这类作品的"旧文艺腔"。由此可见，从冰心到张爱玲，现代白话文中的文艺腔不仅一直未能根除，还伴随着新问题。事实上，既是文艺作品，就不可能完全免除文艺腔；关键还是如周作人所说，既要使书面语与口头语"杂糅调和"，又要"适宜地或各啬地安排起来"。第四，方言与国语的调和，牵涉面最广。全用方言显然无法写作，但是，方言与国语之间的取舍，确曾困扰许多作家。作品要被人读懂，应尽量避免使用小众化的方言，但对于熟悉某种方言的人来说，方言所沉淀的生活实感以及得心应手的表现力，实在是难以抗拒的诱惑。因此，是追求人皆能懂还是满足自我表达的快感，全靠作家思量再三。汪曾祺多次举鲁迅《高老夫子》的"酱在一起"为例，

---

① 梁实秋：《读〈诗底进化的还原论〉》，《梁实秋文集》第6卷，鹭江出版社2002年版，第178页。

② 朱栋霖等主编：《中国现代文学史 1917—2012（上）》，北京大学出版社2014年版，第113页。

③ 温儒敏、赵祖谟主编：《中国现当代文学专题研究》，北京大学出版社2002年版，第192页。

指出"酱"字作为方言的生动传神和无可替代。虽然"酱"的这个用法至今仍未被普通话接纳，但读者无须注解一想便通，这足以证明方言运用得当的好处。某些作家有意识地运用了较多方言土语，若不加注释，恐怕读者大众难以读通；一律加以注释，又会阻滞阅读。后文将会证明，在大力推广普通话的背景下，方言与普通话的紧张，甚至成为当代文学中最突出的语言景观之一。

第二节　"语言工具观"的形成

从20世纪40年代到50年代，从作家们"杂糅调和"的实践过程来看，"文言/白话"与"欧化/本土化"这两组关系渐趋消隐，而"书面语/口语"与"方言/普通话"作为渐趋明显的两组关系，则构成了我们理解当代作家语言自觉的关键。从文艺大众化运动的兴起到延安"讲话"的出台，为大众创作变成向群众学习。学习群众的语言（其中自然有大量的方言、土语）也就变得更为政治正确，甚至一度被视为知识分子自我改造的必经之途。吊诡的是，学习群众的语言固然政治正确，但若处理不当反而会暴露作家自身的问题。有研究者发现，周立波在《暴风骤雨》中努力学习群众语言，但由于将方言用作知识性材料，结果却以某种"地方色彩"标示了"知识分子未能完全改造自己"。① 与此相反，赵树理的成功恰恰在于语言的选择和创造：周扬最先指出，赵树理在人物对话和叙述描写方面都"那么熟练地丰富地运用了群众的语言，显示了他的口语化的卓越的能力"②；郭沫若明确肯定赵树理作品"最成功的是言语"，并赞以"脱尽了五四以来欧化体的新文言臭味"③；陈荒煤

① 李松睿：《地方色彩与解放区文学——以赵树理的文学语言为中心》，《文学评论》2016年第1期。

② 周扬：《论赵树理的创作》，复旦大学中文系赵树理研究资料编辑组编《赵树理研究资料》，福建人民出版社1981年版，第187页。

③ 郭沫若：《读了〈李家庄的变迁〉》，复旦大学中文系赵树理研究资料编辑组编《赵树理研究资料》，第376页。

更将"选择了活在群众口头上的语言,创造了生动活泼的,为广大群众所欢迎的民族新形式"① 的写法树为"赵树理方向"。不难看到,虽然郭沫若的评价在一定程度上关联了现代白话文的历史,体现了相对较强的语言自觉,但他最终还是将如何评价赵树理提到政治高度:"这不单纯是文艺的问题,也不单纯是意识的问题,这要关涉到民族解放斗争的整个发展。"②

事实上,即便暂时撇开政治正确的前提,作家学习群众语言也是必要的。口语表达的明快活泼,方言土语中的生活气息和日常趣味,无疑有利于激发作家的语言自觉并使其深化发展。但在高度政治化的语境中,这种语言学习从一开始就以政治正确为助力或指导,久而久之,作家原本有限的语言自觉将逐渐弱化以至消隐。以赵树理为例,他在 20 世纪 40 年代末分享写作经验时,虽然在"取材"和"主题"之后才简略谈及"语言及其他",但谈得颇为生动风趣:"我既是个农民出身而又上过学校的人,自然是既不得不与农民说话,又不得不与知识分子说话。有时候从学校回到家乡,向乡间父老兄弟们谈起话来,一不留心,也往往带一点学生腔,可是一带出那种腔调,立时就要遭到他们的议论。碰惯了钉子就学了点乖,以后即使向他们介绍知识分子的话,也要翻译成他们的话来说,时候久了就变成习惯。说话如此,写起文章来便也在这方面留神……"③ 由自我身份的特殊性意识到说话腔调的重要性,由说话的留心进入到写文章也留神,赵树理在群众语言与知识分子语言、口头语与书面语之间长期扮演着"翻译"角色的过程,也是其语言自觉从萌发走向深化的过程。而在将近十年之后,赵树理作文专谈语言时,意味已大有不同。该文以"语言是传达思想感情的工具"开篇,指出从"文法"和"修辞学"中"学不到语言",然后大谈"应该从广大的劳动人民群众中学"。文章的结论尤其干硬:"从群众的话海中吸取了丰富的养料,再经过我们充分的加工,把我们的语言锻炼得要说什么就能恰如其分地把什么说清楚,也就是能把自己要传达的思想感情百分之百地传达给读者,我们学习语言的目的就算达到了。此

① 陈荒煤:《向赵树理方向迈进》,复旦大学中文系赵树理研究资料编辑组编《赵树理研究资料》,福建人民出版社 1981 年版,第 200 页。

② 郭沫若:《读了〈李家庄的变迁〉》,复旦大学中文系赵树理研究资料编辑组编《赵树理研究资料》,第 377 页。

③ 赵树理:《也算经验》,《赵树理文集》第 4 卷,人民文学出版社 2005 年版,第 125 页。

外,书本上的好语言,是别人从群众中取材和加工的结果,就是我们学习语言时候的重要参考资料。"① 在这样的描述中,他本人和别人都只是作为群众语言的取材和加工者而存在。作家的身份意识和语言敏感,已近于无。反观周立波,尽管他在《暴风骤雨》中的语言实践未能像赵树理一样备受好评,但他一直在坚持反思和改进。最初,他是深感知识分子语言"字汇贫乏,语法枯燥",故而有意学习"农民语言却活泼生动,富有风趣"②。从语言自觉的起点来说,他所意识到的内容广度不如赵树理。但在 20 世纪 50 年代初,周立波无意中卷入关于"方言文学"的讨论,却在争辩中深化了思考。面对语言学家邢公畹以语言统一之必要性否认方言的文学价值,周立波却清醒地写道:"在语言的这种缓慢的变化的过程中,我们主张继续采用方言土话,不过采用它的时候,需要加工,需要有所增益,也有所删除,同时也不完全排斥外来语和古代语。"③ 事实上,虽然邢周二人都在谈论语言,但他们并不在同一层面对话:前者所关心的是通用语言的统一化和普遍化问题,而后者所看重的则是文学语言的特殊化和融合创化之道。因此,这种讨论不可能形成共识。等到 1956 年全国推广普通话以后,对文学语言特殊性的探讨就更为罕见。然而正是在 50 年代末,周立波写成了以运用方言而引人注目的《山乡巨变》。在答读者问时,他不仅坚持文学中的方言土话不可完全摈弃,还试图将话题扩展至书面语与口头语的关系:"我以为文学语言,特别是小说里的人物的对话应该尽可能地口语化,但也要提炼、润色,要多少有一些藻饰。"④ 当时的读者大众能否理解周立波的语言追求,已不得而知,但身为作协主席的茅盾在两年后还是印象深刻:"作者好用方言,意在加浓地方色彩,但从《山乡巨变》正续篇看来,风土人情、自然环境的描写已经形成了足够的地方色彩,太多的方言反而成了累赘了。"⑤ 今天看来,《山乡巨变》的语言特色,不仅是其褪去"红

----

① 赵树理:《语言小谈》,《赵树理文集》第 4 卷,人民文学出版社 2005 年版,第 220 页。

② 周立波:《〈暴风骤雨〉是怎样写的?》,李华盛、胡光凡编《周立波研究资料》,湖南人民出版社 1983 年版,第 283 页。

③ 周立波:《谈"方言问题"》,《文艺报》1951 年第 10 期。

④ 周立波:《关于〈山乡巨变〉答读者问》,《人民文学》1958 年第 7 期。

⑤ 茅盾:《反映社会主义跃进的时代,推动社会主义时代的跃进!》,《人民文学》1960 年第 8 期。

色经典"光环仍能吸引后世读者的重要原因,也证明了"十七年"作家的语言自觉并未完全销声匿迹。

事实上,在那时的作家自述和批评家的评论文章中,语言极少成为独立自足的话题。他们即便偶尔谈及语言,除了常见的向群众学习语言,也就只剩语言要符合人物身份和性格等说辞。周立波之外,茹志鹃堪称语言特色鲜明的"十七年"作家。但是,不仅她本人未曾表露过特别的语言自觉,评论家也从未专门分析其语言特色。茅盾对她的《百合花》青眼有加,特别分析了"作者是怎样展开故事与塑造人物",赞赏其风格"清新、俊逸"且"富于抒情诗的意味"①,但始终没有具体分析其语言特点。欧阳文彬论茹志鹃的艺术风格,洋洋洒洒万余字,仅在最末才意识到有必要谈谈语言和文体,也不过是以寥寥几句总括其"清淡、纤巧、含蓄"的抒情风格。② 综而观之,不管是在"十七年"作家还是评论家笔下,"语言"始终只是附着于思想主题和结构技巧之后的小话题,即便偶尔露出身影,也难免与"文体"或"风格"混为一谈,故而始终面目模糊。"文化大革命"期间,语言的处境更不堪细说。对于文学语言在那些年的遭遇和处境,后来的研究者作出了精辟总结:既然整个文学的意义价值都只能在"工具论"的体系中得到解释,那么,"语言只不过是工具的工具,如此而已"③。

值得补充的是,虽然文学语言的处境每况愈下,甚至逐步陷进工具论的泥沼,但责任不该全由当时的作家来承担。从现代白话文的发展历史来看,它可能先天就有某种不足。比如,白话文运动中曾留下名字的"言说者个人",其言说方式就值得反思。从裘廷梁力陈白话文有"八大益处",到胡适规划"改良八事"、陈独秀张扬"三个推倒",他们竟然都是以文言文的形式在提倡白话文。可见,在那时候的他们看来,文言文才是适合谈论正事、大事的庄重语言;或者说,相比于实现正事、大事的目标追求,语言自身不过是表意工具。而这种将语言视为表意工具的观念,在我们的文化传统中可谓由来已久。从"诗言志"(《尚书》)和"书不尽言,言不尽意"(《易·系辞上》),到"言

---

① 茅盾:《谈最近的短篇小说》,《人民文学》1958 年第 6 期。
② 欧阳文彬:《试论茹志鹃的艺术风格》,《上海文学》1959 年第 10 期。
③ 曹文轩:《20 世纪末中国文学现象研究》,北京大学出版社 2002 年版,第 309 页。

者所以在意,得意而忘言"(《庄子·外物》),"言"始终只是表达"志"和"意"的工具。孔子虽然说过"言之无文,则行而不远"(《左传·襄公二十五年》),但更多时候则是警惕"言不及义",并主张"辞达而已矣"(《论语·卫灵公》);在他这里,"言"终究只是达"义"的工具。后世学人争相解读孔子等前贤的"微言大义",世代相传下来,自然就使"义"的形象愈发高大,而"言"的位置愈发卑微。由此而言,当代文学中一度盛行的语言工具观,实可视为文化传统与现实政治共同塑造的结果。这也就决定了新时期作家寻回语言自觉的艰难及可贵。

第三节 "语言本体论" 的自觉

破除语言工具观,最有效的手段当然是解放语言,使语言摆脱作为工具的从属地位。新时期以来,最早表现出强烈的语言自觉的论著,或许是高行健的《现代小说技巧初探》。该著开篇总述"小说的演变",并不费神追溯小说的起源和发展,而是着意强调"作家是通过艺术的语言将自己的思想感情、对生活的理解和感受传达给读者的。作家需要找到能同读者交流的这种语言"①。自第二章专论"小说的叙述语言",此后连设几章探讨"人称的转换""第三人称""意识流",并将这些明确纳入"叙述语言"的范畴。随后三章所论"怪诞与非逻辑""象征""艺术的抽象"没有被指认为叙述语言,但又以"现代文学语言""语言的可塑性"两章专论语言。此后依次谈论情节与结构、时间与空间、真实感、距离感等,才算是扣住了"现代技巧"之题;但到了"现代技巧与民族精神"这一章,又将民族文学的首要标志归为"作家运用本民族语言的艺术特色"②。在想象"小说的未来"的最后一章中,高行健一方面深感

---

① 高行健:《现代小说技巧初探》,花城出版社1981年版,第4页。
② 同上书,第112页。

"语言的艺术如果固守传统的技法,确实很难同现代艺术竞争"①,另一方面又认为,只要语言不死,语言的艺术就不会消亡。这本小册子并不以严密的逻辑架构服人,而其随笔式的见解和感悟不至于散漫无边,显然得益于对"语言"重要性的认识。甚至可以说,全书最为突出的文学观念,是将语言作为现代小说的核心,从而连缀其他相关技巧。无论是回顾小说的历史,介绍小说的现代发展,还是展望小说的未来,均以语言为中心。与此同时,高行健呼吁当代青年作家学习前辈作家"在创造汉语的现代文学语言上所表现的革新精神"②,并盛赞他们融汇古今、雅俗、中外,为后代作家开创了语言表达的范式。高行健此书,以语言为文学观的中心,既有理论描述又重实践效果,不只是为语言正名,更将其位置拔升到前所未有的高度。耐人寻味的是,此书虽一度引发冯骥才、刘心武和李陀等作家的讨论,但在他们的讨论中,语言并未成为关注重点。

真正从理论认识和创作实践上与高行健形成"呼应"的,是汪曾祺。他们代表了两代作家在 20 世纪 80 年代初期所达到的语言自觉的高度。汪曾祺虽然没有写成专著,但对语言的重视有过之而无不及。汪曾祺对语言的思考和阐述,贯穿了整个 80 年代,虽然牵连的面越来越广,但核心观点非但从未改变,反而是愈发明确。一言以蔽之,即"语言本身是艺术,不只是工具"③。

汪曾祺的语言自觉,首先表现为将语言视作文学创作和鉴赏的根本。不管是谈小说、散文还是诗词、戏曲,都极重视语言。不管是读鲁迅和沈从文等前辈作家,还是读林斤澜和邓友梅等同辈作家,或读阿城与何立伟等后作家,他都着意品评语言,由此形成了属于他的"语言本体论"。几乎每谈小说,必大谈语言;每谈小说的语言,必先声明语言的地位超乎一切。为了强调语言本身就是内容和目的,而不只是形式和手段,汪曾祺甚至不惜作出"语言是最本质的东西"④ 和"写小说,就是写语言"⑤ 之类断语。

---

① 高行健:《现代小说技巧初探》,花城出版社 1981 年版,第 118 页。
② 同上书,第 66 页。
③ 汪曾祺:《语言是艺术》,《汪曾祺全集》第 9 卷,人民文学出版社 2019 年版,第 235 页。
④ 汪曾祺:《关于小说的语言(札记)》,《汪曾祺全集》第 9 卷,第 355 页。
⑤ 汪曾祺:《林斤澜的矮凳桥》,《汪曾祺全集》第 9 卷,第 408 页。

其次，汪曾祺无疑已经察觉，在业已程式化的文学评论中无法突出语言的重要性，故而谋求以别样的说法来代替人云亦云的小说三要素（人物、情节、环境），从而为"语言"拨开层层遮蔽。汪曾祺对于视"情节"为小说中心的说法尤其不满，曾以"情节，那没有甚么"① 大表反感。对于情节的同义语"结构"，汪曾祺也屡加质疑：他不仅认为传统的"文气""是比结构更精微，更内在的一个概念"②，更多次表示结构就是"随便"，最后在好友林斤澜的抗议之下，才勉强修正为"苦心经营的随便"③。汪曾祺几乎从不使用"环境"，而是改用"气氛"；但营造"气氛"本身不是目的，"气氛即人物"④ 才是汪曾祺所倾心的境界。汪曾祺看重文学欣赏的心领神会，从未系统地阐述"气氛即人物"这一命题的内涵。最为郑重其事的一次解说是："小说的颜色、声音、形象、气氛，得和所写的人物水乳交融，浑然一体。就是说，小说的每一个字，都渗透了人物。"⑤ 汪曾祺有意弱化小说三要素的重要性，而勉强保留了其中的"人物"，但"人物"的塑造，终究要由"小说的每一个字"来完成。如此这般的迂回之后，汪曾祺终于完成了为语言重要性的辩护。

再次，汪曾祺将语言提到前所未有的高度，却未被质疑为语言"本质主义者"或"至上主义者"，这显然是因为其创作中的语言实践卓有成效。如同前辈作家一样，汪曾祺谈到如何磨练语言时，首先也强调"向群众学习"⑥，但这群众只是泛指年龄、身份和职业各不相同但都有各自鲜活的语言表达的人群。在向群众学习之外，他多次提到要多读书，古文、诗词、中外现代文学作品，以及曲艺和民歌，尽在阅读范围之内。只有经过多种语言表达的洗礼，最终才能实现"自铸新词"并"贴近人物"。汪曾祺特别说过："中国的说唱文学、民歌和民间故事、戏曲，对我的小说产生了不小的影响。主要在语言上。"⑦ 这话不仅可从其文学编辑和戏曲编剧的经历得到解释，更可在其创作

---

① 汪曾祺：《小说的散文化》，《汪曾祺全集》第 9 卷，人民文学出版社 2019 年版，第 391 页。
② 汪曾祺：《小说创作随谈》，《汪曾祺全集》第 9 卷，第 233 页。
③ 汪曾祺：《林斤澜的矮凳桥》，《汪曾祺全集》第 9 卷，第 407 页。
④ 汪曾祺：《〈汪曾祺短篇小说选〉自序》，《汪曾祺全集》第 9 卷，第 152 页。
⑤ 汪曾祺：《"揉面"——谈语言运用》，《汪曾祺全集》第 9 卷，第 165 页。
⑥ 汪曾祺：《语言是艺术》，《汪曾祺全集》第 9 卷，第 238 页。
⑦ 汪曾祺：《寻根》，《汪曾祺全集》第 4 卷，人民文学出版社 2019 年版，第 291—292 页。

实践中得到证明。汪曾祺的小说偶尔直接运用典雅的文言(如《徙》中以"墓草萋萋,落照昏黄,歌声犹在,斯人邈矣"体现对高北溟的追怀),但多数时候采用淡而有味的白话。《黄油烙饼》写萧胜与爸爸同去口外,一路用了许多"大"字却不令人厌烦,原因在于扣紧了观看者语言相对贫乏的身份特性。《受戒》中的"好大一个湖""好大一座庙"也与此相似:纯用口语,不仅贴合人物身份和视角,也使语言表达清新脱俗。其中写仁海老婆"白天,闷在屋里不出来",尤其令后辈作家赞不绝口:"这样的语言和围棋很像,黑白分明的,都摆放在棋盘上,可是,你的能力没达到,你不一定能看出内在的奥妙。"[1] 在毕飞宇看来,这样的语言看似简单,内在满是人情世故,体现了作家对生活和人性的"原谅"。汪曾祺地下有知,当深感欣慰:他对语言"内容性""文化性""暗示性"[2] 等的追求,终于遇到了理想读者。汪曾祺深知语言融化创造之道,致力于将方言、口语、文言、欧化的因子融于一体,使语言表达生动活泼又洗练从容。如《受戒》中的这一段:"两个女儿,长得跟她娘像一个模子里托出来的。眼睛长得尤其像,白眼珠鸭蛋青,黑眼珠棋子黑,定神时如清水,闪动时像星星。浑身上下,头是头,脚是脚。头发滑滴滴的,衣服格挣挣的。——这里的风俗,十五六岁的姑娘就都梳上头了。这两个丫头,这一头的好头发!通红的发根,雪白的簪子!娘女三个去赶集,一集的人都朝她们望。"其中既有方言口语,又有脱胎于文言的表达,还有隐约可辨的欧化句式,但能以明快的口语贯通整段。至于以他人反应侧写娘女三人之美,则暗中化用了中国古诗《陌上桑》刻画罗敷的手法。再如《晚饭花·三姊妹出嫁》写秦老吉辛苦操持生活,让三个女儿都找到了好归宿,却以如此方式收尾:"真格的,谁来继承他的这副古典的,南宋时期的,楠木的馄饨担子呢?"欧化句式、书面语与方言的结合,在此形成近于混搭的效果,初看不免令人困惑。但细想来,秦老吉一面为女儿们感到称心如意,一面又为自己生活如何延续感到迷茫,其复杂微妙的心情,或许唯有略嫌繁复的句式才足以描画。而在秦老吉的背后,还有小说的叙述者,他不仅为秦老吉的生活而忧而喜,更为一种生

---

① 毕飞宇:《倾"庙"之恋——读汪曾祺的〈受戒〉》,《小说课》,人民文学出版社 2017 年版,第158 页。

② 汪曾祺在《中国文学的语言问题》中,首次全面地描述了他理想中的语言内涵。

活方式、一种民间技艺的行将消失而伤怀。叙述者的诸般感慨,与欧化句式繁冗的修饰语之间,形成了内在的应和。

最后,汪曾祺深切意识到语言构造与小说文体之间的关系。在他所写的有关沈从文的系列文章中,第一篇就以"沈从文体"概括沈从文的文体贡献,而在分析其文体构成时,首先即谈语言。"这种'沈从文体'用他自己的话,就是'充满泥土气息'和'文白杂糅'。他的语言有一些是湘西话,还有他个人的口头语,如'即刻'、'照例'之类。他的语言里有相当多的文言成分——文言的词汇和文言的句法。问题是他把家乡话与普通话,文言和口语配置在一起,十分调和,毫不'格生',这样就形成了沈从文自己的特殊文体。"相比于后文称赞《边城》"不长不短,恰到好处,不能增减一分"①,这番评价总体还算客观。汪曾祺对自己的要求,则称得上苛刻。他在修改小说《徙》的开头时,悟到"我牺牲了一些字,赢得的是文体的峻洁"②。也正是在这里,汪曾祺初次将现代小说的"风格"与"短"划上约等于号。这当然不能说是对现代小说全面、有效的判断,但重要的是,这个判断明确表露了汪曾祺的文体期待。一年之后,汪曾祺更明确地将他所追求的文体命名为"短小说",并细述自己写作此类小说的因由:一是中国向有笔记体小说的传统;二是试验小说与散文诗的结合;三是缘于对自己个性气质的认识。当他表示"我愿意把平淡和奇崛结合起来"时,话题重又落到语言之上。③可以说,汪曾祺的"文体"和"风格"观念之中,始终有一个"语言"的内核。与此同时,汪曾祺勾连传统的自觉意识,也保证了自己不至于因极端重视语言而失于偏激或片面。

汪曾祺张扬语言应有的本体地位和丰富内涵,并在个人创作中惨淡经营,但他从未声明其感慨和主张因何而发。直至20世纪90年代末,汪曾祺语言自觉的"针对性",才由李陀撰文④予以阐发和追认。当下还应追认的是,汪曾祺的语言实践和文体贡献,其意义并不仅限于突破"毛文体",更在于

---

① 汪曾祺:《沈从文和他的〈边城〉》,《汪曾祺全集》第 9 卷,人民文学出版社 2019 年版,第 114—115、116 页。

② 汪曾祺:《说短——与友人书》,《汪曾祺全集》第 9 卷,第 193 页。

③ 汪曾祺:《〈晚饭花集〉自序》,《汪曾祺全集》第 9 卷,第 288—289 页。

④ 参见李陀:《汪曾祺与现代汉语写作——兼谈"毛文体"》,《花城》1998 年第 5 期。

有力反拨了大半个世纪以来短篇小说的"流行病"。不知从何时起,一提及短篇小说,人们即刻想到"短平快"。在 50 至 70 年代(甚至包括当下),"短平快"往往被理解为迅速反映现实生活,而小说艺术上的缺陷和语言上的粗糙,也往往因其能迅速反映现实而获宽容。即便在当下语境中,也仍有不少人不假思索地袭用"短平快"的艺术标尺。从这个角度回望历史,汪曾祺对"短小说"的身体力行,其实是在尝试重塑短篇小说的美学品格。汪曾祺最大的、唯一的武器,都是语言。这似乎有点不够。不过,倘若所有的短篇小说作者都能讲究语言的声色、辞采、情调和蕴涵,短篇小说也就有望获得"精气神",从而以坚实的审美品质超越粗暴简单的"短平快"。

第四节　重建语言的"主体性"

在整个 20 世纪 80 年代,思想解放、拨乱反正的时代风气为文学提供了绝佳的发展机遇。许多作家以个性化的语言为自己的风格做出了命名,仅以 80 年代前期而论,王蒙的杂语喧哗,阿城的文白杂糅,贾平凹的朴拙灵秀,都使人印象深刻。"语言所设立的界限与结构,必然被语言本身所打破"①,文学语言苍白的历史,正在被语言解放的当下激情所改写。但是,语言的个性化并不等同于语言自觉。若要论及对语言境遇的深切体会,对语言之来历和去向的严肃思考,绝大多数作家和批评家都缺乏应有的省察。即便在文学"主体性"② 和"向内转"③ 的首倡者那里,文学语言的重要性或独特性也不曾成为议题。批评家黄子平在当时就不无遗憾地指出:"我们的文学批评和

---

① 邹忠民:《作家的母语意识》,《江西师范大学学报》(哲学社会科学版)2003 年第 5 期。

② 刘再复的《论文学的主体性(续)》(《文学评论》1986 年第 1 期),强调批评家要从三大方面"理解作家"。但是,即便谈到要理解作家的"表现方式",也不曾涉及作家的语言创造。

③ 鲁枢元在《论新时期文学的"向内转"》(《文艺报》1986 年 10 月 18 日)中认为:"题材的心灵化、语言的情绪化、主题的繁复化、情节的淡化、描述的意象化、结构的音乐化似乎已成了我们的文学最富当代性的色彩。"但并未对"语言的情绪化"做进一步阐释。

研究却是忘却语言的'艺术'。常见的格式是：'最后，谈谈作品的语言……'。当把语言放到'最后'来谈的时候，无非是把语言的处理方式当作文学创作的'副产品'，把语言作为外在于文学的体系来看待，因而，文学也外在化了。更多的，连这'最后'也没有。"① 历史总是惊人地相似，但决不会雷同。"十七年"中的语言长期处于文学评论的"最后"位置，那是因为文学无法在现实语境中获得基本的艺术自主性；而在文学观念更新和方法潮涌的新时期，语言竟仍然无法在文学批评和研究中获得应有的重视。当时的作家和批评家，确实有些"得意"忘"言"。他们被语言解放的浪潮所裹挟，身不由己地走向了语言狂欢的极端。

　　许多人心目中如同黄金年代的 20 世纪 80 年代，其实是一个缺乏语言自觉的文学年代。以往有过的语言调和"失衡"仍然存在，甚至在语言狂欢中变本加厉。满篇大话空话、缺少个人体验的政治腔一度泛滥，这有不少"伤痕文学""反思文学"的例子可以为证；徒有其表、华而不实的翻译腔一直存在，矫揉造作、脱离现实的文艺腔也屡见不鲜，这有不少所谓"先锋小说"可以为证。语言过于直白、寡淡无味，作为相当突出的问题，在"口语写作""新写实小说"等潮流中表现明显。在浮躁喧嚣的语言环境中，所谓的"诗到语言为止"和"写诗就是为了写诗"，不仅迅速丧失了反拨"朦胧诗"的可能性，而且蜕化为"口语诗"的写作纲领，并为 90 年代以后"民间写作"以及"口水诗"的喧哗埋下了语言平面化的根基。总体而言，80 年代文学的语言实践，在告别旧的语言工具观的狂欢中，始料未及地陷入了新的语言平面化的迷误。虽说 80 年代初期曾有汪曾祺这样特出的表述者和实践者，但 80 年代中后期的作家和批评家普遍面临着非深度、非生活化、非体验化语言的诱惑。下面这段对先锋小说语言的评价，颇能代表后来研究者不无暧昧的态度："这种语言，即便是它什么也没有向我们说，就它形成的那种让人欢欣的音乐般的节奏和它显示出来的变化万端却从从容容、游刃有余的能力，也就让作家们没有什么再可抱怨的了。"② 语言没有表达多少实在内容，但语言本身的形式感却使人

---

① 黄子平：《得意莫忘言》，《上海文学》1985 年第 11 期。
② 曹文轩：《20 世纪末中国文学现象研究》，北京大学出版社 2002 年版，第 322 页。

沉迷其中，这不能不说是一种新的语言迷误。

因此，如何反拨语言狂欢，清理新的语言迷误，重新确认语言的重要性及可能性，从而切实重建语言内涵的"主体性"，乃是 80 年代文学留给 90 年代文学最为重要的遗产之一。谈到 90 年代文学，张承志《心灵史》、张炜《九月寓言》、史铁生《务虚笔记》及余华《许三观卖血记》等，都是无法绕开的对象。但以语言自觉为标准，李锐和韩少功更适合作为探讨对象。首先，他们不仅为语言自觉增添了自我反省的可贵品质，还隐含着 90 年代作家对 80 年代文学的反思。李锐在 80 年代曾以《厚土》系列颇受好评。评论家们从中读出"生命的躁动、追求、奋争以断片的形式连缀为困厄茫然的命运茫然之旅"①，发现短篇小说"自制中见自由，简化中求深化"②的可能，基本把握住了李锐的语言特点及文体创造之功。李锐自己却不满足："自从《厚土》结集之后，我有三年的时间没有写小说，之所以不写，是因为心里一直存了一个想法，就是怎么才能超越《厚土》。无论在作品内涵还是在叙事形式上都要有超越，要在创作上有一种总体的超越。"③ 与此同时，李锐对"先锋文学"之弊作出了持续思考和批评。韩少功在 80 年代以小说《爸爸爸》知名，在文化批判及隐喻象征等层面赢得评论界的肯定。不过，《爸爸爸》终归是情节型小说，尽管其情节相当简短。因此，当《马桥词典》的叙述者对"那种情节性很强的传统小说"及其叙事"合法性"④ 大表怀疑时，我们应当从中读出韩少功对自己以及对 80 年代文学的某种不满。由此，韩少功与李锐不期而遇，均从反省自我而试图反思 80 年代文学。

其次，他们自觉将反思的重心落在语言之上，并试图重建语言的主体性。李锐一方面将那些枯燥乏味的政治腔、呆板凝滞的书面语，以及带有翻译腔而浑然不觉的流行语，通通命名为"书面语"；另一方面则将方言和口语视为对抗"书面语"的有效方式。"因为深感书面语太多的'习惯'和'强迫'，我在小说中竭力想游到方言和口语的深层，想在那个每时每刻、每字每句都生生

---

① 吴方：《追摹本色 赋到沧桑》，《读书》1987 年第 8 期。
② 白烨：《短而厚：短篇小说的新趋向——从李锐的〈厚土〉说起》，《文汇报》1987 年 10 月 5 日。
③ 李锐：《重新叙述的故事——〈无风之树〉代后记》，《无风之树》，江苏文艺出版社 1996 年版。
④ 韩少功：《马桥词典》，作家出版社 1996 年版，第 68 页。

不息的地方,体会生命可能的自由……我所说的书面语是指被'书面化'、
'体制化'、"正统化"、'等级化'的叙述方式。"① 方言与普通话、口语与书面
语之间的张力,固然是汉语写作"杂糅调和"的重要面向,但李锐将书面语的
外延无限扩展、将回到方言和口语视为一揽子解决所有语言问题的想法,未
免失之于急切。但也正因强烈地抗拒语言同化,李锐获得了对文学独特性和
创造性的高度自觉,并逐渐形成"汉语写作的双向煎熬"以及建立汉语写作的
"主体性"两大命题。双向煎熬是指:白话文运动痛快地否定了旧的文言,但
现代汉语一直缺少主体性的价值观念,一直以他者(主要是西方)的价值标准
为标准,直到西方的价值观念遭遇了后现代的危机,而我们自己也陷入了空
前的灾难;新时期以来,许多"先锋"作家盲目地追随西方后现代潮流,既未领
会他人痛切的自我反省,又对中国文学和中国语言的处境浑然不觉。出于上
述认识,处境、体验和自觉等,以关键词的形式,为李锐指明了重建语言主体
性的必经之道。"如果一定要对'语言自觉'做一个说明的话,我想,对我们
自己这个前无古人的'双向煎熬'的处境清醒、深刻的认知、体验和表达,才可
以称得上是一种自觉,一种前所未有的对于人的自觉,对于人的言说本身的
自觉。"② 重建语言的主体性,既然承载着反拨语言工具观、对抗语言等级和
秩序、拒绝遗忘和麻木等多重诉求,那么,能够统合这一切的,只能是无可替
代的生命体验。"真正的作家天生喜欢语言讨厌文字。因为语言直接来源于
生命,或者说它本身就是生命的组成部分。"③ 韩少功虽然没有李锐这般深重
的焦虑,但其"编撰"《马桥词典》的创作诉求,竟与李锐不谋而合。"语言与
事实的复杂关系,与生命过程的复杂关系,一次次成为困惑人类的时代难题。
在这本书里,编撰者力图把目光投向词语后面的人和事,清理一些词语在实
际生活中的意义与功能,更愿意强调语言与事实之间的密切关系,力图感受
语言中的生命内蕴……这样一种非公共化或逆公共化的语言总结,对于公共
化语言词典,也许是必要的一种补充。"④ 以"非公共化或逆公共化的"方式,

---

① 李锐:《从真实的语言处境出发》,《网络时代的"方言"》,春风文艺出版社 2002 年版,第
145 页。

② 李锐:《语言自觉的意义》,《网络时代的"方言"》,第 136—137 页。

③ 李锐:《答〈黄河〉问》,《拒绝合唱》,山东文艺出版社 2002 年版,第 184 页。

④ 韩少功:《马桥词典·编撰者序》,作家出版社 1996 年版。

"力图感受语言中的生命内蕴",这与李锐的"语言直接来源于生命"如出一辙。两者体现了共同的语言自觉,即以生命体验重建语言的主体性。

最后,他们以自己的语言实践,证明了文体创新的可能。出于对"书面语"的疏离,李锐在《无风之树》中大规模运用口语叙述。除了以书面语、第三人称叙述沉默寡言的苦根儿,其他叙述则交由多个第一个人称以口语展开;多个"我"的讲述内容彼此交织,以众声喧哗的效果模拟了某种"原生态"的生活。李锐曾评价"吕新在发现语言和被语言发现的双重的惊喜中,获得了他人所没有的自由,也获得了难以被他人摹仿或淹没的独特的文体"①;这次则是他本人,在"自由自在错杂纷呈的口语展现"中"体会到从未有过的自由和丰富"②。意犹未尽的李锐,在随后的《万里无云》中索性将叙事权全部交给第一人称的口语倾诉。在李锐看来,即便是生活在偏远之地的矮人坪和五人坪的人们,也当有属于自己的独特的生命体验,当有属于他们的语言表达。如果把李锐的这种文体称为"口语倾诉体",那么其创作追求则是:将长篇小说向来倚重的故事情节和因果逻辑,转换成人物的生命体验和自我倾诉,从而建构小说的"生命诗学"③。

应该指出,李锐的"口语倾诉体"与福克纳的《喧哗与骚动》有莫大关联,但李锐寓于语言中的生命体验,却是中国人无可替代的生存境遇。正如韩少功的《马桥词典》受到帕维奇《哈扎尔词典》的启发,但韩少功的"编撰"体例却得益于无可替代的马桥经验。如同李锐通过口语模拟矮人坪和五人坪的生活经验,韩少功也相信,借助方言"可以更接近马桥实际生活原貌"④。在韩少功看来,既然"词是有生命的东西",那么作家就有可能"捕捉和囚禁"它们:"我反复端详和揣度,审讯和调查,力图像一个侦探,发现隐藏在这些词后面的故事,于是就有了这一本书。"⑤ 但他并不倚重无人可懂的方言以编造奇闻怪谈,也不以考证某个词条的起源为要务。他所做的,其实是反抗令他越

① 李锐:《纯净的眼睛,纯粹的语言》,《拒绝合唱》,山东文艺出版社 2002 年版,第 225 页。

② 李锐:《重新叙述的故事——〈无风之树〉代后记》,《无风之树》,江苏文艺出版社 1996 年版。

③ 徐阿兵:《"汉语中国"的语言焦虑》,《困惑与超越——中国现当代文学散论》,上海三联书店 2015 年版,第 91 页。

④ 韩少功:《马桥词典·编撰者序》,作家出版社 1996 年版。

⑤ 韩少功:《马桥词典·后记》。

来越怀疑和不满的那种小说模式:"主导性人物,主导性情节,主导性情绪,一手遮天地独霸了作者和读者的视野,让人们无法旁顾……但只要稍微想一想,在更多的时候,实际生活不是这样,不符合这种主线因果导控的模式。"①《马桥词典》没有惯常意义上的主人公和紧凑连贯的故事情节,全书一百多个词条之间的关联似有若无,但整体结构仍不至于松垮或废弛,其奥妙尽在叙述者"我"身上。这个叙述者不仅以其书面语衬出马桥人方言口语之特别,还可以随意出入于文本叙事,充分享有参与、旁观、转述、考证、想象、质疑等权利。有论者甚至认为,这是"文学形式如何最大限度地接纳思想的一次成功实验"②。韩少功以语言学家般的细心和小说家的热情,为语词的感情色彩和语义畸变注入人性人情及历史文化的内涵。如"神仙府"一词引出特立独行的马鸣,他在集体化的政治年代竟能把自己过成遗世独立的神仙,这不能不归因于马桥特殊的政治生态,但作者并不一语道破,只是注明这一条目与其他若干条目互相参照。读者循其提示继续阅读,必将遭遇诸多有悖于语言常识的现象。如"醒"的意思其实是糊涂;"科学"与学懒偷懒竟是同义语;又如"三秒",本是知青牟继生教给马桥人的篮球犯规术语,但其"所指"已扩展至一切犯规动作。牟继生和许多知青都没能在马桥留下更多影响或印记,而一个篮球运动术语竟以讹变的形式延续下来,这不能不引人深思生命的意义何在。"汉奸"揭示了语言符号化可能导致灾变性的后果:自从茂公在政治运动中被对手以"汉奸"的名义打垮,汉奸这个称号顺理成章地传给他的儿子盐早,以致盐早在长期的隐忍压抑和沉默无语中憋成了哑巴;盐早忍辱负重,专干苦活累活,因多次农药中毒竟变成了百毒不侵。此书虽名为词典,其实更近于中国古代的笔记体,或者说是中国笔记体和外国词典体小说这两种文体对话的产物。其叙事可长可短,随行随止,议论则或深或浅,不拘一格,充分证明了小说所能享有的文体自由。

---

① 韩少功:《马桥词典》,作家出版社 1996 年版,第 68 页。

② 陈鹭:《思想演变与文体的拓展——韩少功创作轨迹探寻》,《当代作家评论》2018 年第 2 期。

第五节　走向"语言认识论"

进入 21 世纪,随着以网络技术为中心的新传媒时代的到来,语言表达趋于自由随意,新奇语汇和句法层出不穷,文学语言的"纯净"性质因而面临巨大冲击。更要紧的是,英语作为电脑操作和网络技术的"通用语",携带着某些"普世"的价值观念,逐渐发展为隐形而强大的文化霸权。对此,李锐很早就表明其危机感和抗争意识:"在这样的网络时代,在这样的处境中,抗拒格式化,抗拒'中心语言'的霸权强制,坚持方言的独立性,重新审视方言的价值和意义,呼吁并确立语言的平等,是文学,也是每个人都无法回避的事情。"①李锐的观点及表述方式,无疑与其惯常的语言自觉一脉相承。韩少功却明确表示,网络化时代的汉语写作,并不面临着比其他语言更严重的危机。"我看不出这种危机。如果说有过这种危机的话,最严重时期应该是网络化以前的时代。那时国民党政府,共产党政府,不管政治立场如何不同,都怀疑和否定中文,甚至很多人连带着否定汉语,文化激进主义态度是共同的。"②但这并不意味着韩少功丧失了对于语言处境的敏感。令他深思的是,人在用语言来"言说"的同时,也将某些细节遗落在"言说之外"。他不无忧虑地发现:"像大部分的人一样,我长期以来习惯于用语言来思考,习惯于语言对心智的囚禁,对于'非言说'的信息可能已缺乏感受机能。"为鼓动自己"闯入言说之外的意识暗区",他决心"用语言来挑战语言,用语言来揭破语言所遮蔽的更多生活真相"。③这就有了 30 余万字的长篇小说《暗示》。

韩少功对"言说"与"非言说"的思考,或许来源于维特根斯坦的"可说"与

① 李锐:《网络时代的"方言"》,《读书》2000 年第 4 期。
② 《大题小作——韩少功、王尧对话录》,韩少功《进步的回退》,上海文艺出版社 2012 年版,第199 页。
③ 韩少功:《暗示·前言》,人民文学出版社 2002 年版。

"不可说"。但韩少功终究不是哲学家。虽然他明确将"具象符号在社会中的地位和作用"与"现代知识的危机"等问题标示为兴趣对象,但《暗示》的独特之处,主要表现为对语言之意义与功用、语言表达与文体之关系的自觉思考。《马桥词典》是从词语出发而揭示"生活内蕴",所以它仍以生活体验而成为惯常的小说;而《暗示》试图从具象中提取"意义成分",并"建构这些具象的读解框架",所以"写着写着就有点像理论了"。对于这种写法可能造成的"文体破坏",韩少功心知肚明。他所图谋的,正是对以往的语言表达所形成的"文体习惯"或"文体统治"发起攻击,以完成某种"文体置换":"把文学写成理论,把理论写成文学"①。如果说,写作《马桥词典》时的韩少功,是在用"意义成分"塑造语言的主体性,并以这种语言去还原作为生活世界的马桥;那么在《暗示》中,他的做法则是从表象和情境中剥离语言的"意义成分",并由此追问语言的"揭示/遮蔽"功能。质而言之,从《马桥词典》到《暗示》,韩少功从致力于建构语言的"主体性"一路走向了语言"认识论"。认识论"不再独断什么东西存在",而是尽力"确定哪些东西是我们能认识的,我们是怎样认识这些东西的"。②"语言认识论"的要义则是,不再以语言为中心去建构或还原一个相对独立、完整的艺术世界,而是追问语言能否以及如何表述无边的世界。

《暗示》不以叙述语言或人物语言的精心构造取胜,而以对具象、细节及语言功用的揭示为追求。作为一部小说,《暗示》的得失成败尽在于此。韩少功不太必要地承担了哲学家或语用学家的职责,但也出人意料地探索和丰富长篇小说文体的可能性。如"性格"词条下写道:"不必误会的是,文学家也会注意言说,包括言说所传达的观念。区别可能在于,文学家会更注意这些观念的语境,注意各种具象可感的相关条件和过程,不避啰嗦饶舌地详加述说,以求观念得到生活情境的周全注解;而不像某些三流理论家和史学家们那样,只习惯于寻章摘句和断章取义,把生活语境当作提取观念以后的废料。"这些论说,不妨视作韩少功对写作意图的说明,以及对潜在"误会"的反驳。在"女人"条目下,他以女人热衷逛商场而未必购物为例,描述了何为

---

① 韩少功:《暗示·前言》,人民文学出版社 2002 年版。
② 陈嘉映:《语言哲学》,北京大学出版社 2003 年版,第 14 页。

"暗示"："万紫千红,琳琅满目,熠熠生辉,变化莫测,各种商品暗示着各种生活的可能,闪示幸福的各种方向,使商店成为她们的一个梦境。"韩少功本人何尝不是如此,被各种具象的暗示所诱惑,深陷于意义的丛林,却又乐此不疲、流连忘返。评价《暗示》可能遭遇的悖论是:虽然我们一再提醒自己,不能以哲学著作的精深来要求《暗示》,但《暗示》的精彩之处恰恰在于哲学随笔般的思考深度。比如"颜色"一节,从红色的"好看"引出"超阶级的美学规律",对"美是可观的还是主观的"展开思考,随后通过对不同情境中红色的"义涵"分析,最终得出结论:"义涵就是沉睡的过去,总是在色彩(红色 N)里多重性地隐匿,等着具体情境的召唤。"正是此类典雅纯熟的书面语,以及始终在场的对语言本身的思考,将此书打造为当代中国小说罕见的"思想随笔体"。无论评价者如何褒贬这种文体,恐怕都无法否认:它必然源自充分的语言自觉。

在新世纪语境中,虽说语言的个性风格早已成为作家的共识,但向来困扰作家的"杂糅调和"之难题仍未过时。较为突出的,仍是"本土化/欧化"与"方言/普通话"这两组问题。在出版发达、译本多样的前提下,热衷于比较译本的大有人在,但真正以鲁迅式的"拿来主义"态度对待外语表达的人实在太少。顾彬曾批评中国小说家不懂外语故而视野不宽,其实,懂外语而缺少从中取法以改进语言表达的意识,才是真正的问题。再如方言与普通话的调和问题。早在 20 世纪 80 年代末,王安忆就曾慨叹南方作家的"失语":"我们南方的作者,若要表现南方的生活及文化,在北方语为书面阅读的情况之下,便失去了语言。在我们一些南方作者的小说里……试图以直接呈现的语言来造就环境与场面的气氛,然而结果是北方人看不懂,南方人看了也怀疑。因为这些话只是在口头说,从没见过它成为文字的模样,须在心中一一翻译,终究达不到身临其境的效果。"[①]这番感叹,无疑能赢得许多南方作家的认同与应和。但她不曾料到,南方的作者用南方人的语言畅所欲言,这个似乎只能存在于想象中的壮举,后来竟由同处上海的作家金宇澄完成了。

《繁花》以沪生、陶陶、阿宝等人为中心,联结了 20 世纪 60 年代与 90 年代的上海日常生活。相比于城市面影的变迁,饮食男女才是叙事重点。但称

---

① 王安忆:《大陆台湾小说语言比较》,《漂泊的语言》,作家出版社 1996 年版,第 385—386 页。

之为风月或世情小说,都不足以道出《繁花》的特别。在话本小说销声匿迹近一个世纪、普通话推广半个多世纪以后,金宇澄却尝试以方言叙述重现话本小说的韵味,这才是《繁花》的奇特之处。对于自己所用的改良沪语,金宇澄最初似无足够信心。他一面声明"我的初衷,是做一个位置极地的说书人",一面又小心探问:"在国民通晓北方语的今日,用《繁花》的内涵与样式,通融一种微弱的文字信息,会是怎样。"① 相比之下,他对小说的文体取向似乎更有信心:"话本的样式,一条旧辙,今日之轮滑落进去,仍旧顺达,新异。"② 事实上,《繁花》文体给人的"新异"感或许有之,但具体到语言表达,则远远称不上"顺达"。否则,他就不会"前后改了20遍"③。

　　《繁花》体现了一定程度的语言自觉,但从写作效果和作家自我阐释来看,其语言自觉也是受限的。在金宇澄看来,话本作为文体的合法性,自有文学史为证,故而他所要解决的问题只是语言表达:"比如一般用惯的内心描写,我不用;我们接受西式小说影响一百年,对话和时空段落都习惯分行,我改用传统话本,一大块三千字以上,很多时空压在这大块文字内;我们早已习惯丰富的西式标点,我改用非常简单的逗号、句号,尝试这样写,不是要求大家都这么来做,是因为目前这种样式没人来做,我就可以做。"④ 平心而论,在21世纪初用现代汉语写作,无论作者如何用心效法传统话本,都不可能再次踏入旧时河流。对于早已被淘汰的话本小说,当下文学或有必要理解其韵致,但已不可能重现其韵致。即便仅从话本小说所倚重的"话"来说,现代汉语也早已不是话本时代的"话"。从一开始,现代汉语就是在文言、外来语、旧白话及方言口语的共同作用下得以发展;21世纪的汉语写作还想刻意规避外来影响,几乎已不可能;仅以改良的方言写作来逃避西式小说的影响,更是难上加难。

　　譬如,话本小说在描摹人情物理时细密周全,在写景造境和叙事议论方面却逊色于现代小说。从冰心和朱自清以来,现代汉语写景造境的繁复细腻

---

① 金宇澄:《繁花·后记》,上海文艺出版社2013年版,第444页。

② 金宇澄:《繁花·后记》,第443页。

③ 金宇澄:《〈繁花〉创作谈》,《小说评论》2017年第3期。

④ 王琨、金宇澄:《现实有一种回旋的魅力——访谈录》,《小说评论》2017年第3期。

处,越来越无法脱离欧化句式。《繁花》也不例外。这是写众人在庭院里听苏州评弹的感受:"天井毕静,西阳暖目,穿过粉墙外面,秋风秋叶之声,雀噪声,远方依稀的鸡啼,狗吠,全部是因为,此地,实在是静。"此处表达几乎看不出沪语方言的在场,倒是颇有文言叙述的神韵。各种声响,交错并置,语句长短不一,收束于突兀的一句"全部是因为",这显然是典型的欧化句式。再有,方言写作最大的悖论在于:试图凸显方言特色,就只能尽力减少叙述者语言;而在需要议论的场合,方言表达又不具备欧化句式极尽曲折的优势。所谓的欧化句式,不完全是金宇澄所说的标点问题,更关涉句法成分的位置及前后语义关系等。比如这段叙述:"钢琴有心跳,不算家具,但有四只脚。房间里,镜子虚虚实实,钢琴是灵魂。尤其立式高背琴,低调,偏安一隅,更见涵养,无论靠窗还是近门,黑,栗色,还是白颜色,同样吸引视线。于男人面前,钢琴是女人,女人面前,又变男人。老人弹琴,无论曲目多少欢快跳跃,已是回忆,钢琴变为悬崖,一块碑,分量重,冷漠,有时是一具棺材。对于蓓蒂,钢琴是一匹四脚动物。"尽管许多短语成分被处理得较为简短,但短语间的语义关系,仍然是从句套从句。若将某些刻意省略的关联词补上,将某些逗号或句号改为分号,这段话从句套从句的特点就更醒目。

因此,与其说《繁花》用方言写作完成了反拨普通话写作大势或规避"西式"小说影响的壮举,不如说它证明了普通话写作以及其中的外来影响已无法逆转。根据作者自述:"网上《繁花》初稿是在'弄堂网'完成的,一个安静的上海话背景的网站;记者问我,为什么写上海话,那是无意识的,这网上的网友都讲上海话,等于我对邻居用上海话交流,这种语言背景产生了《繁花》。"① 作者最初或许是"无意识的"随写随发,但最终能够整本出版,应归功于许多"巧合"。网络交际的方言背景,不仅为其方言写作提供了合法性、提供了读者,还使其从读者反馈中获得写作自信并明确写作方向。倘若不是身处网络时代,这样的小说可能根本就不会诞生;即便作者一意孤行将其写完,也很难顺利出版;即便出版,也很难产生重要影响。不难想象,作者本人长期担任文学期刊编辑的经历,也为小说顺利面世积攒了"象征资本"。因

---

① 金宇澄:《〈繁花〉创作谈》,《小说评论》2017 年第 3 期。

此,《繁花》的问世看似不可思议,实在情理之中——方言背后强大的地域背景、网络交际的宽松语境以及文学场中的象征资本,共同使几乎不可能的写作任务成为一桩"文学事件"。

此处之所以重提《繁花》,主要是因为其作者一度触及了语言"认识论"。《繁花》单行本的正文、后记以及封底都引述了穆旦的诗句:"静静地,我们拥抱在/用言语所能照明的世界里,/而那未成形的黑暗是可怕的,/那可能和不可能的使我们沉迷。"作者在几年后仍感念于心:"这是穆旦《诗八首》里的一首,原是爱情诗,却反映了我写《繁花》的感受,一直在黑暗里摸索,用语言和感受摸索,照明小说空间的心情"①。言语所能照明的世界是有限的,文学所倚赖的却唯有言语。在认识论的意义上,穆旦的诗句堪称文学语言之境遇的绝妙注解。正是被这种可说与不可说之间的张力所吸引,韩少功无可遏制地走向了"思想随笔体";金宇澄却执迷于方言写作的表现力,所得也就只能是"拟话本体"。

在近来的创作中,明确将语言作为认识对象的,是刘亮程的《捎话》。从散文集《一个人的村庄》开始,刘亮程展示了个性化的语言风格;到小说《虚土》,他更以"文学在无话可说处找到语言,在俗常中找到意义"的思考获得了语言自觉。在他看来,作家只有既自觉地"拒绝成语、拒绝现成的语言模式,拒绝时尚的词汇",也对方言写作和普通话写作的危险心存警惕,才能形成自己的"语言体系"。更能体现刘亮程语言自觉之特殊性的,是他对"万物有灵"的认识:"文学写作的意义在于唤醒所写事物的灵。万物有灵,这应该是一个作家的基本信仰……我们在内心敬畏和尊重所描写对象时,语言就会变得谨慎而得体。当我们真正进入所写对象时,语言自然会灵动起来。"② 撇开神秘的光环不论,认为作家应以万物有灵为基本信仰,也就是相信作家能以语言发现和塑造万物之灵。这与李锐相信"口语倾诉"能够还原矮人坪和五人坪的精神世界、韩少功相信"词典"能够敞开马桥人的生活世界,可谓异曲同工,同属以生命内蕴激活语言主体性的路数。

《捎话》的出现,意味着刘亮程的语言自觉更进一层。万物有灵的观念已

① 金宇澄:《〈繁花〉创作谈》,《小说评论》2017 年第 3 期。
② 刘亮程、高方方:《西域沙梁上的行吟歌手——刘亮程访谈录》,《百家评论》2013 年第 5 期。

然根深蒂固,但对语言双重性的思考则与《暗示》殊途同归。"我是作家,知道语言到达时,所述事物会一片片亮起来。语言给了事物光和形,语言唤醒黑暗事物的灵。但是,语言也是另一重夜……语言是最黑暗的,我们却只能借助它去照亮。这是书写的悖论。"①用黑暗的语言去照亮语言的暗夜,与韩少功所说的用语言来揭破语言所遮蔽的真相一样,均以悖论的方式触及语言认识论的关键。区别在于,《暗示》毅然决然地深入具象与情境的丛林,几乎忘却了长篇小说通常该有的故事情节和人物刻画,而《捎话》依然保留了这些基本要素。民间捎话人、通晓数十种语言的毗沙国翻译家库,受人所托,穿越战火,将一头母驴当做一句话捎到敌方黑勒国。等到库终于明白所捎何物,他已无法为自己的命运做主:被迫改信别宗,为他们翻译经文,跟随敌军反攻本国……这条基本线索本来可以牵连出很多极富意味的内容,但刘亮程并无意于此。甚至可以说,《捎话》的叙事动力,不是来自通常所谓的情节逻辑,而是基于万物有灵的自由联想。小说以迥异于惯常的认知观念,将人与动物和鬼魂共存的世界,打造为各种声音、语言与文字交错的图景,整体上获得"寓言体"的鲜明特色。正是这种文体,使刘亮程的叙述摆脱了情节逻辑的控制,从而以对语言的思考为中心,自由穿梭于由情爱、战争、政治、历史和宗教信仰所构成的生存图景之中。

刘亮程多次谈到自己受益于方言和文言,但他的语言表达很难看出方言和文言的印迹,而是表现为简练明快的口语。以简明的口语风格写出寓言体的当代小说,这或许是《捎话》的最大功劳。这是人与驴相依相生的图景:"年轻人牵着缰绳急死慌忙走在驴前头,以为有啥好前程要奔呢。中年人并排儿走在驴身边,手搭在驴背上,像夫妻兄弟一起过日子。老年人慢腾腾跟在驴屁股后面,驴领着人,回家呢。人一辈子围着驴转,最后转到驴屁股后面时,人就快死了。"语言近乎口语,但意味近乎寓言。另一则寓言,来自一处关乎小说要旨的细节。在天庭门口,库的灵魂与守门人相遇:"'我已遗忘了地上的家乡,我想到天庭做翻译。'库心里的念头一起,守门人就知道了。'在天

---

① 刘亮程、刘予儿:《我的语言是黑暗的照亮——〈捎话〉访谈》,《捎话》,译林出版社 2018 年版,第 322—323 页。

庭,人的灵魂是透明的,无须翻译。'库突然不知道用什么语言往下说,仿佛走到所有语言的尽头,大张的嘴里只有风。"这不仅是对肉身与灵魂关系的思考,更是对语言之用与无用的极简表述。语言之所以有用,是因为人间有分歧有战争,甚至语言本身就是这些分歧和战争的根源。一旦人的灵魂变成"透明"状态,再多的语言都已无用。小说最动人的一节,是描述妥与觉的交流。作为敌对双方,他们死于战场,但头与身体被人错误地缝为"一体",难得融洽。由于附在母驴的背上,他们也随之路过觉的家。只有身体的觉,感到风的熟悉,于是请求只有头的妥,帮他看看这是什么地方。妥告诉觉,他们已经走过觉的家乡:"你母亲看不见变成鬼魂的你,她不知道你死了,我一直看着她老人家把干草放在谢嘴边,还摸了摸谢的背,她几乎摸到已经成为鬼魂的儿子的腿了,又突然停住,那一刻我想,幸亏我的眼睛不是你的,我实在不忍心让你看到这些。觉静静地听着,妥的眼睛突然流出了泪,泪水流过脸,流过有皮条接缝的脖子,一直流到觉的胸脯上。这颗头终于感受到身体的悲痛了。"两个敌对国的战死者,从身首不一到合而为一的过程,寓言式地揭示了何为隔膜与交融:正是语言使人产生误会、分歧甚至爆发战争,然而也只有语言,能够穿越政治的、生理的以及情感的障碍。寓言体的要义在于,"如果一个小说家还有什么要讲的,那一定是从故事终结处讲起"[1]。我们不妨补充一句:故事终结处,也正是语言自觉的出发地。无论以何种语言开始或终结一个故事,语言自身固有的双重性,始终有待作家去细心领会:它一方面照亮世界中的某些事物,另一面又将某些事物遗留于黑暗之中。《捎话》所写的,与其说是书写的悖论,不如说是一则语言认识论的寓言。

结语 历史语境中的"语言人"

　　以上,笔者以若干位作家的语言实践为节点,将其加以串联,完成了对当

---

　　① 刘亮程:《小说是捎话的艺术》,《文艺报》2019 年 1 月 21 日。

代文学七十年面貌的简要回顾。选择这种以"点"带"面"的方式,是基于笔者对语言自觉的理解与期待:既然语言自觉总是发端于作家对语言境遇的深切体认,表现为作家对语言构造和文体创新的持续追求,那么,我们对语言自觉的梳理和评价,理当从文学发展史中的亮点入手。这也再次证明:"一个作家最值得称道的贡献,是语言上的贡献。"① 需要说明的是,为使论述相对清晰,笔者引入了时间线索。但这并不意味着,不同时期、不同作家的语言自觉,可以从整体上被描述为清晰的、阶段性的逻辑演进过程。事实上,语言自觉固然要借历史语境来显现其个性,但它首先必须属于作家个人,然后才有可能被充分历史化。在某些特定时期(如从语言工具观到语言本体论,从语言主体性到语言认识论),语言自觉或许合乎逻辑演进的过程;而对其他时期(如从语言本体论到重建语言主体性),却无法以逻辑演进来描述。语言自觉以不尽合乎逻辑演进的形态存在着,其复杂之处,正是当代文学七十年复杂性的显影。

当代文学的复杂性还在于,从更为宏观的视野来看,它终究只是"命定地属于过渡时期的文学"②。我们很难断言未来的文学面貌如何,但可以预料的是,随着全球化进程的推进,随着中国自身日新月异的发展,中国文学的语言境遇将更趋复杂。对于有所图谋的作家而言,如何在理论思考和文学创作中秉持真切的语言自觉,如何以独特的语言表达推动文体创造和文学更新,从而为现代汉语写作做出自己的贡献,既是无法回避的难题,也是创作动力的来源。倘若我们仍然认可作家是特殊的"语言人",那么,未来的文学语言仍将承载着作家的"自我表达""认知过程""潜意识冲动"等多重内涵,仍将如镜子般"折射出心理的和社会的想像世界",仍将"生成可供解译的语篇"③,并等待着理想读者的解译。

---

① 王彬彬:《欣赏文学就是欣赏语言》,《当代作家评论》2018 年第 4 期。
② 龚自强:《如何认识中国当代文学?》,《当代作家评论》2018 年第 5 期。
③ 参见[法]海然热:《语言人:论语言学对人文科学的贡献》,张祖建译,三联书店 1999 年版,第 351—352 页。

第十二章
当下创作如何 "发明传统"

——以宗璞 "野葫芦引" 四部曲为例

1985 年，年近花甲的宗璞决定启动酝酿已久的长篇小说创作工程。此后三十余年间，老父病亡、爱人去世、眼疾和脑溢血等人世苦痛非但未能夺走她手中之笔，反而磨砺了无比坚韧的创作意志。她像蚂蚁搬沙一样坚持写作，终于聚沙成塔、得偿夙愿，完成了百余万字的"野葫芦引"四部曲。① 四部曲将作家魂牵梦绕的生活经历与惊心动魄的民族存亡历史熔于一炉，可谓细腻与开阔相谐、情怀与气度同在；它不仅是宗璞个人最重要的作品，也是其所有创作经验的总结与升华，更是中国当代小说的可喜收获。但在 80 年代，第一部《南渡记》发表后并未获得太多关注。在某种意义上，这或许是因为彼时文坛尚新求异，而该作写法似乎不够"新异"。比如，曾有几位资历深厚的作家和学者，不约而同地指出该作与"古典"小说《红楼梦》的相似性。冯至认为，宗璞"无论写周围的环境，或是内心活动，都像是继承了《红楼梦》的笔法"②；金克木不否认此说，但着意点出"《南渡记》实而《红楼梦》虚（'真事隐去'）"③ 的区别；卞之琳认为此作虽尚不足以与《红楼梦》媲美，但已"学到了围绕着也就是烘托着众多人物的庭院、陈设、衣饰、打扮、举手投足的工笔画式细致描写"④，并在某些方面有所改进。

事实上，《南渡记》（以及后来的三部）确实深受《红楼梦》的影响。甚至可以说，《红楼梦》乃是四部曲所倚靠的最为坚实的传统。除此之外，还有其他文学传统，也有力参与了对四部曲艺术风貌的形塑。在这个意义上，四部曲成为考察当下创作与文学传统之关系的极佳个案。

---

① 四部依次是《南渡记》《东藏记》《西征记》《北归记》，单行本初版时间分别为 1988、2001、2009、2019 年。另，可视为全书尾声的《接引葫芦》，与《北归记》一起，于 2018 年在中国香港初版。

② 冯至：《〈南渡记〉读后》，《文艺报》1989 年 5 月 6 日。

③ 金克木：《"南渡衣冠思王导"》，《文艺报》1989 年 7 月 1 日。

④ 卞之琳：《读宗璞〈野葫芦引〉第一卷〈南渡记〉》，《当代作家评论》1989 年第 5 期。

第一节　"发明"《红楼梦》的"艺术性"
　　　　　与"诗意"

　　宗璞出身于书香门第,少年时期就得以广泛阅读。在小学阶段,除了按父亲要求背诵唐诗宋词,她可以自由阅读《格林童话》《西游记》等儿童读物。在"囫囵吞枣"读过的成人读物中,《红楼梦》让年方八九岁的宗璞"读了很感动,看到林黛玉死的那章,哭得不得了"①。中学时代她仍时常翻阅《红楼梦》,大学期间有过完整阅读,参加工作后又全面阅读了何其芳作序的版本。② 如果说最初有些懵懂的"感动"偶然激发了宗璞的审美潜能,后来持续深入的自主阅读则深刻塑造了她的抒情气质。在生活相对安稳的 20 世纪 50 年代,宗璞萌发了"写一部反映抗日战争时学校生活的长篇小说"③ 的念头,但因种种原因一直未能遂愿。80 年代下定决心开写长篇,外部因素的触动不可或缺:比如,前辈作家、编辑家韦君宜和"人文社"负责人李曙光,给了她许多关怀和引导④;不幸失明却写出重要作品的诗人弥尔顿,给长期饱受眼疾困扰的她提供了强大的精神动力⑤。但对从未写过长篇小说的她来说,最需要的或许是可供借鉴的艺术范本。在此情境中,她反复摩挲过的《红楼梦》,几乎就自然而然地出现了。

　　1984 年,宗璞两次在重要场合谈及《红楼梦》。一是应邀撰文,自述小说

---

① 宗璞:《诗词是我的好朋友》,《中华读书报》2011 年 6 月 8 日。

② 宗璞:《感谢高鹗》,《随笔》2007 年第 1 期。

③ 金梅、宗璞:《一腔浩气吁苍穹》,《文学自由谈》1991 年第 1 期。

④ 据宗璞回忆,在 1979 年人文社召开的中长篇小说座谈会上,"韦君宜同志、李曙光同志都认为我已经进入写长篇的阶段,向我约稿。我相信自己总是要写的,但一拖又是几年,仍旧没有落笔。1984 年人民文学出版社在烟台召开长篇小说座谈会,又邀我参加"。此外,李曙光不仅问过她准备怎么写,还在写成后十分周到地安排了发表和出版事宜。参见宗璞:《我与人民文学出版社》,丁景唐等《我与人民文学出版社》,人民文学出版社 2001 年版,第 182—185 页。

⑤ 1984 年宗璞应邀访问英国,后来在游记中写道:"过去应该像弥尔顿的生活底子和学识一样,要在这上面写出伟大的史诗来,发出看不见的光。"见宗璞:《看不见的光》,《花城》1984 年第 6 期。

观:"窃以为小说若要有好影响,应具有社会性、可读性和启示性。"新时期小说不乏社会性、可读性,但启示性尤缺。她以《金瓶梅》与《红楼梦》的比较来说明何为启示性:"前者只是描写人情世态栩栩如生,反映当时社会情况,后者除也做到这些,还有理想的光辉,有一种诗意贯穿全书,因为它的作者对社会人生有他的看法,有他的向往、遗憾和悲痛。伟大的作品总有巨大的思想内容,对人有所启示。"① 二是在烟台长篇小说笔会上,宗璞提出"古往今来之小说,在做到雅俗共赏这一点上,未有超过《红楼梦》者",并演示了三种不同读法。就"它对封建社会有认识作用"而言,《红楼梦》"几乎是一部百科全书";"最大众化的读法是把它当作言情小说";"最上一层的高度是以之为哲理小说。虽然有人说其中对佛道二教的道理讲得很肤浅,但我想只要于人生道理表现得深透,足矣"②。这三种读法,与她不久前对小说社会性、可读性和启示性的描述正相对应。合观两文,不难看出宗璞从理论上完成了一种特殊的双向阐释工作:一方面,以"有好影响"为评判尺度,阐释《红楼梦》的重大意义;另一方面,以《红楼梦》为理想范本,说明"雅俗共赏"的具体内涵。《红楼梦》在她心目中地位之高,可见一斑。

《红楼梦》为正在酝酿长篇的宗璞提供了指引,但"伟大的作品"这一身份不是宗璞个人刻意拔高所致,而是文学经典化的重要结果。《红楼梦》之所以能与唐诗宋词一起出现在少年宗璞的书桌上,是因它那时已初步完成了经典化的过程。关于经典化的内涵及机制,学界有过许多讨论。若不强求定义完美,经典化似可理解为当下对过去的一种特殊行动:人们对已有若干历史积累的作品进行阐释和评价,使其获得重要地位,进而成为影响当下以至后来的"传统"。唐诗宋词与明清小说,都是后来者的传统。区别只在于,作为"古典小说"杰出代表的《红楼梦》,相比唐诗宋词而言还是太年轻了。这使我们想起霍布斯鲍姆的观点:"那些表面看来或者声称是古老的'传统',其起源的时间往往是相当晚近的,而且有时是被发明出来的。"③《红楼梦》在

---

① 宗璞:《小说和我》,《文学评论》1984 年第 3 期。

② 宗璞:《浅谈雅俗共赏》,《当代》1984 年第 6 期。

③ [英]埃里克·霍布斯鲍姆:《导论:发明传统》,埃里克·霍布斯鲍姆、特伦斯·兰杰编《传统的发明》,顾杭、庞冠群译,译林出版社 2020 年版,第 1 页。

很大程度上可视作"被发明的传统"。《红楼梦》百二十回版本 18 世纪末才问世，至 20 世纪初即已被王国维推崇为"宇宙之大著述"①，然而这远非终点。从清代中期《红楼梦》问世到五四时期，从宗璞开始阅读的 20 世纪 30 年代到她动手写作长篇的 80 年代，再到她写完全书的 21 世纪初，《红楼梦》的经典化过程始终在延续。

　　这个经典化过程，不仅是既往作品不断被每一个新的当下时刻重新"发明"的过程，也是后来者不断以新的评判标准与其对话、为其注入新内涵的过程。如果说，脂砚斋对《红楼梦》叙事技巧的精细品评，乃是古代小说评点学的集中体现；王国维从美学和伦理学角度所作评价，则预示着该作此后须接受西学东渐以来各种新学说的检验。新文化运动以来，"重估一切价值"成为时代风尚，作为古典小说的《红楼梦》经受了严厉审视，但繁富的艺术魅力使其无法被整体否定，而是在"反传统"声浪中站住了脚。就连陈独秀和钱玄同等新文化运动猛将也对它作出过部分肯定；胡适称许它是"用流丽深刻的白话"② 创作的"活文学"；周作人虽认为它还算不上"正式的问题小说"，但也肯定小说"写家庭里种种关系，我们很可研究"③。那时真正高度肯定《红楼梦》的是鲁迅：如果说，"敢于如实描写，并无伪饰"只是借用流行的"写实主义"观念而得出的看法，那么，指出它将"传统的思想和写法都打破了"④ 则真正体现了小说史家的识见。至 20 世纪 50 年代，何其芳的《论"红楼梦"》代表了以马克思主义美学重读古典名著所达到的高度：在历史批评方面，他指出作品的意义"也不限于只是反对和暴露了某些个别的封建制度，而是巨大到几乎批判了整个封建社会的上层建筑和整个封建统治，并且提出一些关于人的合理的幸福的生活的梦想"⑤ ；在美学批评方面，他不仅对小说中的叙述"主线"和"典型"等方面作了颇有创见的分析，更以比较文学的视野将《红楼

---

① 王国维：《〈红楼梦〉评论》，《王国维文学论著三种》，商务印书馆 2010 年版，第 20 页。

② 胡适：《导言》，《中国新文学大系·建设理论集》，上海良友图书印刷公司 1935 年版，"导言"第 21 页。

③ 周作人：《中国小说里的男女问题》，钟叔河编《周作人文类编·上下身》，湖南文艺出版社 1998 年版，第 433 页。

④ 鲁迅：《中国小说的历史的变迁》，《鲁迅全集》第 9 卷，人民文学出版社 2005 年版，第 348 页。

⑤ 何其芳：《论"红楼梦"》，《论红楼梦》，人民文学出版社 1958 年版，第 67—68 页。

梦》与《战争与和平》等世界名著相提并论,盛赞"'红楼梦'最大限度地发挥了小说这一形式的性能和长处,因而成为我国古典小说艺术发展的最高峰"①。

　　无论是王国维、鲁迅还是何其芳的观点,至今都不同程度留有余响。不妨说,他们从不同路径入手,共同"发明"了《红楼梦》作为"传统"的丰富内涵和崇高地位。前述宗璞1984年对《红楼梦》的两次阐释,无疑也属于"发明传统"的动作。此外,在写作四部曲的过程之中,以及写完全书之后,这样的动作也时常可见。宗璞式的阐释固然不能与学者们的义理考据相提并论,但表现出了执着于"小说本身"的鲜明特色。譬如她也称《红楼梦》是"中国最伟大的小说"②,但着眼点是作家用虚构和想象创造了无可比拟的世界;当她主张"读小说还是要读小说本身,研究小说是另外一回事"③ 时,无疑也表达了聚焦于小说技艺的诉求。在写完全书后,宗璞对四部曲是否"像"《红楼梦》做过正面回应:"如果能够像一点,我当然很高兴。我这个小说比《红楼梦》差得远呢!一个人写长篇小说,多少会受《红楼梦》的影响,你说是不是?很多人受《红楼梦》的影响。我一直认为小说有三种,一种侧重情节,一种侧重人物塑造,第三种注重气氛意境。一个短篇、中篇可能侧重一方面,长篇则应该把它们熔于一炉。"④宗璞以现代小说理论的"三要素"(仅将通常所说的"环境"要素,改换为古代文论中常见的"气氛意境")为审美标准,再次发明了《红楼梦》作为小说"艺术性"范本的价值。此番见解,仍在"发明传统"之列。

　　不过,考察作家发明传统的效果和意味,还是得以作品说话。四部曲最显著的形式特征,是全书以"序曲"开篇、以"终曲"收尾,而每卷结尾又附有"间曲"。宗璞承认,之所以设置曲词,是因为"潜意识里"受到《红楼梦》为人物写判词的影响。⑤ 再如,小说中人物关系的设置也借鉴了《红楼梦》式的家族构架,随处可见的美好的女子形象、日常饮食起居的绵密叙写等等,无不让

---

① 何其芳:《论"红楼梦"》,《论红楼梦》,人民文学出版社1958年版,第109页。
② 宗璞:《虚构,实在很难》,《读书》1994年第10期。
③ 宗璞:《感谢高鹗》,《随笔》2007年第1期。
④ 吴舒洁:《宗璞:写作对我来说像春蚕到死蜡炬成灰那样自然》,《青年报》2018年6月17日。
⑤ 贺桂梅:《历史沧桑和作家本色——宗璞访谈》,《小说评论》2003年第5期。

人联想到《红楼梦》。若以现代小说丰富多样的叙述视角为参照系,《红楼梦》的心理描写或许称不上手法多变,但作者在对话、独白和诗词中透露人物心理的写法,却以中国式的独特韵味而影响深远。写少男少女情怀,笔法尤其细腻。如第三回写宝黛初见:黛玉心想"何等眼熟到如此",宝玉却脱口而出"这个妹妹我曾见过的"。贾母笑斥宝玉"胡说",却不知这正是小说家化虚为实的本事。宗璞的《东藏记》写澹台玮和殷大士初见的心理,《西征记》写傣族少女阿露与美国飞行员本杰明一见钟情,所用恰是《红楼梦》的这类笔法。

宗璞从《红楼梦》所领受的最大恩惠,其实是"结构"和"节奏"。结构,或许是长篇小说艺术最为重要的关节点,以致小说家无论写过长篇小说与否、无论其长篇创作成就是否突出,几乎都将结构置于长篇艺术的首位。汪曾祺年轻时就敏锐意识到:"结构,这是一个长篇最紧要的部分,而且简直是小说的全部,但那根本是个不合理的东西。"① 他晚年几经酝酿而终未写出长篇,根源或正在此。发表过长篇但被认为结构方面颇有缺憾的孙犁②,也坦承"创作长篇小说,感到最困难的,是结构问题"③。长篇小说创作经验相当丰富的莫言,一方面明确指出结构之难是长篇小说难度的最突出指标,另一方面又信心满满地说:"我们之所以在那些长篇经典作家之后,还可以写作长篇,从某种意义上说,就在于我们还可以在长篇的结构方面展示才华。"④ 莫言的观点,若从反面读作"我们如果没有结构方面的才华,就不必写作长篇",是可以让人接受的;但若认为每一部新长篇都可以在结构方面展示原创性,是会让人生疑的。仅从概率上来说,结构的形态当然无法穷尽,但并非每一种结构形态都必然有其对应的价值。从文学史来看,中国古代长篇小说表现出由单线顺序式的"结构第一形态"向网络型的"结构第二形态"和"结构第三形态"发展演化的进程⑤;西方长篇小说的结构发展,大致也是从单向演进

① 汪曾祺:《短篇小说的本质》,《汪曾祺全集》第9卷,人民文学出版社2019年版,第9页。
② 有论者认为,孙犁《风云初记》艺术表现上的缺陷,以"结构方面的问题最为突出"。见贺仲明:《文体·传统·政治——论孙犁的长篇小说〈风云初记〉》,《扬子江评论》2018年第1期。
③ 孙犁:《关于长篇小说》,《人民文学》1978年第4期。
④ 莫言:《捍卫长篇小说的尊严》,《当代作家评论》2006年第1期。
⑤ 参见陈大康:《论长篇小说结构形态的演变》,《社会科学家》1987年第4期。

的"流浪汉小说式"结构走向网状结构的"巴尔扎克小说式"以及"意识流小说式"结构①。这种中西相通说明，有价值的结构形态不会很多，而行之有效的结构艺术往往来自文学传承。关于《红楼梦》的结构，历来有多种说法，但自20世纪80年代以来，"网状结构"说似已广为接受。②《红楼梦》出场人物多达几百个，其结构特征是虚实相交，即虚的神话世界与实的贾府生活交织。在实的层面，小说叙事以贾府为中心，辐射各支各派各色人等，又适时穿插另外三大家族之事。宗璞的四部曲出场人物逾百，所写人事也形成了两个叙事空间：一是以吕家三女碧初的家庭为中心点，随时关联长女素初和二女绛初的家事；二是以孟樾为中心，对明仑大学的庄卣辰、李涟、钱明经和萧子蔚等知识分子的心理和动态进行叙述。从《红楼梦》到四部曲，网状结构之所以延续下来，正因它在叙事框架的包容性、叙事效果的逼真感等方面有着强大的生命力。

网状结构使小说最大限度地容纳诸多人事，但并非巨细无遗地尽收网中。《红楼梦》主要讲述"家庭琐事、闺阁闲情"（语出第一回），其叙事略显琐碎而不至于使读者丧失兴趣，秘诀就在调控叙述的节奏感。其主要手法有：借空间场景的转移，以淡化叙事的单调和沉闷感；通过写景造境，"增加叙事的情调和意境，以保持叙事的张力"③；等等。四部曲的叙述张弛有度、收放自如，正得益于宗璞深谙叙事空间的转移和情调意境的营造之法。相比《红楼梦》，四部曲中写景抒情的密度之大、设置之精巧，可谓有过之而无不及。不单是节令变化、局势发展配有景物描写，写人物心绪起伏常配以景物，章节头尾也多配以景物，以致景物描写成为全书重要关节。如《南渡记》开篇写北平城的"闷热"让人"惴惴不安"，以此烘托"七七事变"前夕的气氛；结尾写凌雪妍与吕香阁在天亮时分"踏着落叶迎着朝阳走去了"，则是逃离与新生的象征。再如全书终篇处写嵋独自看雪。嵋已年过古稀，身边却空无一人，父母、姐姐、弟弟、丈夫和儿子均已病逝，只剩她在孤独落寞中静看"天上地下白茫茫一片"④，这无疑源自《红楼梦》"落了片白茫茫大地真干净"的细节。再有，

---

① 参见刘建军：《西方长篇小说结构模式论》，东北师范大学出版社1994年版。
② 参见郑铁生：《半个世纪关于〈红楼梦〉叙事结构研究的理性思考》，《红楼梦学刊》1999年第1期。
③ 苗怀明：《〈红楼梦〉的叙事节奏及其调节机制》，《曹雪芹研究》2017年第1期。
④ 宗璞：《北归记·接引葫芦》，香港中和出版有限公司2018年版，第461页。

由于所写人事纷纭、头绪繁多,《红楼梦》从开篇就采用预言叙事以统领全局,书中又时常借助诗词、梦境、谜语乃至谶语进行预叙;如,对贾府衰落、凤姐失势及宝黛结局都是一再铺垫。"作品创造性地使用预叙这一形式,并将其贯穿全书,构建了一个完整、严密的预叙系统,大大丰富了作品的内涵和意蕴,同时也增强了读者阅读、参与的兴趣。"① 预叙的恰当使用能使细密琐碎的日常小叙事汇合成人物命运和小说情节,从而保证整个叙事不至于松垮,宗璞对此显然深有领会。她对重要人物命运的叙写,往往动用对比、暗示、铺垫、梦境和独白等手法,可谓细腻绵密而关怀备至。以凌雪妍为例,她的命运早在逃离北平之前就埋下了伏笔:几个女孩子在吕府插蜡烛问吉凶,而她的蜡烛最先熄灭。这个"酷似'红楼梦笔法'的小插曲"②,要到第二部才得到呼应。凌雪妍历尽千辛万苦,终于与爱人卫葑会合;几经辗转,定居落盐坡;又谋得教职,生下儿子……这些都让人觉得她苦尽甘来。但没想到,她在潭边洗衣服时不慎落水身亡。而在此之前,小说已多次提及潭水很好,只是石头松滑、不够安全,可谓一再铺垫、反复渲染。凌雪妍自己曾在心中将"落盐坡"改为"落雪坡";读者回味之际,才惊觉这是一语成谶。落雪也好,落盐(妍)也罢,此处终将是雪妍丧命之地。凌雪妍结局之凄惨,令人不忍卒读;小说叙事之精细,却使人击节叹赏。当情节设置、人物形象和气氛意境融为一体,小说也就获得了宗璞所理想的"艺术性",并使我们感到"有一种诗意贯穿全书"。

第二节　使域外文学经验"成为中国的、我的"

结合四部曲的文本特征和作家自述,我们说此作是效仿和致敬《红楼梦》

---

① 苗怀明:《论〈红楼梦〉的叙事时序与预言叙事》,《南京大学学报(哲学社会科学版)》2017年第3期。

② 孔书玉:《〈蝈的"启悟"主题》,《文艺研究》1989年第5期。孔文没有说明这个细节源自何处,但我们可从《红楼梦》第22回找到:通过写元宵节各人所制灯谜,暗示了元春和宝玉等人的结局。

亦不为过,但不可就此将作家视为亦步亦趋者。事实上,宗璞对《红楼梦》的疏忽之处也有所思考。世人对高鹗所续后四十回多有指摘,她非但予以宽容和肯定,反而说"其实,前八十回也有不合理处":比如,对小红出身的安排不妥,妙玉写得有些呆板。① 此外,写王熙凤不识字、写薛宝钗进京选秀女而住贾府,都不合理;探春远嫁交代不详,卫若兰铺垫不够,都是遗憾之处。她对薛宝琴的存在意义提出了质疑:小说中许多场景描绘同时也在写人的心理和性格,"只有宝琴立雪不同,她好像定格在那儿,只是一幅画,看不出性格"②。宗璞的挑剔,或许是出于爱之深故而求之全的心理。但这也提醒我们,《红楼梦》还不足以独力承当完美艺术范本的重任。我们可以将它作为解读四部曲的重要视角和参照物,但不可将它视作宗璞写作底气的唯一来源,还应思考她从《红楼梦》之外获得了哪些助力。如她对薛宝琴形象塑造缺失的批评,就是以西方"扁平人物"的小说理论为依据。

　　宗璞对外国文学的阅读、翻译、研究以及领会和借鉴,乃是一条不可忽视的线索。在少年宗璞的书桌上,与唐诗宋词和《红楼梦》一道出现的,就有林纾翻译的《块肉余生述》;初中至大学期间,她一直为陀思妥耶夫斯基作品所吸引和震撼;大学曾以研究哈代完成毕业论文。小说之外,她还爱读泰戈尔、济慈和狄金森的诗,喜欢莎士比亚的《麦克白》和易卜生的《培尔·金特》,始终热爱《潘彼得》《快乐王子》以及安徒生童话(甚至因此而长期创作童话)。③ 大学毕业后经过数次工作调整,后以研究外国文学为业。宗璞自1960年任《世界文学》评论组组长,1964年起随刊物并入中国社科院外文所,此后二十多年间研读过卡夫卡、乔伊斯、伍尔芙等作家,还翻译过霍桑、凯瑟琳·曼斯菲尔德、伊丽莎白·波温等人的小说。

　　笔者不拟全面探讨外国作家对宗璞创作的影响,但有意领会宗璞式的化小说技艺为小说观念的方法。20 世纪 60 年代前期,宗璞等人奉命"批判"卡夫卡,不料这却意外地为她敞开另一个文学世界,使她获得"一种抽象的,或

---

① 宗璞:《感谢高鹗》,《随笔》2007 年第 1 期。

② 宗璞:《漫说〈红楼梦〉》,《书当快意》,浙江文艺出版社 2015 年版,第 98 页。

③ 宗璞:《独创性作家的魅力》,《外国文学评论》1990 年第 1 期。

说是原则性的影响"①,并惊异于小说原来可以那样写。但我们不必将宗璞对外国小说写法的领会和借鉴,细细落实到四部曲的每一角落。正如宗璞在探讨曼斯菲尔德与契诃夫之关系时所说:"曼从契诃夫学到的,与其说在她对技术方面,不如说在她对真的探求这方面,在她对人生苦难的态度上,以及在题材的选择上。"② 我们与其逐一求证她从哪位外国作家学到哪些具体技巧,不如整体把握她悟出了对人生和小说当取何态度,在小说观上获得了何种意义的共鸣,又在哪些方面强化了创作自信。

宗璞早就深切意识到,只有"永不能忘记对自己民族传统的继承",才能"广收博采,推陈出新",并为"中国文化与世界文化的会合"作出"自己丰富而独特的贡献"③。要而言之,宗璞面对外国文学的态度,给我们两点启示。一是自觉以本土文论话语阐释外国文学经验,从中西会通处获取理论助力、拓展文学视野。比如,以中国画论"似与不似之间"把握卡夫卡小说之妙处,以气氛、意境、虚实相生、情境交融、由博返约、取舍熔裁等中国文论话语解读曼斯菲尔德小说。经过这般拿来主义的解读,西方文学的经验和手法才有可能"化入自己的作品,成为中国的、我的"④。二是有意从与自己气质相近的作家那里寻求共鸣,以强化创作自信和个人风格。在探讨曼的"节制"功夫时,宗璞慧眼独具,指出《洋娃娃的房子》中的那盏灯是"最有力量、最有启示性的一个细节"⑤,也是"一盏照亮曼的全部创作的灯"⑤。宗璞的四部曲中也不乏这样高度意象化和象征化的细节。《南渡记》在令人沉闷压抑的时局中开篇,旋即宕开笔墨叙写嵋、小娃与无因三个孩子在宁静芬芳的夏夜观赏萤火虫。他们还相约明天再见,却不知这竟已成奢望,只能留待追忆。"方壶流萤"这个细节乃是无忧无虑、充满美好幻想与期待的童年生活的象征,也是照亮宗璞四部曲的一盏灯。再如《西征记》开篇写到战争席卷了每一个人,但大四学生蒋文长以自己还有"很多创作计划"为由,企图逃避征调入伍;本不在

---

① 宗璞:《独创性作家的魅力》,《外国文学评论》1990 年第 1 期。
② 冯钟璞:《试论曼斯斐尔德的小说艺术》,《国外文学》1984 年第 2 期。
③ 宗璞:《广收博采,推陈出新》,《文艺报》1980 年 3 月 1 日。
④ 宗璞:《给克强、振刚同志的信》,《钟山》1982 年第 3 期。
⑤ 宗璞:《说节制——介绍〈曼斯菲尔德小说选〉》,《读书》1984 年第 4 期。

征调之列的澹台玮,却果断告别了对自己满怀期待的导师,主动请求入伍。这些事情都以腊梅林为叙述背景。宗璞写不惧风雪而冰清高洁的腊梅,既是明写自然环境,又是暗写人物品格,更是在创造一个富有力量和启示性的细节。它像灯盏般照亮了澹台玮此后要走的路:入伍之后,他从不畏惧艰险,总是积极奔赴任何需要他的地方,直到为国捐躯。

宗璞多次表达对本土文学传统的认同感:"我这个人虽然说一直在搞外国文学,可是,外国文学还是没有压过我原来所受的中国文学的影响。"① 但我们仍应看到,长期阅读和研究外国文学,也会使她的创作手法悄然间发生某些转化。宗璞 20 世纪 50 年代发表的《红豆》在氛围以及意象经营等方面可谓与中国文学造境抒情的传统一脉相承,但在 20 世纪七八十年代陆续发表的《我是谁?》《蜗居》《泥沼中的头颅》等作品中,就有意识地运用了意识流、抽象、变形等现代西方小说技法。动手写四部曲时,她曾给自己设定要采用"比较写实的手法"②,但从结果来看,书中颇有一些不"写实"的手法,而这些手法仍得益于外国文学经验的助力。比如,在澹台玮弥留之际,小说就以意识流手法写他这个世界依依不舍:在北平度过的少年时光,疼爱他的父母,与他一见钟情的殷大士,战场上死去的少年福留,一一在他脑海掠过。最突出的非常规手法,是每部之中都安排了几则人物心声。这种写法既像旁白又像独白,既有叙事功能又有抒情意味,更在不动声色间就实现了叙述视点的转换,从而对小说的主体叙述构成补充和调整,使整体叙事效果多了几分灵动和意味深长。以《南渡记》为例,其中设有"野葫芦的心""没有寄出的信""棺中人语"三处,分别是孟樾、卫葑和吕清非向各自牵挂的人敞开心扉。"棺中人语"以死去的吕清非视角来写,尤其偏离"写实";但正是这种写法,格外凸显了老人以死明志的气节。卞之琳最早看出宗璞"适当用出一点叙述学的新技巧,才使小说不但脱出了中国古典章回小说的滥俗老套和西方十九世纪现实主义小说的一些在今天看来是颟顸不灵的笨拙作风"③,可谓敏锐

① 贺桂梅:《历史沧桑和作家本色——宗璞访谈》,《小说评论》2003 年第 5 期。
② 宗璞:《我与人民文学出版社》,丁景唐等《我与人民文学出版社》,人民文学出版社 2001 年版,第 183 页。
③ 卞之琳:《读宗璞〈野葫芦引〉第一卷〈南渡记〉》,《当代作家评论》1989 年第 5 期。

精当之论。由此可见,宗璞在四部曲中所发明的以《红楼梦》为代表的本土文学传统,是被域外文学经验所修饰、丰富和强化过的本土传统。

域外文学经验对宗璞的根本意义,是使她确信自身的独特经验最为可贵。这是她从卡夫卡、曼斯菲尔德和波温等作家笔下精心提取的共同质素。早在当初阅读卡夫卡时,她就曾蓦然醒悟:"尤其是文学作品,如果不是独特的,又有什么存在的必要?"① 至 20 世纪 80 年代初,她在总结曼的启示时仍将"挖掘自己特有的、别人没有的经验"放在首位,深信作家"在独辟蹊径时,必须了解自己情钟何处,扬己之长,避己之短,偿还自己独有的那份'情债',才能从这了情中得到艺术生命"。② 这些见解,正是宗璞坚持开掘自身经验的理论指南。从 50 年代的《红豆》到 80 年代的《三生石》和《蜗居》,宗璞笔下的人物形象谱系一度有所扩展,但她最熟悉的还是知识分子,感情最深的还是与自己青少年时代叠合的那一段民族史。这样的生活体验当然有其局限,但同时也是特色。她在评价波温时所说:"她对一种类型的人很理解,对别样的人则不愿接触,也就不能收之于笔下,以致人物、主题多有重复,相似包容的世界没有丰富的发展。这似乎是多数女作家们的共同特点。也许这样的要求等于要求她变成另一个作家,而波温所以成为波温就在于她的这些特点。"③ 这番评价,几乎可以读作宗璞的自我定位。正因坚持以自己最擅长的笔法塑造自己最熟悉的知识分子,书写自己感触最深的那段历史,宗璞终于写成了他人所无法完成的四部曲。

第三节　反拨与接续现代小说传统

如前所述,宗璞从《红楼梦》所学到的主要是两个方面:包容广阔的网状

---

①　宗璞:《独创性作家的魅力》,《外国文学评论》1990 年第 1 期。

②　冯钟璞:《试论曼斯斐尔德的小说艺术》,《国外文学》1984 年第 2 期。

③　冯钟璞:《打开常春藤下的百叶窗——伊丽莎白·波温研究》,《世界文学》1985 年第 3 期。

结构,是小说的坚实骨骼;收放自如的叙事节奏,则是小说的从容气度。同样重要的是,以本土文论话语消化、吸收西方现代小说经验,使宗璞获得开阔视野并强化了创作自信。但归根结底,宗璞小说之所以鲜活生动,应归功于作家以生命体验筑成了小说的丰满血肉,并使小说中跳动着民族和时代的脉搏。细加推究,四部曲的很多地方其实与《红楼梦》大有不同。最直观的区别,是四部曲破除了借"太虚幻境"与俗世生活相辅相成的写法,从而直面现实人生。这当然不能简单说成是四部曲相对于《红楼梦》的进步,而是中国小说观念由古代的志异、传奇向现代的"为人生"演进的结果。更内在的区别是,相比于"全部《红楼梦》深刻表现了人生的悲凉……功名利禄,不必挂心,是非功过也只在他人谈笑中"①,四部曲虽不乏对世态人心的洞察与臧否,整体上却以对民族抗争精神的颂扬、对美好青春的礼赞、对知识分子情怀操守的称许、对普通人精神品格的发扬而散发出温热的气息和光亮,甚至被誉为"喷发着一种英武,一种凛然正气"②。回顾历史,劫波渡尽;反观己身,年华老去。但作家并未因此陷入低沉、哀婉,而是以从容、执着的姿态品味过往一切的意义和价值。这种刚柔并济、既坚且韧的抒情气质,使四部曲成为当代文学不可多得的精品。

由此,"古典"名著《红楼梦》与"当代"四部曲之间的时间距离就值得特别重视。如我们所知,此间诞生了一大批通常被归为"中国现代文学"的作品。如果说《红楼梦》是影响了四部曲的"远传统",现代文学则可视为"近传统"。中国现代文学承继古代文学而来,但又形成了区别于古代文学的新质,开创了某些新的叙事传统。比如,"表现的深切与格式的特别",与农民和乡土大地的密切关联,对家国命运和底层民众的关怀,等等,都深深植入了当代文学的"记忆"之中。四部曲也以自己的方式,体现了当代作家对现代文学的记忆和传承。如《西征记》写志愿参军的大学生澹台玮,雪夜独自眺望壮丽而神秘的高黎贡山:

　　玮忽然想起不知是谁的文句:那是孤独的雪,是雨的精魂。雨死了

---

① 宗璞:《感谢高鹗》,《随笔》2007 年第 1 期。
② 王蒙:《读宗璞的两本书》,《当代作家评论》2002 年第 1 期。

便有雪,那么人死了呢。生命委弃在大地上,化成泥土,滋润着野草的生长。野草又要遭践踏,走向死亡与腐朽。但哪怕是一株野草,只要生存过,纵然结局是死亡和腐朽,也不是不幸。

雪继续下,盖住了能盖住的一切。玮望着脚下经过血洗的、悲壮的土地,泥土化入了血肉和生命,人的精魂呢,他们应该化入了历史,悠悠然在历史的长河中流淌,没有止境。①

此处不仅直接引述鲁迅散文诗《雪》的文句,还化用了《〈野草〉题辞》,更非常自然地将两个文本揉和为一个发人省思的情境。从叙述功能看,此处不止写景抒情,还暗写澹台玮不畏牺牲的心理,并预示其生命即将融入泥土,为后文做了精心铺垫。更重要的是,鲁迅对于野草与大地、生存与灭亡关系的独特理解,对人之抗争精神的张扬,作为某种"范式"引导了宗璞小说的场景设置、心理描写及人物塑造。正是在这里,我们深切感受到:"所谓现代文学的传统,不是虚玄的东西,它主要指近百年来那些已经逐步积淀下来,成为某种常识或某种普遍性的思维与审美的方式,并在现实的文学/文化生活中起作用的规范性力量。"② 但从全书来看,这般精准"对接"和"延伸"现代文学传统的例证几乎不可复现;"偏离"或"反拨"叙事成规的现象,却比比皆是。不过,宽泛地说,偏离和反拨也是另一种形式的接续和发展。我们若能仔细辨识宗璞如何偏离与反拨"一些相对固定的范式与套路"③,就能深入领会四部曲的独特性和创造性。

毫无疑问,四部曲首先应读作中华民族抵抗侵略而取得胜利的历史。小说着眼点虽是南下复北归的知识分子群体,但他们南渡、东藏、西征与北归这一路颠沛流离是与整个民族艰苦而光荣的抗战进程同步的。从历史叙事的层面来看,中国长篇小说曾持续从历史获得叙事资源并逐步确立自身文体的合法性,且在漫长的传承演变中形成了某些叙事传统。至 20 世纪五六十年代,涌现出一批"革命历史小说",它们"在既定的意识形态规限内,讲述既定

---

① 宗璞:《西征记》,人民文学出版社 2009 年版,第 115 页。

② 温儒敏:《现代文学新传统及其当代阐释》,温儒敏、陈晓明等《现代文学新传统及其当代阐释》,北京大学出版社 2010 年版,第 3 页。

③ 傅修延:《论叙事传统》,《中国比较文学》2018 年第 2 期。

的历史题材,以达成既定的意识形态目的"①,深刻影响了一代人的文学观和历史观。80 年代以来,以小说把握历史规律或本质的史诗情结有所淡化;"新历史主义"小说顺势而起,旨在揭示历史的"本文"性质、打破单一的历史讲述方式,但它并未完全取代以往的叙事传统。就宗璞而言,由于所写的那一段历史具有亲历性,所以她会怀有"写小说,不然对不起沸腾过随即凝聚在身边的历史"② 的创作心理。但她最初在解释"野葫芦引"的得名时就说过:"葫芦里不知装的什么药,何况是野葫芦,更何况不过是'引'。"③ 可见,她不认为自己有能力把握宏大的历史规律。而从第一部"野葫芦的心"一节来看,野葫芦这个意象显然又寄寓了生的意志和抗争精神、体现了她对历史进程的特定认识。所以,宗璞的创作心理中或许有某些矛盾,但其心结不在于某些评论者所说的想写成"史诗"而不能,而在于如何将那段历史写成她所理想的小说;换言之,在表现历史的同时,还要将小说写成"艺术性"小说。她在写完第二部后的访谈中说道:"人本来就不知道历史是怎么回事,只知道写的历史。但是写的历史,要尽可能是那么回事;要是完全不是那么回事,那当然是太悲观了。把人生还是看做一个'野葫芦'好,太清楚是不行的,也做不到。那为什么要个'引'呢? 因为不能说这就是个'野葫芦',只能说它是一个引子,引你去看到人生的世态。"④ 宗璞对"要尽可能是那么回事"的坚持,不仅表明了对历史不可知论的拒绝、对悲观主义的警惕,也使四部曲与新历史主义小说区别开来;对"历史"和"写的历史"之区分,则体现了坚守小说艺术特性的自觉。

四部曲表现历史的特色在于:其一,将以往由大事件构成的历史,变成日常听闻的历史。大事件的历史以"口耳相传"的方式成为叙事背景,日常生活场景由此居于叙述重心。正是秉持这样的原则,宗璞才能从容有致地铺开笔墨,由各不相同的小家庭写出大时局,并于其中透视知识分子的灵魂悸动、描摹青少年的成长心迹。四部曲所写的民族存亡史,同时也是家族

---

① 黄子平:《"灰阑"中的叙述》,上海文艺出版社 2001 年版,"前言"第 2 页。
② 宗璞:《答问:我为什么写作》,《文艺报》1986 年 4 月 12 日。
③ 宗璞:《南渡记》,人民文学出版社 1988 年版,第 289—290 页。
④ 贺桂梅:《历史沧桑和作家本色——宗璞访谈》,《小说评论》2003 年第 5 期。

的传续史、知识分子的精神史和青少年的成长史。其二,将以往专注于塑造英雄的历史叙事,变为英雄与普通人同在的历史叙事。五六十年代风行的"革命历史小说"中不能说没有普通人的形象,但重点是塑造英雄人物。作为某种矫枉过正,曾有许多"新历史主义小说"不写英雄或刻意解构英雄。四部曲则告诉我们,历史是由英雄与凡人共同创造的。《西征记》中不畏牺牲的陶团长、神乎其技的游击队长彭田立当然是英雄,意外牺牲的澹台玮、美国飞行员本杰明和上尉谢夫以及无名女兵等人,也完全称得上是英雄。以老战为代表的千千万万普通人,他们奋起抗争、守卫家园,也是这个时代的英雄。宗璞对历史的态度,既远离了古代的循环论或天命论,也不同于近现代一度流行的历史进化论或本质论,而是主张每个人"尽伦尽职"共同谱写历史。宗璞对人之为人的伦理职责的思考,对人性的弱点与光辉的书写,使四部曲通体流动着温热的诗意、抒情的气息。正是这种从容有致的美学气度,使她有可能偏离现代小说的某些叙事成规、反拨其中某些浮躁凌厉之气及偏颇之处。以下从家族叙事、知识分子叙事和成长叙事几个层面略加分析。

回顾中国现代小说,家族传承的积极意义几乎无处可寻。在"反封建"和追求进步的思想氛围中,家族总是以腐朽没落的形象出现,因而不可避免地成为时代青年的反叛对象,巴金《家》中的高家和路翎《财主底儿女们》中的蒋家可为代表。在"后革命"的文化语境中,家族叙事偶尔带上寻根和追忆的色彩,如王安忆《纪实与虚构》对"茹"姓的探源和李锐《旧址》对李氏家族的追溯;但在更多时候,家族叙事都伴随着对历史破败的想象和审视,如苏童《妻妾成群》和阿来的《尘埃落定》等。甚至可以说,现当代小说中的家族叙事,几乎都是关于家族分崩离析的寓言:寓言的故事层面不尽相同,但无不寓示着作家不堪历史重负。他们在仓促告别历史之际,同时将家族传承视作完全负面的存在,毫不留情地与之诀别。在此情境中,四部曲书写家族血缘的凝聚力及精神传承的可贵,可谓空谷足音。吕清非青年时代踌躇满志、积极投身于革命,人到中年因革命理想破灭、痛失爱妻转而从佛经求得安慰,但直至晚年仍未放下对时势大局的关注,最终更是不受威逼利诱而以死明志。吕清非对国家民族的赤诚热爱,在孙辈澹台玮身上得以传承。在吕老人的熏陶之下,玮年少时就敢面对侵略者高喊口号,大学期间更是主动请缨奔赴前线,其舍生取义的选择与祖辈一脉相承。宗璞不仅重新肯定了家族传承对塑造后辈品格的积极意义,同时也为丰富和发展家族叙事的文学传统作出了一定贡献。

鲁迅对知识分子生存境遇的思考,开创了现代小说的新传统。作家写知识分子,二者间往往形成微妙的同构或互文关系,而这种关系又往往折射出知识分子的现实处境以及时代对知识分子的期待。由此,现代小说中的知识分子形象谱系,可视为考察现代思想史和文化史的重要入口。从鲁迅笔下的吕纬甫和魏连殳、叶圣陶笔下的潘先生和倪焕之、柔石笔下的萧涧秋、杨沫笔下的林道静、谌容笔下的陆文婷、张贤亮笔下的章永璘等人物形象入手,我们可以开启对思想启蒙、教育、革命、政治运动等重要问题的思考。但由于20世纪50至70年代对知识分子的持续"改造",以及80年代以来商品经济、大众文化的"洗礼",90年代以来小说中知识分子的形象、特质已变得斑驳、晦暗。无论在日常言谈还是小说叙事中,许多人都是徒有知识分子的社会身份而不具备知识分子的精神品格。其典型症候是,"新"《儒林外史》式的小说时有出现。为便于论述,下文笼统提及有知识的个人时将称之为"知识者",以区别于具有突出精神品格的"知识分子"。

就刻画知识者形象而言,四部曲不仅在宗璞创作生涯中最为全面,放入文学史也不失光彩。其叙事特色,一是对老中青三代知识者的全面关注,二是在每一代知识者中对不同类型作深度刻画。老一代知识者,以吕清非和缪东惠为代表;年轻一代的知识者中,澹台玮与蒋文长也是正反两面的代表。中间代的知识者在小说中占比最多,作家用力也最多。他们中的绝大多数都展现了知识分子应有的学识、风度和操守,如明仑大学历史系教授孟樾、中文系教授江昉、生物系教授萧澂、数学系教授梁明时等。在新时期以来的小说中,我们所见多是被历史重负、现实处境及世俗欲望等各种因素改造或异化的知识分子;唯有宗璞四部曲敢于为知识分子正名,读之令人神清气爽。所谓正名,当然不是美化,而是在肯定知识者有其价值和贡献的同时,写出他们作为人的复杂性和丰富性。凌京尧和钱明经这两个虽有缺点但不失良知的形象,尤能体现宗璞对知识者作为人的思考和体谅。凌因软弱而被迫出任伪职，为逃避给侵略者办实事，他想方设法自我折磨，终于以一句"我爱中国"为一生画上了句号。钱明经头脑聪明又富于热情，在古文字研究和新诗创作方面颇有造诣。作为同事，他慷慨好义，多次帮助孟樾家解决生活困难；作为教师，他对教学尽心尽力，颇受学生好评；但作为男人，他始终改不了拈花惹草的风流本性，让妻子伤心不已。这个形象的复杂性证明了宗璞对知识分子的包容和期待。她曾对某些"当代儒林外史"式的小说发表不同意见："我觉得知识分子当然也存在很多缺点，但我是从比较正面的角度去写的，像我写《南渡记》和《东藏记》，还是把知识分子看作'中华民族的脊梁'，必须有这样的知识分子，这个民族才有希望。那些读书人不可能都是骨子里很不好的人，不然怎么来支持和创造这个民族的文化？"① 尽管耳闻目睹过历史和现实中那么多知识分子的异化，她仍然深情寄望于真正的知识分子；这或许算得上是宗璞的"缺点"，但不掩其可贵特质。

四部曲中写了很多青少年形象，单是详细叙写就的有二十个左右。从将门子女到教授家的孩子，从官家子弟到战争中的孤儿，从傣族少女到地方大员的千金，他们的出身、性格不同，但同在这个烽火连天的大时代接受洗礼，获得了成长。在这个意义上，四部曲可读作对一代年轻人成长历程的叙述。"为什么一个人的成长需要叙述？叙述其实就是一种反思。没有反思的人生是混沌的人生，人们需要通过反思找到新的生活起点和方向。"② 宗璞以老迈之躯而倾情讲述年轻人的故事，证明了青春、成长乃是文学永恒的母题。与外国的"成长小说"相比，四部曲虽不具备"典型情节模式"，不曾精心设置引导成长的"领路人"，但也细致描写很多青少年"迈出了走向成熟的关键一步"。③ 不同于20世纪50—70年代的成长主体在主流意识形态呼唤下成长，四部曲中孩子们的成长更多得益于家庭的温暖以及人自身向善的本性。峨作为孟家长女，上有宽严相济的父母，下有活泼可爱的弟妹，但她一出场就是冷漠的叛逆少女形象，刻意与家人保持距离。直到萧澂为她解开心结，她才

---

① 贺桂梅：《历史沧桑和作家本色——宗璞访谈》，《小说评论》2003年第5期。
② 芮渝萍：《美国成长小说研究》，中国社会科学出版社2004年版，第175页。
③ 此处对"成长小说"类型特征的概括，系摘引自芮渝萍：《美国成长小说研究》，第84、125、7页。

消除了对自己身世的猜疑,逐步融入和谐的家庭氛围。但她还有另一个心结,是对萧老师的爱慕。她在表白未果后仓促接受仇欣雷的表白,不幸仇欣雷为保护她而死,又使她郁积了新的心结。于是她决然离去,选择到偏远的植物研究所专心工作。在家人关怀之下,她终于走出自我封闭状态,逐渐成为一名出色的科技工作者,并收获了真正的爱情。峨的经历说明:所谓成长,就是逐步解开心结,遂自然趋向美善。不同于峨的成长轨迹充满着结和解,玮的人生则是一路顺畅。他在专心学术与献身祖国之间做出了毫不犹豫的选择,完成了另一种意义上的成长。如果说峨的成长证明了人性具有自然向善的本能力量,那么,玮的成长则体现了言传身教的影响及时代的感召力。

四部曲作为成长叙事的另一价值,是重新确认了爱情体验作为成长中心的意义。"爱情和人性是同义语,所以爱情的秘密也就是人的一般秘密。"①但在当代文学史中,不管是革命战争年代的英雄,还是社会主义建设中的新人,其成长空间都很难容下丰富的爱情体验。这也为爱情体验成为后来小说叙事的突破口埋下伏笔。我们读惯了那些被政治话语、泛性论和灵肉冲突论所主导的爱情叙事,再来阅读宗璞的四部曲,会由衷感到爱情叙事应有的丰富性和感染力。宗璞以富于诗意的笔触,精心叙写了各种类型的爱情:青梅竹马、顺其自然的爱情,如嵋与无因;火焰般明亮而热烈的爱情,如玮与大士;痛苦而甜蜜的爱情,如凌雪妍之于卫葑;与探索人生意义同步的爱情,如玹之于卫葑;带有恋父情结的、非正常的爱,如峨之于萧老师。这些爱情体验,过程和意味不尽相同,但都是人之成长的重要一环。从早年的《红豆》到当下的四部曲,爱情叙事不仅伴随着宗璞从而立之年走向耄耋之年,也为读者指明了游览其艺术胜境的通幽曲径。

---

① [苏]沃罗比约夫:《爱情的哲学》,[保]基·瓦西列夫《情爱论》,赵永穆、范国恩、陈行慧译,三联书店1984年版,第443页。

结语 "发明传统"的必要性与可能性

在四部曲中,中国军民抗击侵略者的不屈意志、家族精神的热和力、普通人身上的光辉、知识分子的丰采、年轻人成长的欣悦,无不使小说叙事洋溢着丰沛的诗情。在相当程度上,宗璞实现了从"历史"中写出"诗"的追求。这也是她着力"发明"《红楼梦》的"艺术性"和"诗意"的结果。这使我想到利维斯对简·奥斯丁的评价:她的创作不仅"提供了一个揭示原创性本质的极富启发意义的研究对象,而且她本身就是'个人才能'与传统关系的绝佳典范。假使她所师承的影响没有包含某种可以担当传统之名的东西,她便不可能发现自己,找到真正的方向;但她与传统的关系却是创造性的"①。这番评价用于宗璞和四部曲,似也十分贴合。

后来者与文学传统的关系,虽然已是"老生常谈",但也有可能常谈常新。四部曲之所以值得分析,正因它能为"如何理解和看待传统"提供某些新的细节和启发。首先,文学传统的内在"成分"不是单一的、固定不变的,而是多元化合、累积而成的。四部曲使我们看到,中国古代小说传统、中国现代小说的叙事传统及外国小说的某些叙事经验,合力形成了值得中国当代作家倚靠的强大传统。其次,传统又是被阐释和建构出来的。传统可能化身为某一特定的具体之物,比如古诗技艺可能化身为《唐诗三百首》,古典小说技艺则化身为《红楼梦》;但这两者本身不会自动呈现传统有何内涵,而是有待阐释。不同阐释者会有不同见解,即便同一阐释者的见解也可能会随时间和场合变化而有所变化。正如宗璞所说:《红楼梦》是一部挖掘不尽的书,随着时代的

---

① ［英］利维斯:《伟大的传统》,袁伟译,三联书店 2002 年版,第 8 页。

变迁,读者的更换,会产生新的内容,新的活力。"① 但同一个阐释者在多次阐释中一以贯之的观点,无疑体现了传统影响后来者的路径。宗璞对《红楼梦》"艺术性"和"诗意"的阐发和实践,正是这样的例子。文学传统总是要先被后来者所发现和认同,然后才有可能"化入"后来者的笔下。最后,传统与创新是互为参照的关系。没有传统,后来者的创新将失去经验资源和评判尺度;没有后来者,传统的存在及其意义价值将难以显明。诚如豪泽尔所言:"传统和创新都是以对方为自己的存在前提,并且都是从对方获得意义的,它们各自的力量都是在与对方的矛盾斗争中才获得的。"② 四部曲使我们看到,以《红楼梦》为代表的中国古代小说传统,至今依然是当代文学诗性品格的艺术源头;而外国小说、中国现代小说的叙事经验,始终是理解和评判中国当代文学实绩的最佳坐标。

在当下作品中辨认影响源的踪迹,重心当落在探讨当下创作与文学传统的关系。借用霍布斯鲍姆的命题,我们所做的工作乃是探讨作家如何"发明传统"。但在霍氏与合作者的笔下,对"被发明的传统"的理解和描述是较为"宽泛"的。"它既包含那些确实被发明、建构和正式确立的'传统',也包括那些在某一短暂的、可确定年代的时期中(可能只有几年)以一种难以辨认的方式出现和迅速确立的'传统'。"③ 我们借用他们的概念和方法研究文学现象,应谨慎避免指称不明。英文中的"invention"兼有发明创造和虚构编造的意思;现代汉语中的"发明"也有两个常用含义(既指创造性地阐释和发挥,也指创造新事物和新方法),但两者都没有虚构编造的意思。笔者借用"发明传统"这个表述,不涉及虚构或编造传统,而是特指创造性地阐释和发展传统,亦即党的十九大报告所提出的"创造性转化和创新性发展"。

发明传统这个说法之所以令笔者感兴趣,是因为它能形象化地勾画出作家的创作情境。如同发明家手边都要摆放着许多材料和工具,才能去动手印证脑中的新奇想法,再优秀的作家也无法做到两手空空就闭门造车。当作家

---

① 宗璞:《无尽意趣在"石头"》,王蒙《红楼启示录》,三联书店 1991 年版,"代序"第 5 页。

② [匈]阿诺德·豪泽尔:《艺术社会学》,居延安译编,学林出版社 1987 年版,第 53 页。

③ [英]埃里克·霍布斯鲍姆:《导论:发明传统》,《传统的发明》,顾杭、庞冠群译,译林出版社 2020 年版,第 1 页。

寂然凝虑或悄焉动容之际,他们除了被自己的经历、情感和艺术表达的境界所鼓动,还始终置身于多元化文学传统所汇成的复杂情境之中。这一复杂情境,包含了古与今、中与外、远与近等多层次的相对关系。一旦作品完成,不管作家本人是否以及在多大程度上意识到,它都已经"与某一适当的具有历史意义的过去建立连续性"①。这"历史意义"有何内涵,有待当下作家为其赋值;"过去"是何情状,也有待当下作家为其赋形。因此,发明传统是一个富有实践感的命题,它始终召唤着作家投身于切实有效的"文学行动"。同时,发明传统还是一个暗含多重诉求的命题,它始终期待着研究者也付诸行动,设法使文学传统的意义、当下创作的价值以及二者之关系同时得以显明。

近40余年来,随着中外文学交流日益密切以及本土文学传统备受重视,当代文学的影响源日渐繁复。但像宗璞这般能够应对自如的作家并不多见。她所提供的启发是:自觉萃取古代小说艺术的精华,佐以外国小说的经验,再从二者相融处确认最适宜自己的创作方法,几乎自然而然地实现了对现代小说传统的反拨或接续。而在某些作家笔下,或许不乏对古代文学传统的复现,却少了与外国文学经验的对话;在另一些作家笔下,欧美风刮过了好几轮,本土文学传统的气息却日渐稀薄。在此情势中,我们借着讨论四部曲而重弹旧调,谈一谈作家如何发明传统,应该不是多余。

其一,站在古今之变的时间轴上,作家唯有充分尊重传统,才有可能感知并激活传统中的活力。唐弢早就指出:"经过科学的整理、研究和分析,古典作家作品中一切有用的材料,包括仍然保持着生命力的文学语言和艺术表现方法,不仅受到尊重,而且作为民族的优秀遗产,被继承,被吸收,消化生发,融会贯通,成为新的机体的一部分。"② 希尔斯也说过:"有活力的东西是值得保存下来的。"③ 当代文学史的诸多事实证明,越是在渴望文学变革的时期,文学传统的潜在价值就越有可能得到重视和发掘。比如,在"建设新的人民的文艺"的共和国初期,许多长篇小说得益于对传奇、章回体和说书体的发

---

① [英]埃里克·霍布斯鲍姆:《导论:发明传统》,《传统的发明》,顾杭、庞冠群译,译林出版社2020年版,第2页。

② 唐弢:《在民族化的道路上》,《中国社会科学》1983年第6期。

③ [美]爱德华·希尔斯:《论传统》,傅铿、吕乐译,上海人民出版社2014年版,第355页。

明;在新潮迭涌的 20 世纪 80 年代初期,汪曾祺、孙犁、邓友梅、林斤澜等人对笔记体的发掘和利用形成一时景观;在"先锋文学"渐成气候之时,韩少功、阿城等人以对文学之"根"的发明拓展了新的文学视野;等等。当前正处于继往开来的新时代,作家更有必要、更有可能发明文学传统。但尊重传统不应成为迷恋甚或迷信传统。文学史上不少"复古""拟古"的文学实践之所以失败,都是因为将传统树为高高在上的权威,而忽视了后来者当有所作为。宗璞对《红楼梦》既尊崇又批评的态度,乃是她能写出四部曲的重要原因之一。

其二,面对本土文学传统与外来文学资源,作家要坚持对民族文学传统的深切认同。中外文学交流,过去、现在以及将来都是中国文学发展的重要推动力。应当承认,中外文学交流的确使近几十年来的中国文学创作受益良多。但不可忽视的是,不少中国作家对外国作家作品如数家珍、亦步亦趋,对民族文学传统却所知无几。我们轻易就能找到一批堪称中国的博尔赫斯、福克纳或马尔克斯的作家,却很难发现当代的罗贯中、曹雪芹或蒲松龄。宗璞创作四部曲的意义和启示正在于此:她是在广泛阅读并模仿借鉴过西方现代小说之后,再自觉回归民族文学传统的;但在发明民族文学传统的过程中,她又主动摄取和消化了某些西方小说经验,以此作为丰富和发展民族文学传统的养分。

其三,在古代文学传统和现代文学传统之间,当下作家要善于反思、敢于取舍并勇于开拓。"任何传统都不是那种尘封于历史岁月之中的纯客观的存在,而总是体现出某种当代性和主体性,并因此而获得进一步发展演进的动力。"① 在四部曲中,宗璞无论在家族叙事、知识分子叙事还是成长叙事层面,都以富于抒情意味的从容有致,反拨了现代文学中常见的浮躁凌厉之气。那么,是发明《红楼梦》使她反拨了现代小说传统,还是反思现代小说传统使她发明了《红楼梦》? 其实,二者是互为表里、互为因果的,它们共同促成了"这一个"四部曲。卞之琳曾赞赏宗璞《南渡记》:"这里有真正的创新,而只有批判继承中外优秀传统,适当采用外来的与时代演进同步的新手法,才会有真

---

① 姚文放:《当代性与文学传统的重建》,人民文学出版社 2004 年版,第 168 页。

正的创新。"① 作为宗璞的大学任课老师和外文所同事,其评价虽有奖掖之意,但也确实道出了当下精品与文学传统之关系。事实上,四部曲的后两部也存在某些明显的瑕疵② ;但前两部无疑是精品,整体而言也堪称精品。我们当下不缺小说,但缺小说精品,尤其缺少扬弃传统而成就当下的高度自觉。宗璞的四部曲不仅呈现了小说精品的艺术性和诗意,还显示了作家本人的当代性和主体性,进而也证明了发明传统的必要性与可能性。

---

① 卞之琳:《读宗璞〈野葫芦引〉第一卷〈南渡记〉》,《当代作家评论》1989 年第 5 期。

② 概括说来,《西征记》失在材料过多,如动员马福土司之事就稍嫌枝蔓,似还可精简提炼;《北归记》失在叙事推进太快、叙述场景和视点转换过于频繁,以至叙事抒情的从容意味淡了很多。

第十三章
现当代作家与"鲁迅影响"

——"两个孙犁"新论

　　自 20 世纪 80 年代末以来,"两个孙犁"之说似已逐渐成为某种"共识"。① 尽管有研究者试图将"孙犁一生的绝大部分生命"置入独特的"矛盾心境与精神苦闷"中予以统合性的读解②,但有关"老孙犁"/"新孙犁"(或"早年孙犁"/"晚年孙犁")的讨论仍然是众多论者津津乐道的话题。这首先是因为,"十年荒于疾病,十年废于遭逢"③ 悍然将孙犁的生活和创作切割成前后两段(或前、中、后三段),这是不容否认的事实;其次还因为,上述事实使得孙犁成为研究者们阐释文学史的断裂、空缺及文学传统的延续、转变的极佳人选;更可能因为孙犁在跨越历史的断裂带时历经压抑、沉潜以至终有所成,为研究者们有关"二十世纪中国文学大师"④ 的想象与期待贡献了一份合乎情理的历史感。

　　笔者重提"两个孙犁",其所指却不是"老孙犁"与"新孙犁",而是"小说家孙犁"与"杂文家孙犁"。通过这样的语义转换,我们的研究思路也将发生转换:不再以历史的断裂去论证孙犁前后创作之间的异变,而是从文本内部去寻绎其创作个性的形成机制及延续逻辑。这一思路得以确立的根本依据是:纵观孙犁的创作历程,鲁迅的影响一直强有力地存在着,如影随形。可以说,倘若没有鲁迅,孙犁未必不会成为小说家,但肯定不是"这一个"小说家;倘若没有鲁迅,孙犁基本不可能成为杂文家。因此,回溯鲁迅如何以启蒙者、战斗者、文学家、杂文家、思想者、批判者、一代宗师的形象显现于孙犁的精神世界,无疑有助于从整体上把握孙犁创作发展的连贯性;而追问孙犁如何理解、阐

---

　　① 这方面的重要论著至少应该举出下列成果:滕云的《老孙犁与新孙犁》(《天津文学》1989 年第 1 期)、杨劼的《论世、论事和论文——晚年的孙犁》(《当代作家评论 1993 年第 3 期》)、张学正的《观夕阳——晚年孙犁述论》(《当代作家评论》1998 年第 3 期)、肖海鹰的《"老孙犁"之后又出"新孙犁"——中国文学史上独特的"孙犁现象"》(《光明日报》1998 年 7 月 9 日)以及阎庆生的专著《晚年孙犁研究——美学与心理学的阐释》(中国社会科学出版社 2004 年版)。直到最近,"晚年孙犁"依然是研究者们进入孙犁研究的重要方式,如张莉的《晚年孙犁:追步"最好的读书人"》(《南方文坛》2013 年第 3 期)和孙郁的《孙犁的鲁迅遗风》(《新文学史料》2014 年第 2 期)等。

　　② 杨联芬:《孙犁:革命文学中的"多余人"》,《中国现代文学研究丛刊》1998 年第 4 期。

　　③ 孙犁:《信稿(二)》,《孙犁全集》第 5 卷,人民文学出版社 2004 年版,第 132 页。

　　④ 如张学正在《观夕阳——晚年孙犁述论》中提出:"孙犁前两个时期的创作成果,使他成为中国现当代文学史上的大家;而他后一个时期的创作成果,则使孙犁成为二十世纪中国文学大师。"

释与追随鲁迅,则是具体呈现鲁迅传统之于后世作家深远影响的又一生动个案。以鲁迅作为自己精神之旅的出发点和中心点,在行程中不断回望鲁迅、对话鲁迅、发现鲁迅,孙犁以毕生创作完成了现代知识分子人格的自我塑造。

第一节 "向鲁迅先生学习":阐释者与创作者孙犁的起步

论及孙犁与鲁迅之关系,比较有代表性的说法是:"他的进入鲁迅的世界,恰是抗战的时期"①。孙犁对鲁迅的阐释确实发端于抗战期间,并一直持续到生命晚年;但要说到孙犁如何阐释鲁迅,还须梳理孙犁如何阅读鲁迅。《孙犁全集》中有诸多尚未受到重视的细节足以证明:作为鲁迅的阅读者、阐释者的孙犁,是和作为创作者的孙犁同步成长的。

青少年阶段,孙犁就时常在学校阅览室的《申报·自由谈》中读到鲁迅,读鲁迅翻译的小说、散文,并关注鲁迅与创造社的论战文章②;参加工作以后,由于热爱鲁迅的散文,他省吃俭用以购买鲁迅的书,甚至一度订阅过鲁迅主编的《译文》杂志③;战争结束,进城工作之后,孙犁不只全面地搜集和阅读鲁迅的书信、日记,更对照鲁迅日记中的书账买书和读书。到了晚年,孙犁不无满足地说道:"《鲁迅日记》,我购有人文两种版本,并借阅过影印本,可以说是阅读多遍,印象甚深。"④ 孙犁印象最深的还是战争年代:家中的《中国小说史略》幸免于难,孙犁隆重为之包装,封为"群书之长";后来"在禾场上,河滩上,草堆上,岩石上,我都展开了鲁迅的书。一听到继续前进的口令,才敏捷地收起来。这样,也就引动我想写点文章,向鲁迅先生学习。这样,我

---

① 孙郁:《孙犁的鲁迅遗风》,《新文学史料》2014 年第 2 期。

② 孙犁:《芸斋琐谈·我中学时课外阅读的情况》,《孙犁全集》第 7 卷,人民文学出版社 2004 年版,第 214—215 页。

③ 孙犁:《关于散文》,《孙犁全集》第 3 卷,人民文学出版社 2004 年版,第 531—532 页。

④ 孙犁:《理书四记·日记总论》,《孙犁全集》第 9 卷,人民文学出版社 2004 年版,第 480 页。

就在鲁迅精神的鼓舞之下,写了一些短小的散文"①。实际上,孙犁被鲁迅"引动""鼓舞"而写文章,早在中学时代就已经开始。

　　1930年,17岁的孙犁以孙树勋的原名,在其就读的保定育德中学的同学会所办刊物《育德月刊》上连续发表了小说《孝吗?》和《弃儿》。前者写朝鲜青年秋影为反抗日本侵略者,逃亡俄国留学,但"他是有意志的青年,不是轻举妄动的,他知道那时候朝鲜的灵魂,已经麻醉了",于是"他潜入本国,联合同志,努力宣传,以唤醒民众"②。该作叙事虽假托朝鲜,但其中的灵魂麻醉、唤醒民众之说,无论从命意和措辞上都明白无误地显示出鲁迅的影响。后者则写众人在冷天里一边围观可怜的弃儿,一边非议此事如何有伤礼教风化。其中一位正骂得起劲的举人老先生突然得到通报:家里的大儿媳妇死了。自然又有人随往一探究竟。原来,举人家不幸青春丧夫的大少奶奶本是守节不嫁的,也因此得过不少贞节牌匾,不知为何竟有了身孕。娘家不容,婆家痛骂,生下孩子被迫丢弃,她唯有一死。小说用情节陡转的方式,表现出对封建礼教观的讽刺。文末更附上一首诗,谴责礼教之徒杀死了"可怜的嫩芽",并高呼"我们要杀死那些旧礼教之徒,将旧礼教焚化","使那可爱的有希望的嫩芽任意生长,在这黑暗的世界上,多开几朵光明的花"③。这篇小说的主题忠实地体现出对鲁迅《狂人日记》的模仿:批判"吃人"的旧礼教,呼吁"救救孩子"。其中所采用的"看与被看"的模式,也早已被鲁迅多次用于批判人性之麻木与无聊。至于情节陡转的设置及其讽刺意味,又颇近于鲁迅的《高老夫子》和《肥皂》。这两篇小说尽管意图太过急切,内涵缺少回味,但这背后却隐现着鲁迅的身影。他以觉醒者和反抗者的姿态,引导着一个年仅十七岁的青年去关注现实、反思历史、关怀弱小、反抗强权。《孙犁全集》另收一部剧本《顿足》,同样发表于《育德月刊》,同样意在表现弱国子民的反抗意识。如果说《育德月刊》是小说家孙犁出发的阵地④,那么鲁迅就是孙犁文学道路上

① 孙犁:《关于散文》,《孙犁全集》第3卷,人民文学出版社2004年版,第532—533页。

② 孙犁:《孝吗?》,《孙犁全集》第10卷,人民文学出版社2004年版,第3页。

③ 孙犁:《弃儿》,《孙犁全集》第10卷,第8—9页。

④ 近有研究者发现,孙犁当年在《育德月刊》发表的作品还有另外两篇,其内容都是写青年追求自由恋爱、反抗旧礼教。这五篇作品被认为以"现实主义方法"为日后的文学事业"打下了坚实的基础"。参见刘宗武:《孙犁与〈育德月刊〉》,《新文学史料》2014年第2期。

的引路人。

1938 年春，孙犁正式参加了抗日宣传工作。出于动员一切艺术力量为抗战服务的意识，他写成了《民族革命战争与戏剧》。耐人寻味的是，在艰难的物质条件和有限的写作篇幅中，孙犁在提倡对话要"简单""乡土化"和"明确"时，竟然有闲笔讽刺一下素无冤仇的梁实秋："我们反对一切饶舌，或文字上的卖弄。莎士比亚的哈姆雷特、歌德的浮士德，留着打走了日本，在'古典文学院'请梁实秋先生来导演吧！"① 情况很可能是这样：在需要反面典型的时候，孙犁"急中生智"，想起了鲁迅的一大论敌。随后，孙犁在冀中区党委机关报《冀中导报》用整整一个版面的篇幅发表了《鲁迅论》，被誉为"冀中的吉尔波丁"。② 由此可见，孙犁已经开始思考，如何在救亡图存的背景下认识鲁迅的意义。次年，在"晋察冀社"集体讨论、孙犁执笔的《论通讯员及通讯写作诸问题》中，就以如下文字阐发了何为"行动的修养"："记起中国文学伟人鲁迅吧，我们说他是一个伟大的灵魂，这不是偶像崇拜，而是一个真实。在他一生的文章里，汹涌着，号啸着的正义感和对人类的热爱，记起那些充溢着血泪、抗议、热情的文章吧。"③

不过，要让抗战军民时时记起文学伟人鲁迅，这并不容易。在当时的条件下，并非所有人都能读到鲁迅，也并非所有人都能从鲁迅作品中读出"血泪、抗议、热情"。甚至可以说，鲁迅作品的沉郁冷峻与战争年代所需要的明快果敢之间，并非毫无扦格。孙犁很快也意识到，抗战宣传工作对写作的要求是：通俗易懂；紧紧地配合政治，配合工作；主题的明朗及乐观性。④ 这就迫使孙犁思考一个严峻的问题：如何从鲁迅的文学作品中，提取当下所需的精神资源？ 或者说，如何将鲁迅的精神传统，融入当下所需的文学作品中去？

在 1940 年写出的小说《邢兰》（这也是孙犁参加抗战工作后写的第一篇小说）中，孙犁迈出了尝试的第一步。他笔下的邢兰已过而立之年，却瘦弱得

---

① 孙犁：《民族革命战争与戏剧》，《孙犁全集》第 3 卷，人民文学出版社 2004 年版，第 9 页。

② 关于此文的发表，可参见孙犁的《平原的觉醒》（《孙犁全集》第 5 卷，人民文学出版社 2004 年版，第 5 页），也可参见《〈善闇室纪年〉摘抄》（《孙犁全集》第 8 卷，人民文学出版社 2004 年版，第 7 页）。

③ 孙犁：《论通讯员及通讯写作诸问题》，《孙犁全集》第 3 卷，第 42—43 页。

④ 孙犁：《写作问题手记》，《孙犁全集》第 10 卷，人民文学出版社 2004 年版，第 308—309 页。

像个孩子，"说话不断气喘，像有多年的痨症"①。一家三口，生活十分艰难。但是，抗战的爆发却激活了邢兰瘦弱身躯里的顽强意志，他像拼命三郎般夜以继日地参加各种工作，却还能趁着修理树枝的空，从怀里掏出口琴，颇为享受地坐在树上吹奏一番。若是在鲁迅写作《药》的时代，这个从小病弱的邢兰，很可能只是又一个华小栓。如今，华小栓"变成"了邢兰，此中的奥秘不是苟延残喘，而是孙犁对鲁迅文学遗产的传承与改造。对于鲁迅所塑造的"典型"（这是孙犁在30—40年代教书时最爱用的一个概念），孙犁无疑是十分欣赏的。但问题恰恰在于：从鲁迅所刻画的华小栓等老旧中国的愚弱国民形象身上，人们或许能轻易读到斑斑"血泪"，却很难直接读出"抗议"和"热情"。于是，孙犁转向了对中国贫苦农民的生命意志和爱国热情的直接表现。在抵御外侮、救亡图存的极端境遇中，他乐于看到中国人民的抗议和热情，并乐于写出他们焕发生机以至脱胎换骨。这无疑是一种乐观的斗争信念，也是一种相对纯粹的文学理想。葆有这样的信念和理想，当然是幸福的；而且，我们有充分的理由相信，战争年代随处闪现着的团结亲爱、舍己为公、坚强勇敢等动人品质，无疑会一再强化上述信念和理想。但是，以明朗而单纯的乐观主义看取现实并迎候未来，显然不是鲁迅文学世界的情感底色。这就决定了孙犁还要走过很长的路，甚至要经历一些不幸的挫折，才能真正走进鲁迅的精神世界，品味鲁迅的复杂与深刻，并与之产生共鸣。

　　孙犁的确是时时牢记着鲁迅的。他几乎是抓住一切机会谈论鲁迅。在谈儿童文艺创作时，他首先想到的是鲁迅对叶圣陶《稻草人》的评价②；谈到文学遗产的接受，他不会忘记列出鲁迅③；即便论及报告文学，孙犁也还是对鲁迅念念不忘。在他看来，报告文学应该追求战斗的力量，而"鲁迅创造的形式——杂感，把现实主义运用到白刃战的功能的成绩，对报告文学是搬运不完的弹药局"，因为鲁迅有着"把一个个文字在人民的感情和希望的溶液里浸染着，把握住现实的纲领，曲折迂回，针针见血"④的本领。鲁迅杂感所体现

---

① 孙犁：《邢兰》，《孙犁全集》第1卷，人民文学出版社2004年版，第145页。
② 孙犁：《谈儿童文艺创作》，《孙犁全集》第2卷，人民文学出版社2004年版，第436页。
③ 孙犁：《接受遗产问题》，《孙犁全集》第2卷，第441页。
④ 孙犁：《报告文学的感情和意志》，《孙犁全集》第7卷，人民文学出版社2004年版，第346页。

的"把握住现实"的立场和"针针见血"的能力,固然值得报告文学效法,但鲁迅杂感思维的"曲折迂回"可能是无益于报告文学的简洁明快的。孙犁在此显露的"偏颇"之处,或许是记住并宣传鲁迅这一急切意图所致。在此前后,孙犁还有几个大手笔,不仅较为全面地呈现了他对鲁迅的理解,也可明白见出他如何努力地让大家时时"记起"鲁迅:

其一,是《鲁迅、鲁迅的故事》的写作。据专门整理过孙犁作品的冉淮舟所说,这本小册子最早是"单行本,新华书店晋察冀分店'青年儿童文艺丛书'第一辑,1941 年 9 月出版"[1]。孙犁在 20 世纪 80 年代初曾动念将其收入文集,但因"字迹漫漶已甚,我几次想整理修改,都知难而退,因之不能再版",只留下《后记》一篇,"说明当时所做的这件事,也是启蒙之一种"[2]。此后出版的《孙犁全集》及其他各类文集,均不收存该作。[3] 我们现在所能看到的,只是孙犁在 1941 年写下的"后记":

> 毛泽东同志说,鲁迅的方向就是中国新民主主义文化的方向。从这些故事,读者不难发见一些鲁迅的脚印。我们一定要把这些故事,当作对我们,也就是对我们社会的教育。不能够像听平常故事一样,随便听过便罢,我们要拿这些故事做镜子,照一照我们自己或我们身边的人,还有没有像鲁迅在故事上批评指责的那种情形。
>
> 在故事里,鲁迅同意了一些事情,反对着一些事情,这不用一个一个下注脚。大家可以研究,可以领会。能从这些故事想远些,想多些,那就是我们继承了鲁迅的精神和广大他的精神了。[4]

---

① 冉淮舟:《孙犁作品单行、结集、版本沿革表》,《孙犁文集》(补订版)第 10 卷,百花文艺出版社 2013 年版,第 341 页。

② 孙犁:《〈青春遗响〉序》,《孙犁全集》第 7 卷,人民文学出版社 2004 年版,第 250 页。

③ 据学者刘运峰的访查,该作之所以未能入集,主要原因是孙犁觉得当年文字太粗糙。刘运峰还从天津孙犁研究会秘书长刘宗武处得到了该书复印本,并撰文对该书作了介绍:"这本书的取材,主要是鲁迅的小说集《呐喊》《彷徨》和散文集《朝花夕拾》,也包括鲁迅去世后亲友的回忆文章。"(刘运峰:《关于孙犁的〈鲁迅、鲁迅的故事〉》,《鲁迅研究月刊》2013 年第 1 期。)刘运峰曾建议将孙犁《鲁迅、鲁迅的故事》收入百花文艺出版社的《孙犁文集》(补订版),但 2013 年出版的这套文集最终还是只收孙犁的《〈鲁迅、鲁迅的故事〉后记》。

④ 孙犁:《〈鲁迅、鲁迅的故事〉后记》,《孙犁全集》第 10 卷,人民文学出版社 2004 年版,第 399 页。

不难看出,孙犁引述了毛泽东 1940 年在《新民主主义文化论》中对鲁迅的评价,借以明确自己宣传、普及鲁迅的方向。方向既已明确,他就可以发挥自己的专长,以讲故事的方式,转述鲁迅的生活和创作经历;以鲁迅之所是所非,教育广大民众认识社会和生活。这里的鲁迅,是以启蒙者的形象出现的。

其二是《少年鲁迅读本》的写作。这些文字最初在 1941 年的《教育阵地》连载,1946 年和 1949 年还曾以单行本出版。"读本"用语平易,叙述生动,依然是以故事转述鲁迅的作品和经历,但力求贴近少年的生活现实和接受能力。与此前稍有不同的是,孙犁前后共用了十四"课"讲述鲁迅的成长历程,着意勾画出鲁迅作为追求独立的战斗者的形象。在他笔下,鲁迅在十几岁时就"下决心离开了家,去开辟他的新的、有意义的生活道路。直到后来,他写文章、做事、革命,都是把家庭看得很轻,把事业看得很重,绝不肯叫家庭牵累坏了自己的前途。这样,他的身子是自由的,意志是向上的,才胜利了"[1]。由于孙犁授"课"的对象是青少年,所以他着力突出了"知识"对于鲁迅成长为战斗者的巨大作用:"鲁迅一生性格很刚强,自己开创生活的大道,就因为他能时时刻刻追求新的知识,那些对生活有用的知识,书本上的,或者是社会上的"[2];"鲁迅讲过很多故事,是为了叫我们从这里知道科学的知识,人生的知识,自然界的知识,对我们的生活和工作,都有用处"[3];"我们说鲁迅是一个文学家,但他这个文学家也是在科学上给中国启蒙的人,他很重视科学,他介绍了许多科学知识。"[4] 在革命战争年代里宣传战斗者鲁迅,却不忘刻画知识者鲁迅的形象,这不能不说是孙犁的独到之处。但是,孙犁还不至于忘记眼下是战争的年代。孙犁还借鲁迅之口,向少年们发出战斗的号召:"他愿意中国的少年们刚强勇猛地前进,在解放祖国的征途上壮大起来,像一只充满战斗力量的小狮子。"[5]

孙犁以"战术"为题,结束了最后一课。他写道:"毛泽东同志说:'无产阶级的最尖锐最有效的武器只有一个,那就是严肃的战斗的科学态度。'看看

---

① 孙犁:《少年鲁迅读本》,《孙犁全集》第 1 卷,人民文学出版社 2004 年版,第 3、4 页。
② 同上书,第 6 页。
③ 同上书,第 14 页。
④ 同上书,第 17 页。
⑤ 同上书,第 26 页。

鲁迅的传记,看看鲁迅的书,鲁迅就是名副其实的这样一个战士。"① 孙犁还用讲故事的口吻,总结了鲁迅的"壕堑战"以及"打落水狗"的战术。尽管孙犁自己后来说"此书虽幼稚浅陋,然可见我青年时期,对鲁迅先生爱慕景仰之深情"②,我们还是不难看出,孙犁对鲁迅"打落水狗"战术的描述,与毛泽东1937年纪念鲁迅逝世周年会上的说法别无二致。至于孙犁所引毛泽东关于"严肃的战斗的科学态度"这一论断,则出自1941年5月在延安干部会上所作的报告,距离孙犁当下写作时间很近。由此可见,彼时的孙犁正在努力地、及时地将自己对于鲁迅的理解,向毛泽东对鲁迅的阐释靠拢。不可否认,在这个靠拢的过程中,知识者和启蒙者鲁迅的形象无形中黯淡了,战斗者鲁迅的形象得以凸显。但是,这种靠拢却未必全然是被动的,而更像是主动的。因为,正是在这个靠拢的过程中,孙犁学生时代头脑中那个觉醒者、反抗者鲁迅的形象得以复活,鲁迅文章里"汹涌着,号啸着的正义感和对人类的热爱"以及"血泪、抗议、热情"也找到了出路——向着"中国新民主主义文化的方向"而去。于是,孙犁更为自觉地、全面地开展了阐释和宣传鲁迅的工作。

其三是《文艺学习》的写作。1941年初,"为更好地反映冀中人民抗日斗争的伟大史实",冀中文化界决定效仿高尔基主编《世界一日》、茅盾主编《中国的一日》,开展"冀中一日"的写作运动。经过几个月的辛苦劳作,孙犁等人在众多来稿中选出了200多篇作品,计约35万字,以《冀中一日》为题印行。③"《冀中一日》有两个副产物,其一是《纪念鲁迅先生特辑》,这特辑发给《冀中一日》发表作品者每人一份,其中说明农村题材的写法,和鲁迅先生对农村题材的模范,贯彻了鲁迅先生解放农村的热情精神。末附一篇《为了忘却的纪念》,则是为的使今天的战斗员学习、回忆、记事。"④ 另一个副产物,则是冀中地区克服种种困难印行了不少苏俄文学作品,而所选译本几乎都是由鲁迅翻译或参与其事的。孙犁本人最大的收获,却是根据看稿体会而写成

---

① 孙犁:《少年鲁迅读本》,《孙犁全集》第1卷,人民文学出版社2004年版,第27页。

② 孙犁:《书衣文录·为姜德明同志题所藏〈少年鲁迅读本〉》,《孙犁全集》第7卷,人民文学出版社2004年版,第324页。

③ 参见郭志刚、章无忌:《孙犁传》,北京十月文艺出版社1990年版,第142—144页。

④ 孙犁:《关于"冀中一日"写作运动》,《孙犁全集》第2卷,人民文学出版社2004年版,第452页。

的《文艺学习——给〈冀中一日〉的作者们》(初名《区村连队文学写作课本》)。就鲁迅在《文艺学习》中出现的频率之高而言,这本书与其说是"给《冀中一日》的作者们"的写作指导,不如说是孙犁自己学习鲁迅的心得体会。谈到怎样的作家值得人民尊重,孙犁写道:

> 最可贵的是那样的作家,他爱人民和生活,他真正研究和观察了人生,他有革命的、科学的理想,向这理想坚定的努力。不只有为人生的热情,而且有为人生的行动……在中国,鲁迅先生便是这样的作家……鲁迅成为这样的作家……是因为他在这个道路上,不断和旧社会、封建思想、前清遗老、洋场恶少、虚伪假面的人战斗。因为他把人民所愿的看成自己的所愿,把人民所憎的看成自己的所憎。因为他最后看出世界上最有前途的人是无产阶级,于是老当益壮,斗争到死……①

这样的鲁迅不只有"热情",还有"行动",而这行动的内容便是持续不断的"战斗"——这是孙犁第一次最明确地对战斗者鲁迅作出革命化的阐释。但他对于鲁迅的认识,毕竟还是以文学家鲁迅为底色的,这在《文艺学习》的每一篇章都能得到体现。凡是要举出文学创作的榜样,他总是毫不迟疑地提及鲁迅。甚至可以说,他几乎是言必称鲁迅:谈到"人类的大作家们,在一生的工作里,会创造出不朽的人物形象",他立即以阿Q、孔乙己、闰土和祥林嫂等为例,指出"作家表现了这些人,也就表现了时代和社会"②;论及描写对象要准确,他举出了《鸭的喜剧》与《兔和猫》③;分析"好语言的例子和坏语言的例子",他以《故乡》为例,说明"语言不能素朴,不能形象,便也不能明确"④;比较"口语和文学的语言",他深刻体会到鲁迅将古今中外的语言、语法加以融化创造的能力;探讨如何克服语言上的毛病,他热烈赞扬《药》的"这些语言都是板上钉钉,不能更易"⑤;谈典型人物的创造,他细致地分析

---

① 孙犁:《文艺学习——给〈冀中一日〉的作者们》,《孙犁全集》第3卷,人民文学出版社2004年版,第110页。
② 同上书,第121页。
③ 同上书,第125—126页。
④ 同上书,第155页。
⑤ 同上书,第164页。

了《阿Q正传》;谈结构问题,他又以《孔乙己》为例,论证了鲁迅"艺术的谨严"①;谈到爱好书籍,他举出的榜样是鲁迅;倡议多读文学名著,他推举的阅读对象还是鲁迅……

从30年代初到40年代初,鲁迅曾先后以觉醒者、反抗者、启蒙者、知识者的形象现身于孙犁的精神世界,"引动"和"鼓舞"着孙犁不断地去思考、去表达。至于鲁迅被阐释为"战斗者",这在文学成为宣传的年代,恐怕是不可避免的;借用鲁迅自己的话,就是"势所必至,理有固然"②。孙犁自然也不能置身事外。但他在《文艺学习》中通过对鲁迅小说语言创造、结构艺术、描写技巧及人物塑造等方面的细致解读,仍然看出了战斗者鲁迅的底色:鲁迅首先是一个值得敬重和学习的大作家。经过这番不无艰难的辨认,文学家鲁迅的形象显出了清晰的轮廓,并无可争议地成为小说家孙犁的引路人。

第二节 "要表现,更要推进!":小说家孙犁的成长

孙犁在《文艺学习》中高度评价了《呐喊》和《彷徨》,认为"这是中国革命的一个时代的镜子。从这里你可看见、回想中国旧社会的种种样相,疾苦和病源,战斗和改革的迫急要求,引起我们对旧社会的仇恨和奋斗的勇气"③。但孙犁也意识到,鲁迅对旧社会的批判是深刻的,但这批判并不能直接用于当下。因为"鲁迅回忆的,写的,是战斗动员的时代,我们是处在战斗正酣热的时代",所以,若要继承和发扬鲁迅精神,当下的"文学工作者一定要比任何人更清楚、深刻、具体地认识我们所处的时代与社会,认识新的人群。我们的

---

① 孙犁:《文艺学习——给〈冀中一日〉的作者们》,《孙犁全集》第3卷,人民文学出版社2004年版,第206—207页。
② 鲁迅:《势所必至,理有固然》,《鲁迅全集》第8卷,人民文学出版社2005年版,第425页。
③ 孙犁:《文艺学习——给〈冀中一日〉的作者们》,《孙犁全集》第3卷,第250页。

任务是:要表现,更要推进!"①

　　当孙犁从鲁迅的作品中读出"战斗和改革的迫急要求",又从当下情势中感受到"认识新的人群"及"要表现,更要推进"的必要性时,他应当是十分兴奋的。他在一年前所写的《邢兰》,不正是表现了抗战现实所迫切需要的"新的"人物吗?如果说当初还只是牛刀小试,那么现在他可以大显身手了。事实上,孙犁从40年代初到50年代的小说创作历程,正是由"认识"邢兰一人而扩大到"认识新的人群"的过程。打开孙犁的人物画卷,首先映入读者眼帘的是战士形象:其中有身负重伤却坚持回到前线杀敌的勇士(《战士》),也有不为家仇而为国恨奋勇作战的柳英华(《杀楼》),更有大义灭亲又慷慨赴死的猛士(《新安游记》)。其次,在《芦花荡》和《碑》等作品里,孙犁刻画了老当益壮的老人形象,他甚至将那个固执地在河边打捞烈士的老人塑造为一座"碑"(《碑》)。再次,黄敏儿(《黄敏儿》)、小星(《村落战》)和小炮手马承志(《种谷的人》)等机灵能干、敢于斗争的青少年形象也在孙犁心头留下了深刻烙印。而孙犁写得最多的,还是年轻女性的形象。她们勤劳,能干,识大体,顾大局,积极参加抗日事务,懂得保护自己、照顾伤员,并以自己的劳动生产成果为战争提供源源不断的物质支撑。这类女性所共同具备的时代美,用孙犁一篇小说的标题来说就是:"光荣"。其中的水生嫂(《荷花淀》《嘱咐》)、二梅(《麦收》)、秀梅(《光荣》),小胜儿(《小胜儿》)、妞儿(《山地回忆》)和吴召儿(《吴召儿》)等,都让人过目不忘。②

　　孙犁所写的这些人物形象,一扫鲁迅笔下旧中国儿女的愚弱与卑怯,以振奋、昂扬的姿态,呼应了时代的审美需求。作为一种表现角度,这当然是有价值的。正如鲁迅尽管"确切的相信无阶级社会一定要出现","但在创作上,则因为我不在革命的旋涡中心,而且久不能到各处去考察,所以我大约仍然只能暴露旧社会的坏处"③,这同样有其价值。不过,鲁迅与孙犁所取角度

---

　　① 孙犁:《文艺学习——给〈冀中一日〉的作者们》,《孙犁全集》第3卷,人民文学出版社2004年版,第223、224页。

　　② 当然也有为数极少的"落后"者,如马兰(《懒马的故事》)、张秀玲(《麦收》)和小五(《光荣》)等。这点容后再论。

　　③ 鲁迅:《答国际文学社问》,《鲁迅全集》第6卷,人民文学出版社2005年版,第19页。

的区别,也是不言自明的。孙犁却坚持认为自己是在继承和发扬鲁迅的战斗性,他后来不仅把新中国的诞生视作"完成了先生的遗志",还明确地指出:"在先生的作品里,在封建主义的重压下,妇女多是带着伤疤,男人多是背着重荷的。解放了的新的农夫和农妇,现在用战斗的伟大成果纪念先生!"① 倘若天假以年,鲁迅有幸置身于"革命的旋涡中心"或是"到各处去考察",他会不会写出"解放了的新的农夫和农妇"呢? 我们无从得知。但就孙犁而言,他确实曾在革命战争的旋涡里,将自己的斗争信念与审美理想锻造为一体。这不由得让人想起他对赵树理早年创作的评价:"正当一位文艺青年需要用武之地的时候,他遇到了最广大的场所,最丰富的营养,最有利的条件。"② 这话其实也可用作对孙犁40年代"抗日小说"的注解。在战斗正酣热的年代,孙犁追随着自己心目中的战斗者鲁迅,刻画着眼前的战斗者;他从现实斗争中确立了自己的审美理想,又以这审美理想去表现新的现实斗争。个人的审美理想与时代需求融洽无间,这就是孙犁后来屡屡深情追述抗战时期的原因所在。(直到80年代,孙犁仍时常强调,在40年代是因为"看到真善美的极致,我写了一些作品"③。他甚至这样回顾《荷花淀》的写作情形:"可以自信,我在写作这篇作品时的思想、感情,和我所处的时代,或人民对作者的要求,不会有任何不符拍节之处,完全是一致的。"④)

受限于战争环境下创作时间的紧迫以及物质条件的短缺,孙犁的不少作品都以简短明快为特色。1950年,当他的一组"人物素描"以"农村速写"为题结集出版时,他甚至说自己的小说"其实严格讲来,也只是较长的速写"⑤。从孙犁的创作实际来看,这不完全是自谦。孙犁作品中行动描写的简洁、叙述的语言明快、人物语言的性格化、情感倾向的鲜明,往往给人以轻灵明快之感,但也难免如蜻蜓点水般缺少回味。当然,这简短明快,也可能是一种有意为之的艺术追求;既是追求,也就可能有得有失。孙犁小说的"得",往往与鲁

---

① 孙犁:《人民性和战斗性——纪念鲁迅逝世十三周年》,《孙犁全集》第3卷,人民文学出版社2004年版,第331、334页。

② 孙犁:《谈赵树理》,《孙犁全集》第5卷,人民文学出版社2004年版,第110页。

③ 孙犁:《文学和生活的道路——同〈文艺报〉记者谈话》,《孙犁全集》第5卷,第241页。

④ 孙犁:《关于〈荷花淀〉的写作》,《孙犁全集》第5卷,第57页。

⑤ 孙犁:《农村速写·后记》,《孙犁全集》第2卷,人民文学出版社2004年版,第229页。

迅作品的滋养密切相关。孙犁在战争时期对鲁迅的征引并不全面,但他对鲁迅小说技法的学习借鉴却是不遗余力的。

孙犁很早就从鲁迅刻画形象的过程中悟到:"大作家的形象都是质朴又单纯的。不求形容词的奇巧华丽,一笔一笔用力把这个东西画出来,一笔不苟,不多也不少,恰好把这件东西活现出来。"①他所说的,正是鲁迅常用的白描手法。至于鲁迅所总结过的"画眼睛"的写法,孙犁虽未专门引述,但他肯定是深以为然的。在这类具体细节方面,孙犁对文学家鲁迅的学习与追随,不仅比他对战斗者鲁迅的阐释与宣传更为真切可感,也更能表现出他对鲁迅的"爱慕景仰之情"。比如,"他那黄蒿叶颜色的脸上,还铺着皱纹,说话不断气喘,像有多年的痨症。眼睛也没有神,干涩的"②,笔墨不多,却活画出邢兰的体质羸弱。再看描写在家饱受压抑的王振中:"只是在说话中间,有时神气一萎,那由勇气和热情激起的脸上的红光便晦暗下来,透出一股阴暗;两个眉尖的外梢,也不断簌簌跳跃,眼睛对人间无限的信赖。"这是挣脱家庭束缚后置身广阔天地中的王振中:"她的脸更红、更圆,已经洗去了那层愁闷的阴暗;两个眉梢也不再那样神经质地跳动,两片嘴唇却微微张开,露着雪白的牙齿,睁着大眼望着台上讲话的程子华同志的脸,那信赖更深了。"③通过眼神的前后不同来写王振中的变化,孙犁在此体现出对鲁迅刻画祥林嫂技法的学习。又如"老头子浑身没有多少肉,干瘦得像老了的鱼鹰。可是那晒得干黑的脸,短短的花白胡子却特别精神,那一对深陷的眼睛却特别明亮"④,还是着力以画眼睛来传神。再如"李同志觉得在他的面前,好像有两盏灯刹的熄灭了,好像在天空流走了两颗星星"⑤,这尽管是以他人的视角来写当事者大缉的失落,但着眼点还是眼睛。在名篇《嘱咐》中,孙犁这样写水生夫妻阔别八年后猝然相见的情形:

---

① 孙犁:《文艺学习——给〈冀中一日〉的作者们》,《孙犁全集》第3卷,人民文学出版社2004年版,第127页。

② 孙犁:《邢兰》,《孙犁全集》第1卷,人民文学出版社2004年版,第145页。

③ 孙犁:《走出以后》,《孙犁全集》第1卷,第334、340页。

④ 孙犁:《芦花荡》,《孙犁全集》第1卷,第137—138页。

⑤ 孙犁:《秋千》,《孙犁全集》第10卷,人民文学出版社2004年版,第20页。

他在门口遇见了自己的女人。她正在那里悄悄地关闭那外面的梢门。他亲热地喊了一声：

"你！"

女人一怔，睁开大眼睛，咧开嘴笑了笑，就转过身抽抽搭搭地哭了。①

只有一个"你"字，却胜过千言万语。愣怔、睁眼、咧嘴、转身、啜泣，语言平实、简练，不用任何比喻，却蕴含了万千波澜。这可以说是纯熟的白描技巧了。

前面说过，孙犁是时刻将鲁迅牢记在心的。《芦花荡》里那个"过于自信和自尊"的老头儿，被敌人所激怒，竟然独自一人将鬼子诱下布满钩子的水中，然后"举起篙来砸着鬼子们的脑袋，像敲打顽固的老玉米一样"②。这种描写，简直就是孙犁对自己几年前介绍鲁迅"打落水狗战术"的小说化再现："敌人跌到了水沟里，就成了一个落水狗。狗在水里挣扎，鲁迅站在岸上，用长竿再把它按进水底，一直到狗停止了呼吸，再不会陷害人、出坏主意"③。当孙犁以"留在记忆里的生活，今天就是财宝"的心态深情追忆战争年代的经历时，他一定是想起了鲁迅回忆百草园时所用的著名句式（"不必说……，也不必说……，单是……就……"），才会如此写来："关于行军：就不用说从阜平到王快镇那一段讨厌的沙石路，叫人进一步退半步；不用说雁北那趟不完的冷水小河，登不住的冰滑踏石，转不尽的阴山背后；就是两界峰的柿子，插箭岭的风雪，洪子店的豆腐，雁门关外的辣椒杂面，也使人留恋想念。"④ 在这样流利的表达中，艰难的行军和平常的吃食，并不给人粗粝的体验。这正印证了普希金那句著名的诗："而那过去了的，就会成为亲切的怀恋。"孙犁在写作时，无疑也在怀恋着鲁迅的作品。

从学生时代到青年时期，孙犁对鲁迅形象的理解有所变化，但他在创作过程中追随和学习文学家鲁迅的志向却一直未变。当然，鲁迅之于孙犁的意义，绝不只表现为细微的技法指导，更有创作观念和方法论的整体启示。鲁迅在总结短篇小说的创作经验时曾经说过："宁可将可作小说的材料缩成

---

① 孙犁：《嘱咐》，《孙犁全集》第 1 卷，人民文学出版社 2004 年版，第 211 页。
② 孙犁：《芦花荡》，《孙犁全集》第 1 卷，第 143 页。
③ 孙犁：《少年鲁迅读本》，《孙犁全集》第 1 卷，第 27 页。
④ 孙犁：《吴召儿》，《孙犁全集》第 1 卷，第 263 页。

Sketch，决不将 Sketch 材料拉成小说。"① 或许是因为战争年代手边缺少文献资料，孙犁在 40 年代没有直接引述 Sketch 这个说法，但他在 50 年代得以全面阅读鲁迅之后，无疑认真琢磨过鲁迅提出的这条经验。这样也就可以解释，为何他不仅在 1950 年用"速写"来评价自己的创作，直到 1977 年还说"短小精悍是文学艺术的一种高度境界……鲁迅先生翻来覆去地劝告初学，要把文章缩短，不要把它拉长，要把稿子放一放，多改几遍，把可有可无的字、句、段删去。可惜能体会这一点的人并不十分多"②。如果说，孙犁 40 年代初期的作品之所以成为"速写"，主要是受限于战争年代写作环境的不够安宁以及受制于自身创作经验的相对不足；那么，他 40 年代中后期的写作，不管是从外在条件和自身经验方面，都有可能告别相对粗糙的速写形态，进而臻于艺术上的成熟。孙犁的名篇《荷花淀》和《芦花荡》均诞生于 1945 年的延安，《嘱咐》和《光荣》问世于解放战争期间，《山地回忆》和《吴召儿》则写成于新中国成立之初，就都说明了这一点。

在相对安宁的写作环境中，孙犁自觉不自觉地对曾用过的写作素材加以重新审视，以至于出现这样的情形："有一些地名和人名，后来也曾出现在我写的小说里……但内容并不重复。是因为我常常想念这些人和这些地方，后来编给它们一个故事，又成一篇作品"③。比如，他在《琴和箫》中写过，有一对夫妇先后为革命或牺牲或奔赴延安，而"我"曾受托照顾过他们的孩子大菱和二菱。分别之后，音信全无。后来却无意中听一位老船夫说起，曾有两个女孩儿在他船上死得很惨。老船夫非常悲痛，立志此后与敌人斗争到底。正是以这则素材为基础，孙犁后来又"编"了一个故事，写成了《芦花荡》：老船夫护送两姐妹时，大菱意外负伤，而二菱则在第二天见证了老头儿只身复仇的英勇行为。从素材变为故事的改写过程中，战争年代的残酷似乎被过滤了，抒情的意味却从快意但并不惨烈的复仇场景中漫溢开来。如此这般的"改造"生活现实，显然是孙犁"要表现，更要推进"的创作意图所致。再如

① 鲁迅：《答北斗杂志社问——创作要怎样才会好？》，《鲁迅全集》第 4 卷，人民文学出版社 2005 年版，第 373 页。
② 孙犁：《关于短篇小说》，《孙犁全集》第 3 卷，人民文学出版社 2004 年版，第 503 页。
③ 孙犁：《农村速写·后记》，《孙犁全集》第 2 卷，人民文学出版社 2004 年版，第 229 页。

《第一个洞》写杨开泰斗志昂扬，白天劳动生产，夜间挖凿地洞，每次都是天亮时分才精疲力竭回到家里，等着女人伺候吃喝。女人怀疑、气恼甚至跟踪他。最终真相大白，双方消除误会，归于理解与相互支持。小说《"藏"》只是将人物换成了新卯和浅花夫妇，但多出了浅花临盆的细节。新卯顾不上体贴待产的妻子，浅花身怀重孕反而要体贴丈夫，这就突出了新卯在抗日事务上的心无旁骛，也写出了浅花作为乡村女性在这背后的付出与坚韧。那个最终在地洞里出生的孩子被命名为"藏"，以及她所发出的"悲哀和闷塞的"哭声，也就成了冀中人民在深重苦难中不懈斗争的高度象征。此外，出身贫苦、敢于斗争又积极生产劳动的香菊姑娘，先后在《香菊》《浇园》和《村歌》中多次出现；张秋阁在《张秋阁》中首次出现，而到了《种谷的人》中改为"秋格"；出身不好却要求进步的大妮，起初是随张秋阁一同出场，后来成为了中篇小说《村歌》的主角双眉；远的爱人深夜转移时，陷落水井而牺牲，这一不幸的结局后来又落在《风云初记》的李佩钟身上[①]；从来路不明的逃兵身上"卡枪"，这既是《光荣》里秀梅和原生革命斗争生涯的光荣起点，也是《风云初记》里春儿和芒种的光荣起点。

经过多次"旧事重提"或"故事新编"式的砺炼，孙犁接过了鲁迅的两个创作命题："杂取种种人，合成一个"和"选材要严，开掘要深"。再以《山地回忆》为例。孙犁曾回忆，当初行军到达一个小村庄，他去大锅洗碗，差点被突然飞起的大锅重伤，而去河边洗脸又与在下游洗菜的一个妇女发生了争吵，为此心情很是不快。《山地回忆》也写到了"我"在河边洗脸与人发生争吵，但对方已变成一个姑娘；争吵之后不是不欢而散，而是相互理解，甚至还引出了"我"与她家人的相识相处，进而表现了军民鱼水情深。对此，孙犁解释道："小说里那个女孩子，绝不是这次遇到的这个妇女。这个妇女很刁泼，并不可爱。我也不想去写她。我想写的，只是那些我认为可爱的人，而这种人，在现实生活中间，占大多数。她们在我的记忆里是数不清的。洗脸洗菜的纠纷，不过是引起这段美好的回忆的楔子而已。"又说："我虽然主张写人物最好有一个模特儿，但等到人物写出来，他就绝不是一个人的孤单摄影。《山地回

---

① 孙犁：《远的怀念》，《孙犁全集》第 5 卷，人民文学出版社 2004 年版，第 86 页。

忆》里的女孩子,是很多山地女孩子的化身。"① 这就很自然地让人联想起鲁迅对于人物塑造的看法。鲁迅总结"作家的取人为模特儿,有两法":"一是专用一个人,言谈举动,不必说了,连微细的癖性,衣服的式样,也不加改变";另一种,也是常为鲁迅本人所用的,则是"杂取种种人,合成一个"。鲁迅不无幽默地指出,第一种虽"比较的易于描写",但若直接将生活原型搬入小说中,恰好此人在书中又是"可恶或可笑的角色",则作者恐怕容易被认为是在报私仇。② 这里看似说笑,实则表达了严肃的艺术见解:生活是生活,小说是小说;生活要写进小说,必得经历一番改造。然而,对初学写作者来说,他们最初可能都会近乎本能地采用"专用一个人"的写法,也即从身边最熟悉的人和事写起。等到语言表达渐趋熟练,艺术感觉渐趋敏锐,艺术的触角才有可能从当下熟悉的生活伸进相对陌生的领域。他们可能都得经历一段或长或短的时间,才能完成从"专用一个人"到"杂取种种人,合成一个"的艺术转变。这个转变的过程,也就是从贴近、观察、摹写、反映现实到想象、虚构、融合、创造形象的过程。这个过程的推进,自始至终都要求严肃专精的艺术态度——这就是鲁迅所说的"选材要严,开掘要深"。也就是说,"杂取种种人"和"开掘要深",是同一过程的两个方面。孙犁的上述表现,正好证明了这一点:每一次对既往人事的重写或改写,都伴随着更多的审美诉求。由上可见,孙犁的小说不只在人物塑造、语言表达与刻画技巧方面表现出与鲁迅之间的深切关联,更在不断开掘生活的过程中接近并传续了鲁迅的文学命题。不妨说,小说家孙犁的成长过程,正是其不断领会并实践鲁迅文学经验的过程。

"《山地回忆》里的女孩子,是很多山地女孩子的化身",孙犁此话不仅是对鲁迅"杂取种种人,合成一个"经验的服膺与再现,还显示了孙犁特有的审美偏好:他是十分善于感知并呈现年轻女性之美的。这点不仅区别于鲁迅,也区别于同时代许多作家。孙犁的"抗日小说"中,几乎每一篇都跃动着年轻女性的倩影。他一再申说和向往的"极致"之美中,固然有抗日战争所激发的军民团结、御侮杀敌的道德正义之美;也有无私忘我、甘于奉献的人性人情之

---

① 孙犁:《关于〈山地回忆〉的回忆》,《孙犁全集》第 5 卷,人民文学出版社 2004 年版,第 50、54 页。

② 鲁迅:《〈出关〉的"关"》,《鲁迅全集》第 6 卷,人民文学出版社 2005 年版,第 537—538 页。

美;但必然不可缺少年轻女性的勤劳、贤惠、柔韧、灵动之美。甚至可以说,这种年轻女性之美,乃是"极致"之美最重要的构成因素。对于年轻女性之美的发掘与表现,使得孙犁的"抗日小说"获得无可替代的明媚秀丽的抒情品格,这是孙犁对于抗战小说乃至整个中国现代小说的一个突出贡献。但要说这类小说终究缺乏慷慨悲歌之气或恢弘阔大之象,无法与冀中军民抗战经历的悲壮惨烈完全相配,或许不完全是苛刻。因为,对于这一点,孙犁自己其实是有所意识的。1950 年初,孙犁写完《小胜儿》(这篇小说照例表现了女性之美)之后,在给好友康濯的信中说道:"此后,我想有意识地不再写关于女孩子的故事了,我要向别的生活和别的心灵伸一伸我的笔触,试探试探。愿这是我写作生活的一个划界,以后或是能写得更多更广宽有力,或是不能再有所施为——这些决绝之辞——我想也只能对你讲讲。"① 孙犁似乎正在反省,自己作品的格局相对窄小,可能与多写一类女性形象有关。所以他才对知己表露出决绝的意图:哪怕什么都写不出来,也要以写得更广宽有力为追求。两个月之后,他在另一处又公开表示,希望今后能为那些萦绕自己心头的人们"写出比较全面的,比较符合他们伟大的面貌的作品"②。然而,从孙犁的写作实际来看,他在这年所发表的小说如《正月》《看护》《秋千》等,仍然是在"写关于女孩子的故事"。即便是后来完成的长篇小说《风云初记》和中篇小说《铁木前传》,也很难说是以"壮阔"的历史画卷取胜,而仍是以对女性形象的细腻刻画见长。这初看上去有些讽刺意味,但实际上不过是说明:长期以来所形成的创作个性,并不是一个决心就能轻易改变的;孙犁如此,其他作家也是如此。

孙犁之所以爱写、善写柔美而不失坚韧的女性形象,至少有以下几方面的原因:自幼病弱,气质逐渐趋于沉静;从小好读《红楼梦》,由此结识了许多可亲可爱的女性,也培养了善于发现女性美的眼力;战争年代多在"二线"从事文化宣传工作,所接触者多为女性。鲁迅虽也曾塑造过单四嫂、祥林嫂、爱姑和子君等女性形象,但终究是以对农民和知识分子的普遍关注为特色。粗

---

① 孙犁:《致康濯》,《孙犁全集》第 11 卷,人民文学出版社 2004 年版,第 29 页。
② 孙犁:《农村速写·后记》,《孙犁全集》第 2 卷,人民文学出版社 2004 年版,第 229 页。

略看去,孙犁所建构的女性形象长廊,与鲁迅的文学遗产之间并无直接关联,但鲁迅所提出的"娜拉走后怎样"的命题,却意外地在孙犁这里得到了一定程度的接续和发展。这是孙犁小说从未被重视过的一大价值。

早在 1942 年,孙犁就写成了《走出以后》。这篇小说不只从标题上使人想起鲁迅的命题,其主人公更是一个战争年代出走的娜拉。南郝村的小姑娘王振中,由于家境穷苦,很小就被许给黄家;娘家看着兵荒马乱,赶紧送她过门。因为公公是村里"有名的顽固分子",王振中在婆家听的尽是闲言碎语,在外面也不能理直气壮,于是她决意离开这个家,请求"我"写信推荐她去投考军队卫校。当被问及是否和婆家妥善沟通过,她虽红了脸,回答却很坚定:"这是我情甘乐意,谁也管不了我。"① 这回答像极了鲁迅笔下的子君:"我是我自己的,谁也没有干涉我的权利!"王振中就这样走了,还如愿考上了卫校。婆家千方百计要她回去,就连队长也建议她先回去看看,她都是坚决拒绝;而且,她已经想好了彻底解决问题的办法——向县政府提出解除婚约。王振中最后会怎样呢? 孙犁没有给出回答。从小说的叙述语调来看,他对王振中的走出是欣赏的。同年写成的《老胡的事》中也有一个年仅十七岁的姑娘,可她参加军队已经四年了。小说借老胡之口,对这个姑娘和房东家的姑娘发出了高声礼赞:"在老胡心里,那个热爱劳动的小梅和热爱战斗的妹妹的形象,她们的颜色,是浓艳的花也不能比,月也不能比;无比的壮大,山也不能比,水也不能比了。"② 这样热烈而几乎毫无保留的言辞,在孙犁的所有作品中都是空前绝后的。表面看来,这似乎意味着孙犁在女性审"美"标准方面的宽容:他既欣赏那些敢于走出家庭并在广阔天地绽放青春活力的女性,又欣赏那些坚守家中从事劳动生产的温顺贤良的女性。但深究下去,前者之美属于个性张扬的美,后者之美属于谨慎保守的美;前者之美须以现代启蒙话语为支撑,后者之美则归附于传统美德。这两者非但不可能等量齐观,反而有潜在的相互矛盾。但是,在动员一切力量为抗战服务的时代大背景下,孙犁用"光荣"作为至高无上的、无可置疑的价值标准,适时地调和了那种潜在的矛盾。

---

① 孙犁:《走出以后》,《孙犁全集》第 1 卷,人民文学出版社 2004 年版,第 336 页。
② 孙犁:《老胡的事》,《孙犁全集》第 1 卷,第 356—357 页。

　　情况正是如此:无论是在外奔波作战还是在家劳动生产,只要是热情而积极的,就都是光荣的。但凡"光荣"的女性,孙犁必定能在她身上发现年轻女性青春洋溢、活力四射之美。与此相对的则是"落后"的女性,她们很难从孙犁笔下获得女性的美感。他很早就在《懒马的故事》里写过一个懒婆娘:她不只好吃懒做还刁蛮撒泼;分配她为军队做一双鞋,她竟然花了十天;大家做成五百双鞋一起送到军队,就她这双无人愿领。小说的叙述者毫不掩饰地说,这个马兰应该倒过来叫"懒马"。这样的女人,当然只配有一副"每日里是披头散发,手脸不洗,头也不刮"① 的尊容。后来,虽然孙犁改正了这种漫画式的笔调和略显粗暴的语气,改为多用"落后"一词,但在相当长的一段时间内,他笔下的落后女性仍然无法有幸获得美貌。她们要么就像《麦收》里的张秀玲一样容貌不详,要么就像《光荣》里的小五一样毫无光彩:"就是在她高兴的时候,她的眼皮和脸上的肉也是松鬈地耷拉着"②。因此,孙犁所着力表现的女性美,既非仅仅合乎启蒙话语的女性自由解放之美,也不是纯然的性别特征之美感,而是由传统道德观念和现实功利需求混合生成的特殊美感。这种混合生成的机制,本来颇可见出孙犁审美心理的复杂以至矛盾之处,却因"光荣"的掩盖,而被诸多论者评价为明朗而单纯的抒情倾向。实际情形是:在至高无上的"光荣"之下,孙犁持续地探索着女性解放的命题。

　　小说《钟》选取年轻的尼姑慧秀作为表现对象,叙写她在恶毒师父的粗暴对待和恶霸林德贵的觊觎之下的艰难生存,这题材本身就"天然地"具备"反封建"的启蒙意义。正处妙龄的慧秀毫无保留地爱上了一无所有的大秋,大秋却在突如其来的革命风潮中当上了农会主席。慧秀的敢于斗争、不怕牺牲,与其说是为了"光荣",还不如说是出于对大秋的爱。或许是为了安慰这个孤独而坚强的追求者,小说最后安排"大秋提出来和她结婚。组织上同意,全村老百姓同意",而毫不叙及大秋如何完成巨大的心理转变。这个突兀而光明的尾巴说明:对于慧秀这样勇敢地追求解放的女性,孙犁尚未想好该让她走向何处。在这个意义上,结婚或许不失为一种"出路"。可是,这就是女

————————

① 孙犁:《懒马的故事》,《孙犁全集》第 10 卷,人民文学出版社 2004 年版,第 16 页。
② 孙犁:《光荣》,《孙犁全集》第 1 卷,人民文学出版社 2004 年版,第 175 页。

性追求解放之路的终点吗？原本要"改过自新"的大秋，又是如何回心转意，同意与慧秀结婚的呢？这些问题，在作品中都无法获得圆满解答。

《村歌》叙述张岗村在解放前夕斗地主、分果实、成立互助小组的过程。这里自然有香菊这样贫农出身的积极分子，也有大顺义、小黄梨这样的落后分子，但双眉的出现，突破了孙犁以往惯用的"光荣/落后"二元对立模式。双眉可能永远都无法完全改正自己的缺点，如同任何流言都无法完全遮没她张扬的美。不论双眉的非议者王同志等人，还是双眉的支持者老邴区长等人，都无法回避却又不敢正视双眉的美。唯有叙述者正视了这种张扬的美，并写出它在双眉追求进步、改变自我形象的过程中达到了某种"极致"。在小说结尾处写到，为演戏慰劳伤兵，双眉再次登上戏台绽放了她的美："双眉唱着，眼睛望着台下面。台下的人，不挤也不动，整个大广场叫她的眼睛照亮了。她用全部的精神唱。她觉得：台上台下都归她，天上地下都是她的东西。"① 笔者以为，孙犁在此隐约表现出对启蒙话语的价值认同：女性之获得解放的过程，也就是其张扬女性之美的过程。

《风云初记》中的女性形象谱系更为复杂：一是以秋分为代表的光荣之美、传统之美。不管丈夫身在何处，她都是毫无怨言，尽职尽责。二是以俗儿为代表的落后形象。她明明有着迷人的外表，却风流成性不务正业；她也一度参加革命，但终因难改根性而蜕化堕落，甚至破坏抗日大局。这是一种堕落的"美"。三是以春儿和李佩钟为代表的解放的美。春儿虽是穷苦出身，却聪明灵动，富有远见。她明明与芒种情投意合，但并不急于收获爱情之果，还全力鼓舞芒种去当兵打仗。她不只在村里积极参加抗战工作，努力学习文化，还终于成功申请入党，更勇敢地走向了广阔天地，在革命队伍里成长为一名八路军女干部。到此为止，春儿作为女性的解放历程，似乎达到某种"极致"了。但因为小说戛然而止，以致读者无法看到她与芒种的结局。小说的叙述者在最后一节不无歉意又像是自我辩解请读者自行"判断"，同时又提请"细心的读者"关心李佩钟的命运。②

---

① 孙犁：《村歌》，《孙犁全集》第 2 卷，人民文学出版社 2004 年版，第 75 页。
② 孙犁：《风云初记》，《孙犁全集》第 4 卷，人民文学出版社 2004 年版，第 444 页。

　　笔者以为,这种"开放式的"结局,未必是出于留下悬念的考虑,而有可能是孙犁对于女性解放命题的持续思考所致。① 从慧秀温顺地以结婚作为女性解放的终点,到双眉一直不无骄傲地张扬自己的女性美,再到革命者春儿和李佩钟的解放的美,孙犁笔下的女性在追求解放的道路上越走越远,形象也越来越完美。这样也就使得孙犁为她们的"结局"而费尽心思、辗转反侧。孙犁的苦心,充分地体现在对李佩钟的塑造上。这可以说是孙犁笔下真正的娜拉。戏班主出身的李菊人,霸占了唱青衣的演员,生下了她;又因李菊人与大地主田家是朋友,所以很早就给她与田耀武定了亲。这样的出身使她带有某种阶级"原罪",可她又考进了师范,并因阅读文艺书籍而向往革命。抗日运动兴起,她先参加了救国会,又从政治训练班毕业,并被新政权任命为县长。与春儿等工农大众出身的革命者相比,李佩钟每前进一步都要以背叛"双重的封建家庭"作为严峻考验。相比春儿的爱情伴随着革命风潮而自然趋于成熟,李佩钟却只能将情感的苦痛深埋心底,因为她爱的是有妇之夫高庆山。更严重的是,李佩钟固然诀别了封建旧家庭,但作为知识女性,其言行举止又不可避免地流露出一定程度的"小资产阶级"的气息:在返乡任职的路上,她唱了一路的歌;她讲究吃穿打扮,还有情趣养花;她很容易就为每一次新的变化、新的体会而感动落泪;如同她对革命的浪漫憧憬萌发于文艺书籍,她对高庆山的感情,也很难说没有被对方身为长征干部所体现的"光荣的革命传统"所吸引的浪漫成分……但她毕竟是勇敢的,她孤独而艰难地走在女性寻求自身解放的路上。由此也就不难理解,尽管孙犁没有让她作为主要人物,还是掩饰不住对她的偏爱;他坦承"用了很多的讽刺手法"去写"她的性格带着多少缺点",但终究用了抒情的笔墨描画她的美:"她那苗细的高高的身影,她那长长的白嫩的脸庞,她那一双真挚多情的眼睛,现在还在我脑子里流连"!②

---

　　① 　另一个可能值得重视的原因是:在写作《风云初记》期间,孙犁的"病"与时代的"病"之间的关系(可参见程桂婷:《当也论孙犁的病》,《文艺争鸣》2009 年第 6 期)。再看《风云初记》最末所署之日期,可以推知,这本书并非一气呵成之作。事实上,该书是边写边出的,这从它曾出过第一集单行本、第二集单行本、第三集单行本、一二集合本、一二三集合本以及全本等多个不同的版本即可得到证明(见《孙犁全集》第 4 卷之"本卷说明")。总之,这个时断时续、边写边出的过程,既体现了孙犁严肃谨慎的写作态度,也是"病"的干扰所致。《风云初记》之没有"后记",《铁木前传》之没有"后传",恐怕也都与"病"有关。限于本章论题,此处不再深究。

　　② 　孙犁:《风云初记》,《孙犁全集》第 4 卷,人民文学出版社 2004 年版,第 445 页。

李佩钟的失足溺水而死固然有些突兀、令人惋惜,但从孙犁探求女性解放的历程来看,这实在有某种必然性。她既然不可能以结婚作为幸福的终点,又同时带有封建家庭出身和小资产阶级知识分子气息这双重"原罪"①,那么,让她牺牲而使她的名字被刻在抗战烈士纪念碑上,就是孙犁对她最好的呵护与成全——虽说死于非命,但她的女性之美得以光大,她的追求解放之路并未终止。

与此相映成趣的,是《铁木前传》对小满儿的刻画。与李佩钟一样,小满儿也无法充任小说的主角。她出身于"一户包娼窝赌不务正业的人家",又承受了不幸的包办婚姻,但她竟敢离家出走,躲到姐姐家,再不回去。精灵古怪中带着点泼辣,又使她的俊俏美丽愈发招人耳目。她是凡事都不关心的"落后分子",唯独对村里宣传婚姻法非常关注。她无可遮掩的美以及并不"积极"的表现,显然与自幼备受老父宠爱、长大后"不务正业"的六儿非常相配。这两人的结合,冲散了六儿与九儿青梅竹马的良缘,小说的叙述者对此并未流露"责怪"之意,反而是有所偏爱。当黎老东带着发家致富的梦想,精心打造了一架大车,让六儿出远门去拉货的时候,小说安排小满儿抱着一个小包裹在路边等候。小满儿与六儿一道驾车去了远方。他们还会回来吗? 会获得属于他们的幸福吗? 孙犁只是以对"青春"的"舵手"的礼赞结束了全篇:"你希望的不应该只是一帆风顺,你希望的是要具备了冲破惊涛骇浪、在任何艰难的情况下也不会迷失方向的那一种力量。"② 孙犁并不试图批评这种行为,只是善意地提醒他们不要迷失方向。令人讶异的是:如果要确认小满儿形象的美感,则必须要借助"五四"以来的启蒙话语,而绝非传统道德观念;即便是孙犁一度熟练运用的"光荣"话语,对此也无能为力。在持续探求女性解放和表现女性之美的道路上,孙犁无疑表现出了突破自我的艰巨努力。在个性解放的声音几乎被现实政治功利话语完全淹没的年代,孙犁的这种努力实

---

① 从 20 世纪 50—60 年代的文学规范来看,李佩钟这样的带有双重阶级"原罪"的人物,只有经历漫长而艰难的"改造"过程,才能被时代政治所认可。比如《青春之歌》中的林道静就是在残酷的考验中不断改造自我,还非常配合地根据小说初版后的批评意见,在修改版中进一步接受改造。相比于杨沫的"勇敢",孙犁的抒情气质显然要"柔弱"得多,他不太可能忍心让李佩钟她们去走林道静那样的路。

② 孙犁:《铁木前传》,《孙犁全集》第 2 卷,人民文学出版社 2004 年版,第 149 页。

属鹤立鸡群。

但在当时的条件下,小满儿与六儿的大车能驶向何处,是很值得追问的。鲁迅在阐释"娜拉走后怎样"时指出,娜拉"不是堕落,就是回来"①。可以料想,集体化的时代政治当然不会坐视小满儿们"堕落"而不管不顾,但是,万一他们竟然"回来"了,则他们先前的出行就算不上"出走"。从这个意义上说,孙犁为他们安排的这次出行,其根本原因,不可能是出于一种彻底的启蒙理念,而不过是尝试着在集体化的政治时代探求着别样的可能:我们能否以较为宽和地想象与理解小满儿和六儿的行为选择? 因此,小满儿形象塑造的意义及效果,并不在于宣示决绝的启蒙姿态,而在于唤醒温热的人性人情。《铁木前传》与《伤逝》虽然共同触及"娜拉走后怎样"的命题,但二者的起点、方向和效果终究不同。鲁迅在社会尚未解放的暗夜里,谛视个性解放的欣悦和悲哀,孙犁则在社会解放的曙色中,探询个体化的意义和可能;鲁迅不惮于揭示社会乃至个体行为本身对个性解放的妨害,孙犁则致力于发扬人性人情之美尤其是女性之美;鲁迅以其忧愤深广,故而沉郁冷峻,孙犁则因情有独钟,归于温热和煦;鲁迅时常被安特莱夫式的阴冷所环绕,孙犁则让人感到屠格涅夫式的明丽……他们以不同姿态应对不同的时代话语,却以同样的热忱和敏感,成为各自时代的小说家。

第三节　"全面的进修":杂文家孙犁的成熟

孙犁在 20 世纪 50 年代以前的作品总体上以明快清丽为特色,但这并不意味着他缺乏充分感知复杂生活的能力。写于 1950 年前后的《村歌》就在民众斗争胜利、亟待组织生产的背景下,触摸到现实的复杂性:诸如老邴区长和

---

①　鲁迅:《娜拉走后怎样》,《鲁迅全集》第 1 卷,人民文学出版社 2005 年版,第 166 页。

王同志不同的工作方式所产生的不同结果;人们一方面有意无意地谣传双眉是"流氓",另一方面又本能地欣赏她所演的戏;如何帮助"落后分子";如何既保证"斗争果实"公平分配又不损害群众的积极性;等等。《石猴》和《女保管》都以"平分杂记"为副题,前者写老侯同志在群众分浮财时未多考虑,接受了别人送他的一个小石猴儿,用作烟荷包的装饰。这事不仅被领导老邴说是"侵占了农民的斗争果实",还引发群众的猜疑和谣传。老侯竟因此被调到党校整风,而老邴被迫向贫农团代表作公开检讨。后者则借立场坚定、大公无私的女保管刘国花之口,提醒主持平分工作的李同志要深思熟虑、原则分明,不能随便"点头"。《秋千》也反映了硬性划定阶级成分的粗暴做法给热情上进的姑娘大绢所造成的精神伤害,所幸工作组重新学习领会了上级的报告精神,大绢才又活泼起来。

在这类"问题式小说"中,孙犁所表现出的某种敏锐度,证明他不愧是鲁迅的追随者,而他的应对办法则说明他毕竟与鲁迅不同。这当然不是说孙犁必须以鲁迅为归趋方能修成正果,而是说他尚未与自己爱慕景仰的鲁迅产生真正的共鸣。可以说,困惑、矛盾、苦闷和焦虑之类情绪,极少成为孙犁小说的内核;即便偶尔有之,最终也被光荣或正确的政治功利观念所扭转。而鲁迅早就高度概括了文学与现实政治之间的复杂纠葛:"文艺和革命原不是相反的,两者之间,倒有不安于现状的同一。惟政治是要维持现状,自然和不安于现状的文艺处在不同的方向。"① 这里的第一句话,很适合用来阐释孙犁那些"抗日小说"与革命年代的关系。第二句话,则可用于理解孙犁的"问题式小说"与现实政治的关系。

事实上,在文艺和革命方向"同一"的"光荣"年代,很少有作家能就文学与其周边之关系,作出鲁迅那样超越性的思考;孙犁也不例外。虽然孙犁在20世纪40年代初即已着手大规模地宣传鲁迅,但在战时环境下,他能掌握和读到的鲁迅著作及相关资料是极为有限的。比如,《鲁迅、鲁迅的故事》的下部,"就是凭借我记忆的,别人写的有关鲁迅的材料,编写成鲁迅日常生活、日

---

① 鲁迅:《文艺与政治的歧途》,《鲁迅全集》第 7 卷,人民文学出版社 2005 年版,第 115 页。

常言行的小故事"①。孙犁当时就遗憾地感到,这是"一本极不完全,不能表达我对鲁迅先生的敬爱于万一的小书"②。幸运的是,新中国成立以后,孙犁终于有机会补救当年的遗憾了。

孙犁的补救工作,首先就是大量的阅读。他不仅全面地搜集、研读鲁迅的著作、书信和日记,还有意识地遵照鲁迅的"书单"去购买和阅读。孙犁后来回忆道:"鲁迅先生不好给青年人开列必读书目,但他给许寿裳的儿子许世瑛开的那张书目,对我们这一代青年,却发生了意想不到的影响。我记得在进城以后,大家都争先恐后地搜集那几本书。"③然而,就那一张书单,显然不够,于是他又将目光投向了鲁迅日记,并"曾经按着日记后面的书账,自己也买了些书"④。鲁迅读书之"渊博"让孙犁叹为观止,使他的敬仰之心又增几分,以至于将鲁迅书账奉为自己的购书指南。孙犁晚年的理书记录中,随处可见到这类文字:"余不忆当时为何购置此等书,或因鲁迅书账中有此目"⑤;"鲁迅先生……称赞了过去故宫博物院出版的《清代文字狱档》。由于他的启发,我也买到了一部"⑥;"盖如鲁迅所言……因购存之"⑦。最有意思的是这条记录:"我有一部用小木匣装着的《金石索》,是石印本,共二十册,金索石索各半。我最初不大喜欢这部书,原因是鲁迅先生的书账上,没有它。那时我死死认为:鲁迅既然不买《金石索》,而买了《金石苑》,一定是因为它的价值不高。这是很可笑的。后来知道,鲁迅提到过这部书,对它又有些好感,一一给它们包装了书皮。"⑧可见,孙犁购书的基本原则几乎是:购入

---

① 孙犁:《耕堂读书随笔·读〈文人笔下的文人〉》,《孙犁全集》第 9 卷,人民文学出版社 2004 年版,第 398 页。

② 孙犁:《〈鲁迅、鲁迅的故事〉后记》,《孙犁全集》第 10 卷,人民文学出版社 2004 年版,第 399 页。

③ 孙犁:《买〈世说新语〉记》,《孙犁全集》第 8 卷,人民文学出版社 2004 年版,第 375 页。

④ 孙犁:《文学和生活的路——同〈文艺报〉记者谈话》,《孙犁全集》第 5 卷,人民文学出版社 2004 年版,第 234 页。

⑤ 孙犁:《书衣文录·释迦如来应化事迹》,《孙犁全集》第 2 卷,人民文学出版社 2004 年版,第 382 页。

⑥ 孙犁:《耕堂读书记(三)》,《孙犁全集》第 5 卷,第 326 页。

⑦ 孙犁:《书衣文录·章太炎年谱长编》,《孙犁全集》第 7 卷,人民文学出版社 2004 年版,第 327 页。

⑧ 孙犁:《我的金石美术图画书》,《孙犁全集》第 8 卷,第 363—364 页。

与否,购何版本,必以鲁迅之所是为是。如此日积月累,他终于不无欣喜地发现:"昨日又略检鲁迅日记书账,余之线装旧书,见于账者十之七八,版本亦近似。新书多账所未有,因先生逝世后,新出现之本甚多也。因此,余愈爱吾书,当善保存,以证渊源有自,追步先贤,按图索骥,以致汗牛充栋也。"① 说孙犁是亦步亦趋、毕恭毕敬,并不过分。

孙犁不仅自己有志"追步先贤",还多次劝告年轻作家多读鲁迅。在私人信件往来中,说到写作要取法乎上,他的建议是认真阅读鲁迅②;提到阅读文艺理论,他推荐的是鲁迅翻译过的论著③;谈及为人作文的经验教训,他希望年轻人以鲁迅为榜样④。在公开发表的文字中,孙犁更是大声呼吁应全面研读鲁迅:"最重要的是要认真学习鲁迅先生的作品。有些青年同志,对鲁迅先生的短篇小说,读不进去,这是因为还没有认真下功夫研究。读鲁迅小说,要研究鲁迅所经历的时代、生活,要研究他的杂文、日记和书信,才能读懂弄通。"⑤ 孙犁另有一类"读作品记",往往有意从年轻作家的作品中读出他们与鲁迅的关联。比如,"在斤澜的作品中,可以看到,他主要是师法鲁迅"⑥;"我以为,宗璞写动物,是用鲁迅笔意。纯用白描,一字不苟,情景交融,着意在感情的刻划抒发"⑦;"从中可看到鲁迅、茅盾等所开创的,表现农村题材的现实主义传统。这一传统,在新一代作者中,仍被尊重、继承、发扬,甚可喜也"⑧。孙犁写出这类特殊的评论文字,一方面是"追步先贤"的必然结果,另一方面又有"昭示后人"的良苦用心。

鲁迅一生,留下不少为年轻作家改稿、发表、答疑的佳话,这在孙犁看来是"一个非常光辉的榜样"⑨ 孙犁在进城之后,长期担任《天津日报》的文艺

---

① 孙犁:《书衣文录·近思录》,《孙犁全集》第 2 卷,人民文学出版社 2004 年版,第 431 页。

② 孙犁:《致曹彦军》,《孙犁全集》第 11 卷,人民文学出版社 2004 年版,第 225 页。

③ 孙犁:《致韩映山》,《孙犁全集》第 9 卷,人民文学出版社 2004 年版,第 546 页。

④ 孙犁:《谈作家的立命修身之道——给蒙古族作家佳峻的信》,《孙犁全集》第 7 卷,人民文学出版社 2004 年版,第 84 页。

⑤ 孙犁:《关于短篇小说》,《孙犁全集》第 3 卷,人民文学出版社 2004 年版,第 505 页。

⑥ 孙犁:《读作品记(三)》,《孙犁全集》第 6 卷,人民文学出版社 2004 年版,第 18 页。

⑦ 孙犁:《读作品记(四)》,《孙犁全集》第 6 卷,第 27 页。

⑧ 孙犁:《小说杂谈·读小说札记》,《孙犁全集》第 7 卷,第 236 页。

⑨ 孙犁:《论培养》,《孙犁全集》第 3 卷,第 453 页。

副刊编辑,曾多次就文学问题与年轻作家通信,评点得失,勉励提高,并因此建立良好关系。评论界提出所谓"荷花淀派"之说,尽管孙犁本人不愿认可,但 20 世纪 50 年代的从维熙、刘绍棠、韩映山等作家曾受到孙犁诸多影响,这却是不争的事实。80 年代以来,又有李贯通、贾平凹和铁凝等作家也曾以书信受教,并感念不忘。这种以身垂范、奖掖后进的精神,正是源自鲁迅,而得到孙犁的传扬。尽管鲁迅只能算得上半个"职业编辑",孙犁却是不折不扣的职业编辑,但孙犁在编辑工作的态度、方法以至办刊的具体细节方面,仍是以鲁迅为"榜样"的。尤其是"文化大革命"结束以后,在"乱花渐欲迷人眼"的文学复兴盛况中,孙犁却清醒地指出:"当务之急,是先学习鲁迅主持编辑的刊物……应该学学他在每期刊物后面所写的'后记'。从鲁迅编辑刊物中,我们可以学到:对作者的态度;对读者的关系;对文字的严肃;对艺术的要求。"① 再看他为新辟的创作经验专栏所写的说明:"回忆鲁迅先生当年,于介绍世界名家之创作时,必要求附译其创作经验,盖因创作经验,可以反映出艺术真实规律,成功者固可作为动力,失败者亦可作为法戒。先生所反对者为'小说学',为'创作方法',非反对创作经验也。故本刊专辟此栏,并重点经营之。"② 着眼点是刊物栏目,而落脚点是传扬鲁迅的文学观念。此外,孙犁所强调的文学期刊封面应该朴素③、选本的编选者应该"有强烈的热情和责任感"④,也都是对于鲁迅经验的发扬。

可以说,孙犁在 20 世纪 50 年代以后对于鲁迅的阅读、学习和传扬,几乎是全方位的。借用他自己评价鲁迅的话,就是"全面的进修"⑤。从 50 年代到 90 年代,鲁迅不仅一直是孙犁谈论文学时的光辉榜样,也是他看取现实的重要参照,更是借以穿越幽暗、面对灾厄的精神支柱。在这个过程中,得益于

---

① 孙犁:《关于编辑和投稿》,《孙犁全集》第 5 卷,人民文学出版社 2004 年版,第 267 页。

② 孙犁:《〈文艺增刊〉辟栏说明》,《孙犁全集》第 6 卷,人民文学出版社 2004 年版,第 98—99 页。

③ 孙犁:《文学期刊的封面》,《孙犁全集》第 6 卷,第 287—289 页。

④ 孙犁:《耕堂读书记·读〈宋文鉴〉记》,《孙犁全集》第 8 卷,人民文学出版社 2004 年版,第 190 页。

⑤ 参见孙犁:《全面的进修——纪念鲁迅先生逝世十七周年》,《孙犁全集》第 3 卷,人民文学出版社 2004 年版,第 447—451 页。该文所谓"全面的进修",指的是鲁迅既有思想方面也有行动方面的启示意义,具体表现在鲁迅的读书、创作和翻译和待人接物方面。

对鲁迅文学世界的全面观照(读鲁迅的作品)及对鲁迅精神源头的努力探寻(读鲁迅读过的书),孙犁重新发现了鲁迅。与以往最大的不同在于,孙犁极端重视鲁迅杂文,以致形成一种特殊的"杂文思维"。这种"杂文思维"的具体表现及演进逻辑大致可概括为如下四个层次:

首先,通过对杂文的内涵与外延的辨识,明确了继承鲁迅杂文的必要性和方式。极少有人注意到,孙犁在1950年曾表现出对杂文的高度重视。在一则表示要加强报纸副刊"读者来信"的编辑手记中,他竟以"严峻的和实际的精神",指出"我们很多作品是一种徒然的反映,空洞的颂歌"①。这不由让人想起鲁迅的判断:革命成功后,"也许有感觉灵敏的文学家,又感到现状的不满意,又要出来开口"②。那么,究竟该如何避免徒然和空洞呢?孙犁认为:"因为我们对杂文的概念还局限在'旁敲侧击'、'幽默讽刺'这一狭隘的概念上,因此使得我们的杂文不能联系当前社会上主要的前进的现实动向,使得我们的思想漫谈只限于抽象地为小资产阶级思想意识诊病开方上……鲁迅先生曾把生活速写、通信、读书笔记都列入杂文,其目的不过是说明:通过具体生活、具体事件人物,集中地尖锐地表达一种思想而已。在今天它更不限于幽默讽刺、旁敲侧击,这种表现法,实际上并不合乎我们伟大的建设的严肃的时代精神和工作要求。"③孙犁批评那种与当下需求不符的"表现法",并不是说"旁敲侧击"和"幽默讽刺"对杂文是不必要的;而是说,杂文若不能就具体人事现象集中而尖锐地表达思想,就会流于一般化的"旁敲侧击"和"幽默讽刺"。众所周知,在20世纪50年代初期的政治语境中,能够合法地探讨杂文及其内涵的机会是极少的。④因此,孙犁这般迂回曲折,实际上是在努力辨识杂文的独特价值,并为杂文在当下找到一个合法的位置。1952年,孙犁先后在两篇文章中谈到鲁迅的"讽刺",这应当不是偶然。在纪念果

---

① 孙犁:《关于"读者往来"》,《孙犁全集》第3卷,人民文学出版社2004年版,第367页。

② 鲁迅:《文艺与政治的歧途》,《鲁迅全集》第7卷,人民文学出版社2004年版,第120页。

③ 孙犁:《关于"读者往来"》,《孙犁全集》第3卷,第367—368页。

④ 50年代初期的杂文园地,不只是创作成果寥寥,就连讨论也无法形成大规模热潮。究其原因,一方面是不少人认为"杂文时代"和"鲁迅笔法"已不适用于新时代;另一方面,尽管有人认为应该继承和发展鲁迅杂文,但具体到该如何去做,仍然没有、也不可能有一致的看法。参见姚春树、袁勇麟:《20世纪中国杂文史(中)》第二十七章第一节,福建教育出版社2011年版,第383—389页。

戈理逝世时,孙犁写道:"什么是讽刺?根据鲁迅先生的界说,讽刺的生命是热情,是对祖国和人民的爱,是对民族弱点的慈善智慧的鞭策,是对未来幸福生活的热烈的仰望。"① 其实鲁迅的原话是:"'讽刺'的生命是真实","如果貌似讽刺的作品,而毫无善意,也毫无热情,只使读者觉得一切世事,一无足取,也一无可为,那就并非讽刺了,这便是所谓'冷嘲'"②。孙犁此时正在全面研读鲁迅作品,本来不应引错文字,但他却把鲁迅所说的"真实"改换成"热情",并对鲁迅补充说明的"善意"和"热情"大加发挥;这颇能见出孙犁在当时情境下措辞的微妙和迂回之处。与此相关的是,在另一篇纪念鲁迅的文中,他强调鲁迅小说艺术的重要特征之一即是"讽刺"。③ 再往后,孙犁自身的病与时代的病,都消磨了他继续探究"讽刺"的锐气与可能;直到70年代,我们才能在孙犁笔下再次读到讽刺的意味。至于杂文外延应该宽广的主张,则一直延续到了80年代。孙犁自始至终都在强调,应将书信、随笔及读书笔记等全部纳入杂文——也就是说,希望它们都能就具体事件现象,集中而尖锐地表达思想。笔者以为,这是对鲁迅杂文精神的真正继承。

其次,对鲁迅杂文笔法的学习与借鉴。孙犁20世纪70年代以来的写作以"书衣文录"为发端,这类文字本是孤寂苦闷中陆续题在书皮上的个人化的感悟和见解,日积月累,竟至洋洋大观。其内容或叙书之来源或评书之内容,或忆旧事或写当下;体类则杂取古代的笔记、书话及现代的日记、随感录而成。可谓"录"无定法,不拘一格。传承杂文家鲁迅的功业,这在孙犁未必是有意为之;但是,学习鲁迅的杂文笔法,他是有明确意识的。如《女相士》叙述"我"与杨秀玉在劳改中相识,却被诬为不正常的男女关系。叙述者愤慨至极却出以自嘲,其风格已近于"含泪的微笑";语言则文白夹杂,亦庄亦谐,表达了对运动摧残人性的辛辣讽刺。不过,孙犁也有相对轻松诙谐的时刻,如《我的位置和价值》一文,就有感于时人喜好空谈自己的"价值",遂追述自己先后处于何种"位置",又依次"价值"几斤粮票。文章时时在回顾自己,却处处

---

① 孙犁:《果戈理——纪念他逝世一百周年》,《孙犁全集》第3卷,人民文学出版社2004年版,第394—395页。

② 鲁迅:《什么是"讽刺"?——答文学社问》,《鲁迅全集》第6卷,人民文学出版社2004年版,第340、341—342页。

③ 孙犁:《鲁迅的小说——纪念先生逝世十六周年》,《孙犁全集》第3卷,第445—446页。

指向社会风气。

值得注意的是,孙犁在20世纪40—50年代以小说闻名,但70年代复出以来极少写小说;80年代以后,才断断续续发表了总题为"芸斋小说"的若干作品。这批作品取材叙事每有现实根据,非但不以"开掘要深"为追求,反而每每借篇末的"芸斋主人曰"以直抒胸臆。若以孙犁一贯强调的广义杂文的概念来看,"芸斋小说"其实应该读作杂文。孙犁还说:"鲁迅晚年不再写小说,他自己说是因为没有机会外出考察……他心里是十分明白,小说创作与人生进程的微妙关系的。虽雄才如彼,也不能勉强为之的。他就改用别的武器,为时代战斗"①。由于杂文更能"为时代战斗",所以鲁迅晚年不再写小说,并在杂文创作上收获颇丰;孙犁似乎也颇以此自慰。但孙犁之所以写不出以前那样的小说,最重要的原因,还须从"小说创作与人生进程的微妙关系"中去找。小说要张扬理想化的人性人情之美,这是孙犁抗战期间业已形成的审美理想,它与作家的青春记忆和民族的悲壮历史融为一体,神圣而坚固,牢不可破。诸多非理想化的遭遇迫使孙犁直面人性的复杂乃至丑陋之处,而这些恰好是过去的小说家孙犁所不愿大力表现的。只要看看"芸斋小说"中的前倨后恭者(如《鸡缸》中的钱老头)、伺机报复者(如《言戒》中的传达室工作人员)、见风使舵者(如《幻觉》中的同院居民)、污蔑造谣者(如《女相士》中的"革命群众")、趁人之难索要贿赂者(如《修房》中的房管站工作人员)、乘革命风浪摇身一变而不可一世者(如《小D》中的小D),就不难体会孙犁的失落和愤慨。就连孙犁曾为之"作过呕心沥血的歌唱"②的女性,也变得面目可憎,使他深感绝望。当他终于痛苦地认识到了"人性"的另一面,补上了小说家孙犁未曾上过的一课,而往杂文家孙犁的方向迈出了关键一步。

不过,杂文与小说并非水火不容,在创作思维上也可互相生发。即以鲁迅杂文而论,他所常用的"立此存照"和"砭痼弊常取类型"之笔法,其实正是训练有素的小说家自然延伸的举动:敏锐地观照现实,熟练地刻画形象。以

---

① 孙犁:《小说杂谈·小说与时代》,《孙犁全集》第6卷,人民文学出版社2004年版,第269页。

② 孙犁:《灵魂的拯救》,《孙犁全集》第10卷,人民文学出版社2004年版,第145页。在这首发表于20世纪80年代初期的诗中,孙犁深情追述了女性美使他向往、崇拜、毁灭以至重生的过程。

小说家"出身"而写杂文,孙犁运用得最为娴熟的技法,也是针砭时弊、刻画类型。孙犁甚至说过,自己的文集是"取眼之所见、身之所经为题材;以类型或典型之法去编写"①。"以类型或典型之法去编写",这话颇可用于概括杂文家孙犁对于杂文家鲁迅的传承之功。其一,孙犁的"理书记""芸斋琐谈""耕堂读书随笔""书衣文录""文林谈屑"等系列文章,篇幅长短不一,形式不拘一格,实实在在地践行了杂文品类要广的主张,发扬光大了鲁迅所灵活运用的杂文体式。其二,孙犁将生活感悟与读书心得融为一体,目光穿透古今,情感质直真诚,有力提升了杂文的文化品格。其三,孙犁活用鲁迅杂文的"类型法",以集中而尖锐的锋芒,赋予杂文以时代感和生命力。孙犁刻画得最多也最生动的,是那类毫无操守的评论家:其装扮举止或有改变,但随波逐流的本性始终不改。虽然鲁迅杂文中的"叭儿狗""乏走狗""隐士""西崽"和"阔人"等类型之广和意义之深为孙犁所不及,但孙犁这类文字的重要意义也远远超出了他所置身的书斋,而成为一个时代的见证。

再次,以清醒而带有批判性的目光看待各种现象,思考文学与周边的关系,甚至包括重新认识鲁迅。新时期以来,文艺界新潮涌动,时代面相日益复杂,孙犁却自有一份冷静。对于文艺界时兴的拜师、赠书以及通俗文学热、小说改编热等现象,特别是论及政治与文学的关系,孙犁的评判总是以鲁迅的观点和事例为证。但孙犁并不完全以鲁迅之所是为是,而是倡导以认真研究和学习鲁迅为前提,做出自己的判断。这从有必要读"选本"②、"不能把鲁迅树为偶像"、不应曲解鲁迅的"改造国民性"和"拿来主义"③等文字中均可看出。这类文章,不仅是对几十年来神化、歪曲鲁迅之风的严正批评,更是对重建与鲁迅对话关系的热切呼吁。

最后则是借鲁迅以自警、自省。这既是孙犁传承鲁迅精神的重要方式,也为孙犁不同于鲁迅的最终选择埋下了伏笔。作为作家、理应承担道义的"我",时常与历经患难、易于感伤的"我"交战,这是理解晚年孙犁心境的重要途径。这种交战在不同情境下可能会有不同的"修辞变体":或以现在的我

---

① 孙犁:《无为集·后记》,《孙犁全集》第8卷,人民文学出版社2004年版,第463页。
② 参见孙犁:《与友人论学习古文》,《孙犁全集》第6卷,人民文学出版社2004年版,第59页。
③ 孙犁:《谈杂文》,《孙犁全集》第8卷,第333页。

审视过去的我,或以鲁迅的战斗精神审视苟且偷生的我,或以过去的我反观当下的我。对于孙犁的这些自我表述,如不加以综合分析,则很可能陷入非此即彼的评判。既往研究者在描述晚年孙犁的心态时,一直存在着两极分化的现象:有人认为其心态是"保守""幻灭"①,也有人认为他仍然"充满着济世的热情"②。很显然,心境若是"幻灭",孙犁早就辍笔不写了;果真"充满济世的热情",也不至于辍笔不写。

　　事实上,孙犁的心理症结在于:他对于"意志消沉"的体会,以及对于作家使命的坚守,都是以认同鲁迅为前提的。"鲁迅说过,读中国旧书,每每使人意志消沉,在经历一番患难之后,尤其容易如此……"③ "只要人类社会还存在真和假、善和恶、美和丑的矛盾和斗争,鲁迅先生的散文,就永远是人民手中制敌必胜的锋利武器。"④ 这就使他遭遇了"以子之矛攻子之盾"的尴尬。但他又自觉没有鲁迅那么强大的精神力量可以对抗一切、战斗到底,所以他最终只能陷入无法根除的矛盾:他一面从鲁迅的观点中引出"文学作品,当以公心讽世为目的"⑤,一面又说"我有洁癖,真正的恶人、坏人、小人,我还不愿写进我的作品"⑥。孙犁的矛盾之处,提醒我们应对其创作心态加以重新考量。孙犁在与人对谈时说过,"我常常在感到寂寞、痛苦、空虚的时刻进行创作……在过去的漫长岁月中,烽火遍地,严寒酷暑,缺吃少穿,跋涉攀登之时,创作都曾给我以帮助、鼓励、信心和动力。只有动乱的十年,我才彻底失去了这一消遣的可能,所以我多次轻生欲死"⑦。这里的"寂寞、痛苦、空虚",不是孙犁后半生才体验到的,而是"在过去的漫长岁月中"就已存在。从心理学看,这种体验就是日久渐深的焦虑,它缘于"某种价值受到威胁时所引发的不

①　张学正:《巴金、孙犁的晚年心态》,《中华读书报》2004 年 5 月 26 日。
②　曾镇南:《孙犁简论》,《曾镇南文学论集》,花山文艺出版社 2001 年版,第 349 页。
③　孙犁:《文字生涯》,《孙犁全集》第 5 卷,人民文学出版社 2004 年版,第 67 页。
④　孙犁:《关于散文》,《孙犁全集》第 3 卷,人民文学出版社 2004 年版,第 534 页。
⑤　孙犁:《谈镜花水月》,《孙犁全集》第 9 卷,人民文学出版社 2004 年版,第 76 页。这里的"公心讽世",显然来源于鲁迅对《儒林外史》的高度评价:"秉持公心,指摘时弊"。见鲁迅:《中国小说史略·清之讽刺小说》,《鲁迅全集》第 9 卷,人民文学出版社 2005 年版,第 228 页。
⑥　孙犁:《谈镜花水月》,《孙犁全集》第 9 卷,第 77 页。
⑦　孙犁:《答吴泰昌问》,《孙犁全集》第 6 卷,人民文学出版社 2004 年版,第 10—11 页。

安,而这个价值被个人视为是他存在的根本"①。在这个意义上,孙犁的全部写作不妨视作对抗焦虑、克服焦虑的过程:在抗战期间,他为民族存亡而焦虑,于是以"抗战小说"歌颂"光荣";在"后光荣"的时代,他为个体化的权利与集体化的时代政治之间的潜在矛盾而焦虑,因而写成一系列"问题式小说";在"文化大革命"期间,他为写作权利被剥夺而焦虑,只能在书衣上隐蔽地宣泄自我;"文化大革命"结束以后,他为"真善美"被无视而焦虑,故而以"道德文章"说针砭"假大空"风气,甚至主动停笔不写……

结语　从来都只有一个孙犁

"曲终"之际,孙犁仍在自我勉励:"细菌之传染,虮虱之痒痛,固无碍于战士之生存也。"② 这不能不让人想起鲁迅的话:"有缺点的战士终竟是战士,完美的苍蝇也终竟不过是苍蝇"③。二人相同之处主要在于,力求使自己的文字承担责任、道义,不做一句空文。两者的不同则至少有:孙犁是"有洁癖"的战士,鲁迅则是"一个都不宽恕"、战斗到最后一刻;孙犁在复杂的形势和迭起的新潮面前逐渐退守书斋、紧守内心,鲁迅却曾因论战而阅读时新理论并亲自动手翻译;孙犁的"道德文章"说倾向于以人格上的"完人"为认同目标,鲁迅的文学活动则以"立人"为根本诉求……不过,指出这些差异,并非想要论证孙犁与鲁迅之间的差距,而更想说明孙犁的个性及意义所在。孙犁自幼体弱多病,耽好读书作文,性情趋于敏感、柔弱,但民族危亡的大形势迫使他迅速成长。在鲁迅强大的精神力量的指引下,孙犁尝试以写作来表现自己的热情和追求。在救亡图存的抗战烽火中,孙犁的审美理想与现实需求达成高度一致,他因此一度成为"光荣"的歌者。猝然遭逢历史的"断裂",孙犁

---

① ［美］罗洛·梅:《焦虑的意义》,朱侃如译,广西师范大学出版社 2010 年版,第 172 页。
② 孙犁:《曲终集·后记》,《孙犁全集》第 9 卷,人民文学出版社 2004 年版,第 609—610 页。
③ 鲁迅:《战士和苍蝇》,《鲁迅全集》第 3 卷,人民文学出版社 2005 年版,第 40 页。

依然以鲁迅为指引,反思自我的价值,探求文学的道义。孙犁的一生,其实是理想主义者的一生。他曾有过的热情与欢快、矛盾与焦虑,均是动荡不安的20世纪必然要在理想主义者心头留下的烙印。他不是彻底而决绝的战士,但终生都在写作中追问文学的道义、寻求精神的认同。

"凡是书生,当政治处于新旧交替转折之时,容易向往新者。而本身脆弱,当旧势力抬头,则易于馁败,陷于矛盾。古今如此。"[1] 孙犁这话评的是他人,但也适用于评他本人。作为小说家的孙犁,因"向往新者"而生;作为杂文家的孙犁,因"陷于矛盾"而生。无论是"向往新者"还是"陷于矛盾",孙犁自始至终以"脆弱"的身心去投入、去体验。可以说,从来都只有一个孙犁——以心灵和笔触去感应现实、克服焦虑、寻求认同的理想主义者孙犁。

---

[1]　孙犁:《耕堂读书记(二)》,《孙犁全集》第5卷,人民文学出版社2004年版,第317页。

后 记

　　这本书是我近五年来阅读、思考和写作的一份小结。阅读之狭窄,思考之浅显,既已和盘托出,赘言就像申辩。但一本书照例当有后记,我只好再说几句对写作的看法。

　　写作是企图与时间为友,却终将与时间为敌的行为。写作者尝试将自己所思所想落在纸上或输入 word 文档,往往要消耗若干时间;写成之后,几经周折,发表或出版了,中间又消耗若干时间。写作者并非对时间的消耗浑然不觉或迟钝无感,而是唯有借助时间的消耗方能证明自己在写作,这是写作者的宿命。所以,他必须与时间为友。但当他暂时停下来(比如为某本书写一则"后记"),当他驻足、回顾并检点写作成果时,此前一直潜伏着的危险就现形了。无论他认为自己所写有无意义,它们都要接受时间的裁决。他极有可能像我这般对自己感到极为不满:"我这些年才写了这么一点点!""我写的这些东西有什么意义?"一旦试图考究写作的意义,时间无疑就充任了最残酷无情的审判者。时间是所有写作者的敌人。

　　企图借时间来证明自己的写作是有意义的,最终却可能证明它没有多少意义;我时常因这种体验而焦虑困苦。由此可见,人最大的敌人还是自己。因此,始终与我近年写作相伴随的,是自我劝勉。我不得不找来各种理由以说服自己。不管怎样,你都没有闲着,你都在坚持思考和表达,不是吗? 你不尝试着去表达,又怎能断定写出来的东西就肯定没有意义呢? 尝试自我表达的过程本身就是意义,不是吗?不思考,不写作,又如何对得起你的身份和角色呢?

说到身份角色,有些话确实应该趁此机会说说。作为农村家庭走出来的孩子,我或许曾在求学时期凭着不错的学习成绩让父母觉得脸上有光,但也仅此而已。我从十多岁出远门求学,年过不惑仍在为探求意义而焦虑困苦,从未让他们过得安逸舒心。他们给予我的鼓励与支持如此持续而有力,相比之下,我的焦虑和困苦总是显得矫揉造作。他们以朴实无华的言行诠释了何为父母的责任担当,但我并没有学到,更没有做好。我总是想着今后要多陪伴孩子,又总是把今后再往后推移。多亏了我的爱人,她在繁重的工作之余,几乎全部时间都在陪伴孩子,好让我安心读书写作。对此我始终心存感激。没有她的体谅与支持,我所有的写作都是难以完成的。还要感谢我的两个孩子,你们生动有趣的欢笑与哭闹,极大地稀释与缓和了我那枯燥乏味的焦虑困苦。我的写作无法成为你们成长的见证,但你们的成长却始终在为我的写作输入动力。

福建师范大学文学院是勤勉治学者的热土。这里不仅有踏实做学问的精神传承,还有团结而务实的工作氛围。本书的写作受益于许多前辈学者的鼓励与同辈学人的激发,我对此铭感于心,在此一并致谢。特别值得一提的是文学院的学生,我之所以迟迟未陷入所谓职业倦怠症,很大程度上正因他们对我所授课程的信任与肯定。这是无可替代的鼓舞与安慰。文学院学术委员会同意为本书提供出版资助,这也是我应当感谢的。

书中内容曾在许多刊物发表。对写作者而言,发表不仅是对其写作行为的认可与激励,还使其所探求的意义得以凝定并公之于众。在此,我对发表过书中章节的《文学评论》《中国现代文学研究丛刊》《扬子江评论》《当代作家评论》《小说评论》《海峡文艺评论》《艺术广角》《新文学评论》《四川文学》等刊物致以谢忱。感谢促成发表的责任编辑、审稿专家和刊物主编,感谢曾向我发出邀约、提出批评、给予鼓励的师友们,是你们使我冰冷的键盘带上了情感的温度。

感谢本书的责任编辑詹素娟女士,她细致而高效的编校工作不仅展现了敬业风范,也使本书增色不少。

徐阿兵　谨识

2023 年 1 月于逸夫楼

责任编辑:詹素娟

装帧设计:东方天地

图书在版编目(CIP)数据

中国当代小说与叙事自觉/徐阿兵 著. —北京:人民出版社,2023.4

ISBN 978－7－01－025573－6

Ⅰ.①中…　Ⅱ.①徐…　Ⅲ.①小说研究-中国-当代　Ⅳ.①I207.42

中国国家版本馆 CIP 数据核字(2023)第 056577 号

中国当代小说与叙事自觉

ZHONGGUO DANGDAI XIAOSHUO YU XUSHI ZIJUE

徐阿兵　著

人民出版社 出版发行

(100706　北京市东城区隆福寺街 99 号)

北京中科印刷有限公司印刷　新华书店经销

2023 年 4 月第 1 版　2023 年 4 月北京第 1 次印刷

开本:710 毫米×1000 毫米 1/16　印张:20.5

字数:330 千字

ISBN 978－7－01－025573－6　定价:89.00 元

邮购地址 100706　北京市东城区隆福寺街 99 号

人民东方图书销售中心　电话 (010)65250042　65289539